战疫纪事

下

上海援鄂医疗队抗击新冠肺炎
随 笔 集

上海市卫生健康委员会◎编

文汇出版社

2020 年的新冠肺炎疫情是新中国成立以来最严重的突发公共卫生事件，湖北是当时疫情最严重地区，武汉疫情又是湖北的重中之重。武汉疫情防控的成败，直接决定着我们能否取得新冠肺炎疫情防控的胜利，武汉的一切牵动着全国人民的心。

上海市委、市政府坚决贯彻习近平总书记重要指示精神，按照国家联防联控机制统一部署，在武汉关闭离汉通道后，第一时间组建援鄂医疗队奔赴湖北武汉一线展开救治工作。在整个武汉抗疫期间，上海先后派出 9 批医疗队 1649 名卫生专业技术人员。

这些队员不辱使命、不负上海人民的重托，始终与武汉人民心连心。他们与武汉当地医务人员及来自全国其他地区的援鄂医疗队一起，在抗疫一线全力以赴、并肩作战，用他们丰富的经验和精湛的医术与病魔较量、与死神赛跑。至 4 月 10 日，上海援鄂医疗队最后一批结束任务，返回上海，圆满完成了援鄂任务。

这些奋战在一线的援鄂队员全程经历了一线抗疫的各个重大阶段，亲身体验了抗疫过程中的各种生离死别和人间悲欢，他们以实际行动践行了身为医者的誓言和担当，展现出义无反顾、不畏艰险的非凡勇气，敬佑生命、救死扶伤的医者仁心，大爱无疆、赤忱为民的高尚品格。整个援鄂期间，他们也强烈感受到党和国家对人民的关怀，感受到武汉和上海方面对武汉抗疫的全方位的有力保障和支持。

他们是医疗卫生战线的骨干，同时也是家庭里的父亲、儿子、丈夫或是母亲、女儿和妻子。他们不顾个人安危，受命于危难之际，无惧生死，无私奉献，千里驰援，以治病救人为天职、为使命，具有无上的大仁大勇，是我们时代的典范。

他们既是援助武汉一线的参与者、践行者，也是整个援助武汉任务的观察者和思考者。他们中的很多人，在完成繁忙的医疗任务之余，还利用业余时间，写下了援鄂日记，一些人写了疫情防控感想，一些人写作了援鄂随笔，还有一些人就援鄂工作进行了深入的思考总结。这些资料从微观到宏观、从专题到系统，较生动地记录了新冠疫情防控这一重大公共卫生事件的各种成果和感想，经过梳理和分析并整理成册后，具有重要的参考价值，也是对全体上海援鄂医疗队员卓越工作和无私精神的全面记录。

有鉴于此，我们编选出版这本《战疫纪事（下）——上海援鄂医疗队抗击新冠肺炎随笔集》，经过向援鄂单位和援鄂医疗队员进行征稿，前后共计收到包括音频、视频、图片、诗歌、随笔等稿件1700余篇，限于篇幅和形式限制，最终选取二百余篇稿件编入本书。

这些随笔、日记类文章与通常的文学性的随笔有很大的不同，它们是医护人员在繁重而艰险的工作之余所创作的，因而很大程度上具有相似的生活、笔触和观照，但是对当时当地情境事件最真实的记录和感触，是清水出芙蓉、天然去雕饰的素朴文字，值得人们设身处地地用真心、爱心去细细阅读和体会。

由于编选工作时间紧，收到稿件量多类杂，本书中难免存在一些瑕疵，希望读者批评和谅解！

感谢参与本书编写的所有人员！

上海市卫生健康委员会

2020-6-12

目 录
CONTENTS

第三章
光谷行动 / 97

第五章
方舱随笔 / 257

第六章
东院事略 / 275

第七章
心理战疫 / 285

第八章
公卫急救病理散记 / 321

第九章
队员述略 / 337

第一章 〇 领队感言

　　不辱使命、不负众托、平安凯旋！这是每名上海援鄂医疗队领队带队出征时许下的郑重承诺。在武汉抗疫一线，上海援鄂医疗队领队带领援鄂医疗队员分散在不同的医院和病区，却都为了同一个目标拼尽全力。他们帮助新冠肺炎患者与病魔较量、与死神赛跑，散是满天星，聚是一团火，为武汉抗疫贡献了自己的力量。上海领队们以丰富、专业的组织、领导、管理经验和精湛的医术，带领援鄂医疗队员救治了大量病患，取得了可喜的成果，实现了医护人员零感染，谱写了一曲壮美的英雄篇章。

生命拯救，六十七天

上海市第一人民医院副院长 郑军华

　　"扶危渡厄，医者担当；国家召唤，义不容辞！"上海市第一批援鄂医疗队，由来自52家单位135人组成，共有医生37名，护士93名，院感5名。1月23日武汉封城。1月24日农历大年三十，我们驰援武汉，年初一凌晨1:30到达武汉，是第一支到达武汉的重症医疗队。1月26日进驻风暴眼里的武汉金银潭医院，勇挑重担，整体接管北二、三楼，尤其是接管了重症ICU病房，一直工作到3月31日。

　　作为上海市第一批援鄂医疗队的领队，我的身体里流淌着"公博仁心，济世臻程"和"永攀第一，创造光荣"的上海市第一人民医院156年悠久历史和文化的热血，我的身体里植入了我的前辈和同事们在疫病流行、抗美援朝、唐山大地震、沪杭列车相撞事故、外滩踩踏事故等重大事件时奋勇救援的英雄基因。它们给我以勇气、信心和力量，带好这一支紧急救援队伍，在艰难困苦中排除万难完成使命。

　　作为一名第一线医疗队的领队，需要指引团队的努力方向，预先谋划团队的目标和远景，做深做实做细每一个规划和细节，要率领团队克服所碰到的任何困难，要最大发挥团队效应。某种程度上说领队是个家长，在一线是大家的精神领袖，是战斗的指挥者，是后勤的保障者，是队员心身安全的监护者。

　　1月27日，李克强总理受习近平总书记委托来到武汉，考察指导疫情防控工作，看望慰问了患者和奋战在一线的医护人员。我和周新教授代表上海医疗队汇报了工作情况，得到了总理的肯定和鼓励。在武汉工作期间，上海市委李强书记、宗明副市长定期与我们视频连线，详细了解医疗救治进展、后勤保障情况，关切询问日常生活工作的困难。应勇书记履新后，也来到医院，了解患者收治情况，看望慰问一线医护人员。感谢上海市委、市政府、市卫生健康委、申康医院发展中心，感谢复旦、交通、同济各有关大学，感谢上海各个区、各医院等社会各界对我们的关心、支持和帮助。来自全国各地的捐献物资络绎不绝，祝福和鼓励纷至沓来，全社会的关爱为所有奋战在武汉的上海医疗队队员灌注了无穷的精神力量，激励着我们勇往直前！

　　我们这支医疗队是最早从上海出发、最少思想准备的一支队伍，也是最少成熟经验参考、早期防护物资最不充足和防护条件最不完善的一支队伍，同时，它也是拯救最（危）重病患者的一群战士，是奋战时间最长的上海医疗队。67天我们生死金银潭，我们抢命金银潭，我们胜利金银潭！我们穿过"百家衣"，戴过"百家罩"，经历过武汉封城后的各个时期的艰辛和困苦，也饱尝过各个时期的悲伤和快乐；我们在曲折低回时不忘奋起昂扬，在绝望中看到光明和希望。医疗队累计收治患者 170 例，累计收治（危）重型患者 123 例。累计治愈出院 136 例，总治愈率 80.00%，其中治愈（危）重症患者 89 例，治愈率达 72.35%，67 天的经历和收获让我们每一位队员都刻骨铭心、终生难忘，我们是顶风冒雪的逆行者！

"冲破黑暗夜，重见满天星。"我们在大战中践行初心使命，在大考中交出合格答卷。

回首历程，我们成功地实施并完成了"五四三二一零"工程。

建立了适合武汉的"上海救治"、科学专业的"上海防护"、精益求精的"上海精神"、超前一步的"上海研究"、一脉相传的"上海人文"的五个上海模式。

开创了四个第一：第一支到达武汉、第一支开讲党课、第一支提供尸体解剖病案、第一支发表高水平临床研究经验的援鄂医疗队。

坚持党员、医者、人文三份初心。

树立了"一名党员是一面旗帜，一个支部是一座堡垒"的两个标杆。

聚焦和实现了最大化救治的一个目标。

我们平安归来实现了零感染。

我要感谢并肩作战的每一位队员，在这场战役中，他们的表现让我们深受感动，受益良多，一批年青的医务工作者成长起来了；我们又一次充分地感受到党的坚强有力的领导和国家的体制优越性，更加增强了"四个意识"，坚定了"四个自信"，更进一步做好"两个维护"。

经过这一场抗疫斗争，我们医务人员还应在 4 个方面得到更快更高的提升：一是科学、严谨和理性的专业精神的建设；二是健康体魄和强大的内心完美的结合，三是探索未知的勇气和知识、能力的储备；四是团队的凝聚力、执行力和战斗力的培养。

"甘于平凡，但拒绝平庸。"我们第一批援鄂医疗队在一线抗疫中，发扬了 4 个精神：一是团结一致、同舟共济的守望相助精神，二是顾全大局、精诚合作的集体主义精神，三是舍生忘死、逆行而上的英雄主义精神，四是充满信心、敢于胜利的乐观主义精神。我们凯旋而归，既要及时调整心态、转变角色，好好地享受安乐祥和、岁月静好的生活，更要在今后的日常工作中发扬我们上海援鄂医疗队的精神和风貌。

"人人都是抗疫英雄，我们为每一个中国人点赞！"真正的英雄应该是支撑我们的各级党政领导、各个医院的全体员工，以及队员家属和包括武汉、上海在内的全国人民。

我们是一群普普通通的人，一群平平凡凡的人。在党和政府的领导下，我们做了一份不平凡的事业。

无论多么不平凡的生命，最终都要归于平凡的工作生活；

无论生命中有多少波澜壮阔，我们最迷恋的，始终是包裹在烟火人世里，平凡温暖和安宁。

当前，"外防输入，内防反弹，复工复产"的压力仍然很大，我们会继续参加上海的一线防控工作。我们相信，无论我们的队员在哪里，都是最合格的白衣战士，抗疫的经历是我们大家的一笔重要的精神财富，我们的第一批援鄂医疗队的魂永远在！

2020-3-25

回家之路

浦东新区浦南医院护理部主任 李晓静

当 3 月 31 日 MU9006 航班落地的一刹那，我的心终于放了下来，我带着我的队员们回到了上海，完成了我出发时"50 人去，50 人回"的铮铮誓言，我作为领队的使命已经光荣完成。

在我们这个团队就要离开武汉酒店的时候，金银潭医院护理部刘卫华主任带着护士长们来了，北四病房的张绍斌主任带着医生们来了，车子就要出发时，综合一科的李华东主任也急匆匆地赶来送行，我们眼含热泪，逐一拥抱，那是两个月并肩作战的深厚情谊。那时候的我，心里很难过，有一种没有看到胜利大结局却提前从战场撤退的感觉，站在车上我哽咽着大声跟他们喊着"祝福武汉，武汉会更好"……

在两个月的日子中，我们经历了很多困难和考验，每一天过得都很艰难，但是我们脚踏实地地过好每一天，这些都是我们积累的人生财富，这些将让我们更加从容地面对生活与工作。在这过程中，我们的队员们学会了坚忍，学会了珍惜，学会了感恩。当 1996 年出生的钱莉有点小得意地告诉我"李老师，我有个小窍门，上班之前 10 个小时我就不喝水了，吃饭只吃干的，那样就不会上班的时候想上厕所而浪费防护服"，那时候，我既心疼又骄傲，心疼她身体面临的挑战，骄傲她作为 95 后在这次疫情中的成长与担当。

在上海酒店隔离结束，我一个一个把我们的队员送走，拥抱着她们，想起了我们在一起的 60 多个日日夜夜，禁不住流下热泪，我们的队员最大的 50 岁，最小的 24 岁，在这次并肩作战中，我也从他们身上学到很多：我们 15 个在重症监护室的护士，在小组长熊德新的带领下，积极努力学习技术、技能，甚至在业余时间也在学习重症护理知识。吴玲玲在第一天上班就主动要求加班，连续上班 12 小时、经历过上百次的洗手，手变得红肿脱皮；50 岁的陆庆红老师，搜集很多健康宣教的资料，给患者进行宣教；年轻的黄晓莉老师，有担当，肯奉献，从第一天进病房的彻底清扫整理房间、到最后一天的收尾整理，平时帮着我管理病房，忍着膝关节炎的不适也没跟我说过要休息一下；李春花老师，用她极强的责任心核对医嘱，熟悉电子系统，保证临床用药安全，为了保证病房的姐妹们有足够的休息时间，她主动要求加班，不喊苦喊累；周苒伶老师利用休息时间开发"援鄂天使团"公众号，并不断完善、补充、丰富公众号内容。我们绝大多数护士默默地在岗位上奉献着自己的力量，休息时间也在整理分发物资，每次都非常积极主动；90 后护士们在这次疫情中所表现出来的坚强乐观也让我非常感动，他们阳光向上，对待工作认真负责，对待患者亲切耐心。如今可以骄傲地说，我们队的 50 个人，个个都是好样的。

金银潭北四楼的那面墙上贴的满满的感谢信，在寂静中一动不动，她们默默地记录着我们为之付出的汗水、努力和欢笑，可能一个月后，会被装修工人拿掉，但是那些东西却永远地贴在我们的心里，激励着我们继续前行，这些曾经艰难而美好的记忆会给我力量来面对生活。

"英雄"的外衣下，我们是一群平凡的护士，一群有血有肉的有家庭、有喜怒哀乐、有牵挂的人，是父母、儿女、丈夫、妻子。我怕家人、老人担心而不告诉他们，我们一名队员告诉我"李老师，我不担心我被感染，可是我妈妈怕，我因为她的焦虑而焦虑，我怕她健康会出问题，就在这样的焦虑中，我睡不着觉"，那一刻，我只能给她一个爱的拥抱。披上战衣，我们是战士，我们用勇敢来面对病毒与死神，我们会用内心最柔软的那一面去爱家人，去关爱患者。

回到单位，我继续熟悉还没来得及认识的全院的同事。还有整个护理部的责任和重担在等着我，我要学习的东西还有很多，这就是我们日常的生活，平凡得不能再平凡的日子，可是于我而言，是那般珍贵，甘之如饴，因为我们看过了太多的失去才会珍惜，因为领悟了"想你得到的，就是幸福"，因为我们领悟过我们的岁月静好是要有人护佑有人担当。

李晓静

我们在最艰苦的战场拼搏

——上海第三批援鄂医疗队战"疫"记事

上海交通大学医学院附属瑞金医院副院长 陈尔真

1月28日，大年初四。我们上海市第三批援鄂医疗队共148位医护人员奔赴武汉防控新冠肺炎的最前线。

1月25日，大年初一晚上11点，我接到电话——指挥部决定派我作为第三批医疗队领队驰援武汉，我的第一反应就是"感谢党和政府信任我、选择我！"我当时没有立刻跟家人说，我想晚点告诉他们，免得他们担心。但我知道他们一定会支持我，因为我是一名重症医学科的医生，同时也是一名参加了二十多次国家救援任务的老兵。

我们的队员来自上海40家医院，原本互不相识。当天到达武汉驻地酒店天色已晚，我们一看傻眼了，这就是两人一间的招待所，有些房间还没有窗。有些队员已经犯嘀咕了。首先要稳定军心！我立刻组织开会，我说当年解放军解放上海的时候，是睡在南京路上过夜的，我们现在条件确实艰苦点，但我们过来是打仗的，不是旅游的。我当场把148人分成医疗、护理等8个小组，医疗队62名正式党员第一时间成立临时党组织，经过这一番动员，大家的士气上来了。

作为领队，我最担心的是队员们的安全，当时我们的秘诀是——规范。于是医疗队制定了各种规范，还不断强化培训，我自己就是重症医学专家，我让队员们一个一个在我面前穿脱防护服，有任何一个动作不标准都不能通过，必须重来，虽然当时都说我太严格了，但我答应过，我们一起走，一起回来，我要说到做到！

战争有时候拼的是后勤。一开始物资极其紧缺，我们连饮食都难以保障，可能很难想象，前十天我们每天三餐荤菜只有一个荷包蛋，再加一个冬瓜。我们很多队员后来都说，这辈子再也不想吃荷包蛋了！为了确保安全，我竭尽全力向上海大后方求援，终于，在上海市政府和社会的支持下，口罩来了、方便面来了、取暖器来了……甚至一架直升机专程飞来，为我们送来急需的防护服。

但，情况的艰难还是超出了我们所有人的想象。

1月30日第一天交班，就有数名患者死亡。一查原因，原来是医院氧气站供应压力不足，病人吸不上氧气。人命关天，必须马上解决。怎么办？先用氧气钢瓶救急。可是一数医院库存，总共才8个。好不容易，钢瓶增加到了50个，但仍然不够，医疗不能将就！我只能多方求助，终于，2月6日，经过三天的抢工，两个直径五六米的大氧气罐在医院大楼外搭建起来，供氧问题解决了，病人的死亡率开始降下来了。

医疗队对每一位患者进行分级、分类管理，努力使治疗窗口前移，对重症和危重症患者则注重治疗好转拐点的出现，医疗队在不断摸索中形成了一人一方案，实现了连续多日零死亡。3月16日，103岁患者李奶奶出院了，这也是武汉年龄最大的出院患者。老太太最初入院时血氧饱和度很低，加上这么大的年龄，给医疗队带来了不小的挑战。经过全体医护人员13天不舍昼夜的救治后，老奶奶恢复了健康，这展示的是上海医疗队的实力。

高治愈率的背后是拼命。3月4日，一张照片感动了无数网友——那就是来自仁济医院重症医学科副主任医师余跃天，跪在地上、趴在病床边救治患者。他跪着用水平位置管的方式为病人做胸腔引流术，这有利于患者安全也便于顺利进行置管操作。余跃天医生让我们所有医护都十分感动，为了救治病人拼尽全力，这是每一个医生的本能。而这样的故事，每天都在武汉三院里发生。

我参加过多次国家救援，深知心理问题事关重大，必须同步进行，所以我们是最早成立心理危机干预团队的医疗队。新冠感染的很多病人都是家族性群发的，不少病人都有亲人们离去，所以会发生一系列心理问题，淡漠、绝望、拒绝治疗等时有发生，我们的心理团队发挥了巨大作用，通过咨询、开设公号等各种方式来帮助他们早日恢复身心健康，回归社会。

2月初，武汉三院的医务人员陈医生不幸感染新冠病毒肺炎收入病房，她非常绝望和焦虑。医疗组组长李庆云主任每天查房时不断鼓励她："治疗就像是拔河，你如果松手了，疾病就赢了。"温暖有力的话语把陈医生从绝望的边缘拉了回来。随后的治疗中，她积极配合，很快康复，并重新回到抗疫一线。3月11日傍晚，她开会时听到李主任的声音立刻认了出来，向李主任深深鞠躬，而李庆云也赶紧向她鞠躬，这就是两位战士的相互致敬！

我们鼓励着病人，病人们的治愈也鼓励了我们，可能这里，就有着中国最好的医患关系。

一边救治、一边思考，我们不但完善诊断救治的方案，也期望对相关仪器设备做出全新的设计。

由于大部分呼吸道传染疾病都是以飞沫和长时间、高浓度的气溶胶为主要传播方式，医护人员很难进行有针对性的防护。我们李庆云主任带领团队设计了一种气溶胶可视化系统，以便于今后进一步定量分析气溶胶的传播轨迹、传播范围和滞空时间。同时发明的还有一种有效避免飞沫传播、且可局部照明的咽拭子。

每当回忆在武汉抗疫的日子，画面犹如电影一般在眼前一幕幕播放。白衣执甲，逆行无悔，我们在最艰苦的战场拼搏，铸造了一支能打仗、打胜仗的上海队。

哪怕是黑夜，也有点点星光

复旦大学附属华山医院副院长　马昕

　　每个时代都有每个时代的历史责任，每个人都有自己的使命担当。2020 年伊始，一场新型冠状病毒肺炎疫情突然爆发，当疫情防控的号角声吹响，征调的集结令下达后，广大医务人员白衣作战袍，逆行战荆楚，用血肉之躯筑起了护佑生命的钢铁长城，点亮了希望之光，扛起了属于这个时代的历史责任，履行了属于自己的使命担当。

　　2 月 4 日，我带着华山医院国家紧急医学救援队抵达武汉时，已是深夜，初春的武汉仍十分寒冷，汽车行驶在空无一车一人的街道上，四周静寂无声。街道两边的住宅楼窗户中透出的点点灯光，也微弱得像是要被无边的黑夜吞噬。初入武汉那份忐忑不安的心情，和难以入眠的夜晚，至今仍然记忆犹新，相信也是每一名援鄂医疗队员最深刻的记忆之一。那时候，可能是武汉和全国的至暗时刻。

　　我在武汉的 57 个日日夜夜中，见证了从黑暗走向黎明的过程。我们在武昌洪山体育馆，与来自全国各地的 15 支医疗队 800 多名医护人员共同奋战，短短 29 小时建起了武昌方舱医院，并在第一天就接收了超过 500 名患者，这是一座承载着众多期盼的"生命方舟"。但由于没有先例、没有任何预案和经验，运行早期的忙乱与风险让我们医护人员身心俱疲。2 月 11 日，我永远记得这个日子，因为在这一天，我们首批方舱患者出院了，在黑暗中前行的我们看到了星光。接着，10 张床，20 张床，方舱医院的空床越来越多，终于实现了"床等人"的状况，我们有了刺破黑夜的信心与底气。在武昌方舱医院运行的 35 天中，我们收治了 1124 名患者，达成了病人零病亡、零回头，医护零感染的三个"零"目标，为提高患者治愈率、控制疫情进一步蔓延发展交出了的一份完美的答卷。通过方舱医院的顺利运行，建立了一系列制度流程、操作规范，为未来的灾害防控提供了极其宝贵的方舱建设经验。

　　同样，在同济医院光谷院区重症 ICU，我们打响了与死神抢夺生命的保卫战，我们不断倒下，不断再站起身来，擦干眼泪，继续前行。尊重每一个生命，不放弃每一个患者，对每一个危重症病人提供个性化的精准治疗。2 月 28 日，第一例 ECMO 患者脱机了，在这场生死保卫战中我们开始不断胜出。经过大家 50 天的拼搏，我们气管插管成功拔管 14 人、ECMO 上机 5 人成功撤机 4 人，挽救了 30 余位危重症患者的生命。我们守住了救治危重症患者的最后防线。

　　在这场没有硝烟的战争中，唯有胜利一种可能，我们做到了。为了这个可能，所有医护人员都在同时间赛跑，与疫魔斗争。如果有人问我，假如提前知道你将要面临的困境，你是否还有勇气再来一遍？我想我一定会用最坚定的语气告诉他，"我一定愿意"！"健康所系，性命相托"本就是医护人员许下过的诺言。在需要我们的地方贡献力量，用生命守护生命，别无他愿。

　　曾经在无边的黑夜中彷徨忐忑，但向着希望砥砺前行，我们坚信，即便是至暗时刻，也有点点星光，黎明的光亮从不缺席！

不负重托 不辱使命

同济大学附属东方医院副院长 雷撼

我们救援队 2 月 4 日夜到达武汉，3 月 18 日返沪，在武汉的 44 个日日夜夜，全队团结一心排除万难，不负重托不辱使命！

2 月 3 日晚上接到国家卫健委指令后，在院长刘中民的统一指挥下，我们立即组建了由 53 名队员、10 辆医学救援车组成的援鄂医疗队。全体队员连夜奋战，近 30 吨医疗防护、后勤物资装车，一直干到凌晨四五点钟。行前领导和同志们前来送行，勉励我们既要救治病患战胜疫情，又要做好防护平安归来，此去武汉有很多未知很多风险。我深切地感受到"使命光荣，责任重大"！不少同志眼中饱含泪水。

到达武汉时，具体要执行什么任务，不知道。2 月 5 日上午到武汉客厅现场开会，牵头的同志说，我们要开方舱医院，大家商量一下怎么开。到实地勘察后，大家全部蒙了，大厅里密密麻麻全是床，通道狭小，没有分区，没有三区两通道。我们决定展开帐篷医院，作为救援队的清洁区、办公及后勤保障基地。下午全体队员齐心协力，25 顶帐篷仅 3 个多小时即矗立在广场，再根据实际对布局和功能进行了适应性设置，并做好可随时成为标准战地医院的充分预案。中央指导组和方舱医院指挥部对此给予了充分肯定和赞许，决定将帐篷移动医院纳入方舱医院体系。我们先后提供了 16 顶帐篷，除收治患者外的所有工作都在这里进行，为方舱医院的运行立下了汗马功劳。

开舱初期，压力众多。防护物资紧缺，有上顿没下顿，鞋套在第一天就消耗殆尽，防护服大小型号不合适，护目镜起雾，口罩勒得耳朵生疼；这么大一个厅，六百多病人同时呼吸，空气中的病毒浓度那得多高？方舱医院临时建成，生活配套不完善，患者情绪不佳，发生争执怎么办？开始收治时，短时间内涌入了大量的患者，有一天居然收了 800 多人，根本来不及筛查，先收进来再逐一核对。筛查不符合条件的患者哭泣不愿离去。棘手的问题一个接一个。

最令我难忘的是队员们第一次入舱。我反复地仔细检查着他们穿戴防护服，进舱前千叮咛万嘱咐，不要紧张不要害怕动作要慢语气要缓，真心真情沟通，做好病人思想工作等等。看着他们微笑着手拉手迈着坚定的步伐进舱的背影，我的眼泪下来了。

当班时医生护士的工作量非常大，防护服妨碍着他们的行动和交流，一个医生要巡诊近 100 名患者，完全停不下来，6 个小时的班常常要 8 个多小时才能换岗，出来时常常全身湿透。有一位护士事后说起，有一天上班没多久就出现胸闷心慌头晕，其他人劝她出舱，但她选择了忍耐，稍事休息，还高兴地说终于挺过来了。我听了心里怦怦直跳，即心疼又害怕，真想批评她，这多危险啊，万一晕倒，那可怎么办。由于工作压力大，心理压力大，这样的队员，这样的事情其实并不少见。我们行走在悬崖边上。

作为配置全面的救援队伍，我们全面参与了方舱医院的医疗、护理、药剂、放射等多部门工作。由我队专家牵头组建的方舱医院感控团队，结合国内外标准和实际情况，群策群力，建立起《东西湖方舱医院感染工作制度》等一系列行之有效的感控制度和 SOP，及时督查反馈跟踪，确保了东西湖方舱医院的平安规范。作为全市院感专家到各方舱医院进行督导工作，编写出版了《新冠肺炎方舱医院感染控制手册》中英文专著，为后续的抗疫工作提供经验和参考。在医疗管理上突破创新，建立了医生包床责任制、助理医生制度，医院主编出版的《心理救援读本》第一时间送到武汉，无偿赠送各单位、社区近 5 万册，我们也带进方舱医院，录制有声版在方舱广播同步播放；基于该读本，医护积极开展心理疏导，举办了别开生面的读书会，组织党员患者成立了合唱团；组织了由队员提供生活用品作为小礼品的病友新冠肺炎防控知识竞答；召集病友学习呼吸操，既有利于疾病康复，又洋溢着欢乐与爱。

所有工作的顺利推进，都得益于党组织的凝心聚力、党员团员的奋勇争先、队员们的全力付出。在院长刘中民、党委书记孟馥等领导直接关心下，我队成立临时党支部，开展多种形式的党建活动，发挥战斗堡垒作用。我们一位党外同志说，我很感慨，平时我不知道我周围谁是党员，但在这里，我确实看见了党员身先士卒，冲锋在前，起到了先锋模范作用。在组织的感召下，有 22 位队员递交了火线入党申请，3 人光荣地加入了中国共产党。疫区是没有硝烟的特殊战场，每个人都难免紧张甚至恐慌，我们除了强化队伍管理，更注重对队员的关心照顾，从思想上、工作上、生活上开展了一系列卓有成效的工作。在大家的共同拼搏下，救援队获得了由国家卫健委授予的"全国卫生健康系统疫情防控先进集体"及"先进个人"等多项荣誉称号。

我清晰记得 2 月 13 日那一天傍晚，广场上吹着阵阵微风，五星红旗在落日余晖中分外鲜艳，春天的气息正悄然来临。我不禁拿起手机记录下了这满怀希望的一幕：多少年以后，当你回首往事，一定会觉得，我为这面旗帜，努力拼搏过！

援鄂医疗工作感悟

上海交通大学医学院附属仁济医院副院长 张继东

4月15日，武汉雷神山医院完成了它的历史使命，宣布关闭。回想2月19日我们到达武汉时，我们在雷神山医院的病区还是毛坯房，卫生没有打扫，病房里除了病床外，医疗设备、桌椅板凳、办公设施、床单被子，都还没有到位。我们上海市第八批援鄂医疗队521名队员是由上海仁济医院、上海市第一、第五、第六、第七人民医院和杨浦区中心医院6家医院组成的队伍。

我们医疗队进入雷神山后，主要负责4个普通重症病区192张病床和一个ICU病区31张病床。经过40多天的日夜奋战，我们总共收治了326名患者，其中重症123名、危重症30名，并成功运用ECMO技术救治了一名危重症患者。

目前全国援鄂医疗队已全部撤出武汉，疫情防控取得阶段性重要成效，全国疫情防控转为常态化工作。回忆这场战役，我深刻感悟到：

第一，此次战役充分发挥了中国共产党的政治优势和中国特色社会主义制度优势。坚定制度自信，全国一盘棋，一方有难，八方支援，全国凝聚起抗击疫情的钢铁力量。

第二，全国医护队伍是党和人民可以信赖的力量。面对疫情肆虐，全国有43000余名医护人员驰援湖北，成为最美逆行者。

第三，武汉是一座英雄的城市，武汉人民是英雄的人民。1月23日至4月8日，关闭离汉通道76天。武汉人民做出了巨大牺牲，与我们同心协力，坚定信心，英勇奋斗，共克时艰，最终取得疫情防控斗争阶段性成效。

第四，反思改进公共卫生制度和医学教育。我们应避免重"技"而轻"道"，重"治"而轻"防"，重"专"而轻"全"。目前公共卫生体系建设投入较低，公卫人员待遇未能得到有效保障。对于临床医学人才培养，不光要高精尖，还要多面手。这次疫情中，尤其在一线战场，要求医生不仅能看病，而且要临床操作娴熟，一些医疗设备也要会摆弄，甚至能够处理简单的问题。多面手还体现在创新思维上，就这次新冠疫情来说，刚开始好多专家也都是一筹莫展。过去的诊疗惯性或经验，反而限制了医生的创新。

第五，在传染病防治方面的战备和训练有待提高。以往多数医院的应急训练，大多是针对群体性伤害，如交通事故、工伤事故、爆炸伤等，以外科为主的。应急物资储备不足，这次疫情刚开始之时，口罩、防护服等医疗防护用品供应紧张。医疗物资是医院的战备物资，应当做常态化的储备。医疗设备缺乏统一制式，在雷神山医院体现得最明显，医院建好后，全国各地的支援都来了，但是好多设备型号、操作不一，医护人员遇到不熟悉的机器，还得慢慢琢磨。防护和隔离服厚薄不一，口罩也各式各样。建议国家应制定医疗制式装备，装备标准化、统一制式。

疫情还没有结束，许多问题已经引起大家的重视，我们需要做的事还有许多，只要我们认识到不足，深刻反思，知耻而后勇，一定能够战胜困难。

决战雷神山，上海中医人的担当

上海中医药大学医院管理处处长 刘华

根据国务院联防联控机制医疗救治组和上海市政府的指令，上海中医药大学附属龙华、曙光、岳阳和市中医医院组成的上海第七批援鄂医疗队（第四批国家中医医疗队）2月15日疾驰武汉支援雷神山医院。在上海市委、市政府、市卫健委、市中医药管理局和上海中医药大学的领导下，123名队员团结奋斗，发挥中医特色，以优异战绩完成了使命。

在46天里，我们医疗队所负责的两个病区一共收治了201名新冠肺炎患者，是武汉雷神山医院收治病人最多的病区。在这201名病人的救治中，实现了100%的中医治疗参与率；在192名出院病人中，纯中医治疗率达66.7%；截至离汉前的随访，没有1例康复患者出现核酸复阳的情况。

病人零死亡、队员零感染。我们做到了！

上海中医队的出色工作受到国务院副总理孙春兰的表扬。国家中医药管理局书记余艳红认为，我们体现了"上海的速度，上海的水平"。回首这段战斗的时光，令人动容的点滴细节至今仍历历在目，令人难忘。

临危受命，体现上海中医人担当

"15日赶到武汉报到。"在2月14日23：30正式接到北京的命令后，上海市卫健委、中医药管理局和上海中医药大学紧急展开组织和协调工作。自15日8时通知下达医院后的短短7个小时内，123名队员和12吨防护物资整装集结于上海虹桥国际机场。虽然当时前方的情况不明，也不知道将要面临怎样的风险，但全体队员斗志昂扬，无人退缩，体现了上海中医人敢挑重担的勇气和担当。

直面挑战，发挥上海中医经验

上海医疗队把自己的抗疫经验带到了武汉雷神山医院。根据上海的诊疗常规，并结合当地病人的实际情况，我们总结出了一套上海中医的治疗方案。即：普通型扶正为主、祛邪为辅，重症型扶正祛邪并重，通过表里双解、截断扭转，实现一人一策，精准施治。

无惧困难、直面挑战，是上海医疗队进驻武汉雷神山医院早期的工作常态。为了让每位患者都能在第一时间用上汤药，我们与新绿色药业展开密切合作；为了克服三级防护下的操作困难，我们积极开展中医综合治疗，特别是针灸、功法、情志调摄、音乐等非药物疗法，效果优良，受到了病人的欢迎；为了破解因戴多层手套造成传统针不易定位且易误伤的困局，我们结合上海经验，采用套管针、揿针等更为安全的针具；为了让身处负压病房这一特殊环境中的患者也能接受艾灸治疗，我们启用了无烟艾灸和艾灸仪，确保病房内的空气清净。

科学研究，展现上海中医特色

上海医疗队在救治新冠肺炎患者的同时，还积极开展了一系列针对新冠肺炎疫情应急临床研究，尤其是在上海抗疫拳头中药产品荆银颗粒、六神丸，以及针刺、功法、音乐、"表里双解 - 截断扭转"策略等 7 项研究中取得了积极成果，为精准治疗提供科学依据。

扶危救困，彰显上海青年的英雄本色

大疫当前，在负压病房里工作时间最长的青年人，工作强度最大的还是青年人。在上海医疗队中，大部分是青年人，其中有 2/3 是青年女性。面对重重困难，他们毫不退缩、迎难而上，24 小时全天候值守，确保病人一有突发情况就能在第一时间出现、第一时间处理，把各种恶化苗头遏制在萌芽状态。青年人以卓越的表现，展现了"逆行者"的英雄本色。

上海方案，国内外共享

武汉雷神山医院的 32 个病区里只有 4 个中医病区。为充分发挥国家中医医疗队的作用，上海中医专家为西医病区的 ICU 和重症病房提供了 100 多次会诊；参与制定武汉雷神山医院中医治疗协定方，供西医病区广泛使用；同时，对湖北省及武汉市多家医院给予技术支持，帮助了 300 多名新冠肺炎病人。

上海医疗队还参与了国家卫生健康委新冠肺炎诊疗常规的修订、中国中西医结合学会专家共识的制定。同时，通过"央视国际"与美国、英国、加拿大、印度、巴基斯坦、伊朗、黎巴嫩、阿富汗等国的中医药专家连线 3 次，分享中医在武汉的抗疫经验。

上海中医人在武汉雷神山医院充分发挥了中医药的特色和优势，取得了卓越的成绩，彰显了中医人的自信和担当。在全面贯彻落实全国和上海中医药大会精神的新形势下，我们更加充满信心，积极为上海中医药事业灿烂的明天增添力量！

刘华

四十个日夜的用心守护

上海市精神卫生中心副院长 王振

庚子年初，一场席卷全球的疫情首先重创了湖北武汉，"封城"竟成了武汉迎接新春的方式。面对国之大难，无数英雄的中华儿女挺身而出，数万白衣战士逆行而上，奔赴抗疫最前线。我有幸成为其中的一员，带领上海第九批援鄂医疗队的50位战友加入逆行的洪流。

作为第一支抵达和最后一支撤离的国家心理医疗队，通过四十个日夜的坚守，我们呵护和温暖了数千名患者和医护的心灵。四十个日夜里，我们目睹了疫情的惨烈，体会了病毒的无情，也感受到了人民的勇敢和坚强。我们庆幸自己生活在中国日见强大的新时代，面对疫情毫不畏惧；我们自豪能够投身援鄂抗疫的战斗，面对誓言，无愧于心。

这次新冠疫情不仅给患者带来身体的痛楚，更给患者、家属以及社会带来巨大的心理冲击；而战斗在一线的白衣战士们，在完成高负荷临床救治工作的同时也承受了难以想象的心理创伤。在前线的心理干预过程中，我们听到了很多故事，我们的战友们也会失眠、也会焦虑、也会恐惧、也会想家、也会流泪，我们也陪伴着很多患者经历了从恐惧、无助，到绝望，再到平静，找回希望和充满感恩的全过程。很多患者对医护人员发自内心的感谢，让人既感动也欣慰。

在武汉的每个日夜，总有一些瞬间让人感动；每个故事，总有一些细节让人铭记。从队员们争抢着奉献的热情，到归途战友斜靠在班车上入睡的疲惫；从不知辛苦奔跑着抢救患者的坚毅，到因救不回患者而嚎啕大哭的悲伤；从透过层层防护对患者发出的会心微笑，到卸下铠甲想起孩子时的满面泪流；从意欲了结生命的患者敞开心扉后的一句谢谢，到90后四川籍护士被问起援鄂原因时的一句报恩。在江城大地上，一个个平凡的生命，用最质朴的声音唱响抗疫的战歌。

都说"你有一双什么样的眼睛，就能看见什么样的世界"。我的战友们告诉我，在这场必将载入史册的灾难和救援中，大家看到的更多的是"大爱"。大爱来自国家，不计代价、"应收尽收、应治尽治"地不放弃任何一位病患；大爱来自援鄂医疗队的大后方，给予队员无微不至的支撑和关怀，让我们虽然远离家人、面对病毒却毫无后顾之忧；大爱来自英雄的武汉人民，牺牲自己的"小家"、保卫中国的"大家"，却还无时无刻不惦念着感谢帮助武汉的人们。大爱还来自成千上万的志愿者，他们的工作遍布城市的角角落落，让我看到了他们对武汉这座城市的奉献，看到了他们对我们这个国家的热爱。没人记住他们的名字，没人知道他们口罩遮住的面容，但我们都记住了他们淳朴的一句话"我就觉得我该做"，简单而有力！"青山遮不住，毕竟东流去"，这场突如其来的疫情的确打破了我们的平静生活，但改变不了我们前进的步伐。

疫情渐褪，生活回归，上海援鄂心理医疗队也圆满完成了使命重回工作岗位。这段和武汉人民及来自全国战友的共同战斗的日子，必将成为值得我一生珍藏的记忆。

第二章

进驻金银潭

金银潭医院是武汉最早收治新冠肺炎患者的定点医院。除夕之夜，上海市区两级 52 家医院的 135 名医护人员组成第一批援鄂医疗队紧急奔赴武汉，进驻到当时武汉乃至整个中国最受关注的金银潭医院救治确诊的危重患者。大年初三，上海 40 家医院的 50 名护理人员组成的第二批援鄂医疗队也火速集结出征，负责武汉金银潭医院北四病区的护理工作。两批援鄂医疗队共同在金银潭医院展开了一场长达 3 个月的生命接力医疗援救。

2020 年我的"第一次"

上海交通大学医学院附属新华医院崇明分院 徐鸣丽

今天 2 月 29 日，是个特别的日子，四年一遇。没想到这么特殊的日子里我竟然孤身在外，想到和小伙伴们一起奋战在抗疫一线又觉得特别的自豪。算起来今天已经是来武汉的第三十六天了，感觉很久了呢！这次的"旅行"真的是可以说让我终生难忘了，因为有太多的"第一次"让我历历在目，无法忘怀。

从大年三十接到电话开始，我就觉得我的 2020 年注定是不平凡的。第一次年夜饭吃到了一半就得离开家人奔赴战场；第一次觉得有这么多人关心我，在大年三十的晚上都不是祝福的消息，而都是询问加关心；第一次边回消息边流着幸福的眼泪；第一次坐了一回 120 的车，感觉着不一样的心跳；第一次在飞机上跨了年；第一次朋友圈被自己的消息刷了屏；第一次可以连续 8 小时上班不吃不喝不拉还不饿；第一次使用了成人尿不湿，终于了解了病人为什么不愿使用而非要起来上厕所的感觉，小伙伴们都说我们把 50 年后的事情都做了；第一次上个班得把自己包得里三层外三层密不透风的那种；第一次上班胸闷到就算坐着不动心率也要跳到一百三；第一次上班冷到手脚发麻却又没法取暖；第一次凌晨调试呼吸机还要自己联系厂家面对面视频调试；第一次自己抽血自己做化验；第一次为病人做了尸体料理，平时只是理论知识，但实际做的时候完全不一样，真的会让你心不忍，只要一想到其实他们连家属的最后一面都没法相见，或者说其实已经好久不见，平时也只能通过电话、微信来沟通，你忍不住要去帮病人的消毒做好、遗容整理好……这过程又会让你心里悲伤不已，忍不住眼里会布满泪花但又不能落下；第一次在凌晨 3 点冒着雨徒步来回医院，走在异乡的街头，就因为是下班了；第一次上个夜班有警察叔叔护送；第一次把羽绒服当了雨衣穿，把雨鞋穿出了皮靴的感觉，还觉得自己是这条街最靓的仔；第一次下班的时候脱了防护服觉得自己这么丑；第一次发现脸上的印痕原来是最美的容颜；第一次觉得特别理解病人的情绪，觉得她们需要更多的安慰；第一次尝试了在医院的各个角色，从治疗到护理到检验再到阿姨再到勤工，每个角色收放自如！

第一次……真的是有太多的第一次了，而所有的第一次让我觉得原来做护士是一件多么神圣和美好的事！

记援鄂二三事

复旦大学附属华山医院北院 刘蓉

在武汉的这段时间里，也许是感动得太多，人也变得多愁善感，活泼开朗的我渐渐习惯在每天脱下厚重的防护服、卸去满身疲惫后，窝在沙发里，捧上一杯热水，任思绪遐迩。最近想得最多的是生命的真谛究竟在哪儿？以下二三事也许能为我解惑一二。

一个静谧的夜晚，22：30，一阵纷乱嘈杂的声音从楼下传上来，一连收治了好几位患者，我和我的小伙伴们纷纷开始忙碌个不停，询问病史，测量生命体征，留取化验标本，一切都在有条不紊地进行着……

我所负责的床位上，收治了一位重症新冠病毒感染肺炎的年迈患者，步行相当困难，几经周折，我们好不容易几人合力将患者扶上病床，安置妥当，接上氧气，遵医嘱调节好氧流量，患者的面色及其他生命体征这才有所好转，双颊也恢复了一丝红润。就在此刻，楼下传来一阵阵呼喊声："爸爸爸爸，你要好好的，上海的医生护士们，求你们了，救救我爸爸，救救我爸爸！"带着哭腔的男子声音在这样的夜幕下显得特别清晰，特别无助。我问旁边的汪老师："会不会就是这个老爷子的儿子？"汪老师摇摇头，也不能确定那究竟是谁的儿子。我努力透过窄小的窗户缝，可惜，夜幕中，什么也看不见………

23：00，呼叫器里传来："北三，北三，呼叫北三，请到后楼梯拿一下病人的片子和用品！"我噔噔噔走过去，直觉告诉我，一定是那个在楼下的儿子送来的。果然不出所料，工勤告诉我，这个病人的儿子一直待在楼下不舍得走，他只有父亲这唯一的亲人了，好怕这一别成永别，一直在哭，一直在求，也不敢说要求陪伴父亲，堂堂七尺男儿，哭成了泪人……穿着厚重的防护服，我忽然觉得呼吸特别困难，眼前的雾气模糊了防护面屏，我也喊不出回应的声音，只能默默在心中刻下两个字："一定！"虽然，作为医务人员，我深知疾病可能的发展方向，但我们没有一个人轻言放弃，经过大家全力以赴的不懈努力，最终这位被儿子无限牵挂的父亲战胜了病魔，获得康复，成功出院，沐浴在明媚的阳光下！这一刻，我才真正卸下心头的压力，衷心为重获新生的这对父子庆贺！我想，这应当是生命的坚持魅力，等待阳光！为了阳光而来到世上！

一个20：00-0：00的班次，我负责床位上的一位阿姨已经在医院治疗了将近一个月了。也许是连日来的疾病缠身,呼吸机面罩辅助呼吸让她的脾气变得极其不耐烦,百般挑剔,横竖都不顺眼。所以今晚,我很有先见之明地给她带了2份方便白粥,告诉她如果晚上饿了告诉我,我会热给她吃!没想到,这一小小的举动,她却呆愣了半天,居然小声啜泣起来。我慌了,一着急眼前的视线也糊了,慌忙问她怎么了?过了好一会儿,她才告诉我,她平时也不是故意要发脾气,实在是憋坏了,家里的老伴和两个子女都隔离了,老伴已经确诊,生死不明,而她自己每天躺在病床上胡思乱想,渴望家人的关怀变成一纸空谈,看到旁边床位上的病患一个又一个出院了,几乎每天都有家属来送些爱吃的营养品过来,如果说心里没想法是不可能的,实在是不想再坚持下去了,才会有这么大的情绪波动。安慰了她好久,也没什么效果,想起今天微信里听到的《明天会更好》这首改编歌曲,特别动听,我搜索出来陪着她一块听。也许是共鸣的效果使然,她逐渐恢复了平静,接下来的时间,她明显配合多了!是的,有些改变不了的事情,只能学会去接受,去面对,而且要积极地去面对,这样,才会有更好的明天。如今,虽然她恢复得还是比较缓慢,但是,已然成功地脱离了呼吸机面罩,改为鼻导管吸氧,相信,在不久的将来,她一定能够满怀信心,重回社会,与她的家人团聚!我想,这应当是生命的温暖魅力,生命能够成为一支越燃越亮的蜡烛,是一份来自上帝的礼物!

2020年3月10日,全中国人民都在欣喜于武汉方舱医院休舱的喜悦之中,我和我的一位患者,也欢呼雀跃,虽然我并未在方舱医院工作过一天,但从一位可爱的叔叔口中,我了解了方舱里的点点滴滴,他用他那幽默的口吻向我口述着他的住院经历,从方舱转诊到我所在的金银潭北三重症病房,他满怀恐惧,但每次,身边的医务人员都会及时治愈他的心灵,让他重怀希望,一路迈向健康!最后,我们达成共识,他亲手在我的防护服背后,写下了:"热烈祝贺方舱医院休舱"这十个大字,落款:"金银潭 - 蓉蓉"!不日,他也即将出院,他告诉我:"我要拿着我的出院证,好好做个纪念,这是我的第二张出生证,从今以后,我要好好生活,来回报所有对武汉有恩的人们!"我笑他煽情,说的我泪眼模糊,防护镜又一次蒙上雾气,然而,不约而同地,我们都看到了希望在向我们招手!我想,这应当是生命的勇敢魅力,生命是一条艰险的峡谷,只有勇敢的人才能通过!

坚持、温暖、勇敢,用它们的魅力,诠释着生命的真谛!我的武汉之行,出发前充斥着决绝与忐忑,想起与家人道别故作轻松的那一幕,至今无法忘记心中的那抹悸动,我多害怕,那可能是我最后一次与家人团聚。过程中却被生命的坚持、温暖和勇敢一次次感动着,一次次坚定着,"武汉加油、中国必胜"不再是心中呼喊的决心,而是在我们践行中,化为动力,一步步朝着目标踏进,希望在向我们招手,让我们彼此铭记这一伟大的时刻,共同鉴证生命的真谛,迎接胜利的到来!

送你们回到春光中

普陀区中心医院 刘金金

除夕夜，我匆匆告别家人，在飞往武汉的航程中迎来新年的钟声。元宵节，我穿梭在隔离病房，与重症病人、抢救仪器为伴共度佳节。3月11日，是我27岁生日，我正坚守在武汉前线！

从抵达武汉金银潭医院至今，我一直在工作状态，我负责的都是重症病人，多数需要卧床治疗，依靠呼吸机的病人比比皆是。重症病人多意味着病区里气氛压抑、患者精神压力极大。每一天治疗护理之余，我都要花很多的时间和精力去给病人加油打气、沟通交流。

有一位六十几岁的阿姨，性格内向特别焦虑，当我了解到阿姨的丈夫也住在同一个病区，就找到这位叔叔，让他去给自己的老伴打打气。交流之下发现老先生特别风趣健谈，病情又轻，于是我给老先生"恶补"了很多疾病康复的专业内容，有空就会教他怎么跟病人开解、打气。

老先生成了我的好帮手，成了医护人员的"代言人"，不光安抚了自己的老伴，而且还积极鼓舞病房里的其他病友，每天"开讲"给大家谈天说地、树立信心，在他的带动下，整个病区的氛围都有了更多生机，病人的脸上开始有了微笑。

经过积极的治疗，风趣健谈的老先生很快治愈出院了，临走前又"现身说法"为病友们树立信心："春光正好，我在阳光下春风中等着迎接你们"！老先生痊愈出院了，我既开心又不舍，"好助手走了，我还会继续坚守下去，送更多的人健康地回到烂漫春光中！"

努力奔跑 迎接太阳

普陀区中心医院 王冬麟

从大年夜离开家连夜奔赴武汉金银潭医院，到今天我已经战斗近 20 天了。坦率地说，这是我从事医护工作 8 年来，自觉最辛苦也最危险的一次；也是我工作至今感触最深、感动最多的一次。

我也怕死，但应该我上！

1 月 23 日，医院接到上海市卫健委组建医疗救援队驰援武汉的任务，消息传开后，我立即找到自己领导要求报名医疗队。"你刚从西藏回来没有多久，这次真的还要报名？"是的，我还要报名！我曾三年里两次赴西藏亚东县人民医院支援当地医护，在"东方之星"沉船事件后也前去支援，我有救援和应急经验，我应该去！我是重症监护室的男护士，我有体力、有技术，我应该去！我是 90 后，是一名入党积极分子，我年轻、有义务，我应该去！

报好名后我打了个电话给爸爸，爸爸沉默很久，跟我说："你做得对，我不能拦你。你自己要保重，别太累，每天要保持联系。家里空调记得关掉。"交好的兄弟劝我："这次疫情非同一般，你就不怕死么！"怕不怕？我问自己，当然怕！那为什么还要去？因为我想帮武汉同胞挺住！我想跟武汉同行并肩，共同战胜疫情。

救治患者 严防感染

我们的医疗队抵达后快速承接了金银潭医院新开的两个病房，接受普通和危重两类病人。我被分到金银潭医院的危重病房里。20 多个危重病人中，一半以上需要使用呼吸机。除了常规的照料病人按时打针、吃药外，对危重病人主要是监测生命体征和仪器使用情况，比如维护呼吸机使用情况，定时记录观察有没有漏气、血氧饱和度等。因为没有护工，所以对部分不能自理的病人，我们还要负责每天给他们喂饭、擦身、协助床上大小便。在繁重的工作中，我每天最喜欢做的事情就是上班时跟每一个意识清醒的患者互相打气：加油，一定会好起来的！

因为每天都在接触重症病人，所以医护人员救治病人的同时，最重要的就是预防感染。此前各地已有接触患者导致医护人员感染的前车之鉴，因为医疗队员都是在固定的生活区域中同吃同住，一旦一人感染，整个医疗队都可能瘫痪，影响巨大。

为了实现医护人员零感染，自从我们抵达武汉之后，没有排到上班的人只要空下来就一直在接受培训。根据大家三班倒的上班时间，每天会有 2-3 次防护培训，重点就是规范穿脱隔离衣。通过反复练习，我们迅速掌握了熟练穿脱隔离衣并无暴露的技术。能够和部队医院的军医们一起培训、一起交流我特别激动，他们规范化、严格管理的操作标准震撼了我，也让我收获很多。

护理的重症患者核酸测试三次都是阴性，我很振奋！

每次从重症病房回到休息的房间，我都累到了极限。因为人手短缺所以每一个人的工作量都很大，为了节约防护服，我们当班期间常常连续 8 个小时保持不吃不喝不上厕所。

但我今天特别开心，因为在我护理的病房中，有位重症患者核酸测试的结果为阴性。而且，这是他第 3 次被测出阴性！重症病患也能"扭转乾坤"，这个消息让我太振奋了！这位病患原本是呼吸科医生，是我的病人，同时也是我的同行、战友。我们两个都坚信，积极配合治疗、护理得当，若自身抵抗力能再跟上，即使被判为重症，也有可能被治愈，这让我们对最终战胜新冠肺炎信心大增！

一个苹果的祝福

上海交通大学医学院附属仁济医院 吉敏娇

2020 年 2 月 28 日，来武汉 30 天，今天是上海第二批援鄂医疗队"满月"的日子。临上班前，收到了一批特殊的礼物——来自上海的孩子们用自己的压岁钱捐赠给医疗队的物资，还有亲手写的加油信。这份浓浓的情意，瞬间扫除了我们的疲劳，顿感干劲十足。

工作岗位依旧是重症监护室，每天的相见和照护，早已和患者结下了深厚的感情，我们不仅是护患，更是患难与共的亲友。患者由于现在的特殊病情，家属不能探视，所以他们在情感缺失的同时，也时常会发生缺吃少喝的情况。昨天临下班前，有位阿姨不经意间说："现在没别的，就是特别想吃水果。"我听到了，也记下了，所以今天特意把自己省下的苹果带去了病房。苹果寓意着平安，也希望把这份祝福带给阿姨：吃了平安果，能一切顺利，平平安安，早日康复出院。看到苹果的那一刻，阿姨开心得像个孩子，三下五除二地把苹果吃了个干净，无比满足的神情使我们的成就感爆棚。在和阿姨聊天的时候得知，她家五口人，除了丈夫在外地回不来，幸免于难之外，其他的家人都感染了新冠肺炎，分别住在了不同的医院。住院这几天，她每天担忧着自己的病情和家人的情况，但是今天她吃到了最好吃的苹果，收到了最美好的祝福，也是真的感到了惊喜和开心。快下班前，阿姨想尝试着自己下床去厕所，询问了医生并且评估阿姨的生命体征后，我答应了，并在旁协助。阿姨扶着床走得很慢，偶尔要停下来休息片刻，一次如厕用了 20 分钟，阿姨躺回床上后，看到自己的进步，喜极而泣，立刻把这个好消息告诉远在他乡的丈夫：老公，你知道吗，今天我吃到了苹果，而且我可以自己去厕所，我对自己的病充满了信心，相信我一定会好起来的。加油！

没有哪个冬天不可逾越，也没有哪个春天不会到来，纵使黑夜漫长，我们依旧相信曙光就在眼前。孩子们用似花朵般的小爱温暖着我们前线的战士，我们也要用阳光般的大爱驱散患者前方的黑暗。加油呀，一线的斗士；加油呀，有爱的城市。

岁月静好，我愿负重前行

上海交通大学医学院附属新华医院崇明分院 朱敏

1月24日除夕，我随上海第一批援鄂医疗队星夜驰援武汉金银潭医院，至今已连续上了29个紧张激烈的内围班（在一线负责病人全方位护理）。为节省防护服和节省穿脱防护服所需的大量时间，我每次上班前都不敢喝水，下班时都感觉快虚脱了。经过长时间奋战，我的身体已经处于极度疲劳状态。

2月21日，我第一次迎来了外围班（负责治疗、后勤），时间从晚上20:00-次日8:00，由于是第一次上外围班，心里有些紧张，生怕自己不够熟练，影响到里面内围班奋战的伙伴们。虽然外围班比内围班喝水、上厕所要方便一些，但还是需要换一套防护服。为尽量节约防护服，上班前我也没敢多喝水，出发时也照例兜好了尿不湿。

到了医院，我们做好交接班，有条不紊地工作着。凌晨1：00左右，我突感右下腹隐隐作痛，长期的疲劳使得我对疼痛有所麻木，当时没在意，想当然以为一会儿就好转。凌晨1：15左右，疼痛突然加剧，难以忍受。和我一道上外围班的同事看到我痛得腰直不起来，非常担心我，帮我找来了上海援鄂医疗队的郑永华医生。郑医生边询问病史，边安慰我，并亲自帮我打了一针止疼针，扶我到值班室观察。凌晨1：30左右，疼痛仍不见好转，反而越发严重，郑医生又叫来了其他两位值班医生一起商讨，并第二次注射了止疼针。凌晨1：45左右，我自身感觉越加疼痛，身上直冒冷汗，刀割样疼痛。医生们帮我联系总值班，安排我做超声确定是不是肾绞痛，再对症治疗。由于超声在另外一栋楼里，我当时已经一点力气都没有了。上海援鄂医疗队严峻医生二话不说，背起我楼上楼下来回跑，超声显示右侧有肾结石并伴有积水。明确诊断后，伙伴们都松了一口气，刘勇超医生在病房里东奔西走给我找来了消炎痛栓。凌晨2：15左右，通过吊盐水和使用消炎痛栓后，我感觉疼痛缓解很多，大家紧锁着的眉头也松开了。凌晨5：00左右，在大家的精心照顾下，我的疼痛基本缓解。轻伤不下火线，我又重新回到了工作岗位，继续和伙伴们一起奋斗。

突发状况给医疗队小伙伴们增加了麻烦，在我深感抱歉之时，团队里小伙伴们都来安慰我。我感谢上海第一批援鄂医疗队的全体同事，在我最需要帮助的时候纷纷伸出援手。虽然远在他乡，但让我感受到了家的温暖，感受到了团结的力量。回到休息地后，我照例向远在家乡的亲人和领导简单报了个平安，他们的关心让我知道我不是一个人在战斗！

岁月静好，我愿负重前行。2003 年非典的时候，我还在初一，那个时候是别人保护着我，现在轮到我保护别人了。疫情未消，我们不归。武汉加油！中国加油！

飞雪迎春到 期待疫散花开

上海市第一人民医院宝山分院 沐美玲

　　经历了一场狂风暴雨的洗刷，一场漫天飞雪的妆点和滋润，武汉的梅花凌寒而开，温暖的阳光洒满了整座城市！

　　今天，金银潭医院北三楼重症区也是一副欣欣向荣的景象，这是来到武汉看到的最欣慰的一幕，正在恢复期的患者们纷纷到走廊，跟我们聊他们感染的过程，聊他们的家人，听到他们说，等疫情过去，他们想回到之前的平和、有序的生活里，他们要请我们吃武汉的热干面，等我们回去的时候要买鲜花和特产去机场送我们。是啊，我们也有同样的愿望，愿病房里躺着的患者都能像他们一样，过几天就能出来走走，看看花繁叶茂，感受温煦的阳光，所有人都在用自己的方式努力着，努力让生活回到正轨！

　　回望这段交织着灰暗与希望、泪水与鼓励的日子，忙碌的脚步让我分不清时间的分分秒秒，六小时，八小时，哪怕十几个小时，肚子饿了要忍住，困了要撑住。有时候觉得作为人类的我们，在灾难面前，有太多的无奈。许多患者大多数时间只能躺在床上戴着呼吸机等待天黑，再等待天明。那一双双祈望的眼神，却期盼着与我有更多的交流和沟通，虽然不能感同身受，却能近距离触摸到他们的无奈与悲痛。这个时候，我相信，信任和善良，一定比疫情跑得更快！在这里，在做好自己防护的同时，在紧张忙碌的操作治疗之余，我努力学习最新版的病毒治疗方案，了解所负责的每一位患者的病情、检查结果，利用治疗成功出院的案例给他们做榜样示范，给予他们积极的心理暗示。遇到紧急情况，我做到抢救分秒必争，给患者更多的安全感，通过和患者近距离的沟通交谈，给予他们关怀、支持和帮助，建立一种胜似家人的关系，让他们感受到亲人般的温暖，鼓起战胜病毒的勇气。虽然隔着防护服，但是他们居然能通过身影和声音认出我来，他们都说能感受到我传递的正能量。有时一个鼓励的眼神，他们就能多吃下一口饭，就能多一分抵抗力，就能多许多康复的希望；有时休息一天没去，他们会说想你了，看到你就觉得亲切。患者对我的信任和依赖，让我感到荣幸和自豪，让我明白，平凡就是幸福，奉献才更美丽！

　　在我眼中，一切都在好转，一切都在复苏，虽然逝去的人不再回来，但在以后的时光隧道里，凝眸回望，细数点滴，穿越这场暴风雨的我们，会更加珍惜车水马龙、霓虹闪烁的日子。通过平时的沟通，我了解到几个患者都喜欢唱歌，于是我鼓励几个情况比较好的患者脱下呼吸机，走出病房，我们一起合唱了 2019 年最火的歌《我和我的祖国》，耳边响起熟悉的旋律，重症病区有了来自患者的声音，有了生机，令我感动。我们生活在我们伟大的祖国，成长在幸福的年代，有人领唱，有人伴舞，这一刻，我们的心在一起。愿他们都能早日康复，在未来的日子里，人事皆安，愿病房里躺着不能下床的患者能听到我们的歌声，受到鼓舞，早日战胜病魔。愿灾难过后，祖国山河无恙！

在武汉，度过了好事连连的"女神节"

上海市胸科医院 冯亮

今天有些特别，是第 110 个国际妇女节。起床后，我先例行查看"全国新冠肺炎疫情实时动态"。回想起一个多月前，武汉一下子成了"漩涡的中心"，在疫情地图上红得发黑。今天惊喜地发现，已经有 5 个省市疫情病例"清零"，变成白色的了！其他省份的颜色也都在慢慢变浅。听说隔壁的武汉客厅方舱医院今天起休舱，武汉也将在 3 月 21 日开始复工，这些无疑都是天大的好消息。

上午 9 点，东西湖区的领导们前来酒店慰问，给我们送上了精美的卡片和娇嫩的郁金香。回到房间后吃了一些小点心，准备好小组上班用的防护物资，我便和小伙伴们一起出发去了医院。

进入重症监护病区后，我仍负责第一个病房。4 床病人鼻插管了，用了镇静药，不吵也不闹。看他静静地躺在床上，我心里却很不是滋味，突然怀念前几天他不停"指挥"我的样子，虽然要求多但至少说明他的情况还不错。真希望他的病情能好转。

6 床 88 岁高龄的老先生仍是意识模糊的状态，各项生命体征还较平稳。正当我书写护理记录单时，听见他咳痰的声音，我立刻警觉。之前在病例讨论时得知，咳痰对于这个疾病的治疗很重要，我连忙跑到他身边想让他把痰吐出来。但老人实在没有力气，无法将痰液吐出。根据多年的工作经验，我判断他的痰液很黏稠，已经在喉咙口了。生怕他将好不容易咳上的痰液再次吸回气管，我试图用纱布缠在手指上，伸进他嘴里将痰液粘出来，没能成功。小伙伴也赶过来一起想办法，我们用针筒连着吸痰管进行人工抽吸，终于吸住了那团又稠又厚的痰液，包上纱布拉了出来。做完操作，大家都松了一口气，仿佛是自己把痰咳出来了一般。

7 床患者搬到了 16 床，我也过去了解了情况。他现在已经活动自如，就等报告结果准备出院了。今天又有两个病人出院，真是好事连连、令人兴奋的一天。

下班回到宾馆，洗完澡后肚子已经饿得咕咕叫。因为今天是"女神节"，酒店特地进行了布置，鲜花、气球、礼品、小蛋糕，让人感到特别的温馨。不仅如此，还增加了牛仔骨、盐焗鸡、烤鸭、烧鸡、海鲜小炒等各类菜品，我每样都尝了一点，感到幸福又满足！

选择与坚守

上海市胸科医院 张俊杰

我叫张俊杰，来自上海市胸科医院，是一名导管室的护士。1月24日，作为上海首批援鄂医疗队队员，我来到了武汉金银潭医院，成为该院北三区的一名护士。从寒冬腊月，到烟花三月，这50余天的援鄂经历，让我更加明白一个医护人员该有的选择和坚守。通过这场特殊的"战役"，也让我明确了自己的职责与使命，并为之付出不懈的拼搏与努力。

武汉金银潭医院收治的都是危重症病人。初来乍到，对病人病情不了解，护理流程需要慢慢熟悉，部分病人还有严重的情绪问题。更加雪上加霜的是，还有医疗资源紧张、工作时间长、防护装备不适应等问题，让我这个"人高马大"的小伙子倍感压力和挑战。

穿一套防护服需要很长时间，为了节省时间和医疗物资，我选择工作中不吃饭、不喝水、不上洗手间。最开始的时候，我们要在隔离病房连续工作8小时。虽然常常累到虚脱，但通过不断地自我调适，渐渐地已经能够习惯并适应高强度的工作节奏了。

为了尽快熟悉病人的情况，我要求自己迅速记住每名病人的信息，包括何时入院、每日病情变化、特殊注意事项等。得益于这样的"建档"，让我能迅速了解每个病人的护理需求，更快速更高效地进行护理照顾工作。作为一名男护士，我竭尽所能在重症监护病房中发挥自身优势。一是体力上的优势，比如给重症患者翻身、扶患者下床等，我基本都能一个人独立完成；二是心理素质比较稳定，在抢救患者时镇定、沉着，能更好地与医生配合，快、稳、准地执行。为了保护伙伴们的安全，我带头走在疫情防控的最前沿，对每一处进行严格消毒，"织牢"疫情防护网。

在做好病人护理的同时，我也特别关注病人的情绪变化，做好病人的心理疏导工作。金银潭医院收治的多为危重病人，他们在忍受病痛折磨的时候，心理也承受着巨大的压力。作为最"亲密接触"的医护人员，我深知我们的情绪和表达会影响他们的心态。在我护理的病人中，有一位32岁的女患者，刚开始入院时情况危重，时刻不能离开无创呼吸机，一脱下面罩就呼吸困难。她本人情绪极其低落，每次跟家人通话时都很悲观，就像在交代"遗言"。察觉到她的不良情绪后，我开始有意无意地跟她搭话，让她感受到我们时时刻刻的关心。一开始，她对我爱搭不理甚至冷言冷语，但随着我故意"找茬"的次数增多，她逐渐对我建立起了信任，有了情绪和回应，有时甚至会主动找话题跟我聊天。随着病情好转，病人的心态也积极乐观了起来。不久前，她已经完全康复出院了，回家后还给我发来了和儿子的合影，对我表示了感谢。我们也从原来普通的医患关系，变成了现在可以交心的朋友。

50 余天的选择和坚守，让我感受到了许多温暖与感动。因为隔着厚厚的防护服，病人无法看清我们的脸。很多病人做了气管切开手术，也不能说话或发声，但他们都会以自己特有的方式表达感谢。比如元宵节时，病房里的几位患者联名在纸上写下"元宵节快乐"送给我们。另一位小伙画了穿着防护服的医生护士，并配上一句"医者仁心，行侠葬疫"。还有些患者主动要跟我们一起竖起大拇指合影。这场特殊的"战役"让我们的人生轨迹相汇，凭借爱和信念互相理解包容，互相加油鼓劲。

阴霾终将散去。随着全国新增病例数字日益减少，零增病例地区逐渐增多，不久的将来我们就能摘下口罩，回归原本的"小幸福"生活。春天已经来临，让我们重新再道一声"2020，你好！"

向新冠肺炎病理解剖的奉献者致敬

上海市肺科医院 程克斌

今天是 2 月 16 日，农历正月二十三，是我们上海第一批支援湖北医疗队入驻武汉市金银潭医院的第 23 天。

今天发生的一件事情令我们第一批上海支援湖北医疗队的每一位队员都很感动：我们曾经救治的两位患者家属同意为新冠病毒研究捐献遗体。这两位捐献者都是我们第一批上海支援湖北医疗队接手的金银潭医院两个病区的患者。其中第二位捐献者就在我所在的北三楼危重症病房第三组里。在患者抢救无效离世后，我们及时电话通知了家属，家属心情很悲痛，管床医生耐心地安慰着家属。

实际上，我们在治疗患者的同时也担当着病人家属"传声筒"和"临时家属"的角色。一方面，我们每天都会与家属沟通病情，另一方面，我们把病人像家人一样照顾，希望他们早日康复出院，与家人团聚。这位患者入院时是一名危重症患者，经过一系列治疗后病情有所好转。但在 2 月 10 日左右出现意识模糊，2 月 14 日发热昏迷，最终因多器官衰竭，病情急剧恶化抢救无效死亡。

在与家属沟通的过程中，我们表达了希望他们能捐献遗体以做病理解剖的意愿。实际上，我们一直在寻找有效的治疗方案，反复探讨，一致认为只有了解发病机制，才能让临床治疗有进展。而通过遗体解剖取得病理组织，研究病毒的致病机理是有效途径。在家属知晓遗体解剖的重要性后，他们忍住泪水，在悲痛中表示愿意为探求新冠肺炎的病理机制尽一分力量。遗体解剖中，病理科医生向逝者默哀致悼，然后认真选取肺脏等不同脏器的组织标本。第一例于 16 日凌晨 3 点多完成，第二例于 16 日晚 19 点左右完成。我们对新冠肺炎的发病机制和病理生理知之甚少。遗体解剖所获得的病理，对于探索新冠肺炎的临床病理改变、发病机制等有重大帮助，并能从根本上寻找新冠肺炎的致病、致死原因，为未来临床治疗危重症患者提供依据。这是我们上海第一批支援湖北医疗队的突破、也是全国性突破。我向逝者致敬，向家属致敬，感谢他们无私的献身精神。正是有像他们这样可敬的同胞，大家万众一心、众志成城，我们定能取得抗击新冠肺炎的全面胜利。

昨天，武汉，大雪纷飞，寒风凛冽；今天，武汉，阳光明媚，春风宜人。风雪过后必有晴天，我深信，新冠肺炎疫情的"风雪"也必将过去，迎接我们的是美好明天。

燃战疫信心，守提灯微光

复旦大学附属浦东医院 黄琳

2020 年 3 月 11 日，农历二月十八，这是我在武汉奋战的第四十七个工作日。

今日是早班，中午下班时分，我走在医院与酒店约 15 分钟的路程上，感受着阳光照在脸上的温暖，耳畔鸣啼的是鸟儿欢快的歌声，鼻尖嗅到的是花儿淡淡的芬芳。

3 月的武汉已是一片春意盎然，万物复苏、生机勃勃，与病毒顽强抗争的"提灯人"即将迎来胜利的曙光！

紧急出征——誓言的召唤

抬头仰望蔚蓝的天空，阳光洒在脸上，缓缓闭上眼睛，思绪瞬间把我带回到那一个不同寻常的夜晚——

"第一人民医院，第六人民医院，华东医院，肺科医院……""来了，已经来了！""到！我们到了！"虹桥机场大厅内正在进行着一场特殊的点名，上海各大医院组成的首批医疗队即将出发援鄂。除夕夜，本该是合家围坐着其乐融融，但是机场内整装待发的所有人在接到电话征询的一刻，来不及细想，便义无反顾踏上了援鄂之路。

一袭白衣就是责任，临危受命，在所不辞；一腔热血就是信心，千难万阻，毅然向前！每位白衣天使都清晰记得那"提灯"的誓言，我们的微光，终将照亮武汉的整个夜空。

战疫打响——信念和责任

庚子鼠年的大年初一凌晨，飞机平稳落地，我脚下的这片土地叫"武汉"，曾经的热土正饱受病毒的折磨。

在酒店稍作休整，我们即将抵达我们的阵地——这次疫情的重灾区——武汉市金银潭医院。自此，白衣战士们的战"疫"号角正式吹响。

凡事预则立，不预则废，上海市第一人民医院副院长郑军华带领医疗专家、护理和院感小组成员实地考察，在他的带领下，我们迅速了解了工作环境，在动员大会上接受了相关培训，一切准备工作井然有序、高效完成。

援鄂第三天，怀着忐忑的心情，16:30我和同组的如意投身于我们的首场战"疫"，身穿"战衣"，进入战场——金银潭医院北二病区。虽然我们的"战衣"及护目镜使我们行动和视野变得极为不便和模糊，但是职业本能立刻显现：交接班，了解病区环境，查看病区患者治疗单，了解每一位患者病情，使用高频吸氧者参数的设置，患者的生命体征补液等，所有的事都有条不紊地进行着。当地一位老师的指导，更使我们事半功倍，各项工作顺利完成。这一切都坚定了我们战疫的信心！

援鄂第七天，援鄂第十天，援鄂第十五天，援鄂第二十七天，援鄂三十五天……在这里的每一天，有无奈更有感动、有忧虑更有喜悦、有悲伤更有温暖，有相互鼓励和相互信任，更有医护患携手战胜疫情的信念和责任。

"提灯"使命——专业与支持

我们都知道病情观察的重要，因为"没有突然的病情变化，只有病情变化突然被发现"。我们所负责的北二病区基本为普通型患者，但我们丝毫不可松懈，必须严阵以待，这是我们的专业职责，也是我们爱的使命。

第一个中班时，14床患者起床上厕所后气促明显，高频吸氧后也未能缓解其症状，我们通过对讲机立即汇报给医生，经指令后调整参数，指脉氧始终只维持在60-70%左右，于是再次汇报医生，遵医嘱用药并给予患者呼吸指导和心理疏导，告知其需要暂时绝对卧床休息，一切生活护理由我们来协助在床上完成。1分钟……3分钟……7分钟……10分钟……半个小时……一个小时，慢慢地患者呼吸平稳了，氧饱和度升至90%，他终于安稳入睡。临下班前再次巡视病房看着他那熟睡的脸庞，我们也终于松了一口气。夜已深，我看着安静的病房，愿所有人都有一个美梦。

迎着朝阳，在走廊的另一头就远远地看见他眼角洋溢的微笑，这是36床的患者，我们总是亲切地称呼他"黄老师"。谁曾想两个多月前他开始发病时只能卧床休息，时时刻刻都需要高频吸氧。我们看着他一路与病魔战斗，而今能拿掉氧气起来走走，时常和我们唠唠嗑聊聊家长里短，真心为他感到高兴。我便用纸折了一朵小红花送予他，用这永不凋谢的小红花祝福他坚强乐观，眼中有更多的神采，争取早日康复，摆脱病魔，加油加油！

"36床顾老先生，请把口罩戴好""36床顾老先生，请把氧气戴好你现在的病情需要吸氧""36床顾老先生，吃饭了没有"……我们一句句的话语，指手画脚的比划却都是单向输出，老先生并没有理会，要么自己呆呆地坐在床边，要么做着自己的事，不配合治疗，也不吃饭，这可把我们愁坏了。护士长灵机一动会不会听力的问题再加上陌生的环境，使他产生了焦虑和恐惧的情绪，于是我们找来纸笔写字和他交流；另一边医生也联系家属，了解情况后知道确实有听力障碍，再加上语言不通没有家人陪伴使他感到孤独无助。家人通过微信发来鼓励的信打印好放在其床边，希望时刻能鼓励他，让他感受到家人的关爱。通过纸笔和我们的临时翻译（病房内的患者）我们建起了沟通的桥梁，老先生精神状态日益好转，还主动来拿饭积极配合治疗，终于迎来了他出院的好消息。

对于不能自理的患者，我们既是医护人员也是家人，细致地照顾着他们的日常生活。我们没有一位姐妹不对此尽心竭力、任劳任怨，每件细微的小事里都涌动着浓浓的爱意。

"微光"荣耀——鼓励和信任

下雪啦，一场春雪带来春天的活力。我们一如往常穿着"战衣"戴上护目镜和层层手套开启了我们新一天的"战斗"。测量生命体征、发药、打针、抽血等桩桩件件我们平时上班早已习以为常的工作，在"全副武装"下现在却如此艰难。护目镜起雾阻碍了我与血管的对视，层层的手套阻隔了我与血管的亲近，"不增加患者的痛苦，如何顺利地完成穿刺呢？"我心里正犯着嘀咕。"你们放心打，多打几针也没事的！"来自患者朴实真挚的鼓励，犹如晨间的曙光，照亮了所有医护人员的心间。这样暖心的鼓励和朴实的嘘寒问暖我们每天都真真切切地感受着，"小姑娘吃饭没有，该饿了吧""现在都中午12点多了，下班回去吃饭是不是该凉了"，"没事没事不打紧，不疼！你放心再打吧"……是你们的关心鼓励、无条件信任给了我们坚持战斗到底的信心和力量，我们同舟共济定能战胜病魔！

我们的付出迎来的是他们一个个健康出院的喜报。为表达内心的感谢，他们有的微信发朋友圈以示感激，有的为我们写下美丽的诗句"巾帼无言，风尘仆仆，勇往直前；巾帼无怨，舍生忘死，默默奉献"，有的亲笔写下感谢信，字里行间都流露着感恩之心。看着这些，我们不禁热了眼眶，只要他们健康平安，一切的付出都是值得的。

点亮"微光"——家人的关爱

远离上海和亲人，忙于工作时或许来不及顾及、来不及思念，但当带着一身疲惫终于可以歇一歇的时候，那种伤感总会不自觉地涌上心头。好在，在抗疫前线的我们，总能感受到来自团队成员们家人般的温暖。我们互助互爱，相互关心。受伤划破了，我有消毒药水，我有创可贴，我有药物；指甲太长了没有指甲钳，我有；头发太长了，我有理发剪临时充当一回 Tony 老师。尽管带着满脸的勒痕、尽管有着思念的伤感、尽管带着紧张工作后的酸痛劳累，在"家"里，我们却总能听到欢声笑语。

每次各地来物资，大家都会自告奋勇帮忙搬运，协助分发。元宵节酒店会为我们准备香甜软糯的汤圆；情人节，送来象征美丽爱情的巧克力；龙抬头那日，为我们请来理发师修理日益蓬勃的青丝；女神节为我们准备鲜花、养生护肤品。最重要的还有家乡的投喂，那是来自上海的爱啊，捧在怀里满满的都是幸福的味道。家人的关爱，家人的叮咛，家人的支持是我们顽强抗疫的坚强后盾，使我们的微光可以持续燃烧，愈燃愈亮。

战疫信心——待樱花烂漫

3月10日武汉方舱医院全部休舱啦，多么振奋人心的消息。但我们的战疫还在继续，需时刻警惕，不容懈怠，坚持到底就是胜利。阳光终将驱散阴霾，英雄城市依旧能展露英姿勃发的面容。

战疫的故事还在继续书写，必定有一个完美的结局。

我们也终将守护住"提灯人"的使命，待战疫胜利后，定要到这座美丽的英雄城市走走，逛一逛中央大街，看一看烂漫的樱花，吃一碗喷香的热干面！

樱花树上有了花骨朵

上海中医药大学附属龙华医院 陆蓓蓓

　　我在学生时就加入了中国共产党，也是科里唯一的一名护士党员，最早是在支部群里看到了支援的报名表，也没多想就直接报了名。2003年非典，那时我正在读书，当时看到白衣天使上战场，各种艰苦奋战也是热血澎湃；2008年汶川地震时，我正在实习，算是半个白衣天使，听说科室的带教老师去前线的时候，因为飞机没有合适的降落地点，还勇敢地跳了一次伞，对他佩服不已。现在，我也成了白衣战士中的一员，在这场战疫中，我能贡献出自己的一份力量，就是不忘自己的初心，致敬那些用行动诠释这份职业精神的前辈们。

　　报好名的第二天是除夕，刚从单位下班就接到通知说当晚就走，白天匆匆从老家赶回上海的老公还在给我盛饭，听我一说，马上放下手中的饭碗，开始帮我打包行李。一阵手忙脚乱，塞到行李箱再也关不上了他才罢手，嘴里还一直说着总觉得少带了什么，可突然之间没声音了。我抬头看了看他，"你可千万别哭啊，大男人流啥眼泪呀"。老公只能哭笑不得，犹豫着问"爸妈那边怎么说？""等上了飞机再说吧，现在还有一堆的事情呢。其实我是真的不知道该怎么和他们说，他们还在老家带着儿子，还一直问我今年回不回家过年……"当时我想这个时候，不能牵挂太多，舍小家才能为大家，他们会理解的。

　　在飞机即将起飞前才匆匆回复无数条信息。其中一条来自我的好同学好闺蜜，得知她也报了名，即将与我并肩奋战。十年前，我们还是两个懵懂少女，天天喊着减肥计划，在学校的操场上跑着步，吐槽着专业的限制，憧憬着未来的职业生涯。毕业了，两人最终还是没有舍得放下苦读了五年的专业。她留在南京，我来到了离家更近的上海，开始了护理人的生涯。

　　在这场战疫中，难免要面对生离死别，当歪歪扭扭写出武汉加油的老汉的病床变得空无一人时，内心也曾伤心过。在大多数普通人眼里那些每天跳动的统计数字，在我眼里却都是鲜活的生命，那种逝去的挫败感有时也会让我感到沮丧。不过，让人高兴和振奋的是，在大家的共同努力下，越来越多的患者在好转，在慢慢恢复。我负责的床位上有位得了糖尿病的男孩一直管不住嘴，偷吃蛋糕被我一顿"训话"后乖乖听话的样子让我能忘掉那些我无能为力的事，重新燃起斗志。

　　多年的护理经验告诉我，积极乐观的心态有助于患者痊愈。在援鄂医疗队第六党支部的会议上，我写了一封给患者的信，希望患者们能理性乐观面对疾病，积极配合治疗。也通过这个写信的过程鼓舞自己，使自己调整心态，稳定情绪，转身投入新的战斗。

今天路过金银潭医院的樱花林，看到樱花树上冒出了小小的花骨朵。科室里95年的小妹妹刘晟宏护士，也在最近随大部队来到武汉雷神山医院支援了，越来越多的医务人员加入了援鄂的队伍，让我有了更多的信心去战斗。

看新闻说，上海已入春，冬天再漫长，也终会过去！武大的樱花很美，顾村公园的樱花也是一大风景。我和小伙伴们约定好，等疫散花开时，一起去赏樱！

因为我们曾许下南丁格尔的誓言

上海中医药大学附属龙华医院 张怡青

面对新型冠状病毒感染肺炎疫情，作为医务人员的我，内心有个强烈的声音：这是你该去的地方，这是你的职责所在。于是小年夜主动请缨，大年夜便和甄暐、陆蓓蓓随上海首批援鄂医疗队出发驰援武汉，不知不觉到今天也有十五天了，明天就是元宵节。

来到武汉，我们入驻金银潭医院，深深感受到了在疫情恐惧笼罩下人们的辛苦和不易，也感受到了众志成城的决心。一边我们全力救治当地的患者，为让他们脱离险境不断努力；另一边酒店内坚持在岗的当地工作人员，也为我们医务人员的生活吃住打点着一切。面对疫情，我们互相支持，并肩作战。

在武汉金银潭医院工作的半个月，真正感受到了工作的繁杂，除了常规医疗护理工作外，责任制要求我们负责病人的一切生活护理，比如患者的吃喝拉撒睡等等，没有护工，没有家属陪护，所有的一切都必须由我们护士完成。病人面对疾病的寂寞、惶恐和不安，我们都能感受到，在这一刻我们需要给予他们更多的精神支持。我们有时还需要负责外围的许多工作，如领取物资、提交申请单、送化验、领饭等。下班脱下口罩和手套的那一刻，是最为让人心痛的时刻。长时间佩戴口罩，在每个人脸上都留下了大小深浅的痕迹，旧痕未平，新痕又添。有些人由于过敏，戴手套的手还起了水泡。可大家都没有怨言，平日里大家都是爱美的姑娘呢，这时候都笑着互相打气。危难时刻，我们义无反顾，因为我们曾许下南丁格尔的誓言。

马上就要正月十五元宵节了，你要问我这次有什么想说的，那我想，只有对父母的愧疚，忙碌了一年却没能在除夕夜好好坐下来吃顿团圆饭尽个孝心，但是我不后悔，支援武汉，那里需要我，我必须去。

"有时治愈，常常帮助，总是安慰"，让我们具备勇气与智慧，面对疫情能够处变不惊，临危不乱。

我们铿锵三人组

浦东新区周浦医院 李晓宁

"铿锵三人组"这是我们领队郑军华院长给我们起的名字。

上海第一批援鄂医疗队总共有 37 名医生，其中有 6 名女医生，在北三楼重症组的有 4 名，我们仨是唯一的女医生组合。最初的排班是每组各一名女医生，夜班是男女搭配，10 天左右，因为个别医生另有任务，所以机缘巧合，成了三个女医生一起值班。

初到金银潭，病人多且病情重，三分之二的病人在用无创呼吸机，三分之一的病人在用高流量湿化吸氧，随时有病人病情变化需要抢救，而且当时的金银潭医院收治病人都是在晚上悄悄进行的（避免救护车惊扰居民）。夜班的工作量是巨大的，工作的时间强度也高（从晚 6 点到第二天早上 9 点），所以初看到这个排班表，查医生和周医生是有点惴惴不安的，因为觉得没有男同胞可以依靠，缺乏安全感。但是调班的话要涉及 3 个组的查房班、日班及其他医生的休息，牵涉的面太广，所以最终也没有调整。作为女汉子的我，内心强大，没有这层顾虑，我安慰她们说："又不是干体力活，需要身强力壮的男同胞帮忙，收治病人、抢救病人这些又难不倒我们，没有必要担心，到时候忙的话我们可以相互帮助。"听我这样说，她们也安心了一些。

第一个夜班就给我们来了个下马威，晚上 7 点钟左右来了 3 个病人，查医生组 2 个，周医生组 1 个，因为我组上的床位是满的，没有安排。相互之间还不太熟悉的我们 3 个人，各自做了自我介绍，简单说了一下自己的特长和短板，于是我们进行了分工。因为查医生组上有 2 个新病人，所以负责进病房看新病人问病史，然后将每个病人的病史信息和资料拍照发送出来；而电脑操作基础强，动作快的周医生负责新病人的医嘱和病历书写；我负责其他老病人的临时处理和病程记录，最后，3 个人再一起检查、核对一下处理及记录过程有无漏洞。忙完了 3 个新病人，已经是 6 个小时过去了，歇下来的时候，我们 3 个人总结了一下经验，觉得分工协作比各自为政要更高效、安全，而且更轻松一些。

也许是老天爷特地要考验我们，第二个夜班一接班就开始抢救病人。这次是周医生组上的病人，已经病情危重很多天了，病人上了呼吸机，身上还有胸引管，周东花医生来自奉贤中医医院，对这样的危重症经验不是很多，有点焦虑。来自仁济医院呼吸科的查琼芳医生挺身而出：我进去抢救，你们负责外围。于是我们又进行了分工，周医生负责抢救病人的医嘱和病程记录，我还是负责其他病人的临时处理和记录，并负责跟患者家属电话沟通。经过我们的积极抢救，病人的病情有所缓解，又安全地度过了一夜。

第三个夜班接班没多久，查医生组里有一个病人不幸离世了。在疫情期间，很多家属也感染了，被隔离着，有的是因为武汉封城没有交通工具，到不了医院。病人过世了，医生处理起来过程是繁琐复杂的，除了要电话告知家属这不幸的消息外，病人的很多信息也是要通过家属提供的，还要与家属沟通患者的遗物的处理等问题，同时还要负责给殡仪馆打电话联系尸体的处理问题，要电话上报医务科，电脑上网络传报也是有很多的信息要填，开死亡证等等各种登记、报表是当晚都必须要完成的。单独处理一个死亡患者就手忙脚乱了，如果再有其他病人需要处理，那就真是分身乏术了。于是我们又进行了分工，查医生负责死亡患者的各种电话联系，周医生负责填写各种表格。我还是负责其他病人的处理，就这样电话、传呼机、手机此起彼伏地过了将进 4 个小时才处理完毕。

一次次的夜班，我们从互不相识，到逐渐了解，进而形成默契，变成了亲密的战友和交心的姐妹，出色地完成了任务，得到了郑领队和教授们的充分肯定。他们也感受到了三个女医生一起值班的不易，亲切地给我们取名叫"铿锵三人组"。

剪掉一头长发，只为奔赴疫区

上海市普陀区人民医院 蔡文珺

1月27日晚，我接到紧急命令，作为上海第一批驰援武汉增补力量，即刻踏上火车奔赴一线。这次前往，我的心里早有准备。在区卫健委、医院的动员后，我得知要组建奔赴武汉的医疗队伍时，不是没有犹豫过，毕竟母亲刚做完手术需要照顾，爱人工作也比较忙，可是，我总感觉"那边"有一种神奇的力量，它在召唤我们，它更需要我们。从事护理临床工作20余年，我也是一名有经验的老护士了，身为护士长，也有着一定的护理管理经验。所以，经成熟考虑，我剪短了齐腰的长发，做好了随时上"前线"的准备！

火车连夜兼程，几个小时后，我们到达了武汉。我所对口的医院是武汉金银潭医院，来到这里的第一件事情，就是迅速投入防护培训，"时不我待"，我开始意识到必须快速适应这里的工作节奏，要尽快上岗。

1月29日，我正式进入病房工作。看到我们这些新鲜血液，病房的医护人员非常欢迎，我的任务就是直接顶岗，安排的是"正中班"，和另外两位老师共同负责病人所有的治疗，虽然工作时间较长，但是中间会有几次休息和吃饭的时间，护士长让我们自己调节好，特别注意个人防护。

穿上防护装备，走起路来比较笨重，脚上套着胶套走路稍微快一些就会打滑，所以在走廊内快速穿梭并不是一件容易的事情。我想，这只是对我的一个考验，一切才刚刚开始，要沉着、要相信自己。

在为一位重症患者采集血气时，患者虽然呼吸急促，但还是面带微笑对我说了声"谢谢"！我的心头一暖，这给了我更大的信心和勇气，一定要站好岗、守护好这里的每一位患者。除了做好护理工作外，我们还要兼顾帮助患者解大小便、喂饭、喂药、更换衣裤等工作，谁都没有怨言，谁都没有说苦，大家说得最多的就是希望疫情早点结束，希望病人早日出院！

坚强地活着

青浦区中医医院 张培

一定要 坚强地活着
那时春暖花开遍地
柳儿青青垂池边

一定要 坚强地活着
那时幼儿互相嬉戏
蝉鸣阵阵等清闲

一定要 坚强地活着
那时一望无垠的田野
金色水稻弯下腰

一定要 坚强地活着
那时凌寒梅花独自开
素色墨痕暗香来

一定要 坚强地活着
回忆褪了色的武汉城
讲述抗疫的叙事

一定要 坚强地活着
携手看日出
并肩看日落

一定要 坚强地活着
过四季　做三餐
等两人　走一生

我开始熟悉他们的双眼

徐汇区大华医院 马骏驰

2020 年 2 月 4 日 晴

2 月 4 日，也就是正月十一，八点钟下班后刷朋友圈无意中看到一篇名为《来自重症监护室的嘱咐》的帖子，才发现爸爸在抗击疫情连续值班后突发脑出血住进ICU，而这件事情妈妈为了不让我工作分心，已经瞒了我一个星期。当时，我大脑一片空白，后来得知爸爸病情稳定，已经从重症监护室转到普通病房时，我才安下心来。妈妈告诉我在被推进重症监护室的那一刻，意识模糊的爸爸用微弱的声音嘱咐她："不要告诉儿子，不要影响他的工作。"我此时能做的，也只有做好自身防护的同时认真把工作做好，不能再让他们为我担心，希望能早日打赢这场没有硝烟的战争，早日回家。

在这世上，没有一个人可以是旁观者。我的爸爸是一名工作了 30 年普普通通的协警。2003 年非典时，他主动请缨到检查站去工作，站在了抗击非典的一线，现在我又站在了抗击新冠的第一线。今天爸爸视频里跟我说，咱们都上阵父子兵了，就没有打不赢的仗！这场战疫，我们一定会胜利！

2020 年 2 月 26 日 阴

今天是来武汉的第三十天了，同事们的话题多了一些互相调侃，紧绷的表情舒展了很多，上下班的脚步更从容了，眼神还是那样的坚定。我走在那条已经特别熟悉的小道上，看到的还是冷清，却触摸到了更多的安宁。一批批医疗队员不问归期，守护起这座城市受伤的人。口罩遮挡了队友的容颜，我却开始熟悉他们的双眼，防护服成了每个人宣誓的领地，名字却不再是独有的印章。时间过得真快，报名来武汉的情景还历历在目。回顾过去的 30 天，有紧张有焦虑，有感慨有收获，有遗憾有成绩，有压力更有动力。短短的 30 天，我们把武汉当作"第二故乡"，开辟新病房、收治新患者，第一例无创呼吸机使用，第一例气管插管，第一例患者出院，以及让人难过的第一例死亡……在医疗队长的带领与培训下，我们更加游刃有余。

武汉新冠肺炎的新增病人数量已下降到了三位数，发自内心地高兴，由衷希望今后数量越来越少，武汉的百姓能尽快走出病毒的阴霾，重新过上美好的生活。

希望如期而至的不只是春天

——援鄂队员日记摘抄

上海交通大学医学院附属第九人民医院 江雪 熊维宁

2月27日 武汉 多云 希望如期而至的不只是春天

又有两位病人出院了，在金银潭的日子里没有什么能比病人出院更开心的事了。看着他们能平安回家，也许这就是我们来这里的意义吧。

下班后收到来自医院发来的沉甸甸的包裹，院领导担心我们吃不好，寄来了好多肉肉，心里无比温暖。

来武汉一个多月了，几乎每天都能收到医院领导、同事和朋友们关心的短消息，生怕我们在外缺这缺那。感谢！

我们在这里一切安好，感谢关心我的每一位，你们是我工作满满的动力。

希望如期而至的不只是春天，还有疫情过后平安的所有人！

上海交通大学医学院附属第九人民医院 江雪

1月26日 武汉 雨夹雪 医疗队接管病房

现在病人确实比较多，我们虽然是昨天来的，但是今天就马不停蹄的快速接管了重症监护病房。责任比较大，第一是病人的安全，第二是医护人员的安全。

我是做呼吸重症的，有的医生是做重症的，穿防护服有点生疏了。记得我上一次穿防护服还是禽流感防治的时候。

下午，上海医疗队先进行培训，穿在最里面的是一层工作服，类似于手术服。第二层要看情况，可以穿一层隔离服，但操作比较多的护士就需要再穿一层，包括口罩、帽子、鞋套、手套都要相匹配的，最后是面罩。连体防护服是现在很多医院最缺的，穿久了，有点憋气。

我们上海医疗队接管了两层（病房），有一层相对病情较轻，我们这一层病情相对较重。在进驻重症病房之前，我虽然也有一点担心和疑虑，但是没有跟家人交流，因为我觉得交流会使他们更担心，干脆不说，我自己承受就可以了。

1月27日 武汉 多云 总理来了，我们很受鼓舞

昨天下午接管病床，然后我们这个医疗队就开始值夜班，工作有条不紊地开展。我是整个专家组的副组长，协助组长和第一副组长管理三楼，就是重症病房。像这样的重症病房，病人病情随时会发生变化。

今天晚上有个患者病情明显加重，值班医生进行及时果断的处理，并电话和我联系，我和他商量好以后，肯定了他的方案，提出了自己的建议，不久患者病情就好转了。作为呼吸科的主任医师，我原来在医院也是值三线班，到这儿也同样值三线班，这个经历是类似的，但是这里的病人病情变化快一些，因此，我感到责任也比较大，就努力去把自己的本职工作做好。

早上，李克强总理到金银潭医院慰问医护人员，这对我们整个医疗队是个非常大的鼓舞。今天我们快速科学地设置和划分了医疗组，建立了三甲教学医院完善的三级查房制度。医疗组的成员团结协作，周新教授、陈德昌教授以身作则，亲自带领我们查看重病人。这是一个非常好的队伍，对待工作都很热情、积极主动，都很团结，我们很有信心，赢得这场战役的胜利！

1月28日 武汉 晴 病人好转是最大的激励

我们接管病房是26号下午，当天晚上就有一个年轻的女性患者病情恶化，主治医生和当班护士一起积极救治，使她的病情稳定下来。我们想办法调整机器的参数和优化药物治疗，现在这位患者出现了明显的好转。这对患者是一个鼓舞和安慰，对我们整个团队也是一个很大的鼓舞，给了我们信心。

我个人感觉武汉比上海冷一些，新冠肺炎防治需要通风，所以室内就更冷。上海医疗队接管两个病区，二楼的病区大衣和棉被短缺，我们三楼就大家挤一下，把被子和大衣匀给他们，相信这些困难会很快得到克服。虽然腾出了被子，但病人的病情确实比较重，变化也比较快，值班医生也没什么时间睡觉，很可能一忙就是一晚上。

1月28号晚上，我们医疗队按照上级党组织的要求，成立了临时党支部，还有积极分子宣读和递交入党申请书。虽然大家来自不同医院，但是成立一个党组织以后，就更好地凝聚在了一起。在这次抗击新型冠状病毒肺炎的斗争中，一声令下，党员就站出来了。

开完会后，大家争先恐后地举着党旗合影留念，很有意义。我们这种合影，即使是戴着口罩，也很鼓舞人心，对我们今后的工作肯定有一个非常好的促进作用。

1月30日 武汉 雾 爱心物资驰援而来！

今天又是繁忙的一天，进入隔离病房穿防护服可能会比较热一些，感觉透不过气，但必须要仔细、慎重，保护好自己。我们都可以克服，不算啥。因为现在我们国家不仅是医护人员，各行各业都万众一心抗击疫情。

我们来了以后，直到现在，很多方面都给我们寄来一些物资，非常暖心，包括上海市卫健委，还有我们所在的各家医院和社会各界非常热心的人们，捐赠了很多物资。这里非常冷，值班的时候也很冷，有的捐来暖宝宝，有的捐来大衣，还有保暖内衣、鞋子、吃的喝的，非常实在。比如矿泉水、方便面，一些零食，甚至还有武汉特产鸭脖子，真的是比较暖心。社会各界非常支持我们，希望我们能够打赢这场战役，我们也很有信心。

除此之外，我们有时候夜晚回来，看一下朋友圈、网页，很多医疗机构的医生护士都得到了社会各界的关心、支持和帮助，包括捐款捐物等等，看到这些新闻我们也感到非常振奋。我觉得我们全国社会各界真的是万众一心，我们肯定有信心，把自己的工作做好，肯定能够打赢这场战役，也请社会各界的朋友放心。

1月31日 武汉 雾 病人病情好转是我们最大的快乐

今天的临床工作比较顺，我们的诊疗就以国家出的新版诊疗方案为基础，根据病情、合并症的不同进行个体化的治疗。这一次新型冠状病毒的肺炎传染性比较强，致病性也不弱，所以病人比较多。总体上病人还是有信心的，国家也很重视。有的处于恢复期的病人对我们比较感谢，希望我们能够注意自己的身体。我们也是尽最大努力救治患者，无论是年轻还是高龄，希望他们都能够康复出院。

医生和病人其实是一条战壕里的战友，患者病情好转，医生高兴，患者病情没好转，医生也着急。

医生工作一做一整天，有时候晚上还要讨论重症病人的病情，处理一些管理工作，于是我们一边治疗，一边总结，一边前进，还是有信心把这项工作做好。

2月1日 武汉 阴转晴 喜讯！上海医疗队头两位新冠患者出院回家了

今天有很好的消息，两位新型冠状病毒肺炎的患者康复痊愈出院了，这也是我们来了一周之后，出院的头两个病人。

2月5日 武汉 小雨 临床事务逐渐走上正轨，科室的业务学习没有松懈

我们开始进行业务学习了。在上海，不仅仅三甲教学医院，很多医院的每个科室都会组织定期学习。第一个目的就是学习新的医疗进展，第二个就是培养年轻医生。我们虽然是相当于临时成立的一个科室，但是我们还是按照上海的标准做法来进行。

今天早上，由我们专家组的组长周新教授给大家开讲。比如说讲呼吸机的应用，特别是无创呼吸机的应用，广大年轻医生还是很有收获，很多临床事务都逐渐地走上了正轨。

2月7日 多云 武汉 国内一些权威专家开展临床研究

我们一方面在积极地救治患者，一方面国内的一些权威专家也在不断地开展新冠肺炎的临床研究。

据我所知，有一些已经批准上市的药，也有国外进口的药物，还有我们祖国的传统中医药。相信应该不会等太久，这些结果就会出来。所以网传的一些"这个药有效"都不能轻信。一个药有效还是没效，必须要经过科学、严谨、规范的设计和实验，并且实施临床研究，得出的结论才能够有说服力，这个也是为广大患者负责。

2月9日 多云 很多我熟悉的同行今天也都纷纷前来武汉

我们这个医疗队有135人来自上海的52家医院，彼此都不太熟悉，这半个月过了以后，我们现在觉得工作越来越顺了。现在上海派遣医疗队是整建制的，一个医院派遣 100 到 200 人组成大型医疗队。一个医院出来的人都认识，这样就更顺一些。

整个上海市对湖北武汉的支持力度非常大。我在朋友圈里也看到了很多熟悉的同行即将或者是已经到达武汉，还有我的学生也都纷纷前来，我们大家带着这样一种很好的精神风貌来支援湖北。

上海交通大学医学院附属第九人民医院 熊维宁

挫败和郁闷也遮不住阳光

上海市第七人民医院 李冬梅

2月14日，星期五，阴转大雨，来武汉的第二十一天。凌晨4点一进病区，外围老师就说，里面那组忙翻天了，一个班，3位患者离世了！当我进去交接班，情况确实如此！一个已经运走了，有2个还在病房里，虽说隔着屏风，但还是会给同一间房间的其他患者带来恐惧。我和另外一个护士把两具遗体推到后面电梯口，事先把名字贴在床上，防止搞错。一早收垃圾的阿姨看到，吓得不敢过去，我赶忙过去为她"护驾"！还有2位医生是厦门过来支援的，大家都在为这座正在遭受苦难的城市尽自己最大的力量！早上五点钟左右，天空中雷声阵阵，大雨倾盆！8点下班的时候，雨已经停了，走在路上，风吹在脸上，有种春风拂面的感觉，一查天气，今天最高温度17℃，路边不知名的花朵已经竞相开放，植物也有灵性，要为这座城市带来生机！

今天是个特殊的日子，有时不得不感叹距离产生美感，下班路上，收到爱人的微信红包，还有暖暖的祝福，这在平时，似乎是不可能的事情，可远隔800公里之外，让我感受到了一个内向、木讷男人的祝福，让我这个中年妇女觉得自己还是有点魅力的。

下午一觉醒来，收到了金主任大大的祝福红包，医疗队也十分体贴地送上了巧克力、润肤露，说是晚上还会有蛋糕！

所有的这一切都让我瞬间幸福感爆棚，再苦、再累，也都心甘情愿。这段时间，看到了太多生命的逝去，会有一种无能为力的挫败感。对于那些正在遭受疫情折磨的病人来说，还有什么比活着更重要！唯有珍惜、感恩！唯有认真工作！

我会用温暖的双手救治更多病人

1 月 28 日的前线近况

上海市第六人民医院东院 文佳

早上出发上班的时候，我以为已经熟悉了金银潭医院的重症护理工作，晚上 8 点钟应该可以准时下班，这样回到住处洗完澡后就可以和儿子连线视频了。没想到，忙碌了一整天，根本没有注意到时间流逝。

因为大家都穿了防护服，看不清各自的面容，因此所有人员都在防护服外面写上了自己的名字。上海驰援武汉的医疗队成员都来自不同的医院，防护服外除了名字还标注出了上海医院的名称。这样方便大家相互沟通，不至于认错。

忙碌了一天，虽然紧张，但因为今天照顾的重症患者病情都比较稳定，心里还是有一些小小的成就感。晚上 8 点半去北四楼送完病史，终于可以脱下防护服回住所了。

医院回酒店的路，十分冷清，几乎看不到一个行人，偶尔驶过一辆车，转眼就消失在夜幕里。我这时才感觉全身乏累，手指也冻得不灵活了。

回到驻地，同队来自上海市第六人民医院的钱海勇老师给我们送来了奶茶和面包。他说这是武汉市民下午专程给上海医疗队队员送来的。我和钱晓接过奶茶，一口气就灌下了大半杯。一天都没敢喝水，实在是太渴了！来不及细细品味一下奶茶的香甜！我们冒着生命危险在救治武汉的人民，武汉人民也在用他们的方式默默地关心着我们医护人员。感谢武汉人民，我们携手抗击疫情，此战必胜！

晚上拿出手机，发现已经很晚了，儿子也睡着了。看了微信才知道上海第二批援鄂医疗队已经到达武汉，上海医院的领导还让他们给我们带了好多防护品和慰问品。虽然院领导询问我们还有什么困难的时候，我们一再表示什么都不缺，但是领导还是通过我们与医院联系的消息中，了解了我们的需要，帮我们准备了很多物资，甚至还给我们带来了暖宝宝！院领导真是为我们操碎了心，感谢各位同事对我们的关心，其实我们真的很好！

我想我的手再不会冷了，我会用我温暖的双手救治更多的患者！

疫情依然严峻，但我们无所畏惧

1 月 31 日的前线近况

上海市第六人民医院东院 刘素贞

今天是我作为第二批上海援鄂医疗队护理队员第一天正式进入 11 楼监护病房。

到达医院后，我们刚进入工作电梯，有一个武汉三院护士就询问我们是否是上海来的。我们说是，她立即红着眼眶对我们说："谢谢，太感谢你们了！你们真的是太伟大了！"我听着很感动并坚定地跟她说："这是我们共同的责任，这是我们应该做的，我们一起加油！"她听了以后，又是连连地感谢，并不住地叮嘱我们一定小心，要保护好自己！疫情面前真情弥足珍贵！

我与组长共同清点了我们每个人的防护用品，将缺少的物资名称和数量记录下来，并与武汉三院的物资申领部门进行了沟通。

到达了更衣室，大家开始认真穿戴防护服。我和组长两人共同协助组员们一起穿戴并互相检查穿戴是否规范、严密，有无外露。我们提前准备了一支记号笔，分别为来自上海的瑞金北院、华山北院、仁济南院的同袍以及六院东院的我和滕彦娟写上了各自的医院和姓名，然后我们统一加了一句"武汉加油！！！"

很快到达了 11 楼，我们跟着武汉三院的 4 位护理人员一起参加了交班。今晚我们这个班的领队是欲姐（防护服上写着欲姐），是原来武汉三院 ICU 的护士长，非常能干。我也尊称她为欲姐，她还有些不好意思。

因为大家戴了护目镜以后，不用多长时间，镜面就会出现一层雾。有经验的老师说，把 N95 口罩拉紧后就不会或者会少一点雾气，所以我在穿戴的时候特别拉紧了点，果然我比其他小伙伴的雾气要少，但是脱下来以后脸上的勒痕非常深，右边脸颊甚至出现了破皮。"这才刚刚 5 个多小时啊！不知道那些坚持了 12 小时的战友们是怎么熬过来的……"

交好班，领队欲姐安排我们 3 人组分管 4 个房间，5 个病人，其中 2 个病人带着有创呼吸机。我们负责的一个 51 岁的男患者，戴着面罩给氧，有些焦虑不安，几乎每隔 5 分钟就会叫我们一次。一个留置针外渗了，我帮他重新穿刺了一个留置针，我耐心地跟他说："打好了，你的手就不要再乱动啦！"他点了点头，对我竖起来大拇指，并且叫出了我的名字（我猜他是看到了我隔离服上面的名字）。然后，他又询问我是哪里来的，得知我们是上海来的，他说："你们太了不起了！"李盼盼被夸得有点不好意思了，说："我们都来了，你更加要好好加油了！"

我不是一个人在战斗

上海中医药大学附属市中医医院 刘燕

从初来乍到时的各种烦扰和不适应，慢慢地逐步适应了这里的工作节奏和作息规律。刚开始时由于人力不足，每天在高强度的工作量下运转，精神和躯体上承受着双重的重负。每每到了换班时脱下层层的防护服的那一刻，感觉整个人就快瘫倒了。然而，每次打开手机都是各种问候，满满都是爱。

当我们回到住宿的宾馆，大门口工作人员24小时坚守岗位，每个进入的人员，物品都一丝不苟地进行消毒液喷洒消毒，要求手消毒，换口罩，测体温，建立起一道强而密的防护屏障。

宾馆的工作人员为了我们能安心在一线救治病患，同样也在默默无私地奉献着，全心全力地为我们做好后勤保障。为我们准备三餐，尽可能地丰富菜式，荤素搭配。餐后大家自觉把餐盘放到指定位置，减轻工作人员工作量。打扫消毒房间，更换床单被套，为了节省人力物力，上海援鄂医疗队主动要求一星期打扫更换即可。曾有个宾馆小哥说你们很辛苦，我们尽一切可能满足你们的要求，这些酒店工作人员和我们一样都是住宿在酒店内，为我们服务，直至疫情结束。你们又何尝不是英雄。

大年夜，上海第一批援鄂医疗队出发得匆忙，很多人连换洗衣服，日用品都没带。通过各种渠道被社会知晓后，单位的领导、同事、家人、朋友，不管认识的、不认识的，公司、团体、私人，各界人士通过各种方式关心着我们。很快各地支援物资都到了，衣物、日用品，喝的、吃的……它包含了社会各界的深情厚谊和大爱，让我们泪目，无法言表。

还有来自全国各地的志愿者和各色捐赠。

在这里我必须提一下上海第一批援鄂医疗队的大内总管，他很辛苦，需要每天联系登记所有物资来往，分配，急我们所急。当我们牵挂着上海的家人时，市政府、单位领导和同事为我们的家人送去关怀和必需品，解决了后顾之忧。疫情和病毒使我们不得不拉开物理上的距离，但抗击病毒救治病患的共同信念让我们的心走得更近。团结就是力量！我们不是一个人在战斗！阳光总在风雨后，万众一心，众志成城，在党的领导下，我们一定能够取得疫情防控的胜利！

多才多艺的"全能助手"

奉贤区奉城医院 翟晓惠 方士华

今天天气有点阴，我们两个今天正好都是外围班，早上去上班后把常规补液配置好后经传递窗递进去，里面的治疗就开始了。

下夜班的老师出来说了一下13床阿婆的情况。这位阿婆情况比较特殊，每班我们都会重点交班。阿婆因为入院前摔过一跤，导致精神异常、大小便失禁，生活完全不能自理，每天三顿饭都是病房里的护士帮忙喂的，还要帮助她更换尿布。

为了防止压疮发生，两位护士长王老师和陶老师就想着做一个可以翻身使用的靠枕。说干就干，找到旧的棉被和床单，很快两个大的糖果枕就完成了，马上通过传递窗送进去就给她用上了。

没多久就听见病房里的同事对讲机在呼叫我们，问有没有约束带，里面13床的阿婆情绪躁动，把留置针拔掉两次，不能配合治疗，让我们找找看是否有约束带。我们在库房找了一圈没有，又赶紧电话联系其他病区借，但是由于别的病区也都是满负荷运转，有的也都在使用，无法借给我们。于是我们一起开动脑筋想办法，就想到自制约束带。找齐能用的材料，库房找到针线包，开始一针一线缝了起来，先制作了一个，递进去让病房老师看一下效果，里面反馈说很好用，就准备再做几个。

午饭我们用一刻钟时间火速吃完，马上继续开工，一边完成本职工作，一边手头空下来就继续手工制作，下班前总算又完成了三个，全部送进了病房。大家都觉得很有成就感，开玩笑说我们是全能助手。

作为一名护士，真的必须具备多种才艺，既要熟练掌握各项护理技能，还要应对病房里的各种突发事件，能搬得动重物，还能修理一些小东西。现在，还得拿得起绣花针制作需要的手工。我们为自己是一名护士而感到骄傲，能在祖国最需要的时候挺身而出，贡献自己的一份微薄之力。我们将继续发扬南丁格尔的精神，救死扶伤，对抗疫情，发挥不怕苦不怕累的精神与疫病抗争到底！

一盒牛奶的故事

奉贤区古华医院 林小芹

"小芹，能帮我把这盒牛奶送给23床吗？"一接班，28床的小高提着一盒牛奶走到我身边说。

"好，是你的家人？"我心里有些同情与不忍，唉，病房里住着太多的父与子、爷与孙，或者夫妻同时入院的。

"不是的，我昨晚衣服没挤干，害得23床的阿姨摔跤了……"小高满是歉意地说。

"牛奶你留着，我让其他老师送一箱过来，我帮你送到23床。"想到小高刚刚脱离高频氧，蛋白也低，身体尚未恢复，前几天还告了危急值，正是需要营养的时候。但是怎么推托，小高就是不愿意将牛奶拿回去，执拗地塞进我怀里。

带着小高的托付我来到23床，阿姨听了我转达的小高歉意，看到递过来的牛奶时，原本躺着的人一下子坐起来了，两手直摆："没事没事，我好得很，就是屁股有点痛，真的没事的，不用不用，麻烦你帮我拿回去！我明天就要出院了，这个留给小高吧。"就这样，未完成任务，牛奶又被我拎回来了。

也许是担心小高有什么顾虑，傍晚的时候，23床的阿姨来到28床，看着满怀歉意的小高，阿姨特意在病房门口扭扭腰，拍了拍大腿。小高连连说不好意思，阿姨连连摆手示意没事。

我拿着两套病员服给小高，叮嘱他不要下床洗衣服，换下的病员服我们会拿去消毒。小高不好意思地接过去："现在护工、清洁人员都没有一个，什么都要麻烦你们护士，你们也很辛苦，不好意思给你们添麻烦……"听着小高暖心的话，我的鼻子不由一酸，这是一群多么善良的人啊！

没有一个冬天不可逾越，没有一个春天不会到来，我相信，在我们的努力下，淳朴、善良的武汉人民终将战胜瘟疫，迎来曙光。

我为你歌唱
——献给我的战友们

奉贤区中心医院 吴玲玲

白衣天使，我为你歌唱，
只因护士这个名字，你义无反顾风雨兼程。
为了期待的双眼，东方未白之时已投入战斗，
为了平静的呼吸，披星戴月之时才步出病房。
我为你歌唱，你用流淌的汗水换他安然与无恙，
我为你歌唱，你用温柔的目光给他温暖与力量，
我为你歌唱，因他的康复与变化，
你流下过最热的一滴泪，
给予过最深的一次安慰。

你是天使，指尖沾染阳光，
书写着不悔的歌，
挑动着希望的弦。
你是风景，身披白色战衣，
绿化了枯竭的生命，
装饰了寂静的病房。
你是萤火，在夜色下的病房里来回飞舞，
帮他度越黑暗 陪他迎接曙光。

莎翁见着了你，
定会为"软弱，你的名字是女人"感到抱歉。
倘若亚瑟见着了你，
定会为他蔑视女性的思想感到歉仄。
我为你歌唱，因我深知你的愿望，
在等春风抚平他的额，
在等百花齐放柳叶鹅黄。

在 ICU，需要我们时刻警惕

奉贤区中心医院 王海红

3月2日周一 多云

今天还是凌晨的班，我接手了第二个房间的病人，靠外面的3个病人都还好，病情比较轻，有两个明天就要出院了。而靠里面的10床阿姨比较烦躁，不停地"哼哼"，一会儿要喝水，一会儿要小便，一会儿又说心里难受，把贴在胸口的心电监护电极片全都拉掉，总之就是一刻都不消停。

忙忙碌碌中，一抬头，发现天已经亮了。不久，早饭也送进来了，我先拿了3份早饭，分别放在3位轻症病人的床头柜上，等他们洗漱好了可以自己吃。又拿了一份早饭放在10床的床头柜上，把早上要吃的颗粒口服药事先倒入水杯中溶解好后，就开始给阿姨喂早饭。

7点45分，我坐在病房门口记录各个病人的生命体征、出入量，做着交接班前的准备。快全部写完的时候，发现响了一晚上的"哼哼"声突然听不到了，急诊护士职业的敏锐性，驱使我马上跑到10床。果然，这时的监护仪上心率、血压、血氧饱和度都在往下掉，病人已经神志不清。我马上用对讲机呼叫值班医生，同时呼唤旁边病房的小伙伴们，一起来帮忙。去枕平卧，头偏向一侧，保持静脉通路，调高氧流量，移出病床，取下床头挡板，准备好气管插管等急救物品。

值班医生和一早就来上班的主任、护士长，迅速穿好防护服飞奔进来开始气管插管。笨重的防护用品、头罩、手套，使操作加大了难度。看着病人的心率还在往下掉，主任当机立断，"肾上腺素2支静脉推""阿托品1支静脉推注"……一切都在有条不紊、配合默契中进行着……

半小时后，监护仪上的数字终于稳定下来，大家都长嘘了一口气。这个时候才发现，密封的防护服里面早已满是汗水。这样的抢救在我们ICU病房里经常发生，前一刻还挺好的病人，下一刻就会发生病情突变，这也一次又一次地考验着我们的敏锐观察和应变能力以及抢救水平。幸好，我们都是最优秀的，我们一定会向全国人民交上一份满意的答卷！

不信东风唤不回

长宁区精神卫生中心 汪阳

1.27

通知来得刻不容缓。初一晚上告知父母，我们增补批次的，不会那么早去武汉，母亲说，辛苦了，让我做好准备，一点点查缺补漏。

1.28

无数遍在我脑海中模拟过的画面终于走进了现实，列车载着我和我肩负的使命，铆足了劲一般往武汉奔去。

乘务员在到达武昌站前 40 分钟把我们喊醒，等行李卸完装车一切就绪时已经是5：40，而此时距离到站已经超过了一个小时。我定了定神，第一次认真地呼吸着这片土地上的空气，嗯，一切都会好起来的，我在心里默念着。

我们往酒店出发不久，周科就问我到哪里了，一切顺利与否，虽是简单的话语，却能给我无穷的力量。我在前方，我的后援哪个不牵肠挂肚呢？一想到这，我就更加睡不着，虽然瞌，却还算是保持着持续的清醒。

到酒店后，搬行李，选房间，办入住，两人一间房，我找到车上睡我对面的老师，想着跟她住一起。后来我们一起收拾的时候才知道，原来我现在的同事是她以前的同事，这小小的巧合让我有了一种莫名的振奋感，仿佛自己是最幸运的人。吃完早饭，准备睡会儿，窗外的雾里若隐若现出朦朦胧胧的太阳，我跟室友说，太阳要出来了，一切都会好起来。没有不可治愈的伤痛，没有不可过去的挑战。这是我们的战场，胜利在望！

1.29

经过昨天下午的培训，今天上午的分配，我被安排在 7 楼结核病房，跟另外三个认识的小伙伴分在一起。我们被带到病房，七楼的护士长很忙，一直没出来给我们安排工作，我们吃完中饭，两个小伙伴日班，两个中夜。就这样我开始了第一个中班。问了这边的老师，我们科室有 30 个新冠，10 个心电监护，6 个呼吸机，3 个需要抢救的病人，形势很严峻。穿上防护服，做好全身防护检查，我踏入了隔离病房。病人比我想象中严重，一接班我们就展开了一系列忙碌的工作，测生命体征，完成各项治疗操作。防护服很闷很热，病房里不能走太快也不能大声说话，对于我们不常穿防护服的人来说，做起操作来是个挑战。隔离病房的病人打铃，护士台能看见，通过对讲机跟我们对接。从接班开始，三个危重病人情况不容乐观，呼吸机参数已经调整数次，生命体征还是波动起伏。病情最重的那个病人由于缺氧而烦躁不安，控制不住自己，一直扭动身体拉扯面罩，我几乎能感受他窒息的挣扎。等到缺氧情况慢慢改善，情绪稍微平静下来，生命体征也平稳不少，我们才松了口气。他的身体因为扭动滑下床尾，我们三个人想把他往床头移动，让他能够躺得舒服一点，三个人使出全身解数，总感觉力不从心，只能一点点挪动，反复几次才给他挪上去，防护服里汗如雨下。病人病情变化很快，不能有一丝懈怠。交完班出来已经快两点钟了，班车已经走了。我本想着跟大家一起住医院，第二天早上再回去，想想大家坚持了这么多天，现在已经睡了，还是自己回酒店吧，早上能多睡会儿来迎接我的第一个夜班。出医院门，找了辆自行车，在寂静空旷的马路上，陪我的只有我的影子。第一个中班很累很充实，陌生又熟悉，陌生的是工作环境，熟悉的是工作内容。快好起来吧，武汉！这是全中国人民最大的期盼。

2.2

来武汉后，每天和家人一次视频电话，让他们放宽心。我知道他们可能比我承受的压力更多，面对未知的恐惧担心，比直面挑战更无处躲藏。儿行千里母担忧，我能想象夜里他们的辗转反侧，我能做到的就是每天报个平安，只要平安，牵挂的人就拥有了足够的幸福。视频里的家，熟悉安心，母亲喜欢诉说家长里短，我喜欢听，一字不漏，就像我也是主角。我也会跟她分享我的生活，报喜不报忧，但她就是有这种看穿我所有心事的能力，让我多休息，付出就会有回报，这是你的选择，坚持就是胜利。嘱咐的话每天都会重复，除此之外她束手无策，但她不知道的是，家人的理解和支持就是我最大的动力。等战斗结束，我们平安归来，我一定好好抱抱他们，说一句我爱你。

2.4

防护服穿好，互相检查完，我们又踏入了我们的战场。交好班，分配完任务，大家便紧锣密鼓地行动起来。夜，寂静得可怕，偶尔传来几声无力的干咳，让人心疼。我们等待黎明，等待第一缕阳光的温暖！这一夜病人病情平稳，让我悬着的心得到一丝安慰。一大早我们各司其职，忙碌的时候，时间转瞬即逝。交完班结束的时候，第一缕阳光透过窗台照在我身上，心情舒畅，黑夜里积蓄力量，阳光会来，你只需要等待！回到酒店，看到镜子里的自己，略显憔悴，鼻梁上压得红肿的印痕，干燥嘴唇上的死皮仿佛你稍稍张开嘴就要开裂似的，一切是值得的。做完自身清洁，躺在床上的时候，打开手机，很多条关心的消息，我的后援没有一刻能放下心来。我们医院其他小伙伴在武汉市第三人民医院，他们时时刻刻担心着我。杨慧青老师一直对我嘘寒问暖，得知我增加免疫力的药物已经用完，就把他们还没用的都准备寄给我，我的泪就这么不争气地流下来了。所有动力不都是互相鼓励就能有信心吗？所有困难不都是一起努力就能扛过去吗？睡醒的时候，收到快递，快递盒上的"一道肥家，加油！"这份满满真心的快递收到了，带着信心和祝福。拆开后发现有一封简陋的信，家书抵万金，我想我这辈子都不会忘记那句话，"在人生的任何场合都要站在第一线战士的行列。"你所经历的，有人心疼；你所承受的，有人会懂，他们总在你心里最柔软的角落慰藉你，无声无息，恰到好处。鏖战犹酣，无所畏惧，春天的生机会结束冬天的这场噩梦。

2.7

"灾难并不是死了两万人这一件事，而是死了一个人这件事发生了两万次。"

——北野武

醒来的时候朋友圈几乎被一句话刷屏了——"为众人抱薪者，不可使其冻毙于风雪。为自由开道者，不可令其困厄于荆棘。"在我们自己酣眠的时候，我们的吹哨人，永远地离开了。胸口堵得难受，他是带着怎样的心情走到生命的尽头？我来不及深思，等待我的是重新开始的工作。

接班的时候得知，昨天病情不稳的阿婆已经去世了，遗体消毒好，放在走廊的床上，等殡仪馆来接，现实得不真实。这不是我第一次面对病人死亡，却第一次如此沉重，经过的时候，我鞠了一躬，作为最后的告别。

生命在突如其来的疫情面前不堪一击，我们除了面对，别无他法。到底要付出怎样的代价，才能结束突如其来的噩梦？是不是这本身就是一场梦？梦醒了，春暖花开。我没有哭，因为从小到大我都知道，哭解决不了任何问题。有痛楚，有无奈，但我必须要整理心情，为更多需要我的人做出努力。病毒再可怕，也会有消失不见的那天。冬天再寒冷，也会迎来胜利曙光的春天。我们的付出终究会有回报，或早或晚，必有回响！

2.8

这不是我第一次一个人过元宵节。和家人视频的时候，木讷寡言的爸爸变得絮絮叨叨，累不累，工作一段时间了习不习惯，元宵节有没有吃汤圆？累的，是累的，也想家。但我不轻易跟他们说出这样的话。我的回答总归是还行吧。爸爸对我说，既来之则安之，你自己的选择，要坚持走下去。父母之爱子，则为之计深远。不怕苦累，不退缩，这是他们一直对我强调的，也终将是我一生受用的无价之宝。

下午黄老师又说要给我寄快递过来，叮嘱了很久，问我缺什么。其实吃的用的都有，但他们还是很不放心，心疼我一个人在金银潭。她跟我说她妈妈——"一个上海话痨阿姨"，天天说担心我一个人照顾不好自己，要是能帮上忙，来给我洗洗衣服都是好的。体贴入微的阿姨啊，素未谋面的心疼却给我最真实的温暖。用心疼和爱做成的定心丸，在疲累的时候吃上一颗，心就开满了花。我期待繁花似锦的春天，也期待与你们相见……

2.9

班车的时间是零点三十分，风夹杂着习习凉意带走困倦，愈发清醒。司机师傅大概是个温柔细腻的人，车上放着蔡琴演唱会上唱的《苏州河边》。多浪漫的一首情歌，老上海风味的调子悠扬婉转，蔡琴独特磁性的声音深深地吸引着我。闭上眼仿佛置身于一场爱恋，爱到骨子里的两个人漫步在苏州河边，只一眼就懂你所想所愿。在这个特殊的时期，相恋的一对只能隔着屏幕相见，连河边散步的小小愿望也不能实现，着实心酸。

上班经过的武汉海昌极地海洋公园在夜里格外显眼，那里曾人声鼎沸，如今落寞无边。再等等吧，等到疫情结束，等到你我面对面聊天，等到黄昏我们悠闲地去河边散步，等到夏季我们相约海洋公园去看精彩纷呈的表演……你能想象的我们曾拥有的美好都会如期而至，我笃定，也坚信！

2.12

因为临时工作通知，我们一个小伙伴被调到别的病区，虽工作地点变了，我们的奋斗目标依旧一致！很忙的一上午，三个病人病情不稳，病情变化的时间还出奇地接近，抢救，上呼吸机、心电监护仪，忙得不可开交。我们人少，护士长也进来帮忙，减轻了不少负担。下班的时候全身从里湿到外，连袜子也难幸免。我甚至连水也不想喝，只想洗澡，黏答答的感觉真难受。

回酒店等自身清洁完，就到了我们医院为我组织的第二次心理咨询约定的时间。第一次的心理疏导是在一周前，那时候我们聊得投机。陈思璐医生温声细语让人安心，这次我们又聊了很多，聊生命的意义，聊人生疾苦。我的困惑在于，太多美满家庭因为这次疫情支离破碎，而我们并不能扭转现实带给我们的苦痛。她给我的建议是珍惜现在，对逝去的人释怀，对需要帮助的人悉心对待。是的，能握住的手坚决不放，尽我所能地去保护去珍惜。我们一直都在，一起等待武大樱花的盛开……

2.14

异地恋五年，往年的情人节我们都是分开过的。如果不是因为这次疫情，这该是我们在一起过的第一个情人节。我从来嘻嘻哈哈跟你说，只要是你，每天都是情人节，那不过是最蹩脚的借口罢了，哪个女生不喜欢过节日，甚至儿童节，都要说自己是个宝宝来凑个热闹。昨天晚上视频的时候，我跟你说我们领队提前给我们准备了情人节礼物，有花有巧克力，你满眼心疼，你只是看着我，说我想你了，想抱抱你。我不忍心看你，嘟嘟囔囔地假装忙起来，我怕再看一眼，眼泪就控制不住了。

我很抱歉，我骗了你，原本以为我们只是过年短暂地分开半个月，可我来了武汉，但这次分开是为了所有的恋人能够平安快乐幸福，是值得的。零点的时候，视频里你唱的那首《我只在乎你》，没有你拿手吉他的伴奏，带着你特有磁性温柔的声音，真是充满了魅力，我枕着歌声入眠，梦里都是你……李杰，情人节快乐！我爱你～

2.15

飞雪迎春到，雪来疫情消。今年的初雪，竟以这种形式呈现，天气陡然降温，猝不及防。如果不是疫情，雪地那是小朋友们的天堂啊。下了一整天了，朋友圈里的雪景像画一样，美得残忍。夜班，下楼等班车的时候，雪已经停了，温差太大，一出门眼镜便起雾了。我踩着厚厚一层洁白无瑕的雪花被，发出咯吱咯吱的声响，绵绵密密，质感好极了。母亲常跟我说，霜后暖雪后晴，我期待明天下班的好天气……

2.16

凌晨4点，我正在做空气消毒，路过病房门口的时候，12床的姐姐冲出来抓着我的手，带着哭腔跟我说：我一直做死人的梦怎么办？我很害怕，我睡不着，我想家，我今天就要出院，我要回家，真的一刻都待不下去了……她眼泪在眼里打转，让人心疼极了。我安慰她，不要害怕，那是梦……

2.18

交班出来的时候，看到群里的消息，我们上海队伍因为工作调整，从明天开始要换到同一个病区工作。下班的时候跟小伙伴们说起，她们很舍不得。抗疫特殊时期，大家从陌生到熟悉，再到配合默契，这二十几天相处融洽，倍感珍惜。想一想竟然连张合照都没来得及拍，很可惜，等到我们交上完美答卷的那天，一定要补上最值得记忆的瞬间。豆豆，你说我给你的过敏药膏很管用，我希望你的过敏这次好了就再也不要用上了。我以前发过敏性皮疹的时候也是疼痒难耐，不敢碰，钻心的痒，难受至极。你比我更辛苦一点，穿防护服里面经常被汗浸湿，又不能及时更换，很痛苦吧，真的心疼你。你那么坚强，一直坚持着跟我们并肩作战，真的也要好好疼惜自己。海燕，爱笑的女孩运气不会太差，生活中的你笑容真的很能治愈。工作的时候耐心仔细，充满了魅力。你总说你们医院一个月要换一拨人来交替，你不愿意回去，要跟我们一起战斗到底。我们都好开心，抱着战斗到底的决心和勇气。但这次因为工作调动的关系，接下来的路可能不能和你们走在一起了，但我们的目标一致，继续努力，我们终将迎来胜利！我们的小组长，你总是很关心我们，每次穿好防护服，都认真负责地为我们做好检查，我脸太小，每次你都给我把脸周边多出来的地方拿胶带粘牢，在家里我是姐姐，在你身边的时候，我就有了你这么体贴入微的姐姐。谢谢你给我姐姐的温暖，一直悉心照顾着我们。你总说我们很给力，大家能配合默契，遇见我们是你的运气，于我们而言，遇见你何尝不是我们的幸运呢？等我们战斗胜利的那一天，我们一定要拍一张团圆的照片，还有实现热干面美食的约定！这一天快到了，加油！

2.23

听到下午出院的患者有班车来接的消息，7床爷爷就追着我说了很多，他纯正的武汉方言，加上又急于表达，其实我只能听懂他说的不能出院，家里没人。其他的6床叔叔热情地给我翻译，说其实两天前医生就让7床爷爷出院了，但是他家里人都在隔离治疗，没人来接，所以一直不敢让他回去，等联系好社区，确定他能够有人照顾再让他回家。我让6床叔叔跟他说，让他先安心住着，不要着急，等联系好了，有人来接了再回去。我知道他想回家，我也希望他能早点回家，但是一定要保证安全。庆幸的是，没过一会儿，外面的老师就接到他家属的电话，说是让亲戚来接他回去。真是太好了，我立马通知他。我把他的药理好装在专门的袋子里放进他的包里，让6床叔叔提醒他，上面写了剂量和吃法。他虽然年纪大了，但是手脚很灵活，我们一起收拾，东西不多，很快就收拾完了。他把帽子戴上，我把手杖递给他，和病友们寒暄几句，我拿好他的行李，给他把口罩戴戴好，就送他下楼去了。车在一楼门口等着，他左手拿着手杖，右手被我扶着，带着病友们的祝福，我很明显感觉到他的激动。家里人接到他的时候，他连连跟我说谢谢，我把行李给他家人，告知他药要按时按量吃，家里人听得仔细，一直感谢我。我目送他离开，幸福不过如此。不是因为有了胜利才坚持，而是坚持才有胜利。不是因为有结果才努力，而是努力才有结果。不是有了回报才付出，而是付出才有回报！会好起来的，我们继续加油，愿你们早日平安回家！

2.24

李老师查完房给我们布置了新任务，让我们跟患者携手做一面心愿墙。大家紧锣密鼓地张罗，我们把中国红作为背景，有条不紊地分工合作起来。我拿着各式各样的便签去一点点收集患者的心愿。每到一个房间，大家都争相讨要纸笔，迫不及待想要书写自己小小的心愿。患者们都反馈说便签太小了，想说的话太多了。是的，想要说的憋这么久了，一下子怎么写得完？我每个人多给了几张，让他们把最想表达的先写出来，有空的时候把其他想说的及时记录下来。也是，便签再大，也承载不了道道光芒的祈望啊！等我收集完，背景墙上已经制作完毕，我们仔细阅读，小心翼翼地把心愿贴上。我感动于他们最多最想表达的原来是每天都跟我们诉说百遍的感谢啊！今天是农历二月初二，最是应景的愿望是"二月二龙抬头，三月三凤下楼。何时可以归家去，待到医生把病除"。何时归家？我坚信着我们一起努力，很快就能平安出院，一家团圆！护患携手制作完成的心愿墙远不能将伤痕累累的心灵抚慰平整，仅为了快乐活力而致。心愿在纸上跳跃，生机了即将开幕的春天。走廊上散发出活泼的暖意，任谁都想多看两眼。别怕，我们一直都在，等你平安回家！不获全胜，绝不轻言成功！

2.28

昨晚睡前还聊得起劲的 25 床阿婆和 24 床阿婆在等早饭送来的时候吵起来了。家长里短的小事情，赌气的 25 床阿婆离"家"出走，嘟嘟囔囔地跟我抱怨，大抵意思就是她这个人蛮不讲理，我不要跟她在一个房间，你也不要理她知道吗？像极了小孩子受了委屈跟我告状。看着这个 80 多岁的老小孩，我给她把口罩戴戴好，怕她摔倒想扶她回去，倔强的阿婆直接坐在了走廊的椅子上抗议。阿婆耳朵不好，我适当提高音量跟她说，早饭马上要来啦，我们不要生气了，回去吃早饭了。牵着她的手，她也就放心地让我牵着她走了。一进她的病房门，她就傲娇地不搭理 24 床阿婆，我扶着她坐在椅子上，给她把床头柜上放的牛奶打开，递给她喝。24 床阿婆偷偷摸摸地示意我过去，她告诉我说，25 床阿婆要回家，所以自己把门关起来，怕她乱跑，才跟她吵起来的。我也让她坐下，跟她说马上早饭来了，先不要吵了，把牛奶喝了，等会儿我再来劝劝 25 床阿婆。她们冷战着，出于安全考虑，我还是把门带上了，离开之前偷偷在窗台外面打量，想看看她们还会不会吵，倒算是安静下来了，各忙各的，我松了一口气。把大家的早饭都发完，最后去她们病房，两个人还在冷战，我把早饭给她们端过去，放在她们床头柜上，就轮流给她们剥鸡蛋了，24床阿婆说她不吃鸡蛋，往25床阿婆那边努努嘴让我给她拿过去，真是可爱。25床阿婆对我说，在家里的时候都是我孙子给我剥鸡蛋的，你吃饭了吗？你也一起吃啊！我笑着说，我不吃，你们先吃，吃完我给你们收拾垃圾。看着这两个可爱的老小孩，我想起自己的奶奶，如果她还在，我也想剥鸡蛋给她吃。聊得来也吵得嗨，老闺蜜的相处方式，吵吵闹闹何尝不是一种幸福？我相信这两个老小孩很快就会化干戈为玉帛，另类的相互间撒娇罢了，或许吃完饭就和好如初了呢。收拾完垃圾后，我给17床爷爷喂饭，他不会表达，我们说的他也不能回应。也许往事在他脑海中像青烟袅袅升腾随风而逝，唯有求生的本能证明生命的存在。我小心翼翼把鸡蛋和包子弄碎，一口一口慢慢地喂到他嘴里。他最爱喝的是早上的豆浆，仿佛婴儿贪婪地吮吸着母亲的乳汁般畅快。多吃点吧，吃饱了才有力气跟病毒战斗到底啊！会好起来的，一切都会好起来的！

2月29日

今天是我们来武汉支援的第三十三天，也是四年才有一次的日子。即便休息，我也持续关注疫情动态。最振奋的消息莫过于目前为止累计痊愈人数已经超过现存确诊人数。我深受鼓舞，抑制不住喜悦，迫不及待想要跟朋友们分享。终于终于！同时还要，继续继续！最近看的《走出非洲》里的一句话最能表达最近的期待了："我醒来，期望十分离奇而又甜美的事情发生——快快发生，马上发生。"真是特别的2月29日啊！你所经历的，随着时间，越发遥远，最后几近淡忘。但以后的每个四年后的今天，我仍会怀恋——这个让我记忆深刻的2020年2月29日！

3月2日

上午李老师查完房，我们就跟着她一起准备为17床压疮换药的物品。我们先给他换了尿布，铺好干净的尿垫后，打来温开水，准备给他擦擦身，洗洗脚。老先生全身僵硬，蜷缩在床上，瘦瘦小小的，给他换尿布、擦身却绝非易事。我们穿着防护服操作本就不便，加之他身体僵硬无法配合，行动起来是有难度的。我负责扶着老先生的膝盖和放在床上的盆以免打翻，陆老师抬着他的脚，李老师给他认真地洗脚，三个人就这么配合着给他把脚洗干净，而后又给他全身擦洗干净，看起来清爽不少。压疮换药的时候我们三个仍一起配合默契，李老师看到他脚后跟的压疮好转了不少，欣慰地跟我们说，我们的努力还是有效果的，你看看，脚后跟压疮好了不少。旁边的病人附和说老先生能遇到你真是有福气，你们是真心为病人着想的啊，不容易，真不容易啊！我们的付出他们看在眼里，才能给予我们这样沉甸甸的夸赞。不管再难，不求回报，尽我们所能去帮助，去照顾好他们，这才是我们最应该做的，更何况我们的付出得到了回报——他的压疮在慢慢变好，这就是所谓成就感吧！最难换药的地方是腘窝，我们把脚后跟和臀部换好药后，迎来最大的挑战。陆老师扶着他的上身和双手，看着他的鼻导管避免他挣扎脱落，时刻关注着心电监护仪参数变化。他全身僵硬不能用蛮力，我抬他脚的力度要恰到好处，李老师小心翼翼地给他揭开旧敷料，处理好伤口消好毒待干后，换好新的泡沫敷料，大功告成。我们三个看着彼此面屏上的水蒸气，相视一笑，终于换好了。换完药差不多到吃午饭的时间了。陆老师去发饭，我给 17 床喂饭，我把平菇肉丝汤里面的他吃不了的平菇和肉丝挑了出来，加了饭和他能吃的鱼丸，他吃得津津有味，一口一口，竟也吃了一大半了。喂完饭，收拾完垃圾，准备交接班了，兜一圈病房路过 17 床的时候，心电监护仪上生命体征平稳，许是今天擦身换药人干净舒服不少，他已经沉沉地睡着了。我在想，他会做什么样的梦？

......

爱，给了我们奋斗的力量

虹口区江湾医院 尹瑛

1月23日，大年夜，上海启动了突发公共卫生事件一级响应，全面拉响了新冠肺炎阻击战。1月26日我作为上海第一批援鄂医疗队增补队员——这支全部由护理人员组成的"娘子军"，星夜驰援武汉。一夜颠簸，我来到了最近新闻里多次出现的武汉金银潭医院，我知道那将是我要去"战斗"的地方，心里有点紧张不安，也有点摩拳擦掌。

你尽可以脆弱，但一定要努力

冬日，大雨疯狂地敲打窗户玻璃，啪啪作响。寒风猛烈地透过窗户缝隙，呜呜呜叫。武汉这座英雄的城市，正经受着恶劣天气的洗礼。接驳班车载着我们，途径雷神山火神山医院，武汉的大街小巷，到达我的目的地——金银潭医院。

今天病区的病人总数40人，其中危重患者25人。人数不少，这又将是一个考验着医者技术和心理素质的一天。病区主任和护士长不约而同地鼓励我们，虽然有些患者的病情比较危重，但我们一定不能气馁。为患者护理的同时，保证自己的身心健康，也是我们医务人员的职责所在。今天新收3位患者，其中有一位，本人就是一名医生，因为内行人，所以对于自己的高热显得有些不安和紧张。在这个关键时刻，我作为一名护士，近距离接触，照料他的日常起居。我深知责任重大，虽然隔着厚厚的两层口罩，自己呼吸都很困难，但仍然耐心地安慰他："你好，我来自上海，我知道你也是一名医生，同为医疗战线的我们，现在需要共同努力，接受挑战。"和我一样，病区里的护士姐妹们在治疗护理病患的同时，也时常为他们加油鼓劲、提振患者康复的信心和勇气。也许，这就是温柔的力量所在。不霸道，却铿锵有力；不做作，却鼓舞人心。

病魔可以无情 但爱充满人间

爱是能量，当你伸出援助之手帮助别人时，也会为自己集聚能量。爱更是一种信念，当身处困境时，鼓舞我们咬牙挺住，不言放弃！

今天病人总数已达42人，危重病人有19个，形势十分严峻。有条不紊地穿戴好防护用品，侧身推门而入，开始一天的忙碌。晚上，有位高龄危重患者的病情急转直下，家属放弃抢救。因为是隔离病房，家属即使同城，也无法与患者见上最后一面，心中满满的不舍与遗憾。一切事情都由我们护士来操办。周围十分安静，只有我自己可以听见我的呼吸声。在有限的条件下，我轻手轻脚，尽量让患者体面地走完生命最后的旅程。在最后时刻，我感觉我能做的，也就只有这些了。结束一个班次，脱去我的"战袍"，汗湿的头发和满脸的压痕，都是我在这场战"疫"中的证明。

下班时分，路过餐厅，地上堆满了爱心人士捐赠的自热小火锅。雪中送炭，让我们的心情也像火锅一样，麻麻辣辣，温暖洋溢心间，满身的疲惫和倦意顿时烟消云散。

在这场无声的战"疫"中，大家都在用自己的方式付出爱的能量。

这股正能量，流淌在每一个中华儿女的心中，必将铸就坚不可摧的强大力量，战无不胜。挺住，加油！"岂曰无衣，与子同袍"，友好邻邦尚且如此，我们又岂能退缩？！我们必将一往不前、严守不退！

生活可以艰难，但谁都在努力

小时候，雷锋精神是课本上老师圈划的重点。如今，他的精神早已深深植入我们心中。真正内化于心，外化于行。

这里有这样一位志愿者司机，负责接送金银潭的医护人员往返医院与酒店。特殊时期，我们与患者密切接触，司机也是一个高风险的职业。尤其这周开始调整班制，一周工作六天，每个班时长缩短为四个小时。对我们是新体验，但对师傅们来说将面临更大的挑战。他们的出车频次提高了，待命时间变长了。除了固定时间的接驳车外，还要准备随时用车等情况，保证我们出行顺畅。致敬新时代的活雷锋——司机师傅们！

有这样一位小哥哥，为了方便我们取用援助物资，仔细地拆解包装。他是留守酒店的工作人员，日夜坚守在工作岗位，为我们提供吃住。刚到武汉时，一日三餐成为我们的烦恼。餐厅的工作人员建立了微信群，征求我们的意见，不断地改善甚至是"迁就"我们，为我们提供最完善的后勤保障。致敬新时代的活雷锋——酒店工作人员们！

有这样一群热心肠，在全国各地都深受疫情影响的情况下，将各种物资源源不断地寄往湖北。支援武汉的这一个多月，我们收到各类捐助物资，小到针线盒、创可贴，大到尿不湿、餐巾纸、洗护用品，还有为女同志准备的内衣和卫生用品，应有尽有，暖意融融。致敬新时代的活雷锋——支援武汉的人们！雷锋同志说过："人的生命是有限的，可是，为人民服务是无限的，我要把有限的生命，投入到无限的为人民服务之中去。"我们是最美逆行者，但身后无数默默无闻，辛勤付出的人们才是真正的英雄。疫情面前，助人为乐，大爱无疆。雷锋精神永相传，致敬这些新时代的"雷锋"们！

时间可以逝去，但记忆会永存

时间像沙漏，在紧张忙碌的工作中悄悄溜走，窗外的樱花熬过了一个冬天，似乎每一株都有着一种蓄势待发的气势，期待着怒放的花期。

病房里的病人早已与我们熟识，已经把我们当成亲人看待。病房里很多男性患者头发长了，我们就是他们的美发造型师。虽然是业余水准，但是对于最后的"卤蛋"成果，护患双方都相当满意。爱美的我们经常"改装"防护服，当然只是在防护服外面写写画画而已。绝对是各种款式信手拈来，保证各类品牌应有尽有，幸福生活由我们创造着。文能提笔安天下，武能上马定乾坤。祝愿文武双全，无限活力的我们早日回家！

街边的杨柳也已不知不觉中冒出了嫩芽，那点点新绿让人看着就觉得是希望，是美好。一切终会过去，每个人的生活都将回归正轨，武汉这座英雄的城市，又将在他的历史上写下铿锵有力的一笔。若干年后，回忆这段经历，应该会别有一番滋味。武汉，终将在我的人生轨迹中留下难忘印迹，有苦亦有甜，有哭亦有笑。

保持心态，与无常共处

黄浦区中西医结合医院 周苇伶

科室里的群消息一直闪个不停，前一个中班我第一个收治的 35 床美籍华裔下午突然与世长辞了。病情变化得出人意料之外，感叹世事变化无常，那天笑眯眯地想让我接听她老公电话的场景仿佛还在眼前。

2.7 武汉

忙碌的夜班，交班被告知使用呼吸机的 27 床，血氧饱和度很低，密切观察她的生命体征情况，每小时要看一下呼吸机雾化罐里的灭菌水是否充足，储水器是否储水已满。前半夜收治了两名由方舱医院送来的患者。

27 床患者在五点的时候，血氧饱和度和心率极速下降，手台通知医生后，一人拉屏风，一人推抢救车，直奔 27 床，要知道穿着防护服的我们已经一身汗了，气喘吁吁的我们只能张口做起深呼吸，让自己飞快地冷静下来，遵医嘱进行抢救，一人静脉推注肾上腺素、呼吸兴奋剂，一人给患者做心肺复苏。这样轮流持续了半小时，直到医生宣布患者死亡。根据传染病尸体处理的方法，在半小时之内进行处理，拿掉枕头，拔除监测仪器，呼吸机，导尿管，留置针等管路，把遗体放正，穿好衣裤，用一定浓度的消毒液灌满患者的耳鼻口，两层满浸消毒液的被单包裹住她及物品消毒隔离等一系列事情做完已经 6 点了。

换了一副手套，继续为患者服务，抽空腹血，抽血气分析，做咽试，测空腹血糖；发放早饭，收垃圾，收标本，泡开水，换氧气瓶，铺床单，冲化补液和准备日班用的治疗雾化……忙好抬头一看，已是第二天的九点半。交好班，快速洗澡，吃早饭，回酒店客房，好像忙得已经忘记了疲累，没有一丝睡意。

2.8 武汉

回酒店又洗了澡，却怎么也睡不着，想想与我母亲年龄相仿的病逝患者，心理感慨万千……

岁月静好时，家人的关切，不想多听；

赶赴疫区前，家人的关切，不敢多听；

疫区工作时，家人的关切，甚是怀念。

世事变化无常，多多珍惜眼前最爱我们的家人。

今天是元宵节，晚上与远在上海的家人报平安。老母亲兴奋地把医务工会、总工会、上海妇联及医院领导们送上的慰问品发给我看，告诉我他们很为我骄傲！领导们的视频慰问就如同我在身边一样，让我无须有任何后顾之忧。

吃好酒店的汤圆，就甜甜地入睡了。

2.9 武汉

科室群里护士长告知医院收到紧急任务，每个病区要收治 11～14 个危重病人，又将是繁忙的一天！等待正在上班的小伙伴们回来，与她们聊聊，希望彼此精神上的支持缓解一天工作下来的压力。

有人说，快乐是春天的鲜花，夏天的绿荫，秋天的野果，冬天的漫天飞雪。其实，快乐就在我们身边。一个会心的微笑，一次真诚的握手，一次倾心的交谈，就是一种无比的快乐。

2.10 武汉

又是一个持续 12 小时上班的日子，工作流程熟练了，搁着几层手套的静脉留置针操作也变得心应手起来，我的身体也适应了这个闷热不堪的防护装备，所有的事情在组长合理分配下，很快地都做完了。

只听见有一位女病人歇斯底里地喊叫着："我头痛死了，来人啊，快来救救我。"我赶过去一看，原来是 25 床新病人觉得男女有别，旁边是一个老年男性患者，她不能接受，还把老人家的氧气管道给拔了，我大声告知她特殊时期，床位紧张，上厕所注意隐私保护就好了，实在觉得有什么不方便的，医生查房时，询问一下医生，但是不可以再做损人不利己的事情了。吵闹过后又恢复了以往的寂静。

这时，12 床的患者呼吸困难了起来，医生调好呼吸机参数，机械通气改善患者气道受损的现象。我们又每个小时观察呼吸机工作情况和患者的生命体征。患者意识非常清晰，执意想停止一切治疗，我告诉她我们不会放弃她，尽量放松情绪，深呼吸 5 次，缓解这糟糕的心情。晚上 11 点 08 分经过半小时抢救无效，医生宣布死亡。

一天里总有几个患者在还没治疗前已被恐慌吓破了胆。心态决定一切，病毒好像也知晓这个真谛，心态不好的恶化得特别迅速，快得让人措手不及。

完成今天的日常工作后，准时 1 点下班，到达酒店 2 点，马上洗漱完毕，一觉睡到天亮。

等待一夜的平安短信

金山区中西医结合医院 顾美萍

今天早上 9 点左右，我还没从睡梦中醒来，就接到了我老公的短信，问我为什么昨晚没有报平安？

努力回想一下，原来我昨天上中班，回到住的地方，洗洗澡等已经是凌晨 2 点多了，就估摸着老公已经睡下了，所以就没有报平安。却原来，他没有接到我的平安短信，睡不着，一直等到今天早上 8 点多。

记得 1 月 24 日，接到紧急出发武汉的那一刻，老公一下子蒙了，坚决不同意，因为他没有思想准备，我也没有和他说过报名去武汉的事。时间紧急，我就坚决地回了一句"我是医务人员，既然已经报名了，我就一定要去。"瞬间，也不知道为什么，他突然转变过来了，叮嘱我保护好自己，每天报平安，并且把我的父母也接到医院，和我告别。医院人手缺少，他还帮忙打包带到武汉的物资。那一刻，我放心了，他是真心同意我去武汉了，家人的支持，才能让我在前线无后顾之忧。

昨晚 9 点左右，病区收了 4 个病人，这是第一次在晚上一下子收这么多病人。好在他们的病情相对较轻，我们也已经习惯了隔离病区的工作，立即给予吸氧和采集信息、抽血，每个新病人需要大概 15 根左右的管子。因为来了 4 个新病人，昨晚工作量相对来说还是挺大的，忙碌的时候就会觉得很热，稍微空闲下来，湿透的衣服穿在身上又觉得很冷，就这样反反复复，冰火两重天。

听着武汉的患者说"辛苦了""麻烦了""谢谢"；看着他们热情的双眼，我的心里却不是滋味，真心希望他们能够早点康复，能够与亲人团聚。为了预防感染，我们不能和他们多交流，有时就一个关切的眼神，或者用手势相互鼓励、给他们点个赞。

离家已经一周了，累了就更想家。一直害怕听到家人的声音，但又甚是想念。第一次给家里的两个宝贝聊了个视频，5 岁的女儿一见我就哭，问我："妈妈，你为什么跑那么远的地方去上班？你什么时候回家啊？我和哥哥都想你了，你还要几天回家啊？"我瞬间泪崩，子女总是最牵动我们的那根弦，哽咽地说："只要你和哥哥乖乖听爸爸、爷爷奶奶的话，妈妈很快就能回来！"挂掉电话，已经泪流满面。

2020 年的开篇，我们经历了太多的心酸，发生了太多无法预料的事情，看了生离死别，平安更是弥足珍贵。

不敢给家人打电话，怕自己会哭

金山区中西医结合医院 顾培珩

关注武汉的疫情已经有一段时间了，因为公公婆婆是武汉人，作为武汉的媳妇，我和我老公一直担心他们。1月23日，接到驰援武汉的报名通知，我毫不犹豫就报名了。

1月24日，除夕夜，邀请了几个没有回去过年的护士一起到我家吃年夜饭，可是刚做好饭就接到出发通知。我匆忙收拾一下行李就出发了，老公这个时候在急诊科上班，没有时间为我送行。1月25日凌晨到达武汉，下午开始专业防护培训，要求人人过关。1月26日，年初二，我和沈妍开始了在金银潭医院的第一个夜班。

说实话，第一次穿着防护服工作，心里十分忐忑，总是担心自己的防护不到位。但是穿好以后，那份忐忑却消失了。面对患者，我们只有一份责任。穿上防护服以后，走路很不方便，我们都笑称对方是企鹅，为了识别每个人，大家都在防护服外面写上名字。

我们被分配在普通患者病房，相对于重症患者病房来说，工作量小很多。在金银潭医院护士指导下，我们开始熟悉物品放置，仪器的使用，各种消毒的方法，标本的采集及消毒，整理了各班的工作流程。在隔离病房工作，和我们平时完全不一样，分为外围和污染区，需要用对讲机联系。外围主要负责护理记录、配药、准备治疗、处理医嘱、打印标本标签、物品准备等，污染区主要负责患者的治疗和护理、标本采集、病人的巡视、发放饭菜等。每个护士负责7到8个患者，这里的患者病情相对平稳，心态也相对乐观，我们进行生活照护时他们总会说谢谢，有些年轻的患者还会看衣服的名字喊我们姐姐。知道我们是除夕之夜赶来的，他们都说你们太辛苦啦，太感谢你们了。这里的护士妹妹也说，看到你们来了，我们一下子兴奋了，看到希望了。其实这些护士妹妹都已经连续一个月没有休息了，长期戴口罩导致面部皮肤过敏，都是皮疹，可是她们还是很乐观，因为上海医疗队到了。听到这样的话我们真的很想哭，她们太不容易了。

中夜班的时间比白班长，白班是6个小时，加上穿脱防护用具，总时长是7个小时。夜班治疗量相对较少，主要为巡视各个病人的情况，总时长在9个小时左右。因为防护服不能浪费，所以我们都在上班前几个小时尽量不喝水，少吃东西，另外再加上安睡裤或者卫生巾，双重保险，以保证能坚持到下班。防护服不透气，刚开始脱下防护服的时候，汗水一直往下滴，衣服都湿透了。下班后感觉特别累，就会和沈妍互相开个玩笑，她最常说的就是还没男朋友，回去一定要找一个。

大家都很关心我们的吃饭和生活，其实这些都不是问题，社会各界人士都为我们送来了很多水果、零食、泡面和奶茶。酒店也免费提供食宿。我们还分到了内衣，羽绒服和生活用品，请大家不要担心，我们吃饭是有保障的。每天下班后都会给家里报个平安，但是不敢打电话，怕听到家里人哭，怕自己会哭，影响工作情绪。既然来了，就要积极乐观，好好工作。希望疫情能早日控制，武汉加油！

不知今天星期几，只记住今天什么班

金山区中西医结合医院 张莉莲

2019 年 12 月以前，相信全中国很少有人知道武汉有金银潭医院，但是 2020 年 1 月 24 日除夕夜以后，全世界都知道了武汉，知道了金银潭，知道了我们上海医疗队驰援武汉进驻的地方。

1 月 25 日凌晨，上海援鄂医疗队达到武汉机场，下午进行动员大会，进行专业培训。1 月 26 日中午 12 点，我和顾美萍知道我们将作为上海医疗队第一个踏入北二楼病房后，就开始不敢喝一滴水。穿好整套防护服得花二十分钟，走路很吃力。17:30 进入病房，踏入真正的疫区中心区域，我们对视了一眼，看到了对方眼里的泪水，但是站在这里了，必须往前走。

北二楼虽说是普通病房，但是 30 个病人有 12 个病重、1 个病危、10 个高频吸氧，全部是一级护理。隔离病人没有家属，没有护工，我们在承担治疗的同时还得做好生活护理，真正的把尿端屎。病房分两条过道，每条过道大约长五十米，共 8 个房间，每个房间 2~4 张床位。我和美萍、还有金山医院 ICU 的一个小伙伴一起负责 50 张床位，30 个病人，工作量很大，比在医院急诊时的工作量大了近 10 倍。病房不开空调，为了空气流通，所有的窗户必须全部打开。武汉的夜晚零下 2 度，冷风直灌进来，纵使我们里三层外三层的防护，也冻得嗦嗦发抖。

整整 9 个小时，凌晨一点半与我院的顾培珩、沈妍交接完毕，接下来将是她们开始工作。长舒一口气的同时又深深地心疼她们，沈妍是 90 后，我们的小妹妹，在她身上看不出任何的"娇骄"二字，我只看到了坚韧和勇敢。我和美萍花了十分钟脱完防护服。摘下口罩的一刹那，看到彼此被 N95 勒得变了形的脸，鼻梁上深深的压痕，轻轻的触碰都火辣辣地疼……

在这里，每天只能睡三四个小时，睡着的时候就梦到自己被感染了，每天回酒店就怕过门口的红外线探测仪，异常呼叫就要被隔离。累点倒无所谓，主要是精神压力太大，心心念念防控。在这我们没有正月初几和星期几的时间概念，只记住今天什么班，明天什么班，闹钟开两个，就怕睡过头。今天抽空给女儿打了个电话，我说："妈妈估计回来都不像个人了。"她回我："能平安回来就好。"眼眶不由一热，每个人心里都藏着个宝贝，因为他们，我们再难也不会有泪。

一声召集令，我们义无反顾，援驰武汉的每一个日日夜夜，都将给我们烙下一生难忘的记忆！

希望存于奋斗中

静安区彭浦新村社区卫生服务中心 陈雅娟

1 月 28 日 4:30

安全抵达武昌火车站，带着使命和责任，我们，来了。

1 月 28 日 19:50

经过短暂休整，医疗队一行赶往武汉金银潭医院，张院长对援鄂医疗队的到来表示感谢。国家级院感专家，来自北京大学第一医院感控处的李六亿教授，十分详细地讲述了进入高度感染危险的病房后，医护人员该如何进行自我防护，希望大家都能保护好自己，"健健康康地来，平平安安地归"。为更快更好地掌握如何做好自我防护措施，金银潭医院的同仁为大家现场演示了整套防护装备的穿脱流程。简单而匆忙的晚饭之后，医疗队集中在一起，领队李晓静老师做了详尽的工作安排，队员们开始练习穿脱防护服，为之后的工作做好充分的准备。

今晚，我们将有 3 名队员进入病区进入战斗模式，加油，可敬的"白衣战士"！

1 月 29 日 21:00

连日阴雨的武汉，今天阳光明媚。清早，医疗队再次集中在金银潭医院会议室，经过分配安排，医疗队兵分两路：来自宝山、徐汇、金山、奉贤、闵行的 15 名队员与第一批上海医疗队汇合，共同作战，剩余 35 名队员分散到各个病区。

跟着带队老师来到南 3 楼病区，该病区收治了 34 名冠状病毒肺炎患者，其中 4 名病重。在此之前，病区的医务人员已超负荷工作了月余，穿上隔离衣，跟着外围的老师熟悉环境后便一起参与工作了。实地"战斗"，才真正体会她们的不易，6 小时不吃不喝没有拉撒。作为外围的她们，不仅要完成相关护理工作，还要时刻关注病房里传来的一切需求，并及时做好沟通协调，往往一个班连停下来喘口气的时间都没有，可喜的是，在他们的精心治疗与护理下，就在今天，仅该病区就痊愈出院 6 人！

1 月 31 日 11:00

昨晚是抵达武汉后的第一个夜班，从凌晨一点到早上八点，说不难熬那是假的！没有空调的深夜理应寒气逼人，然而，穿着防护服忙忙碌碌中竟汗流浃背，值得欣慰的是，每小时巡房时，那张张沉静的睡颜，平稳的呼吸显示着他们的安好……今早，又将有 11 名患者离开这里回到温暖的小家，每一位患者康复出院就是对医务人员最好的感谢!

自出发赴鄂以来,每日都能收到无数条关切的微信,昨晚又收到爱心人士捐赠的牛奶和食物,真的很感动,一方有难八方援,我们在扶危渡厄的时候,有更多的人在背后默默支持着我们!昨晚,也突闻武汉四院的伤医事件!只想说:理解万岁!还请善待医务人员,此刻,他们是在用自己的生命拯救整个民族!

2月1日10:47

为了保证队员的安全,昨晚起,室友搬离,我们开始"一人一房""上班+自我隔离"的生活,虽然略感孤单,但十分感激领导及各方安排,因为,此刻,保护好自己,才能去保护更多的人!

2月3日1:30

一天总计11小时的班终于告一段落,捏捏已然发麻的腿,忽然想起朋友圈这样一句话:这几日,微信步数排名前十的,不是医生就是护士!是啊,37个患者中27个病重2个病危,外加新入3人,其间的工作量只有同行才能体会。长长的走廊,除了监护仪、高流量氧疗设备等此起彼伏的"滴滴"报警声,便是工作人员全副武装一路快走的脚步声:"快给24床测个血氧饱和""28床监护血压又高了,赶紧联系医生""给10床复测个体温""37床换一下集尿袋""14床婆婆要喝水"……治疗护理、生活起居、环境消毒,我们一手包办,丝毫不马虎;抓个空档再做健康教育、心理护理,特殊的时期特别的疾病,提高意识和心理支持尤为重要!

2月6日9:40

这几日,感觉形势明显严峻,疫情追踪的数字变化让人心惊,而更让人心惊的是——病区的防护物资:不合手型的乳胶手套给治疗带来了不便;护目镜、N95口罩极度短缺,防护服尺码不全,看着小小个子却穿着XL的"大白",松松垮垮,头颈暴露大半依然奔走在隔离病区进行治疗护理的伙伴,心里一阵担心与难受!

领队李晓静老师想方设法争取到了4箱防护服和1箱N95口罩,一再关照大家不仅在隔离的污染区要穿防护服,在半污染区也一定要穿戴齐全,做好防护!保护好自己的基础上才能去保护别人!!李老师是我们援鄂医疗队护理部临时党支部书记,不仅是我们生活上细心的大姐姐,更是工作中的好老师,为我们展现了一位党员的先锋模范作用。向李老师学习!向党组织靠拢!!加油!!!

2月10日20:00

来武汉已半月余,慢慢融入这个城市,连猜带蒙的渐渐能和那些老年患者聊上几句,不用再大眼瞪小眼的"尬聊"。

早晨睁眼第一件事便是自测体温,和朋友戏言:美好的一天从体温正常开始!

穿上防护服进入隔离病区自动调至"战斗模式":输液、抽动脉血气、测生命体征和氧饱和度、测血糖……忙碌中接到19床转ICU的医嘱,这是昨晚新入的一位老太太,氧饱和一度降至65%,人已出现谵妄、躁动,完全无法配合治疗,接到转床的那一刻,我轻舒一口气,并不是因为我可以少接一个重病人,而是为老太太庆幸:去 ICU,可以接受更好更全面的监护,意味着她有更大的希望可以脱离目前的险情!抱着氧气枕,举着输液瓶,一路护送老太太到 7 楼 ICU,默默祝愿她能坚强的地挺过这一关……

每天,我们都在重复着同样的工作;

每天,我们都在和时间赛跑,和病毒抗争;

每天,"两点一线"的日子过得紧张而充实;

阳光总在风雨后,一切都会好起来的!

2 月 12 日 9:30

刚下夜班,疲惫却了无睡意,想起已有三天没和家人朋友通过视频了,拿起手机又默默放下。是啊,我不敢,不敢听父母关切叮嘱的话语,不敢看儿子点头说想我的羞涩,甚至,不敢和闺蜜私信聊天……因为,真的想你们了,我怕眼泪会不自主的掉下来。

一直以来都存着不让儿子学医的想法,因为苦因为累更因为渐渐成了高危职业,我不求我的宝贝能成名成家光宗耀祖,只愿他一生顺遂喜乐安康!然而,又深深感动:"非典""5.12 汶川地震""新冠肺炎"……每一次,在一线总有医务人员的身影;钟南山、李兰娟,还有无数不知名的同袍,他们以自己的责任和使命努力维护着一方平安!所以,我的孩子,愿你今日所目睹的一切正能量都成为你成长道路上的"指南针",愿你以他们为榜样,奔向属于你的未来!

2 月 14 日 12:40

继昨日出院 7 人之后,今天又出 5 人,虽然仍不断有确诊患者入院,但随着越来越多治愈病患"回家",我们心中的欢愉冲淡了身体的疲惫!今天,通知出院的阿姨整理东西,医院门口有专车送大家到指定地点,阿姨第一反应就是拿出手机,要求合影。她说:住院的这段日子很痛苦也很难忘,看到那么多医生护士跑来支援武汉,真的很感动,现在,连上海市长都到湖北了,这一仗肯定能赢!说着说着就哭了……

目前武汉方舱医院已增至 11 家,而最近的一家与金银潭医院近在咫尺,金银潭张院长在接受采访时表示:方舱医院对缓解床位紧张意义重大,金银潭医院将无条件接收方舱重症转诊,"让病人有安全感"!

没有一个冬天不能逾越,没有一个春天不会到来。今天是情人节,祝愿那些离开亲人、爱人、奋斗在第一线的抗"疫"战士们,愿大家幸福美满,待到冰雪消融春暖花开之时,便是咱们回家团聚之日,加油,胜利属于我们!

2 月 16 日 13:20

今天,给 20 床输液,这是一位刚从 ICU 转过来的患者,指着右侧锁骨下的 CVC 对我说:护士,你知道吗?在 ICU,和我同病房的另外两个,都是被抬出去的!

那里的护士都说我很幸运，其实我心里一直都很害怕，怕自己这回过不去了！七尺男儿说着就哽咽了……听着心里一阵难受，赶紧安抚他：一切都过去了，你现在很稳定，别担心，都说大难不死必有后福，你以后一定会平平安安顺顺利利的！

病毒面前，生命是如此脆弱渺小，

疫情面前，我们团结一致竭力坚守，

愿我们的努力能换来更多人的平安健康！

2月18日 9:30

下夜班路上接到电话说有个快递在前台，不禁眼眶一热：这不单纯是个快递，这是远方朋友那份赤诚炙热的爱心啊！来到武汉的第二周，因为防护服不透气，身上竟出了湿疹，那种痒又不能挠的难受无法言喻……在和朋友聊天中无意间提了一句，没想到她竟放在心上了，要知道在这个特殊时期，个人想往武汉寄个快递并不是件容易的事，尤其寄的又是药品！我能想象这支小小的药膏从上海到武汉凝聚了她多少努力，尽管一句"谢谢"已无法表达我此刻内心的感动，但还是想说：无敌小羊毛，谢谢你！

抵鄂至今，每天都能收到领导、家人、朋友们的问候，其中不乏怕我冷怕我不习惯想给我寄东西的，真的很感谢大家，我在这儿一切都好，勿念！每天从微信群从公众号上都能看到你们的忙碌，抗"疫"路上，请保护好自己！

旦复旦兮，救死扶伤

静安区彭浦新村社区卫生服务中心 吴婷婷

3月3日15:00雨

今天开心事特别多，病房内17床危重的爷爷在我们这一周精心护理之下，情况较之前有了很大的好转，身上带入的几处压疮面积明显缩小，创口部位渗血也已经少了许多。早晨特地从住所带了一把胡须刀，做完早晨治疗后，我们静安三人组携带"家伙"来到病房为爷爷做了一次全身"spa"。常规为爷爷擦身、换尿布、尿垫，换药后，我们为他剃胡须，虽然胡子是第一次剃，但以前在病房中术前备皮还是做的，所以操作起来还算顺利。没有皂液，我们用一些沐浴露替代，先用热毛巾软化湿润胡须，再一点点轻柔缓慢地刮，在我们的努力下，爷爷脸上变得好干净，如果不是这场疾病，爷爷应该是个帅爷爷吧！不知是有意还是无意识，爷爷的左手大拇指翘着，似乎在对我们上海姑娘表示感谢！希望他快快好起来，早日康复出院！

另一件开心事是马云爸爸送来的爱心奶茶与必胜客鸡翅，礼轻情意重，"医之大者，亦士亦侠"，祝福都已收到！我们也会好好工作，早日回家！

3月6日11:30阴

好习惯的养成并非一朝一夕，这次援鄂让我养成了定时写工作日记的习惯，记得中心李铮书记临行前的嘱托，希望我俩把在武汉工作、生活的点滴记录下来，不要把写日记当成任务，而是从内心出发，记录每天的点滴，一开始提笔写时有些手足无措，不知该写些什么，随着抗疫工作的推进，工作流程越来越流畅，病人出院的步伐越来越快。可以表达自己想法的事情越来越多。在不知不觉中，记录工作日记也会变成生活的一部分，隔天记录日记有时会因为"突发奇想"便多记录一天，希望把这段珍贵的人生记忆永久地保存下来，因为它是我这一生的宝贵财富！

看着每天全国疫情数据播报，治愈数越来越多，死亡数越来越少，病区里逐步有了空床，眼下适时提供人文关怀，康复锻炼也是很有必要的。每天在病区里，会有来自瑞金康复医院的老师带领病人一起做"呼吸康复操""八段锦"，只要我在班时也会跟着大家一起锻炼，帮助病人的同时，也增加了自身的技能，完美！

3月8日11:00阴

凌晨四点，结束一天的工作，和小伙伴一同下班回酒店，在武汉我们已经有41天了，一同度过了元宵节、情人节，此刻又迎来了我们自己的节！今天就聊聊我们这个特殊的集体!

1月27号晚,上海增派护理人员驰援武汉,在50人的团队里,有"男神"3人,"女神"47人,分别从16个区,每个区派出3名护理人员(崇明5人)组成的集体。我们这个集体中有党员、入党积极分子、有护理部主任、科护士长,护士长等;年龄最大的51岁,最小的24岁,正是这场疫情,使大家走到了一起。此次带队的领队,是来自浦南医院的李晓静老师。她17年前支援北京小汤山,也有在四川抗震救灾的经验,更有近20年的临床护理经验。在她的带领下,我们从一开始分散在金银潭医院各个病区,到2月19日集结在北四病区,完成了一次次高质量的优质护理服务。

另一位陆老师,是来自安亭医院的护理部副主任,她也是这批护理队员中年龄最大的一位。在昨天进行了巴林特小组活动时她透露,自己在原病区的时候,与我们年轻护士一样,并没有搞特殊化,同样穿着防护服进入病区,和大家一起参与护理工作。虽然自己在管理岗位很多年,但一进入工作模式,记忆就会被唤醒,丝毫不会给当地添乱,而是实实在在地进行每一项工作。她表示自己是一名共产党员,应该在关键时刻挺身而出,起到带头作用。我也会牢记她的话,时刻以党员的标准严格要求自己。

另一位伙伴小汤,是一位96年的年轻护士,她与另14位小伙伴分配到了北三病区,工作任务更重,她丝毫没有畏惧,仍旧奋战在重症监护病房。·

我们是孩子眼中温柔的母亲,是老人心中长不大的女儿,是丈夫身边亲爱的妻子,但在抗疫战线上,我们也是最坚韧的战士。今年的女神节注定是不平凡的,武汉并非孤岛,有我们这群白衣使者在,通往武汉的"输血管"便不会断。没有豪言壮语,只有实际行动,大灾大疫面前,集结号一旦吹响,我们就是勇往直前的"逆行者!"

及人之老

静安区闸北中心医院 吴瑞坤

2月9日 感动一幕

凌晨下班时,恰巧在金银潭医院门口看到一位身穿防护服的医务人员正在120救护车上为患者持续胸外心脏按压。或许大家不知道,这项几乎每位医务人员都会的急救技能在疫情面前却是高风险操作。但是眼前的战友没有一丝犹豫,规范的动作伴随着胸腔一起一伏。这种律动没有背景音乐,却有血有肉,基于的是医者大爱与仁心,给予的是患者生的希望。这就是白衣天使的无私奉献!

2月25日 及人之老

今天隔离病区里收治了6位从养老院过来的新冠肺炎患者。其中,17床的老爷爷是长期卧床的老年痴呆症患者,全身带入压疮,压疮处还流着血,疮口深到骨头筋膜。谁家里没有老人,听到老爷爷微弱的呻吟声,心里说不出的难受。我们一起为他擦身,换药,换尿片……安顿好老人们才发现额头上都是汗,防护服里层都湿透了,连呼吸都有些困难!一旁的患者们都说我们太辛苦了!虽然累,但看到老人呼吸逐渐平稳,我们再累也值得。这或许就是南丁格尔的执着。

2月28日 及人之老

今天轮到我和娟娟为17床老爷爷喂饭了,他因为长期卧床,又有老年痴呆症,在护理上需要极强的责任心、耐心和细心。我们把床头摇高45度,把碗里的饭菜尽可能碾碎,小心翼翼地一小口、一小口地给他喂下去,生怕他呛着,噎着。经过一个小时的努力,爷爷总算吃下了不少。我们很高兴,隔壁床的患者也为我们竖起了大拇指,直言:在我们精心得照顾下,爷爷比来的时候好了许多。这或许就是南丁格尔的期盼。

收到了"小情人"的来信

上海市普陀区利群医院 董秋华

2月14日 星期五

来武汉快 3 周了，我已熟悉了这里的工作环境，掌握了相关的工作流程，一切都很顺利。最让我开心的是在这特殊的日子里收到了"小情人"的来信。都说"儿子是妈妈的小情人"，我真的体会到了。读着儿子的信泪水止不住流下来。他六年级了，从小到大，从来没有和我分开过这么长时间，虽然每天我们都视频，但我还是很想他。

我是利群医院援鄂医疗队中唯一在金银潭医院工作的队员，和我搭班的是金银潭医院的两位护士，她们很友善，对我也很关心，有什么好吃好喝的总是想到我，我们互相打气，一起加油，一起作战。我们一个班最少 6 小时，时间最长的一个班从下午五点半到凌晨一点。现在，我觉得工作上最大的困难是长时间呆在隔离病房，有时会感到胸闷气短，有些难受；护目镜会变得模糊看不清，给操作增加了难度；长时间戴护目镜，鼻子上还压破了，好在已经愈合。

现在我已完全融入金银潭这个大家和"南 3"病区这个小家。元宵节那天，我上早班，一出隔离病房，护士长就献上了鲜花，感谢我们援鄂队员给予武汉和金银潭医院的帮助。其实，作为湖北籍护士，在我们利群医院发出组派援鄂医疗队号召的第一时间，我就报了名。作为一名医务人员，我有责任，也有义务，更何况这是生我养我的故乡，我必须要保护它。

我知道，利群医院的领导和同事一直很关心我们，给我们提供了很多保障，很感谢大家，希望这场疫情阻击战能够尽快打赢，让千万家庭早日团圆，所有人平安、健康、快乐！

曙光应该即将来临

上海市第八人民医院 周春燕

2 月 20 日 武汉 晴　20:00-8:00 12 小时班

今天是第一次独立当班，我和另一个战友都是小白，只能战战兢兢地开始了工作。病房里的情况比我想象的更凶险，可以说是病毒肆虐的主战场。看着昨天还在说话的病人，今天一动不动地躺着，甚至需要气管插管，我默默站在边上守了他很久。生命力在眼前一点点流逝，我们能做的却终究有限，心里一时间百感交集，难以说服自己接受这个事实……

的确，凶险的新型冠状病毒给我们的队伍带来了不小的心理压力，面对陌生的环境和病情，我们总是需要满世界找东西，满世界打电话询问如何操作。不过当地的小伙伴们都非常热情、给力，她们说得最多的就是不要怕，我们在，有事叫我；你要啥给啥，资源一定供到！在这个时刻听到这样的话语，我们仿佛被注入了一剂强心剂，又有力气和信心去和病魔抗争了。但同时，我也深感自己面对突发状况还缺少经验，暗自下定决心回去一定继续认真学习。

从前一天晚上八点到昨天早晨八点，我们迎接一批送走一批，平时觉得漫长的12 个小时不知不觉中就在忙碌的迎来送往中度过了……下班踏出金银潭医院的时候，我不经意间看到路旁的花开了，花朵努力绽放的样子让人动容，愿胜利的曙光离我们越来越近。

这 14 天，让我成了老手

上海市香山中医医院 万莉

2020 年 2 月 10 日 周一 （驻鄂第 14 天）武汉 阴 体温 36.8

在武汉已两周，这 14 天的磨练已经把我从新手训练成了老手。原来，换防护服需要至少半个小时，因为天天要换，熟能生巧，现在 15 分钟左右就能快速穿戴。脱防护服也是熟练了许多。每班的工作职责已是熟练掌握，这样，我可以做的工作也更多了，工作量也随之更大了。

"20 床病人出院，请里面的老师送病人至一楼，家属在一楼接"，对讲机里传来了熟悉的声音。由我护送出院的是一名 55 岁女性患者，她住在病房已经 16 天了。平时她不善于交流，通过多次耐心沟通，她才向我倾诉。原来，这次席卷全国的疫情已经把她 30 岁的儿子带走了……作为一名母亲我能深深感受到她的悲痛，但是作为一名白衣天使，我一定要给她鼓励，给她战胜病魔的信心。每次当班，我都会主动给她一句问候，给她一个微笑，尽量抽时间开导她鼓励她。随着心情的开朗，病情也随之好转了起来，昨天得知她第二次的咽拭核酸试验也是阴性，我好开心。今天我刚好当班，又亲自护送她出院，我俩都非常激动。伴随着我反复再三地叮嘱：按医嘱服药，劳逸结合，做好情志调适，如有不适及时就医……我把她送到了家人的身边，看着车子缓缓离去，我又隔着面屏给了她鼓励的微笑，给她竖起来大拇指。

2020 年 3 月 7 日 周六 （驻鄂第 40 天）武汉 晴 体温 36.7

今天，武汉天气特别好，阳光照在身上暖洋洋的，我和病房里的患者在走廊里边享受着阳光的拥抱，边聊聊天。

35 床徐阿姨在病区住院已经近一个月了，之前病情较重，高热不退，经治疗后现在已经退热，但是仍有点咳嗽气急。聊天时她提出想洗头洗澡，问我是否有洗头膏沐浴露。她还说，之前很讲究的，现在住院了，很久没洗澡洗头了，可能都有异味了。考虑到她的病情还是比较重的，洗澡会引起缺氧，更加加重机体缺氧和气急程度，而且清洗起来会耗时，也有可能引起不适，于是建议她先修剪一下头发，再洗头发。经她同意，我找了把剪刀，帮她把头发剪了，还仔细为她梳头……阳光下她的笑容是那样的灿烂。

真正伟大的是武汉医护人员

松江区中心医院 顾瑞莲

脱掉防护服的刹那感觉自己掉了一层皮，哪怕全是刺鼻的消毒水味我也觉得那是清新的，这世间的空气从来没有那么地好过……

病区的空气多么紧张啊！

"快，二床病人氧饱和度掉下来了""谁接上，按压，快""阿托品一支静脉推"……15 年临床工作经历的我此刻感觉自己像一个刚踏进医院的实习生，为了不阻碍市三医院老师们的抢救，我们自动避让到走廊的一角，因为感染病房严格的分区制度，我们也不敢随意走动……

时间一分一秒过去，等老师们抢救完毕，再一个个分配带教，已是半小时后。我们的带教老师叫"柯柯"，小小的身影，看着工龄应该六七年，比较稚嫩，可是接班的时候非常认真仔细，从病人的病情、用药、治疗、生命体征等逐一询问清楚，最让我佩服的是，她对病人前一天的情况也了如指掌。

虽然我们只接手了 9 个病人，但光交接班就花了半个多小时。此刻的我和另外两名队员已经快虚脱了，一层 N95 口罩加一层外科口罩，满满的窒息感；近视眼镜和防护目镜卡在耳朵的地方，非常疼；防护服虽然轻便，却非常闷热；穿了两层鞋套又外加了一层及膝的薄膜鞋套有点滑，走路不敢太快，看着非常迟钝。

9 个病人中，1 个气切，3 个呼吸机，3 个鼻饲，因为是第一天，简单的工作还是能够应付的。柯柯老师很忙，一共 5 个护士要接手 24 个病人，确实非常累，基本脚不沾地，外加这些病人情况都非常重，几个清醒病人不能很好地配合呼吸机设定的模式导致人机抵抗，氧饱和度下降，缺氧后就会非常的烦躁，形成一个恶性循环。我们不停地安慰病人，教他如何与呼吸机同步，渐渐的病人适应了，氧饱和度也上升了。

封管、更换鼻饲液、给药、碾碎后营养管内注入，一抬头已经三点了，因为重症病人家属不能陪护，所以我们还要负责病人日常的生活护理：协助倒尿盆、便后清洁、擦拭……

看着所有忙碌的身影，不得不觉得感动。人人都在夸赞援鄂人员伟大、无私奉献的时候，其实真正伟大的是武汉的医护人员。她们不眠不休，她们才是真正的第一线。

解病患于水火，放祖国一情天

青浦区中医医院 施国华

　　武汉的樱花已然在竞相开放，上海的玉兰花也应该傲立枝头了吧。值完夜班我倚在宾馆房间窗前，望着曾经英雄而又繁华的武汉街城，如今如此寂静，若有所思。

　　每当看着出院患者的感谢信，看着出院患者微信的感谢，我会激动不已。虽然这只是我们抗击疫情取得的阶段性胜利，但我坚信我们战胜疫情的"晴天"已经不远，曙光已经出现了……记得除夕那天我们首批援鄂队员刚来武汉的时候，江城正下着雨，潇潇的雨声似乎是一种宣誓，又似乎是一种洗涤……第二天经过了短暂的休整与紧张的培训后我们医疗队接管了金银潭医院两个重症病区，看到当时病区满满的重症病人，他们的愁容是多么的惊恐与彷徨……不身临其境，是不会有这种感觉的；但身临其境，又怎么不会激发我们作为炎黄子孙、作为医务工作者的使命感与责任心呢？我们是幸运的，因为我们能为祖国的这次磨难奉献出我们该有的力量！

　　感谢信中质朴而富有深情的文字，是一种经历了生与死的激动与感怀；这种深情，是一种激励我们继续前行的动力；这种深情，更是让我们无限的感动与欣慰！

　　是的，现在国内疫情明显得到控制，武汉治愈病人也是成倍增加，新增病人也在逐渐减少！我们非常欣慰，最后时刻，我们更加不能掉以轻心。

驻地"盲区"管理那些事

上海市第五人民医院 胡春花 刘亚

2020 年 2 月 19 日，带着上海人民的重托和湖北人民的期望，我们上海市第五人民医院医护一行 50 人奔赴武汉。20 日凌晨，大家一路风尘仆仆终于来到驻地。

酒店门口，兄弟医院拿出浇花喷壶进行一番别样的接风洗尘，我们偷偷地摸摸自己口袋里花露水迷你式喷瓶，目瞪口呆。我们的"保姆"洪院长急火攻脸，色如张飞，边组织大家先用小喷壶进行全身消毒，边立即召集施劲东队长和翁玲琍老师协商，组织入鄂后的首次采购。由于物流的制约，超市内没有大量的喷壶现货，聪明的翁老师和严翠丽老师灵机一动，把超市内所有带有喷头的洗衣液、洁厕液、强力去污剂统统收下，但这些仍然不能满足我们庞大的需求。热心的超市老板把自己使用的喷壶也免费送给了我们，才勉强解我们的燃眉之急。

一番手忙脚乱后进入酒店，房间内如何进行布局分区，又难住了我们好多没有经验的战友们。感染性疾病科的高梦娇老师主动献计献策，指导大家进行划分房间区域，放置物品。由于外出服比较"脏"，聪明的姐妹们选择把它挂在门口，房间内相对安全了，但是对于走廊，又增加了交叉感染的风险。援鄂党小组连夜召开紧急会议，讨论外出服的消毒、放置问题。

紫外线消毒、晾衣架、收纳盒……很快，这些问题商讨出了解决办法，但是，所需物资如何解决？难题再次摆在我们面前。面对采购失败的现实，队长向大后方发出了 SOS。三天，短短三天，我们所需物资一样不少地呈现在我们面前。搭衣架、装紫外线消毒车、发放收纳盒，一切都有条不紊地推进着。

家有家法，队有队规。面对 50 人的集体，如何进行有效的感控管理，让每个人都能自觉遵守，保护我们居住的环境，援鄂护理骨干圈内进行了热烈讨论。每天专人督查、定时消毒……你一言我一语，驻地盲区管理条例初稿形成了，经过队长及院感老师的再次修订后，我们援鄂驻地盲区管理条例正式成文。大家献智献策，运用超强动手能力，很快安置好后勤。

病房迅速准备完毕，所有队员马上要进入"战斗"状态。如何保障队员安全？

"拿套隔离衣、手套、口罩，浪费点没关系，一定要确保每一个人都能熟练掌握穿脱隔离衣。"洪院长和施队长一咬牙，决定"慷慨大方"一次。总群内一声令下，召集了全部队员在驻地进行练习、考核，务必人人过关。

在驻地，战友们紧锣密鼓地进行练习、整理、熟记管理条例。医务工作者只有保护好自己，才能更好地保护他人。五院加油，武汉加油，中国加油！

待阴霾散尽，春暖花开

上海市第五人民医院 黄莉莉

2020 年 2 月 7 日正月十四 天气 阴有小雨

在武汉市金银潭医院重症隔离病房里，我第一次见到陈阿姨是在大年初四，当时她戴着面罩，接着呼吸机，看起来非常辛苦。我知道她很想和我说话，可是当时的她一离开呼吸机就很喘，我俯身低头，在她耳边大声地说了句，"加油陈阿姨，要相信我们医护人员，你要配合我们的工作，一定会很快好起来的！"她安心地点点头。

年纪稍大一点的奇爷爷今天一直在揉搓自己的肚子，我询问爷爷有没有哪里不舒服？戴着无创呼吸机面罩的他支支吾吾不好意思说，我马上翻看奇爷爷这几天的护理记录单，果然有两天没有通便了！我把奇爷爷的症状汇报给医生后，医生下达了医嘱，不一会儿，外围的老师送来了开塞露。

因为早已习惯了这里的一切，这里只有医务人员，病人没有家属陪护，患者的吃、喝、拉、撒，病区的消毒保洁工作都由我们来完成。很快，我帮奇爷爷擦好大便，重新换上了干净的纸尿裤，正准备直个腰缓一缓的时候，看到奇爷爷给我竖起了大拇指！虽然他不太方便说话，但是我能从他的眼神中感应到他对我们的信任。

虽然我们每个人能做的很少，但是希望以绵薄之力，共同抗击这次疫情，为武汉加油，为中国加油！

最后，和大家分享一件非常高兴的事情，在我写这篇日记的时候，群里发来消息，文章开头的陈阿姨已经成功脱机，改鼻导管吸氧，那就意味着离她好转出院的日子不远了。

元宵节到了，我们在这里照顾病人，病人同样也心疼我们，好都是互相的。这个世界依旧是美好的，现在只想为他们祈福！希望他们战胜病魔，早日康复！

我的心情无法形容

上海市第十人民医院 许虹

2020-02-15

今天早晨 6：00 醒来，外面下着雷暴雨，我今天是 12：00-16：00 的班。11：00 我们集合出发去金银潭医院时已经不下雨了，武汉的空气中弥漫着一股刺鼻的消毒水味道。20 多分钟走到金银潭医院，出了一身汗，穿好防护服走进监护室接班。刚踏进监护室，就看到昨日新接收的一位年轻男性患者，年龄只有 28 岁，入院的时候因病情危重，行了气管插管，床边围了很多医护人员，走进病房一看在抢救这位年轻患者。不幸的是，这位患者还是离开了人世。床位医生联系他的家属时，他的家属都无法联系上。后来，经过与病人的朋友联系才得知，这位患者家里只留下一个年仅 3 岁的女儿寄养在朋友家。在听到的瞬间，我的心情无法形容，坚强的我忍不住眼眶湿润了，等下班后回来住处，我忍不住哭了起来。我一直在想，那个年仅 3 岁的孩子现在还不懂事，还不知道她的亲人们究竟遭遇了什么。

来武汉金银潭医院已经二十来天，经过这段时间的工作，我总结了一些经验，每天进病房前穿防护服、戴口罩和护目镜这些细节都很重要，不能太松也不能太紧，否则会勒得鼻子、耳朵和头疼，要调整好松紧，才能在保证安全之余更好完成工作。

送别

浦东新区肺科医院 陶燕

南浦凄凄别，西风袅袅秋，一看肠一断，好去莫回头。

今天3月27日，是既兴奋激动，也伤感的一天，转送最后3名患者后，我们北二病区的援鄂任务也将画上圆满句号。

为了确保转运万无一失，我们制订了详细转运计划，同时安排专人熟悉线路。与相关科室联系确认之后，按照科内转运流程开始集体转运。

第一位是病情相对比较重、患有阿尔茨海默症的婆婆，记得刚入院时，神志模糊，二便失禁，我们护理团队为婆婆制定了护理计划，因为病房内没有护工，所以翻身、拍背、喂饭、换尿裤都是我们护士完成的。通过1个多月的精心护理，婆婆已经从意识不清恢复到可以简单沟通交流。"护士长，婆婆今天中饭比昨天多喂了两口""婆婆今天会翻身了""婆婆今天要吃苹果"……每当婆婆有一丁点儿好转的迹象，我们都会激动无比，觉得无论多苦多累，都是值得的。仍记得有一次，在给婆婆喂饭时，突然她对我说了句"我喜欢你"，我激动了好几天。将婆婆送到接收病区，完成交结，安顿好一切，马上要离开时，婆婆突然拉住了我的手，看到她眼里噙着泪花。我知道婆婆是知道了我们要走，有万般不舍……此时，我的眼泪快止不住了，但是护目镜里不允许我掉眼泪，只能强忍着。

剩下两名患者身体情况都已好转，但核酸检测还未转阴，未达到出院标准。为了消除他们的陌生感、紧张感，我们积极与病区协调沟通，特意将两名患者安排在同一房间。一切安排妥当，正准备离开时，其中一名患者拉着我们的手一下子放声大哭，这真的出乎我意料。因为这名患者核酸检测一直阳性，心理状态不是很好，所以情绪波动比较大、意见颇多。记得刚来没几天，就提出了好多意见。"护士长我荤菜不吃的，换两个素菜吧！随便啥素菜都可以。"过了两天，"护士长天天吃这两个素菜，吃腻了，帮我联系一下，换换花样。""护士长能否做些千张炒蛋，韭菜炒蛋。""护士长你可不能一直迁就他，"有好几个护士看不下去了，私底下嘀咕着。但是我知道对于新冠患者我们更应该去关心，因为他们承受着巨大的压力。在我一遍又一遍不厌其烦地与病友餐厅沟通协调下，患者对餐饭终于满意了。在我们的心中一直认为他不是一个好沟通的病人，现在看到他这个样子，我实在忍不住了，护目镜一下子模糊了……之后，这两名患者，对着我们深深地鞠了两个90度的躬，并感谢我们一直以来的关心和照顾。

相遇是偶然，分离是必然。我已然做好了离开武汉时会哭得稀里哗啦的准备，但是没想到，今天在这里就提前上演了这么一幕。

完成所有病人的转送后，我们马上折回病房，准备做终末消杀处理。房间全部打扫干净，将所有的器械集中放置至一个房间后，用过氧化氢湿巾进行表面擦拭，然后统一用塑料袋封存备用。被褥等纺织品严格按照《新冠肺炎现场消毒技术指南》进行处理。最后在院感老师的指导下，对清空的病房从上至下进行消毒，包括墙壁、空气、门窗、床架、地面等等。经过大家的共同努力，病区终于焕然一新。

望着空空、洁净的走廊，我思绪万千，几度泪目。想起第一次穿防护衣、第一次带领护理姐妹进舱、第一次和新冠患者接触、第一次护送患者出院……这里发生太多的故事，有太多的感动。今天注定是伤感的一天，送别患者，送别工作了两个月的病房。虽有诸多不舍，但是内心仍有激动，因为我们的抗疫战争已经取得了阶段性胜利！

第三章 ○ 光谷行动

　　1月28日，上海146名医护人员组成第三批援鄂医疗队驰援武汉，接管武汉第三医院光谷院区的2个重症病区和1个重症监护病区（ICU）。由于医院当时的硬件设施达不到救治重症患者的条件，援鄂医疗队员仅用了短短三天，改造出新冠肺炎病区，为重症患者赢得了更多生机。2月9日，第六批援鄂医疗队355人（华山医院219人，瑞金医院136人）也迅速集结驰援武汉，负责同济医院光谷院区的患者救治。在光谷，上海医疗队用"坚守"和"坚持"书写了一个又一个生命奇迹。

过关

复旦大学附属华山医院虹桥院区 陈龙

今天是我在武汉的第 23 天。2 月 9 日，我和我的战友来到这里，接管华中科技大学同济医学院附属同济医院光谷院区 ICU。

刚开始的时候，形势很严峻。几乎所有的病人都插着气管插管，上着呼吸机，每天都要面对危重病人不幸离世的现实。作为医者，心情固然沉重，然而身处抗疫一线，我们无暇悲恸。逝去的已然无法挽回，唯一能做的，是尽我们所能，帮助那些还活着的人，陪伴他们度过这生命中最为艰难的关。

炎症风暴是我们首先要面对的，也是最为棘手的一关，它的早期识别与阻断极为关键。我们需要密切监测病人的炎症指标，并使用细胞因子拮抗剂、丙种球蛋白等各种"武器"去对抗风暴。

其次，我们需要面对的是脏器损害。由于炎症风暴导致患者全身各个脏器出现不同程度的损伤、衰竭，因此脏器保护至关重要。我们需要使用护心、保肝等各类药物，以及 CRRT、IABP、ECMO 等各项技术来对患者进行生命支持。

此外，还有感染、营养等无数大大小小的关隘，等着我们陪伴、护送他们一关一关去闯。

幸运的是，在我们的不懈努力下，2 床的呼吸机参数减下来了，8 床的血压平稳了，24 床的尿量多起来了，患者的病情都渐渐有了起色。今天，病房里首例应用 ECMO 技术救治的危重患者已成功撤机，而另一名气管插管呼吸机辅助呼吸的患者也顺利拔管。他们，过关了！

我想，等他们所有人都过关的时候，这座城，也就过关了。

窗外下着小雨，是春雨。

听说武大的早樱开了。

一路同行，人生值得

复旦大学附属华山医院 李育明

刚开始和很多人一样，对疫情并没太在意，别人不在意可能是因为不知者不畏，而作为医务工作者的我，见证了重症医学快速发展，完全相信现在医疗水平把疾病扼杀在摇篮不在话下，所以，年底的时候因为发热患者剧增，科里动员支援急诊，还主动冲在前面。但是，随着钟院士宣布新型冠状病毒可以人传人，同时确诊病例激增，武汉又决定封城等等，一系列突然变化，这才感受到病毒的凶险和来势汹涌，绝不可掉以轻心。

接着武汉告急。1月28日，我们科的赵锋老师成为华山医院第二批支援武汉的逆行者之一。新闻播报全国支援武汉的医疗队伍在一支一支地增加，我知道，重症医学科医生的使命就要来了。我每天不停地刷着手机查看疫情动态，一边不断学习新型冠状病毒防护知识和临床诊疗指南，向身边的亲人、朋友、患者做好防护知识宣教，一边关注着医院援助信息，终于在2月8日晚上22:30左右接到上级简短的电话：你是否愿意支援武汉前线？那一刻，我义无反顾地马上表示：愿意！

从动员到进入"全副武装"，我们这支队伍一共215名成员，平均年龄32岁，有熟悉的老师，有曾经一起在急诊作战的兄弟姐妹，更有来自不同部门平时并不熟悉的同事，为着同一个使命，聚集在一起，不到10小时就迅速集结抵达武汉，那是全院上上下下成百上千的同仁一夜奋战的结果。

抵达武汉的第一天，安排大家去学习院感知识和穿脱防护服，熟悉即将要工作的战场。这一路赶鸭子上架式的临时培训，很多人都是第一次，我也是，虽然也有过不安和恐惧，但救人如救火的愿望和强烈的使命感给了我勇敢和坚定：武汉有难，我们支援，这就是我的头等大事，我要做的是全心全意，竭尽全力，不想其他。

在感染科陈澍教授一对一的指导下，我们一个个正确地穿上防护服，立刻投入战斗。第一次穿着厚厚的防护服进入污染区接触重症患者，不是担忧，而是一种烦躁的窒息感，可能是密封的衣服引起的全身缺氧，有的人出现头晕、乏力，甚至有的人出现呕吐，快要倒下。我也同样有窒息感，但在师兄的鼓励下，调整呼吸，随着体内酸碱平衡以及肾脏的调节，很快身体就适应了这件战袍，并开始接触和了解病人，完成一个个重症患者基本临床处置。评估何种氧疗方式，接无创或有创呼吸机，调整呼吸机参数，充分镇痛、镇静，深静脉置管，留置胃管，导尿等等，这都是我们重症医学的医师家常便饭。虽然操作都非常熟练，却由于穿着密不透风的防护服不便，一套操作下来，常常一身汗水湿透了内层衣服。

说实在的，的确很辛苦。在平衡人力和体力的情况下，在污染区，我们医生每6小时、护士每4小时循环接班，每天收治重症病人，转出经过我们治疗好转至轻症的患者，就是这样日日夜夜，马不停蹄，我们已经工作了快两周，总算是过了磨合期，也解决了很多困难，消除了内心的恐惧。相比刚来时，我们锻炼成了一支经得住考验、能打胜仗、更加强悍的队伍。

这阵子，陆陆续续已经接到很多朋友的关心问话，什么时候能回去？也就是这场疫情什么时候能战胜？作为一个只负责看病的一线医生其实很难回答这个问题。随着全国援助武汉医务人员不断增加，一座座临时医院的搭建，按照习总书记的指示要做到应收尽收，显然我们看到全国除了湖北以外，确诊病例连续下降，上海等地方已经出现零增加，许多地方已陆续安排复工复产。

令人欣慰的是，越来越多的好消息传来，随着对疫情防控的深入了解和广大人民群众广泛参与，我们有了必胜的信念。2003年的SARS我们都扛过来了，2020年的中国早已不是当年的中国，我们有高效的组织效率，我们有强大的制造业，我们有领先的科技能力，我们有一批能把中国人保护得很好的"勇敢的人"，我们还有汪洋大海般十几亿人民的力量，我们有什么理由不胜利？武汉必胜！中国必胜！

疫情仍有蔓延，战斗还在继续，现在是控制疫情发展的决战时刻，虽然我们医生工作很苦很累，大家看在眼里，急在心里，有为医生偷偷抹眼泪的，有为医生加油打气的。但我想说的是，人和病毒的战场根本不在医院，而在我们每一个人的科学防护，所以：从我做起，从洗手、戴口罩做起。

致敬一起抗疫的战友，一路同行，人生值得！

呼吸治疗师在 ICU

复旦大学附属华山医院 苏仕衡

作为华山医院重症医学科的一名呼吸治疗师，我早已向科内做好了支援的报备。2月16日下午，我就同 ICU 的 3 名医生一起，搭乘火车连夜赶往武汉。

抵达之时，已是第二天凌晨五点。做休整之后，当天下午，我们就进入同济医院光谷院区的重症监护室熟悉工作环境。映入眼帘的是许多从全国各地募捐而来的各种不同品牌与型号的呼吸机。我立即加入了呼吸机调试的工作中，排除隐患。我发现有些呼吸机并没有空气压缩机，这会导致呼吸机长时间给机械通气的患者进行纯氧供气。虽然对这些肺炎的患者来说氧气是非常必要的，但是长时间的纯氧也会对患者的肺部造成极大的损害，甚至会造成氧中毒以及急性呼吸窘迫综合征（ARDS）。因此，这些批次的呼吸机都无法在这间临时搭建起来的 ICU 中使用。

由于是重症监护病房，所以我们常常收治一些预后较差的肺炎患者，其中机械通气（使用呼吸机辅助患者呼吸）就是救治他们生命的必要手段。随着机械通气的患者越来越多，紧接着关于呼吸机的问题便慢慢显现出来：有创呼吸机紧缺！许多需要机械通气的患者需要使用呼吸机救命。于是我就通过科室和医务处向医院以及社会请求援助。仅仅两天，我们就收到足够每张床位都能备用一台呼吸机的数量。经过我的逐个调试检查之后，这些呼吸机全部都进入了 ICU 准备使用。

在我们逐渐完善自己的设备储备之后，就是治疗方面的难题了。有创机械通气就像一把双刃剑，它既能帮助患者通气，也能让患者受到感染方面的问题。由于气道持续开放，所以之后的气道管理也丝毫不能松懈。呼吸机模式的调整、气道管理等这些重任也自然而然地降在了我的肩上。

我们机械通气的第一要点就是在上机时就考虑该何时撤机，使患者呼吸功能恢复。所以我几乎每天都进入污染区观察每位机械通气患者的呼吸状况，当患者呼吸适当恢复后就会慢慢降低呼吸机条件与参数；当患者肺部状况转好后我们还会更换能够锻炼患者呼吸的模式；之后我们还会进行患者的自主呼吸测试（SBT）。如果这些都通过的话，我们就会给患者拔除气管插管。而如果患者肺部状况恶化，我就会通过拍背、吸痰以及提高呼吸机参数。如果患者还是没有改善的话，我们就需要给患者进行"俯卧位通气"。这对我们医护人员的体力和注意力是一项很大的考验：通过把患者身体由冠状面180°翻身，这样就能改善通气/血流比，也能使得背部的肺泡复张，让患者通气更加顺畅。

在我们复旦大学附属华山医院呼吸科主任李圣青教授、感染科陈澍教授和抗生素研究所陈轶坚教授的带领下，我们同济医院光谷院区重症监护室成功完成了武汉第一例体外膜肺氧合（ECMO）成功撤机以及全院第一例长期机械通气患者（≥ 10 天）的成功撤机拔管。

正如我们陈澍教授所言："这场病毒就像一场'闪电战'，打得我们措手不及，而现在正是我们打响'斯大林格勒保卫战'的一刻！"我也会作为一名呼吸治疗师协助医护团队救治病人，同时也为患者肺部通气和康复保驾护航。

最有成就感的一天

复旦大学附属华山医院 袁燕

2020 年 2 月 27 日 星期四

今天是凌晨 2 点到 8 点的进舱病房班。上班时候是半夜，下班时候天光已大亮。和以前一样，又是一个一刻不停、忙碌的班，但今天下班时候的心情却好了一点。因为在这个班上，我大抢救、小抢救了三四个患者，都可算是成功了。交班到我们手里的重危患者，全都继续移交给下一班的小伙伴们了。

印象最深的一位患者是位胖胖的女士，她上着气管插管和呼吸机，病情很危重。我接班的时候她刚刚已经从 12 小时的俯卧位通气改回到仰卧位，改回仰卧位以后氧饱和度就不高，艰难撑了一晚上，到清晨时分再也维持不住，氧饱和度降到 49%。同班的呼吸科章鹏医生正在忙着收治一位新患者，我和他商量后，果断决定把这个患者再改回俯卧位通气。病人很重，我和 5 位护理部的小伙伴们一起，悠着劲，小心地把她翻转成俯卧位，大家快累脱力了，感谢本班的男护士弟弟，出了最大的力气。俯卧位通气果然很神奇，眼看着她的氧饱和度升了上去，慢慢到了 87%。虽然还没到脱离危险的程度，但已经让她赢得了多一天的时间。

早晨 7 点半，离交接班还有半小时，我盯着护士台这边的监护仪数据显示屏，重点关注着几个危重的患者，觉得数据都还行。忽然一个护士朝护士台奔来，大叫医生，说一个病人不行了。我大吃一惊，这个患者一整晚都还挺稳定的，怎么突然不行了？等我冲进病房，心电监护仪上他的氧饱和度还有 83%，心率已经为 0 了。负责这间病房的护士一直在房内照看着两位患者，她发现患者心率下降到了每分钟 50 多次，就立刻让照护隔壁病室的护士来找医生了。这已经不是我们第一次遇到这样的情况了，明明是看上去都还蛮稳定的患者，会突然心脏停搏，可能还是和这个疾病导致严重的心肌损害有一定关系。

抢救立刻就开始了，调高呼吸机的吸氧浓度到 100%，肾上腺素强心，心外按压……3 支肾上腺素下去，患者还是没有恢复自主心搏。就当大家都以为又一次抢救失败的时候，奇迹发生了！在第 4 支肾上腺素用下去之后，参与抢救的护士妹妹抱住我喜极而泣。这大概是我们病房第一位心跳停搏以后还能抢救回来的患者。感谢我们这支不放弃的医护团队，也感谢这位患者的坚持努力，不放弃自己。

交完班，我有一丝如释重负，这一整天的班，所有的患者都在，没有在每天公布的数字里加一，我们的工作是有成效的、有价值的。虽然危重患者还是很多，虽然这些多熬过了一天生命的患者前途命运如何还未可知，但是我们这支团队会继续努力，尽力救治更多的患者，让被压垮的家庭越少越好。

晚上补觉醒来，打开微信查房群，发现还有好消息。今天我们 ICU，气管插管成功拔管脱机 1 人，ECMO 成功脱机 1 人。群里面大家都为之振奋，相信会有越来越多的患者转危为安。

心存信仰，才能无所畏惧

复旦大学附属华山医院 金莺

　　从没想过当什么英雄，在接到出发令的那一刻，没有做过多考虑，时间紧迫，来不及儿女情长。坐上飞机那一刻，发了信息给儿子："妈妈走了。"这时，才稍稍体会了一下自己的心情。"口罩湿了还得换，不能浪费！"涌进眼眶的泪水被自己生生吸了回去。在亲情与责任之间，我知道我永远不用做选择，家人是我最安心的存在。

　　飞机降落武汉机场，215 人的队伍，却一致地安静。第一次来武汉，一路上只有我们的车队，路边的房子里透出灯光，街上没有行人，连车也很少，整个城市安静得让人感到沉重。没有左顾右盼的心思，我知道后面要打的是场硬仗。

　　队伍入驻，来不及休整，全员迅速进入备战状态。队员分组，职责确立，轮岗安排：每个环节都要预设好，在保障个人安全的同时也要提升工作效率。年轻的队伍，有热血、有激情，但同时，面对工作压力的剧增，面对危重症的病患，面对不熟悉的仪器设备，面对病毒对自身时时刻刻的威胁……心理的崩塌比身体的疲累更容易摧毁人的意志。我们必须更坚定、更强壮，才能背负起更多责任！

　　我们所在的 E3 − 5 楼 ICU，收治危重症病患 30 人。在光谷院区，100% 插管在我们 ICU，90% 补液在我们 ICU，70% 检验在我们 ICU，工作量很大。鉴于病区条件，刚开始供氧压力不足，大多呼吸机靠氧气钢瓶而不是管道供氧，搬运氧气钢瓶，对大家的体力和耐力都是一个考验。很多队员出现肌肉酸痛、拉伤的现象，但没有人吭声，大家只是在回到驻地后，默默用药膏涂一涂，或者贴个暖宝宝缓解一下。队伍里最年轻的护士才 22 岁，一脸的稚气未脱。每次最欢腾的是下班等班车的时候，短短时间，来自不同科室、以前不曾相识的我们，变成了最紧密的战友。

　　在 ICU 里也会有些暂时不用插管的病人，大家很乐意跟他们交流。一天，组里一位护士上班时带了一袋吃的，我们刚在纳闷，进污染区怎么吃？原来，她负责的一个病人，35 岁，全家都被确诊新冠肺炎，他不清楚家人目前的情况，很着急。由于没有陪护、没有家人可以送生活品，病患的生活用品都是医院提供的。每日除了三餐，有时候饿了，没有其他可以吃的，护士们就把自己分配到的水果、饼干悄悄带给他吃。大家听了都很沉默。是的，这里住的每个病人，大多家人也是确诊病人，甚至有的病人去世，也根本没有家人能过来签字办理。因为，也许他已经没有家人了。

心里很难受，总觉得有什么梗在心口。我们那么努力，那么努力地想挽救的，却还是难以避免地要面对死亡。

一次，我在工作时接到一位病人家属的电话，带着焦急和哀求的语气，她想知道家里老人的情况，她也知道我们没办法在电话里告知病情，她也知道我可能会拒绝，但她还是想问。当听到她问的那句"我很担心老人家，就想知道他现在还好吗……"声音中带着轻颤，我盯着监控上病人并不算高的氧饱和度，紧了紧手上握着的话筒，轻轻地回答她"目前……还算平稳"，她高兴地谢着我，挂了电话，我却过了很久才挂上电话……还有一次，在整理死亡病人的物品时，病人的手机响了，来电显示是"家人"，大家都静静地看着手机不停地闪烁，直到停止。这一刻，所有人都没有勇气去接听，都想让残酷传递得慢一点……

"疫情就是命令，防控就是责任！""敬佑生命，救死扶伤，甘于奉献，大爱无疆！""苟利国家生死以，岂因祸福避趋之"……太多的歌颂和赞扬，太多的鼓励和掌声，我们背负着太多的希望，在这场抗疫战中，我们不能输！

看过一段采访，病人感激地说："有人说星星很亮，那是因为没看过护士的眼睛。"而我却很怕去看他们的眼睛，我怕自己的眼睛里，找不到他们期望的闪亮……

2020 年的春天，有沉重，有感动，有情怀……带着出征时的初心，怀揣信仰，让我们共同期待摘下口罩，展露笑颜，脱下防护，握手拥抱的那天吧！

为此，我们无所畏惧！

争分夺秒的战场

复旦大学附属华山医院 倪洁

"18 床血压、饱和度持续下降，医生快来！" "护士推抢救车！监护仪监测调至每 10 分钟一次！肾上腺素一支静推！ CPR 准备！"

"10 床情况危急、呼叫医生！"推抢救车……

华中科技大学同济医学院附属同济医院光谷院区 ICU 一天的工作从抢救开始，这里收治的都是新冠肺炎危重症患者。病区 30 张床位，多的时候有 26 位有创口插管呼吸机患者、2 台无创呼吸机、2 台 ECMO24 小时持续运作、7-10 台 CRRT、3 台 IABP，患者多有基础疾病，年龄偏大，伴有多脏器功能衰竭。

这里聚集了来自复旦大学附属华山医院各个学科顶尖的教授和训练有素的重症护理团队，为患者提供及时、有效、精准、高质量的医疗护理服务。

29 床今天准备脱机拔管。"丙泊酚暂停、呼吸机参数下调、医生做个血气！" "护士准备脱机、吸引器、氧气准备！" "呼吸治疗师到位，准备密闭式吸痰管和人工鼻（由于战时需要，由呼吸机过滤器改装）。"患者开始躁动，约束固定确认安全、镇静镇痛确认计量、监护仪监测调至每 10 分钟一次。护士长握住患者的手，在他耳边安慰："今天准备给你脱机了，不要怕。监护仪表数据正常，你要积极配合。别怕，主任、总护士长、医生、护士都在。"患者点头示意表示配合，吸痰、拔管、再吸痰、接无创呼吸机、戴面罩、固定、连接氧气管、氧饱和度 97%，一切顺利！继续密切观察。

这是我们接管光谷院区 ICU 第一例插管、呼吸机辅助呼吸的重症患者。在呼吸机运行了近 15 天后顺利脱机拔管。第二天入舱回访，他竖起大拇指啧啧称赞。看着自己照顾的危重患者转危为安，我们感动得热泪盈眶。隔着护目镜，雾里看花般，也不知道是汗水还是泪水。这一瞬，见证奇迹！这是在我们总指挥马昕副院长、队长李圣青主任、总护士长张静老师带领下的医护团队在经历了日日夜夜的守护、多少次 MDT 查房、精准治疗之后的收获！

24 床老太太用着无创呼吸机，经常出现胸闷气急的表现。今天晚上她的床位护士是崇崇。巡视补液的时候，听见老太太说："我好饿，我牙不好，白天的饭我没吃。"崇崇心里一酸，病人 80 岁了，就像自己的老外婆一样。但污染区病房的饮食是定时定量供应的，这会儿已经过了饭点了。她马上四处张罗，终于向临屋的一位病友借到了点面包。看着老太太拿过面包狼吞虎咽，连说谢谢，崇崇感觉很欣慰。交班前她又去回访了老太太，又和下一班反复确认细节，才放心地离开。

今天，10床患者抢救无效"走"了，大家都很难过。我查房时经过门口，发现尸体尚未料理，问："什么原因？需要帮忙哇？"年轻的护士说："老伯伯过世了，身上有失禁的大小便，我想给他擦擦干净再做后续遗体料理。"多好的孩子，她想等哪位同事空下来一起帮忙。"那倪老师带你一起擦吧，我有空。"我一边让护士准备水、被服、终末处理箱，一边放下手头工作进入病房。这是一名76岁的老先生，体型偏胖，我和年轻护士配合，一点一点把老先生擦得干干净净，口、鼻、耳等处做好填塞，就像家人在一样。最后，我们帮他摘掉口罩，他安详的面容一点也不可怕。天堂里没有痛苦！安息吧！

"谢谢您倪老师，我是第一次做遗体料理，一个人真的有点怕！""没事，当年我的老师也是这样手把手教我的。我们救死扶伤，送病人最后一程也是很重要的，你做得很好！"最后我们一起把患者的衣物、被服放入双层黄色垃圾袋焚烧处理，做好遗体、空气、地面消毒，通知太平间。

在武汉同济光谷ICU，我们用专业、用技术、用心、用爱去关心每一位患者，把他们当成自己的亲人一样照顾，直到他们转出或离去。这里就是一个真正意义的战场。再过20年，回首往事，这将是一段永不磨灭的记忆，是我们人生中光辉灿烂的一笔，我们没有辜负白衣天使这个神圣的称号！

加油，让我们一起去迎接美好的明天！

我们是 ECMO 的守护者

复旦大学附属华山医院 王琳

我们 6 名护士袁立（护士长）、邵莲菁（总院）、王琳（总院）、宋敏（总院）、黄嘉琳（北院）、严书玲（北院）组成了复旦大学附属华山医院第四批支援武汉医疗队血透组，将在收治最危重病人的华中科技大学同济医学院附属同济医院光谷院区 ICU 工作。

2 月 9 日，当我们 200 多人的大部队浩浩荡荡地来到光谷院区准备开展工作时，却得知这里并没有我们熟悉的床旁血透机。袁立护士长立即与光谷院区的血透中心联系，经过多方协调，终于在 12 日下午完成了新机器的装机、调试，耗材到位。我们马上进行在线视频培训，4 个小时后，大家就熟悉了新机器的操作流程及报警处理方法。为了尽快熟练掌握整个流程，黄嘉琳负责网上搜索教材，我手写流程示意图，袁立护士长更是连夜梳理注意事项、观察要点和各项预案，并及时分享给我们。很快，我们就接到了第二天开始随时接收病人的通知。

14 日，我们为一名危重新冠肺炎合并尿毒症的患者进行了首例 CRRT 治疗。持续运转的血泵，不断循环的血透管路内的血液，让我们看到了生命的希望。这是我们出征的初心和使命啊！

就在我们 CRRT 工作开始步入正轨、全面铺开的时候，意想不到的另一个挑战来了。17 日，护士长接到新的任务，次日有患者要进行 ECMO 治疗，需要我们血透组来承担 ECMO 的护理工作。ECMO 的管理那可是需要很强的专业团队来配合的，我们行么？对于 ECMO，我们是完全陌生的。虽然内心有种种疑虑和担忧，但大家还是发挥了强大的学习能力，第一时间收集了相关资料，连夜不停地研究学习、流程梳理、模拟预案。

18 日下午 2 点，抢救的号角吹响，我们 6 人随着一批批医生团队进入隔离病房，华山与同济的专家联手负责深静脉置管，我们在同济心内科管老师的指导下，安装预冲管路。大家分工合作，争分夺秒，置管成功！3000ml/min 的血流迅速充满整个体外循环管路，神奇的膜肺开始工作了！

而一旦建立起心肺的体外循环，就需要 24 小时不间断地守护着 ECMO 机器，我们血透护士的工作就是接管这台机器，进行各项数据的观察、监测和记录，遵嘱调整相关参数，及时应对机器的各种报警以及防止并发症的发生。

不知不觉，我们已经入舱 6 个小时了，不吃不喝穿着闷热防护服持续高度紧张的状态也已经 8 个小时了，大家非常疲惫。护士长说："我继续看着，大家累了先回去吧，休息好，再轮流来替我。"望着她连夜查资料还强忍着疲倦的神情，我知道我的眼眶又红了。我与黄嘉琳因还有 CRRT 治疗，需完成后才能出舱，而已经出舱的邵莲菁为了节约 1 个小时来回酒店的路程，在清洁区内吃完了盒饭，休息片刻就去接替护士长，这时，护士长进舱已经足足 9 个小时了。我们为有这样负责、挺身而出的护士长而感到骄傲。

ECMO 治疗的第一天总算过去了，但后续的看护仍需进行。我们血透组 6 个人，如果按 4 小时一班，我们每个人每天都需要进舱，就没有休息了。护士长为了照顾我们，竟然给自己连续排了 3 个晚上 8 点到第二天早上 4 点的 8 小时的夜班，这样，我们每个人每周可以有完整一天的休息。我们能做的也只能以实际行动来回报了。大家互帮互助，你多上 2 小时班，我多上 2 小时班，来应对人力短缺的现状。

但是 ECMO 的工作并不是一帆风顺的，也遇到了不少难题。由于整个病房的氧气使用量超负荷，而 ECMO 机器需氧量特别大，墙式氧气已经不能满足心肺衰竭患者的需求，必须使用最原始的钢瓶氧气来供氧。钢瓶氧气每 3-5 小时就要更换一次，从后楼梯推到病房耗费了我们大量的体能，而每一次更换时突然发出的蜂鸣声更是让我们焦躁不安。虽然蜂鸣声不影响患者的治疗，只是钢瓶氧气压力过高与空气混合不稳定造成的，但是持续的嚣叫不但引来了很多医生护士围观，更是让我们焦急无措，我们只能不停地尝试重新连接氧气瓶。当蜂鸣声突然消失的时候，我们才终于松一口气，而此时已经全身汗湿。第一天现场培训时同济专家告知了治疗中可能出现的报警，但是毕竟没有这方面的经验，大家只能利用每天工作之余，加强学习，梳理笔记。每次的工作不只是工作的强度及体能的消耗，还要承受巨大的心理压力，但是我们没有一个人退缩，从"护肾小分队"转战到"护心小分队"，多学科协作见证了我们的成长！我们也为自己点赞！

2 月 23 日，华山团队的第二例 ECMO 也已经开始实施，我们同时守护着两台 ECMO 的运转，在这多学科协作的重症治疗中，虽然我们护士的工作琐碎而繁杂，但也是不可或缺的，我们华山张爸说了，医生有多重要，护士就有多重要！

我们是复旦大学附属华山医院危重症血液净化团队，对于 ECMO，我们零基础、零经验，却在极短时间内学会并完成了一个个极具挑战的任务。我们坚守在武汉同济光谷 ICU 隔离舱里，守护 ECMO，守护病人，守护希望！

内科护士眼里的外科护士

复旦大学附属华山医院 周佳怡

　　我是血液科护士。之前看到网上好多人自嘲说外科医护在疫情里是一个特别尴尬的存在，其实在我们华山，有外科医生援鄂的，还有很多外科护士在同济医院光谷院区重症 ICU 参与各项护理工作的，都特别厉害。

　　我觉得外科护士有特别独特的优势，比如她们天性都很开朗乐观，在面对疫情时，心理建设能力比较强，不但自我抗压比较好，也能带动气氛，感染到病人，可能因为她们平时就见惯了"刀光剑影"，工作节奏也比较快吧！"积极、主动、乐观"是外科护士给我的印象。我们小组中的"灵魂画手"孙莉也是一名外科护士，每天在小组成员大白服（防护服）上创作，让大家充满欢笑地进入工作状态，把满满的正能量传递给病人。另外，在 ICU 日常护理工作中，外科护士对急危重症患者的护理，比如氧气疗法、无创及有创呼吸机通气、人工气道、俯卧位通气、镇静镇痛、体外膜氧合患者的护理等都很熟悉，很有用武之地！不过，我们华山护理同仁们都有着极其过硬的基本功和组团快速学习能力，不用多久大家都已经成为"行家里手"了，我们真的是打心底里相互佩服！

　　我们大家都是抱着"召之即来，来之能战，战之必胜"的决心来这里的，不管医生还是护士，不管内科还是外科。到这里一个多月了，虽然每天都很忙，但现在已经有 8 位上了呼吸机的危重症病人脱险，3 位上了 ECMO 的病人撤机，我们整个团队可自豪了！这一次到前线抗疫，对我们每个人都是一个挑战，但也是相互学习、快速成长的过程。感谢所有支持、帮助我们的前线战友，后方的老师们、伙伴们，等我带着好消息归来，到时候来一个大大的拥抱！

我看到了顽强的生命力

复旦大学附属华山医院 朱榴燕

我由主班护士改成管床责任护士，分管两个床位的病人，一个是气管插管上呼吸机的病人，另一个是 70 多岁的阿婆。

我第一天接班做主班时，那位气管插管的病人医嘱比较多，所以我一直记着她的名字，每次接班都会留意一览表，看见这个名字还在，我就心定了，知道她没"走"。昨天第一次见到她，昏迷着。虽然我们不认识，但看见鼻饲管、呼吸机、深静脉留置、各类泵注用药、导尿管，心里还是很难过。

每一个小时，我都要观察记录生命体征、氧饱和度，固定各类导管，按时给药。临下班时，我又为她更换了干爽的棉垫，盖好了肩上的被子，尽量让她舒服些，因为我知道，她还顽强地活着。

隔壁床的阿婆，心电监护、面罩吸氧。一开始，我们很有距离感，阿婆个性很强，不想麻烦我给她倒水、端饭，更不想让我协助她解尿。为了安全，防止她跌倒，我就"赖"在她床边，给她吃药、喝水、喂饭、协助解尿。我们交流起来不是很畅通，她说着武汉话，我隔着防护服，很多时候我只能翘着大拇指给她肯定和鼓励。没想到，等我下班的时候，她双手合十，向我表示感谢。氧气面罩下她笑得像朵花。

有人说，武汉开启了暂停键模式。但我相信，这个城市暂停的时间不会太长，因为我在我的病人身上看到了顽强的生命力，还有满脸褶子的笑容。

我，看到了希望。

青春最无悔的冲动

复旦大学附属华山医院 陈蓓妮

十七年前，"非典"席卷，那时 9 岁的我还在知识的海洋里无忧无虑地游玩，脑海里充满了对未知世界的好奇与想象，可谁曾想到 17 年后疫情重来，新冠肆虐，自己会成为守卫在临床一线的抗疫战士。

2 月 9 日惜别家人，浩浩荡荡一行人来到武汉，以最快的速度在 24 小时内将只有床和床头柜的病房改造成能够收治危重病人的 ICU。寒冷的首夜，陌生的环境，繁重的工作，紊乱的作息，一点一点地考验着我们的耐心和决心。好在我本是耐得住的人，阳光、美景和秋千给了我诸多幸福感，唯有几次难受得紧，忍不住向家人们撒了娇，家人问："一时冲动是魔鬼，可后悔了？""没有，一丝后悔都没有过。""那便是了，有多少人能够在年轻的时候有过这样轰轰烈烈的经历，这是种宝贵的财富。"

这里的病人远远比我想象中更需要我们。在第二次进舱时，一位戴着无创呼吸机的老先生将他颤颤巍巍的手举到我的面前让我握住他，他冰凉的双手让我揪心，我用双手握住他的手，可我手心的温度似乎怎么都焐不暖他，"谢…谢谢你"。还有一次在帮助一个 22 岁小姑娘更换拉拉裤后，她害羞得连连道谢。来到这里快一个月，我收到了太多太多的感谢，殊不知他们同样也是值得我感恩的人。进入临床工作 5 年以来，我从未被病人如此需要过，从未体验过一个握手一句鼓励竟能够给病人带去那么大的心理安慰和支持。

"To cure sometimes, to relieve often, to comfort always"，有时治愈，常常帮助，总是安慰。读书时看到的这句话在这一刻我才真真切切地体会到了它的含义。我们都知道生老病死是自然规律，人类在纷繁复杂的疾病面前、在强大的自然规律面前更多的是无能为力，而我们医护人员能做的，就是应用现有的知识与技术去控制疾病、延缓疾病的进展，减轻疾病带来的痛苦以及疾病对患者生活的影响。治疗有时候是冰冷的，可人心是暖的，我们常常以"为了你好"的名义去要求患者遵守医嘱，却忘了同情、理解、肯定他们的痛苦，然后再给予支持和鼓励，去帮助他们在疾病未被治愈前学会与疾病相处，理解疾病、控制疾病，帮助他们有尊严地生活。

青春理应勇猛过人而非怯懦怕事，应积极进取而非苟安现状。这次武汉抗疫之行，是我青春里最无悔的一次"冲动"，也永远是我的青春里最浓墨重彩的一笔。无悔青春，灿烂韶华。白衣不卸，践行不止。

氧气

复旦大学附属华山医院 郭慧琦

进舱后，我慢慢地感觉呼吸困难，我尝试站在病房换气扇旁做深呼吸来调整，稍有好转。时钟走过了半个小时，今天的时间过得异常煎熬。这时，有个小伙伴因为缺氧头痛难忍，我立马接过了她的 2 个床位，其中 1 位是 80 岁的老先生，呼吸衰竭需要有创呼吸机支持通气，发病前就有心力衰竭和肾衰竭病史，在做血透治疗。

我告诉自己，"我不能停下来"，忍着隐隐的不适，马不停蹄地工作了 3 个小时，更换气管插管、固定、吸痰、测血糖、完成静脉治疗……这时，突然有种窒息感充斥在身体里，我深切感受到了那种想要呼吸却无法呼吸的感觉，胃开始不停地翻腾，几乎要越过我的喉咙。但是，要知道在武汉疫区，医疗资源稀缺，每一件防护用品都是如此珍贵。我大口地呼吸来尽力汲取氧气，以缓解这种窒息感。

这时，隔壁床位的一个年仅 20 岁的女大学生似乎看出了我有些不对劲，关心地问候道："护士姐姐，你是不是不舒服了？"她那还天真无邪的语气让我心疼，她感染新冠肺炎前有 5 年的高血压病史，因为服用解热镇痛药引起的重症药疹，药疹累及胃肠道粘膜，连喝水都觉得喉咙疼，呼吸道粘膜破损加上新冠肺炎造成她呼吸困难，而此时带着面罩吸氧的她，还在关心我的身体！

我猛吸一口气，提起声音说："我没事，小妹妹今天感觉怎么样？"。她说："我今天好像比昨天好一点儿，不要担心我。姐姐你是不是透不过气？要不你坐一会儿，会不会好一点。"因为我的岗位是危重症病房，送进来的患者大部分都是昏迷的，或者自顾不暇的，很少有和患者交流的机会，面对来自这个看起来很年轻却又很细心的病人的问候，我终于有一点儿忍不住了。"好，小妹妹，你今天看起来很好，各项指标也挺好的，我们一起加油。"我艰难地扬起了嘴角，虽然她也看不到。

在小妹妹的一脸担忧下，我走到了老先生的身边，一边换床单、换尿垫，一边不停地告诉自己，一定要撑住。因为缺氧，大脑也产生了抗议，头痛欲裂。"不行，我要调整一下自己的状态。"我默默地对自己说。坚持做完手头的工作，我踉跄地走到了换气扇下面，深吸几口气，休息几分钟，果然头痛好像缓解了一点儿。于是，我又开始工作了，危重症病房的病人一刻都离不开医护人员，需要 24 小时的监护，随时可能发生病情变化，需要更多的关爱和呵护。

可能因为忙碌加缺氧，窒息感又一次来袭，走出病房的那一瞬间，胃里一阵强烈的翻涌，我控制不住地吐了出来，因为严密的 N95 和外科口罩两层防护，呕吐物全部兜在口罩里面，堵住了我的口腔和鼻腔，窒息感再一次来袭，使我完全无法呼吸。第一次遇到这种情况，我也慌了神。慢慢地呕吐物顺着口罩的缝隙流到了防护服里，流了我一身，凉凉的，但是随着在口罩里的呕吐物减少，我尝试着张开嘴巴呼吸，总算可以继续工作、继续说话了。几秒钟冷静下来，抬眼看了一下表，还有半小时交班，我决定克服一下，坚持到交班。忍着鼻子和嘴巴里都是呕吐物的不适，我把需要交接的事项写在纸上，一项一项地交接给下一个班的同事后，我终于完成了今天的任务，松了一口气。

摘下口罩的那一瞬间，如释重负，氧气充满身体，自由呼吸的感觉真好。我希望每一位患者都能在我们的精心治疗下摘下口罩，相信畅快呼吸的那一天很快就会到来。

人最宝贵的东西是生命，生命对于人来说只有一次，对于患者、对于我们都是如此。借用《钢铁是怎样炼成的》里的一句话，我想说，"人的一生应当这样度过：当一个人回首往事时，不因虚度年华而悔恨，也不因碌碌无为而羞愧；这样，在他临死的时候，能够说，我把整个生命和全部精力都献给了人生最宝贵的事业——为人类健康事业而奋斗"。

一束光

复旦大学附属华山医院 朱娴杰

铅灰色天空，迷茫而混沌，乌云一片接一片地飘过，偶尔露出惨白的间隙，无力的阳光似乎怎么也穿不透云层到达地面，就像此刻的武汉，凝重而沉寂。

2月9日接到集结令的那一刻，我的内心思绪万千。对于出征武汉，我从不迟疑，令我放心不下的是家里人。我摇醒了熟睡中的老公，低声告诉他："明天要去武汉了，一早就走。"老公沉默半晌，久久地憋出三个字："先睡吧。"第二天清晨，早早听到客厅有动静，起身一看，他正默默地帮我收拾着行李。这个平日里看似木讷的男人，此刻却细心地如此温暖。临走时，我不停地嘱咐他各种儿子生活上的注意事项，老公一边应和着一边给了我个大大的拥抱，轻声说道："一定要平安回来，我和儿子在家里等你。"千言万语汇成只字片语，仿佛又回到恋爱时的默契，一切尽在不言中。

最终还是没有喊醒睡梦中的儿子，怕小家伙哭闹着不愿让我离开。坐在床边，用指腹轻轻描绘那小小的五官，想要深刻地记住他安睡时的模样，因为再见到已经不知何时了。宝贝，原谅妈妈的不辞而别，因为妈妈肩负着更沉重的使命！武汉生病了，那里有许多需要帮助的叔叔阿姨，把妈妈借给他们一阵子就还你，好吗？

上了车，思量着该给父母打个电话，可在按下通话键的那一刻，心里却没了底气。前两天刚从发热门诊回来时，母亲曾试探着询问我："还会让你去武汉吗？"言语中尽是藏不住的担忧，现在真的要出发了，我该怎么告诉她？一阵"嘟嘟"的通话音后，父亲的声音出现在了耳边，之前心里反复练习的说辞，一时竟不知怎么开口。知女莫若父，他仿佛看出了我的心事，关切地问："怎么了，有事就说吧。""爸爸，我要去武汉了，现在就走。"平日里内敛的父亲竟也沉默了。察觉出异样的母亲凑到电话跟前问道："怎么了？"只听父亲沉声说："女儿要去武汉支援了，今天就走。"片刻，电话那头传来轻颤的哽咽声："女儿，妈妈想抱抱你。"是啊，因为工作繁忙，我有多久没去父母那儿坐坐，和他们聊聊家常，谈谈心事了；多久没有搂着母亲的臂膀撒娇，细数她头顶的银丝了。都说父爱如山，母爱无声，无论何时何地，我知道父母是我生活上最坚强的后盾。"去吧，孩子，好好保护自己，别担心我们，家里的事我们会帮忙照顾的，等你平安归来。"还是那样简单朴实的话语，却让人感觉恰到好处的安心。挂了电话，抹去眼角的泪水，坚定了心中的信念，我深知，这场硬仗不能输！

从没想过，初次来到武汉会以这样的方式。原本应该繁华热闹的都市，此刻更像一座空城。大街上遍寻不到一个人影，路边的房子里透出零星灯光，仿佛一切都被笼罩在无形的阴霾之中。第四批医疗队接管的是同济光谷ICU，所有的重症病人都在这儿。入驻后的第二天，便开始投入紧张而繁忙的救治工作。在这里，生命显得如此脆弱，几乎所有的病人都经历着插管、抢救、上呼吸机，最终心电图还是呈一直线的过程。有的队员因为患者抢救无效死亡而哭了。身体上的疲惫可以通过休息来缓解，而心灵上的无力感很容易将一个人的意志击溃。正当我感觉看不到一丝生命希望的时候，却接到了这样一个电话。

"喂，您好，我是21床患者的女儿，请问老太太今天情况如何？"电话里传来一个中年女人的声音，忐忑且小心翼翼。我看着中控台上略高的血压以及不太平稳的氧饱和有些语塞。见我不作声，她由焦急转为不安："怎么，情况不好吗？""不，患者各项指标……暂时平稳……"为了不让她太过担心，我撒了一个善意的谎，心里却五味杂陈。"那就好，那就好……"得到我的回答，家属长呼一口气，这短短半分钟对她来说好似隔了一个世纪那么久。随后，电话那头的声音再次响起："我有个不情之请，能否转告老人，让她一定要加油，我们都非常想念她，无论多久，都一定等她回来！"说到这儿，女子止不住呜咽起来，话语中尽是无助与哀求。我能理解她的感受，住进重症ICU的病人没有手机，没有家人陪伴，除了一张代表自己身份的证明外，仿佛与世隔绝，而在外面等候的家属每天只能通过这几分钟的对话才能得知病人是否安好，其余时间该是多么地心焦！挂断电话后，我决定去看一看这位患者。

老人非常虚弱，戴着吸氧面罩正努力地大口呼吸，整个身子蜷缩在病床上，软弱无力。我走到她跟前，轻轻唤着她："奶奶，您女儿刚刚来电话了，让我告诉您，一定要加油，她们都在家里等着您呢。"老人半合着双眼，当听到女儿来电时，眼里闪过一丝明亮，却转瞬即逝。"别安慰我了，我知道这病挺严重，多半是回不去了……"老人侧转头，重新合上双眼，绝望地说道。"瞎说什么呢，怎么就回不去了，你要对自己有信心，要对我们有信心呀！我们是特地从上海来帮助你们的医疗队，不治好你们，我们不走！"我信誓旦旦道。"上海来的？"老人有些将信将疑。"是呢！所以，请您一定要相信我们，同时也要相信您自己，一定能抗冠成功的！从现在起，我们就是您的家人，会一直陪着您直到战胜病魔！加油！"我紧紧握了握老人的手，希望给予她一些治愈的力量。"真的……能治好？"老人的眼里再次闪出明亮的光芒，那是对生命重新燃起的渴求之光。

那天以后，只要我上班，就会抽空去看望这位患者，为她加油打气。偶尔会给她带点水果，告诉她关于疫情发展的最新情况。我喜欢老人逐渐舒展的笑容以及对我比出胜利的手势，让我感觉重新看到了生机。一次，老人问我："你们从上海来多久了，想家吗？"我鼻子一酸，视线有些模糊："想啊！就像您的女儿每天都盼着您能康复回家一样！所以，我们一起加油，一起早日回家好吗？"老人用力地点点头，眼神中必胜的信念又坚定了些！

终于，21 床患者因病情好转转至轻症病房，巧合的是，当天值班我再次接到了那个熟悉的电话："您好，我是之前 21 床患者的家属，非常感谢你们对老人的治疗以及一直以来的鼓励和陪伴，没有你们，我妈妈一个人可能真的挺不过去！真是她的救命恩人啊！听说你们是来自上海的医疗队，希望也能尽早平安回家！"电话那头透着难以掩饰的激动，而我的眼角有些微微湿润，原来面对死亡，我们并不是爱莫能助！在重症监护室里，像这样清醒的病人为数不多，但大多都因整日被限制在一个狭小的空间无人交流，显得郁郁寡欢，甚至早已没了活下去的意志。除了治疗和护理外，精神上的鼓励也非常重要。哪怕是只字片语的安慰和心理支持，都有可能重新燃起患者对生的希望！

都说我们是逆行的英雄，何来英雄可言，只是一群孩子换了身衣服，学着前辈的样子在死亡线上和死神抢病人。我们争分夺秒，只为不让自己留下太多的遗憾！危难时刻只有相互扶持才能一起走得更远。对患者及其家属而言，我们是上天投下的希望之光，患者对我们而言，是我们在茫茫戈壁滩上寻找的生命之光，而对于援鄂医疗队每个队员的家人来说，在他们心里，更存有一束期盼之光！

但愿苍生俱饱暖，不辞辛苦出山林。2020 年注定拥有一个不一样的春天，有悲悯，有感动，有情怀；2020 年的春天也注定承载更多的故事与希望！有人说，最好的状态是看过了世间的黑暗与痛苦，却依然相信它的美好与纯真，我们不是英雄，只想把爱和希望投递给身边每一个人！

看呐，金色的阳光正努力冲破云层透过缝隙照射下来，好似无数条巨龙喷吐着金色的瀑布。相信乌云终会散去，家人终能团聚！

我们是华山"特种兵"，我们无所畏惧！

在抗疫期间给宝贝的一封信

复旦大学附属华山医院 林琳

亲爱的宝贝：

从你呱呱坠地以来，这是妈妈第一次给你写信。从你出生那一刻起，爸爸妈妈的生活就发生了巨大的变化，我和你爸爸作为两个独立的个体因为你有了亲情的纽带。三年来我们陪伴你一起成长，一起欢笑，从未想过会有这么一天爸爸妈妈会因为工作的关系与你分离那么久。

2020 年的春节过得一点都不平凡，早在疫情发展的初期，爸爸作为一名警察不得不抗战在一线。每天你都会问我"爸爸什么时候可以回家？"我每次都会抱着你说："爸爸在上班，妈妈陪你一起等爸爸回家的那天。"宝贝，你不知道的是，从来都不允许你撒谎的妈妈，在你面前撒了一个谎，就是妈妈已经报名参与医院发热门诊，即将成为抗疫一线的一员。当时妈妈只是觉得会和宝贝你分离 14 天就又可以和你见面，没事的，很快的。

2020 年 2 月 9 日，凌晨 3 点，刚下发热门诊夜班的妈妈接到电话，通知需要去武汉同济医院光谷院区支援。妈妈在答应后沉默了许久，因为妈妈知道要对宝贝你食言了，你需要和外公外婆一起生活一段时间了，也无法和你一起等爸爸回来的日子了。

刚来武汉的几天，宝贝你不知道妈妈很怕和你视频，因为每次妈妈和你说拜拜时，你都会一边哭着和我说："妈妈，不要拜拜，不要拜拜。"一边不停地亲着屏幕。每次这时候妈妈心里总是一抽一抽的，虽然眼眶里已蓄满泪水，但脸上还要微笑着说："妈妈在工作，等叔叔阿姨们的病好了，妈妈就会回来了。"

宝贝，你每次在视频时都会问我："妈妈，你每天都干什么呢？"因为每次视频时间的关系，我都不能好好和你说，所以希望通过这封信来和你说说，希望等你识字时看到这封信后会理解妈妈和爸爸，这是我们必须要做的，因为这是我们的职责。

妈妈因为这次要照顾的阿姨叔叔们比较特殊，所以上班前所需的装备也很特殊。妈妈需要穿上隔离衣、防护服，戴上防护口罩、护目镜及手套，待全套装备穿戴完毕后妈妈总会在一个地方写上代表你的符号，这样妈妈会觉得更有力量和勇气与可恶的病毒作斗争。宝贝，你看妈妈穿戴完毕后是不是很酷？

在进入一间一间的缓冲区后，妈妈就会和前一班共同抗疫的战友阿姨叔叔们进行交班，我们需要对每一个管路，每一条医嘱，每一个细节都交接清楚，因为这都关系到患病阿姨叔叔们的生命。接下来妈妈就会开始 4 小时的无硝烟的战斗了，期间妈妈会透过有着雾气的护目镜找到血管，通过厚厚的手套摸到血管在皮下的深浅来为患病的阿姨叔叔们抽血。妈妈也需要推着氧气瓶为患者更换呼吸机供氧设备，因为这是患病阿姨叔叔们的生命线，没有了它，他们就无法呼吸。虽然每次做完这一系列流程后妈妈都会汗流浃背，但也必须这么做，因为妈妈要为患病的阿姨叔叔们争取活着的机会。

宝贝肯定会说："妈妈累了就休息吧。"不能哦，住在 ICU 的阿姨叔叔们每分每秒的病情都是在变化的，因此需要妈妈每时每刻观察、记录并调整各种药物的剂量和速度。妈妈是在和死神赛跑，不能休息。但是宝贝你不要担心妈妈，因为我不是一个人孤军奋战哦，妈妈身后有很多共同抗疫的战友阿姨叔叔们。我们会互相帮助，相互扶持，一起打气。一个人的力量是渺小的，但是众人的力量是无穷的。在一起战斗的阿姨叔叔们的共同努力下，已有患病的阿姨叔叔们脱离危险从 ICU 转出了。

宝贝肯定又会问："妈妈你每天生活过得怎样？冷吗？"妈妈在这里有很多叔叔阿姨们关心着妈妈的衣食住行，很多阿姨叔叔们保障着妈妈的安全。所以你可以放心哦。

宝贝，你还记得春节时我们一起学唱的那首歌吗？"你笑起来真好看，像春天的花一样，把所有的烦恼所有的忧愁统统都吹散"。就像这首歌词写的那样，妈妈希望每个患病的阿姨叔叔们都可以面露微笑地从 ICU 转出，希望春暖花开时，妈妈可以抱着你，看着你宝贝的笑容。宝贝，寒冬终会过去，春天定会来临，那时候，妈妈就会归来。

驰骋武汉：凡人不凡心

复旦大学附属华山医院西院 朱祎凡

2020 年的庚子年，注定是一个不平静的年。元宵节的晚上，一边吃着汤圆，一边开着玩笑说："老妈，我都报名四次了，说不定明天就轮到我了哦！"凌晨一点，清脆的"叮"声传入耳边，我急切地打开手机，映入我眼帘的是一份出征名单，我的名字赫然列在其中！此时的我既有点惊喜，又有点担心：惊喜的是，这一次终于轮到我了，我的愿望终于实现了；担心的是，我刚进入医院一年多，经验不足，怕拖累大家。外婆岁数大了，心脏不好，还因脑梗住过几次医院，老妈有高血压，不能激动，我该如何跟他们说呢？此时的我内心已是翻江倒海，五味杂陈。我静下心来，一边用轻松的语调告诉她们这个消息，一边不停地安慰着她们："我们医院有最好的保护措施，你们一定放心哦，我们一定会打败病毒，健康回来的。"气氛一下子宁静了，老妈一边轻声抽泣，一边和外婆商量着给我整理起了行李。

一夜未眠，我怀着紧张又激动的心情来到了总院的大厅，这里早已经是人山人海，一片热火朝天的景象：家属、同事们都在帮忙打包、装运行李、物资，各种忙碌的身影……感觉要把整个医院的物资都给我们带去。我们西院 ICU 的护士长"石妈妈"石卫琳老师也是依依不舍地拉着我们，千叮咛万嘱咐："一定要保护好自己，一定要健康平安归来！"

中午 11 点，我们 210 位"战士"带着大家的祝福与挂念踏上了征程。上车前，妈妈和女友给了我一个大大的拥抱，既温暖又酸楚。坐在临行的大巴上思绪万千，想起出门时哭成泪人的外婆、站在车窗外答应我一定坚强一定不哭的母亲，我强忍着离别的泪水和她们挥手告别。最终在大巴启动的一刹那妈妈还是忍不住哭了出来。都说男儿有泪不轻弹，真有点小小的丢脸了，一直在眼眶回旋的泪水终于掉了下来，心中却不停地在说着，妈妈放心吧，等到疫情控制的那一天，我一定会安全回来的，等我，等我……

疫情并不允许我们儿女情长，很多医务同僚们可能一辈子也没有遇到的疫情被我们遇上了，而我作为一名护士，尤其是一名男护士，"在国家、人民最需要我们的时候，我不上，谁上？"若我都退缩了，那一线的战友们会怎么样呢？既然我选择了这份工作，救死扶伤就是我的天职。"国有难，召必应，战必胜，"是我、也是每个医务人员的信念！

　　此行出征的 210 位华山"战士"接管了华中科技大学同济医学院附属同济医院光谷院区的危重症监护室，这可以说是一个非常艰巨的任务，我们要在最短的时间内熟悉全新的工作环境、全新的工作系统并救治危重症患者。

　　第一次进入 ICU 时的情形我还历历在目：当我快速穿好那几层严密包裹的防护服，戴着两层厚厚的口罩等待进舱时，"防护服太小，包裹不严密，不能进舱"我被劝退了，当天晚上我就只在舱外做着外围保障工作。看见出舱的同事摇摇晃晃的身影，我难过极了。"我一定要进舱，帮助她们！"凌晨回到住处我马上跟老师提出申请："老师，我可能需要更大的防护服，我也想和老师们一起尽一份力，让姑娘们多休息！一切听从老师安排！"……终于我进舱了，啊，太闷了：那厚厚的防护服、口罩让我感觉有点透不过气，我都能清楚地听到自己的呼吸声。虽然穿上严密防护的隔离服增加了工作的难度、增加了体力的消耗，但我和同事们仍然尽自己所能，悉心救治着这些危重症患者。

　　终于功夫不负有心人，2 月 27 日，我们实现了第一例 V-VECMO 患者脱机，第一例有创患者脱机！这是大家一起努力的结果，也让我们对后续的治疗有了更大的信心！

　　"Let there be light and there was light"我们一定能打赢这场疫情持久战，待到春暖花开时，摘下口罩，互道一声"辛苦了"，加油华山！加油武汉！加油中国！

此情可待成追忆

——写点东西给武汉

上海交通大学医学院附属瑞金医院 林荣桂

2020 年，一场新冠疫情，让全世界认识了这样一座城——武汉。

平日里对武汉了解不多，只知道武汉的热干面好吃、长江大桥雄伟壮丽、黄鹤楼驰名中外、武汉大学樱花季人山人海……也憧憬着能来武汉看一看。

疫情初期，全民恐慌，不明就里，对武汉充满了恐惧和误解，我们很难想象当时的武汉人民经历了怎样的辛苦历程。1 月 23 日，武汉封城，响应国家号召，全国陆续有医疗队驰援武汉。瑞金医院第一批援鄂医疗队于 1 月 29 日出发，当时看到新闻，我心情久久不能平静，敬佩他们的英勇无畏和崇高品质。2 月 8 日，瑞金医院再次发出召集令，我义无反顾报名参加，我是一名党员，也是一名高年资护士，在这个危难时刻，我一定要做些什么，虽然心里有一些忐忑，但是看到我们团队有那么多的战友，顿感干劲十足、信心百倍。

2 月 9 日晚上，我们抵达武汉。坐在开往宾馆的大巴车上，我怀着复杂的心情看着夜幕中的武汉。偌大的城，依然整洁有序，不过静悄悄的，几乎看不见一个人影，偶尔闪过一两辆车子，远处霓虹闪烁着"中国加油""武汉加油"的字样。那一刻，我的心情是沉重的，看着楼房里星星点点的灯光，我很想知道房间里的人们都还好吧？

第二天不小心错过了早餐时间，正在徘徊时，一位师傅笑容可掬地走过来：没吃饭是吧？我去给你煮饺子，大概五分钟左右，你等一下啊！饺子好了，我谢过师傅，捧着热乎乎的饺子往回走，心里很温暖，这是我在武汉的第一顿早餐。

我们的班车是 72 路公交车，有一个司机让我印象深刻。每次见到我们都是一副阳光快乐的样子，还为我们播放不同风格的音乐，这份快乐感染着我们，让我们在上下班的途中能够放松一下紧绷的神经。我们的最后一班车是午夜 1：00，有一次我们问师傅：这么晚了，你已经很累了吧？师傅洒脱地一笑：怎么会？和你们的辛苦没法比的。

我们工作的地方在同济医院光谷院区 E3-4 病区，收治患者之前，护士长耐心地为我们讲解病区的环境、工作流程、注意事项等，让我印象最深刻的就是她坚定的目光和亲切的笑容，每每看到她，我就觉得特别安心，坚信我们齐心协力，定能战胜疫情。在舱里工作，与同济医院的护士会有协作。有一次，我问一名护士：你们觉得害怕吗？她回答道：刚开始会有一点害怕，不过现在你们都来支援我们，我们就一点也不害怕了。我们一起努力，相信这次疫情很快就会过去。

记得第一次进舱，我们在床边交接班，一位老奶奶见到我们特别激动：你们是从上海来的吧？谢谢你们啊！当时的我感觉特别自豪：嗯，是的，我们是上海瑞金医院的，阿婆加油，一定会好起来的！擅长漫画的护士小伙伴们画了一批鼓励的卡片，我奉命贴在每一个房间的墙上，给他们加油打气，我看到有患者泪光闪闪，哽咽地说：别人唯恐避之不及，你们却不远千里来帮助我们，真的太感谢了！我安慰道：我们都是中国人，危难之际当然要互相帮助，一定会好起来的，我们一起努力！有一次我发饭的时候，一位患者看到隔离衣上我的名字，激动不已：林护士，我也姓林哎！在这里有人叫我林护士，我觉得格外亲切，惊喜地回复到：这么巧！原来我们是一家人啊，多吃一点，争取早点出院啊！病区里有几位老年痴呆的患者，每次喂饭、换尿不湿都得像小孩子一样哄着，我说的最多的话就是：再坚持一下哦，表现太好了，真棒！舱内工作繁忙，一有机会我就会给他们加油打气，我相信，哪怕只是只言片语，对他们来说都弥足珍贵。印象最深的还是那位白血病合并新冠的患者，3月8日那天，我和同事一起为他更换了尿不湿，帮他清理干净并摆了一个舒适体位，在离开病房之前，他吃力地叫住我们，用微弱的声音说：今天是你们的节日吧，祝你们节日快乐啊。本来已经挥汗如雨的我瞬间泪目，感觉再怎么辛苦都是值得的，一个人那么虚弱还不忘祝福你，这份人间大爱真的深深感动了我。

休息的时候，我会在驻地宾馆的窗口向外观望，我的位置可以看见黄鹤楼部分建筑，古香古色，与周围的建筑形成鲜明对比。从冬天到春天，我有机会看见不同时期的她，雪中的她、雨中的她、晨露中的她、阳光下的她、余晖中的她、夜幕中的她……她始终散发着迷人的微笑，让我感受到一种静默的力量。在武汉，我感受着每一个武汉人的乐观、无畏、坚强和家国情怀，武汉精神深深感动和激励着我，此次武汉之旅，让我深切感受到国家的力量、人民的力量，身为炎黄子孙的自豪，我将带着这份爱的力量，投入到新的"战斗"中去。

奋战整整50个日日夜夜，我们医疗队成功救治81名新冠患者，离别之际，我们却有万千不舍。返程之前，有志愿者为我们表演节目表达感激之情，希璞酒店为每一个人送上一份纪念册，酒店门口早已聚集了周边的百姓，他们向我们挥手致谢，流下感动的泪水，我也忍不住热泪盈眶，此情此景，令我终生难忘。

寒冬已过，春暖花开，有的人却永远留在了那个冬季，让我们怀揣崇敬和思念，带着爱的翅膀，继续飞翔。

最特殊的一次培训

上海交通大学医学院附属瑞金医院 鞠旺

2020 年是我工作的第二个年头，在瑞金工作的人都知道年轻的护士都需要经过科级、院级一层一层魔鬼式的培训，在这样一个"生长"环境之下，我选择坚守在医院最苦、最累、最脏的地方——急诊科工作，正是这一决定让我有机会接触到抗疫的第一线。

现在还记得的元宵节，我的申报在那一晚得到了院领导们的同意。直到出发前的那一刻，我的家人对我这一决定仍然充满了不理解：有那么多的医务人员，你为什么偏偏就要去？你才工作了几年？面对家人的疑问，我沉默不语。

关注多日有关新冠肺炎的报道了，我心里很清楚，若得不到及时的干预是很容易转为重症肺炎的。对于抢救室和 ICU 的工作，我早已是家常便饭，每天的工作不是跟死神抢人就是跟病魔抢时间，对急危重症患者的病情观察、心电监测、胸腔引流、呼吸机、ＣＲＲＴ等早已驾轻就熟。俗话说养兵千日，用兵一时，所以这次驰援武汉让我去再合适不过了。况且，我也不想一直做一个被护在带教老师身后的小护士，而是想像一个战士一样冲锋在这场战疫的最前面，将来如果有一天我也成了老师，学生问起来："老师，当年新冠肺炎流行的时候你在干嘛？"我也可以骄傲地将守护在武汉的抗疫经历讲述给他们听。

来到武汉我才明白，我在接受职业道路上最特殊的一次培训。在这里每一次穿脱防护服、戴摘 N95 口罩、取下护目镜等都是从点点滴滴的小细节开始学起，不同往常的是需要我格外的认真仔细，严格按照规范操作，容不得半点马虎。

一线的工作培养了我的责任与担当，作为护理团队中的男子汉，每次我都请愿第一批进舱，去接过当天繁杂的护理任务，理清做事的头绪，方便后面的队员开展工作。每当有抽血、取咽拭、吸痰等高危操作的时候我都会冲在最前面，尽可能把风险留给自己。令我印象最深的是一次科里收治了一名新冠肺炎合并血液疾病的患者，由于该患者的骨痛和水肿症状过于严重，导致患者很难自行移动身体，怎么也过不了床。即使去了三名护士，使尽浑身解数，也搬不动该患者，反而隔着老远就能听到那名患者痛苦的惨叫声。听到声音，我立马放下手头的工作冲了过去。简单了解了患者的情况后，我将患者的手放在我的肩膀上，一手托起患者的肩部一手托起臀部使劲，硬是和同事们将他挪了过来。那一刻，我感到自己背上承载的不光是一百多斤的重量，更是沉甸甸的责任。即使是冒着和病毒近距离接触的危险，即使防护服下一秒可能会被扯破我也要让患者放心地把手搭在我的肩膀上，因为在这里只有我们才是他们最信任的人。

前线工作中像这样"难搞"的病人和问题还有很多，除了每天需要顶着汗流浃背的防护装备给病人进行治疗操作，忍受着护目镜上的雾气给视线带来的干扰外，还要操着一口似是而非的武汉方言与患者沟通……但是瑞金的老师们教会我的方法总比困难多，面对难题有些老师想到了把几句常用的话写在防护服上轻松地让患者明白我们想问什么；有的做了一个预制人脸形状的水胶体敷贴在脸上来减轻防护用品给面部带来的压伤；还有的设计了一款类似口罩型的咽拭子取样防护装置来有效防止取标本时病人口腔中飞沫和气溶胶的喷出……与这样一群优秀的老师支援武汉，想必武汉的春天一定就近在眼前。

这一次支援武汉的经历对于我来说是一块试金石，既要打破常规又要突破自我，现在的我得努力把自己该做的做好，努力追上前辈们的脚步，希望将来回忆起在武汉的时光，能像热干面一样回味无穷……

我爱，这座有爱的城市

上海交通大学医学院附属仁济医院南院 李盼盼

必胜，使我们的信念！

如果不是这样特殊的场景，我想现在应该是武汉这座城市最热闹的季节，家家户户早上起来吃着热干面，和久未见面、赶回来过年的亲人们聊着说不完的话。而我，也应该已经结束探亲，返回上海，和室友们享受着各自家乡的美食，聊着央视春晚的节目和八卦的七大姑八大姨又给自己介绍了相亲的对象。

我们所在的武汉市第三医院离黄鹤楼不远，夜晚的黄鹤楼真的很美。每次上夜班前，我喜欢眺望着远方的黄鹤楼，心里想着它是不是也在适应着从热闹变得安静的城市，是不是也在看着空无一人的街道和偶尔匆匆走过、只露出双眼的行人。

在进入病区前，我们第三批上海医疗队的领队——陈尔真教授会特地在我们每个人背上写下我们的医院和名字，为我们鼓劲儿、加油。

我知道，在身经百战的陈院长面前，我们都还是一群乳臭未干的孩子，我能感到他的手透过厚厚的衣服传递给我的温暖，一笔一画，我的耳边除了自己的呼吸声，还可以听到落笔的唰唰声。进病区之前，我和同伴摆了一个"V"字的手势，互相鼓励！必胜！

是啊！必胜，是我们的信念！也是我们的勇气！

亲人们，和我们坚持下去！

我在重症监护病区，每4个小时轮班。我的最高纪录，是4个小时的班上抢救了3名患者！常常是还在交班，突然听到一声大喊"X床病人需要抢救！"大家就立刻非常默契地扑到床边开始帮忙抢救患者。

我们医疗组里，有武汉当地的医护人员，我们来了之后，他们纷纷选择留下来坚守在岗位上，介绍患者病情的时候极为细致。第一次听交班时，我鼻子酸酸的，突然想到，在这里躺着的每一位患者都仿佛是武汉同事们的至亲啊，在这一刻，是真正的性命相托！武汉同事们在跟患者介绍我们的时候，都说："你们看，我们上海的亲人们来喽，来救治大家了哈！要继续坚持一下哈！"

前几天，一个重症患者突然病情恶化，在抢救时，我们都听到了病房外面患者儿子撕心裂肺的哭声，喊着：我要我的妈妈，救救我妈妈！当时大家眼睛都湿润了，我们唯有坚守使命，拼命抢救患者。我们站在病床两边，个子矮小的护士直接跪在床上，相互接着行CPR，不耽搁一分一秒，一起喊加油！就这样予患者行CPR45分钟。我们4人防护服内的工作服都已湿透，护目镜上已经分不清是泪水还是汗水。抢救结束时，我们和武汉当地的同事们都快要累瘫了，还不忘互相拍拍肩膀，说一句：加油！加油！我们一起努力！

封城不封心，隔离不隔爱！

在武汉市第三医院，不管在病房还是坐电梯，遇到当地医院的医务人员，她们都会很热情地问好，交谈时，她们说得最多的就是，"我们是一家人了，你们就把这当自己家。"

为了工作方便，我们住在医院旁边宾馆。宾馆餐厅担心我们吃不好，早饭都会供应到九点半，都会让我们吃上一碗热腾腾的面，感动之余和阿姨聊了几句，我问：现在正在过年，为啥还要上班，难道不害怕吗？阿姨笑着对我说：有你们在，我们没什么好害怕的。虽然是简短的一句话，格外地暖。

每天都会有武汉当地人自发前往宾馆给我们送物资，例如羽绒服、口罩、护手霜、水果、饮料、泡面等。坐班车从医院回宾馆的路上，会有武汉市民笑着对我们班车招手，顿时觉得这个世界充满爱，身上的汗水、脸上压迫性损伤等一切都不是问题。

武汉，加油啊！我爱你，有爱的城市，伟大的人民！

我们一定能战胜"病毒君"

——援鄂医疗队员日记摘抄

上海交通大学医学院附属第九人民医院 应佑国 黄波黎

2月3日 武汉 我们一定能战胜"病毒君"

2月1日，我和我院重症监护室（北部）护士长黄波黎到武汉三院第一天上班。我们都在危重组，虽然行前我们都接受了相关防护知识培训，反复练习防护装备使用，但第一次实战，心里还是有些忐忑。进入污染区前反复确认防护服是否符合要求，第三批上海医疗队领队、瑞金医院副院长陈尔真亲自为我们队员检查防护装备，反复叮嘱队员一定要注意个人防护，"与病毒的这场看不见硝烟的战争中，救助病人是你们的责任，防护服是你们的武器，任何时候都要穿好防护服，一定不能放下武器。冲在火线的人只有保护好自己，才有可能救活更多的重症病人。只有医护携手，才能打赢这场战役。"

为了便于穿脱防护服、降低感染风险，也为尽量缩短下班后洗、干发时间，以及可能着凉影响工作，（2月2日）第三批上海医疗队的几位长发护士集体做了一个决定：把头发剪短。

"能用长发和美丽去换病人的健康，即使万般不舍，我也愿意。"

2月4日 武汉 晴 众志成城战病魔，春暖花开会有时

今日（2月4日）立春，万物可期。今天是第二批上海援鄂医疗队入驻武汉三院（光谷院区）一周的日子，也是我第一个独立值班日。

此时此刻有个好消息想告诉大家：我们的一位患者病情明显好转，已经能够独立坐起，将可转出ICU。阳光洒入病房，她泛红的脸上露出笑容，这是给予我们最大的鼓励和支持。

下班前，我和重症医护的伙伴们拍了集体照，大家套着防护服用手比心，也有人用手指比出ICU字母。我们将尽己所能与死神搏斗，我们坚持要把生命留住！

下班回到驻地，得知上海卫健委又给我们送来了大批医疗物资，这是今天的第二件喜事。

每每念及我并不是一个人在战斗，在我身后有默默支持的家人，并肩作战的医务工作者以及上海各界的支持，就更坚信：众志成城战病魔，春暖花开会有时。

上海交通大学医学院附属第九人民医院 应佑国

1月31日 星期五 晴 武汉 -2℃ 正式进驻监护室，心里有点小雀跃

得知今天正式进驻监护室上班，我们危重症二组是12：00-16：00的班，心里有点小雀跃，来了两天终于可以做点事情了。

10：30跟着班车去到医院，警卫室说我们没有出入证，得重新办理。电梯将我们带到八楼，是原来的产科病房，改装成我们的更衣室。换好最里面的工作服，坐电梯到七楼清洁区穿防护服。虽然这两天在视频里看了一遍又一遍，但是今天穿的时候还是有点生疏。真是百看不如一练，一层层手套，一层层帽子，一层层衣服，一层层口罩，小伙伴们，你帮我，我帮你，终于全部穿戴好，再到门口院感老师处检查密封，前后花了近30分钟。我们坐电梯到11楼，那里有骨科改造成的ICU病房。进去后，因为是第一天进驻，大组长和我们交代事项，严格消毒隔离制度，严格查对制度，严格无菌技术操作。

病房内有23名危重患者。有的上了呼吸机，有的上了血滤机，有的上了营养泵，急促的呼吸声此起彼伏。心里开始有点紧张，和上一班仔细的交接。交接结束，我和升琦重新进病房反复复核，生怕漏了患者的任何治疗。

一个小时后，穿着防护服的我，头开始剧烈地疼，眼睛有些睁不开，开始大口喘气了，一问身边的小伙伴，大家都是这样。"X床抢救！"听到抢救，我们箭一般地冲过去，"上心电监护，简易呼吸器，开放气道，开放静脉通路，动脉血气"，我们互相帮助，默契配合，终于呼吸机用上了，患者神志清楚了，氧饱和度上升了。我们看着患者平稳的呼吸和心率，头也似乎不那么疼了，然而，后背已经湿了一大片。

四个小时在忙碌中很快就过去了。到污染区小心翼翼脱下一层防护服，一层帽子，一层口罩，在缓冲一区洗手，在缓冲二区摘下最后一层口罩帽子，摘下口罩的一刹那，脸上深深的勒痕清晰可见，摸上去有些生疼。消毒鼻腔，消毒耳道，测体温，再坐电梯回到八楼清洁区洗澡。

一回到八楼，我连做几个深呼吸，想把前面4小时缺的氧气给补回来，八个人默默地，准备自己洗澡的东西，各自找房间洗澡，谁也没有声音，第一天就给我们一个下马威，累瘫了。

全部清洁完毕，坐在回驻地的班车上，窗外天已经黑了。

上海交通大学医学院附属第九人民医院 黄波黎

来武汉是工作的

上海交通大学医学院附属新华医院崇明分院 郁淼

不知不觉，来到武汉已一周。今天是立春，天气晴朗，春天是希望的象征，预示着我们的抗疫斗争正在走向胜利。

回想出发的那天，正在上班，接到电话马上回家拿行李，跟 80 多岁的老母亲都来不及告别，爱人追到楼下，我们的车已经出发。在上海的 2 岁小孙子到机场送行，有点认生，脱了口罩才肯挥手告别。上飞机前还认为去金银潭医院，下飞机才知道我们是来支援武汉三院光谷院区的。听从指挥，严明纪律，我们要体现上海的水平，上海人的素质。

由于 ICU 的改造需要时间，第二天我们检验组全体人员率先进驻医院工作。检验科检验病人的血液、排泄物、分泌物是风险最大的岗位之一，但是我们一定保护好自己，完成好工作。

穿戴好防护装备后最直观的感受是呼吸困难，如同老慢支患者缺氧时想要努力呼吸的样子。第一天穿的防护服有点小，行动不便成了我们的第二感受，第一次防护镜没处理好全是雾，什么也看不清。当天工作结束后回到宾馆头痛剧烈，腹泻呕吐，吃了散利痛，加了高血压药。怕引起恐慌没敢跟人说，我自己知道只是血压高和水土不服而已，大家不用担心，现已调整恢复正常。

来武汉是工作的，快速进入角色，熟悉仪器设备，把人员分配到自己相对熟悉的岗位。我自己做老本行，生化检测，三天后已得心应手。质量是生命线，与本地的同行一起做好质控，管理好危急值，服务好病人、服务好临床是我们的本分。

作为新华崇明分院的检验科副主任，区质控小组成员，当然会从管理的角度看问题。这里的工作有值得我们学习的地方，我悄悄记下了。细想一下，后方我们科室人员本来紧张，走了我和秦云两个援鄂的，发热门诊又是 24 小时值班，弓弦已经拉紧了。不时也要关心一下，突然想到检验科风险大，我们不能把检验科的风险通过纸质报告单传递给临床，赶紧给院领导做了汇报，医院流程很快做了改变。

只有保护好自己 才能战胜更多的"敌人"

上海交通大学医学院附属新华医院崇明分院 秦云

随着手机闹铃响起，6:15我起床了。拉开窗帘，外面还是一片漆黑，从窗口望去，干净整洁的马路上没有一个人影，孤独的路灯垂头丧气地把微弱的光芒洒向人间。

洗漱完毕，服用好常规药品，开始清点个人物资。脑海里回忆着防护操作的每一个步骤，工作服、帽子、N95口罩、手术衣、外科手套等，按顺序放入随身背包。来到门口的隔离区，带上准备好的两层外科口罩，穿上外出专用鞋子，转身出门……

在距离宿舍300米开外的车站上，停着一辆公交巴士，上面写着第三医院职工专车，主要负责我们上海医疗队148名医务人员的接送。

入院检查很严格，必须每人持有一张武汉市第三医院光谷院区出入证，门口的保安才会放行。我们所在的楼是一幢20层的建筑，院方为了能让我们休息好，把整个八楼病区作为我们上海医疗队的休息区，配备了床铺、橱柜、卫生间。

拿上物资，匆匆乘上电梯来到七楼，这是我们医务人员进入病区的缓冲区。等戴好全部的防护装备，我的额头上已经冒出了热汗。护目镜把近视眼镜压得沉沉的，感觉镜片贴到了我的上眼皮上，连睫毛也受到了挤压。顾不上这些，我匆匆调整了一下姿势来到院感组的同志面前。

她们轻柔地把防护服与口罩间，口罩与领子之间，整个防护服的门襟，用胶带一丝不苟地全部封上，尽全力把我们保护好。检查我们是否带了双层手套，提醒我们看门上的注意事项。看似简单的穿防护服的过程用了我们整整20分钟。

进入污染区，乘电梯来到二楼的检验科，只见靠墙一排的座椅上三三两两地坐着七八个病人，他们一个个戴着口罩，在等检验报告。我们匆匆地从他们身旁走过，毅然进入自己的战斗区域。

检验科整体人数不多，26个人分临床、生化、免疫、微生物4组，5个班次轮流，担负着光谷院区400张床位的全部检验任务。长时间的疲劳战已使他们疲惫不堪，而我们的加入为他们增添了力量。在主任的安排下，我们很快融入了这支战斗队伍。

微生物的工作繁多且复杂，以往的培养接种已成辅助工作，大量的血培养瓶整筐整筐地送过来，最多的一天竟达140多瓶，使得我们的2台血培养机器爆满，不得不采取应急预案——放入普通培养箱每天进行手工观察。

生物安全柜里被整板整板加好试剂的泡沫板占领，甲乙流、呼吸道合胞病毒、腺病毒的抗原检测都要在这里进行。而检测前的准备工作也是一个体力活。戴着双层橡胶手套，握着试剂瓶，10滴1管的速度不亚于在健身馆里锻炼，整块大鱼际酸酸的、胀胀的、硬硬的，而大拇指却又麻得弯曲不了。

我们把收到的标本经过一次次消毒液喷洒消毒静置后，把做好结果的管子盖上帽子，再去消毒。因为微生物的标本属于高危品，一点都容不得马虎，每一个标本都要放到高压消毒锅里消毒后才能送去处置，我们认真执行着每一个操作规程。

在这场没有硝烟的战斗中，在与"敌人"一次次正面斗争中，我们不仅要战胜它们，还要保护好自己。因为我们深深知道，只有保护好自己，才能战胜更多的"敌人"。

短短4个小时的工作，犹如经历了半个世纪，处于缺氧状态的我们脑袋昏昏的，脚步飘飘的，犹如神仙酒鬼般乘着电梯来到9楼。

当电梯门打开的一瞬间，神经又一次绷紧，脱隔离衣即将开始。

心里默念着轻和慢，记着脱防护服的每一个细节，不敢有一丝的懈怠。手消毒、脱护目镜，再手消毒、撕胶带、松鞋带，开拉链，重复我们训练已久的卷面包动作。保护自己，也保护同在一个空间脱衣服的战友们。从容来到第三区，通过一次次手消毒，取下鞋套、口罩、外科手套，再用消毒液沐浴一番，享受"美味"。

打开沉重的隔离门，深深地呼了一口气，有种"我从战场上回来了"的感觉……

回到8楼，第一眼看到我们的励志墙，心里顿时一暖，是啊，"沪鄂情，心连心，同舟济，战疫情"，多么美好的心愿，我们一定能实现。

猛然抬头，镜子里出现的是一张陌生的脸，千丘万壑，高低不平，从鼻梁的红肿破损到脸颊的车轱辘印，手腕上密密麻麻的网痕。天哪！我竟成了这个样子，一时间控制不住，眼泪哗哗地流了下来……

进行了将近一个多小时的脱衣、消毒、清洁之后，我们乘着大巴缓缓驶离了院区。

期待所有的患者都尽快康复

上海市第六人民医院东院 滕彦娟

目前我护理的是一位 1 月 28 日接受了剖宫产手术的患者。该患者在怀孕不到 8 个月时，被确诊患有新冠肺炎，医生建议提前进行剖宫产手术。1 月 30 日，产妇被送入隔离区的重症监护病房。她是我来到武汉市第三医院照顾的第一批患者之一。

由于这位患者还在产褥期，又感染了新冠肺炎，病情比较严重。但她是一位坚强的二宝妈，大宝是名 5 岁的女孩，二宝也是个女孩。由于未足月出生，二宝目前还在新生儿监护病房观察，幸运的是，这个小宝贝并未感染新冠病毒。

我对这位特殊患者的护理特别上心，首先是要给予她充分、持续的鼓励。然后，无论从创口的护理和日常辅助大小便等，都特别考虑产后的特殊情况。她特别感激我们，每当我上班，她都会拉着我的手说："看到上海来的医护人员，感觉有了盼头！原本感染了新冠病毒，我是挺悲观的，但看到这么多援助我们的医护人员，我对自己的治愈是有希望的，我一定能够康复！"

武汉市第三医院对该患者的治疗非常及时、有效，再加上沪鄂两地医护人员的充分配合，对其他患者的救治起到了积极的作用，期待所有患者都可以尽快康复！

你好，我也是武汉姑娘

上海市胸科医院 陶夏

时间过得真快，女儿小陶陶从每天哭闹着要妈妈回家，到今天已能接受我要出差很长时间的现实。作为一个"喝长江水、吃热干面"长大的武汉姑娘，不知不觉，我已回到家乡工作1个月了。初春3月是武汉大学早樱盛开的时节，而我的生活却被汗水、泪水和五味杂陈的情绪填满。

疲惫和辛苦，我们都能扛过去！我的团队给了我强大的能量和支持。来自五湖四海的12名伙伴组成了一支连续拼搏30多天仍然战斗力不减的队伍。我们称自己为"10个武汉姑娘+2个武汉小伙"的"ICU战队"，从见面那天起，我们就成了性命相托的家人。

队伍里的4名武汉人都是"90后"，护目镜后的眼睛总闪着年轻活力的光。小余总说自己是个马大哈，其实做起事来极其负责。她一上"战场"，就会将事情考虑得周到、细致，统筹医嘱执行及协调。有双忽闪忽闪的大眼睛的小玲一直在抢救室和观察室帮忙。她就像救火队员，哪里需要，哪里就能看到她的身影。

甘婷和姬龙刚毕业，特别活泼、可爱，走路连蹦带跳的，还有着武汉女孩特有的豪气和大嗓门。繁忙的工作之余，他们会教其他队员讲武汉话，这样能够更好地帮助当地的医护人员，也能让病床上的患者感到家人般的关怀。大家像模像样地认真学习，有时候也会笑料百出。

娇娇是个全才，能歌善舞，会画漫画，还会讲笑话。哆啦A梦、唐老鸭、樱桃小丸子…大家纷纷让她在防护服上"作画"，很多人即使下班了都不舍得脱，于是便有了"毕加索·娇"这个称号。

小红是东方医院重症监护室的得力干将，也是两个宝宝的妈妈，但她依然义无反顾地来到一线。工作间隙，我们总爱聊聊育儿经，谈到娃时彼此总能感慨万千。

清雅是队伍里最小的成员，是我们的"团宠"。工作之外，她就是个笑点低的"小可爱"，每天总有说不完的话，隔着口罩都能听到她清脆的笑声。她的乐观总能在紧张的抢救之后，为我们放松紧张的情绪。

黄芳是个有着十几年急诊经验的"大神"，为了能提高抢救效率，她能够"一针见血"穿刺颈内静脉，让患者立刻接受药物治疗，精湛的技术令很多人佩服。

莎莎虽然没有监护室经验，可是工作劲头十足，总是能量满满。她性子温和、说话温柔，做事有条不紊，非常细心。

小芸是复旦大学附属中山医院重症监护室的带教老师，经验丰富，善于在工作中创新。她有着很强的敏锐力，发明了一种吃饭中能带的口罩，让患者受益，也让我们加强了防护。

周勇是我的同事，我俩一起从上海到这里已经 50 多天了。他是队内个子最高、体型最健壮的武汉小伙，现在他成了组里的"大暖男"，想事情周到细致，总是及时出现在需要的地方，有他在身边，让队员们都安心不少。

在武汉这个大家庭里，大家从素未谋面到患难与共，其中的点滴感动不是些许文字能够诉说。在这里，还有无数个"武汉团队"在努力、在拼搏，在和病毒作着顽强的斗争！在最艰难的时候，我们是彼此的依靠，也是同舟共济的家人！我们始终坚信，胜利的号角必将吹响。

眼看战胜疫情的捷报频频传来，我们相约共赏武大的樱花烂漫，也相约来日在上海再聚首。

只愿黄鹤无泪，期盼白衣春归；

把酒沪上青风，再与亲人共醉。

2020，你好，我在武汉！

有爱心的地方就会有奇迹

上海中医药大学附属龙华医院 刘蕙宁

来到武汉快 50 天了，透过车窗，我看见路边依稀盛开的樱花，让仍在封城中的武汉多了一抹春意。时间说短不短，说长也不长，这些天的点点滴滴将会成为我对这个城市最独特的记忆。

我从未想过，我和武汉这座城市的第一次相遇竟然是这样的打开方式，不是旅游观光，而是疫情当前，众志成城。本来体质不算太好的我，总被朋友们嘲笑白长那么大个儿了。刚报名那会儿，有关心我的朋友问我为什么要去？能不能不去？作为一名党员，又是呼吸科和 ICU 出身的我，不想当英雄，但一定要对得起自己这一身白色战袍。担心和害怕也曾困扰过我，但穿上防护服踏入病房的那一刻，全部都抛诸脑后了，只盼能用自己的力量为患者构筑起一道温暖的防线。

重症监护室的夜班总是最忙碌的，每天都有大量常规血及血气要采集。这天遇到一名血液透析患者，我与搭档为他采集血气。采集未一次成功，患者一下就来气了，不停指责我们技术差。无论如何安慰、道歉，他都听不进去，我们心里有万般委屈与无奈。在多名护士都尝试无果的情况下，患者也许明白了自己的血管条件并不那么好，当我重新为他采集时，他用不太标准的普通话安慰我说，"不要紧张，慢慢来，疼我也忍着。"在采集完又说，"对不起，刚才是我太凶了。"在他说"对不起"的那一刻，我的心被触动了，或许是因为被理解，也或许是因为自己没有辜负他的信任。在笨重的防护服下，隔着两层手套和因闷热起雾的护目镜，无论多熟练的动作都会变得艰难无比。特别感谢他的理解，也许在未来的工作中，我也会更多一份耐心，毕竟我们都拥有一颗柔软的爱之心。

就如钟南山院士所说，武汉是一座英雄的城市。不论是接送我们上下班的司机，还是做后勤保障的志愿者；不论是酒店的厨师，还是医院的保洁阿姨……他们万众一心的行动，乐观向上的心态都证明了，在疫情面前，这座城市没有屈服过。生命如此可贵，有爱的地方就会有奇迹。

冬已尽，春日盛，愿山河无恙，人间皆安！静待三月，樱落枝头，春满武汉！

孩子，等我凯旋

上海中医药大学附属龙华医院 李黎梅

亲爱的 VV：

我的宝贝，你出生到现在，妈妈从来没有离开你那么久。这一次妈妈匆匆离开，很仓促，很多话还来不及交代你。虽然每天都有视频，但是妈妈还有很多话想对你说。

妈妈出发的时候，你很乐观，笑着对我说："妈妈，我等你凯旋而归！"你知道吗？看到你灿烂的笑颜，给了我坚定的信心，听到你轻松的口吻，给了我无比的安慰。

其实妈妈并不坚强，也不是大家口里说的英雄。为患者吸痰时，妈妈也会担心；为死亡患者做临终护理时，妈妈也有恐惧；为不能自理的患者处理分泌物时，妈妈也会紧张……每天穿着厚重的防护服，像个笨拙的企鹅，戴护目镜时又像是老眼昏花的老太太，戴着 N95 口罩说话时仿佛刚经历了长跑而喘不过气来。这时的妈妈很脆弱！但是，妈妈想到肩上的责任，想到一位白衣战士的使命，想到你爸爸期盼又担忧的眼神，想到你开朗的笑声，妈妈又立刻充满了力量，变成了坚强的女汉子。

昨天通话时，看到视频里你可爱的脸庞，突然止不住地想亲吻你、拥抱你，隔着冰冷的屏幕，妈妈的双眸湿润了。你和妈妈说话时，妈妈哽咽得说不出话。你一直问："妈妈，你怎么不说话？"我天真的孩子，妈妈不好意思对你说"妈妈想你了，妈妈想哭"。挂了电话，妈妈拿出你画的"福鼠"，因为你属鼠，临别时你告诉我这只小福鼠代替你来陪伴我，会给我带来好运。想你的时候，我就看看它。耳畔也仿佛响起你清脆的声音：加油，奥利给！

孩子，在得知妈妈要出发的消息时，你从一开始的反对到后来的接受，再到现在的鼓励，妈妈谢谢你。这次的疫情大战不仅是妈妈人生道路上一笔可贵的财富，对你而言也是一种成长。你懵懵懂懂地明白妈妈选择出征的原因，也知道我们的付出是为了更多家庭的团聚。虽然你当面不好意思说，但我知道你心里为妈妈骄傲！我也为你骄傲，你不任性不撒娇，你的支持、你的笑容是我最大的动力！

孩子，待我顺利凯旋，妈妈用粗糙的双手拥抱你时，相信你会心疼不舍；

孩子，待我平安归来，看到妈妈满布压痕的脸庞时，相信你依然会亲吻抚摸；

孩子，待我胜利返回，看到妈妈可笑的发型时，相信你还是会为我自豪庆贺。

寒冬终会过去，春天即将来临，等到来年的樱花四月，妈妈定要带你来武汉看看妈妈战斗过的地方！

爱你的妈妈

我已抗疫满月

上海市光华中西医结合医院 麦静愔

1个月前的今天，人生第一次乘坐包机直达目的地——武汉天河国际机场。当每一位乘务人员含着充满敬意的眼神依次向我们深深鞠躬的那一刻，我真实地感受到了肩上的责任、使命和性命相托的信任。

33天，792小时，47520分钟。在这短暂又漫长的时间里，我们与死神相争，与生命赛跑。在我们医疗队支援的武汉市第三医院，治愈患者数与日俱增。今天，是我们全体共同的节日，感谢驻地酒店的工作人员，一早就为我们精心准备了一个大大的"满月"蛋糕。领队陈尔真队长在台上对一直以来关心我们的后方领导和市民表示感谢，并对我们1个月的努力给予肯定。听完陈队风趣的讲话，用手扇"吹"灭富有仪式感的蜡烛，大家激情澎湃，合影留念，口罩下难掩洋溢的笑容。

欢快的满月仪式后，伴随着打在顶棚上的"叮咚"大雨声，夜班的护士匆忙上班了。回到宾馆的办公桌前的我开始整理这周的医案。这例是湿热，治疗后症状缓解，舌苔却花剥了，这是为什么呢？这例发病时高热退热效果不好，可是疾病发展到腹泻就一剂知二剂已了……一时间，所有的病例都齐齐挤上心头，哪里没做好？哪里可以做得更好？总结归纳完，已是后半夜。

这是我第一次来武汉。还在医学院读书时就听湖北的同学说起武汉有最灿烂的樱花、最火热的热干面、最热闹的夜排档。然而，来到这里足足1个月，偌大的江城空空荡荡，每天除了龙安宾馆到武汉市第三医院的两点一线，就只有沿途的光谷步行街和盒马鲜生。可这看似单调的1个月，却是我人生中最炫彩的一笔。我常常幻想着疫散花开的那一天，脱下防护服，摘一朵盛开的樱花，带回家跟儿子说："妈妈很优秀，是你最崇拜的'君子豹变'的模样。"

满月会上，武汉市第三医院感染科的陈巍医生加我为微信好友。他给我发的微信只有一句话："麦医生好，如果需要游览武汉，我随时可以带大家畅游。你们有空随时跟我说，人多我就再约一辆车，不要不好意思，自己人！"短短一行字，却是对这段战地友情最好的概述。

窗外的雨还在下，可是不管这个冬日多么严峻，春天依然会踏着坚定的脚步到来。此时，让我们共同期盼樱花盛开！

疫中三赞

上海市光华中西医结合医院 李艳英

一赞队友

来武汉已月余，队友们的战斗热情却丝毫不减。其中的苦累，自不必言。大家都为着一个共同的目标——"胜利凯旋"铆足了干劲儿！我们齐心协力，似一艘开足了马力的巨轮，顶着狂风骇浪、疫魔肆虐的险恶，载着病患们直抵健康的彼岸。每个人都尽职尽责，像一颗颗螺丝钉一样，坚守在自己平凡的岗位上，确保这艘生命之舟的稳固。尤其是当听说原上海市长应勇赴任湖北省委书记时，医疗队里立时炸开了花，士气更高涨了。战友们戏言："市长和我们在一起，'应勇救疫'，舍我其谁！"

虽说前线战事多，战士也很多！他们中有称"不打胜仗，决不还家"的陈尔真队长；有定期发送院感简报，只为守护医护平安的何青青医生；有负责后勤保障，夜半未眠，只为接应捐助物资的翁超医生；有不畏风险，坚持日日亲取咽拭标本的"验霸"张益辉医生；有戏言身板瘦小难堪防护服重压，但依然一丝不苟诊治患者的麦静愔医生；有每次都会提前接班，认真巡视病房的汪荣盛医生；有时时关注医患心理健康，提供心理援助的咨询师们；有为病重者打水送饭，端屎端尿，不断为病人翻身拍背的护士姐妹们……每个人都在用自己的方式为这场战"疫"添油助力，衷心为他们点赞！

二赞同仁

武汉的同仁们也一样优秀！由于疫情来势汹汹，等不及作充足的准备，他们作为先遣队便匆匆上岗了。刚开病房就爆舱，可想而知有多么繁忙！在我们后援队到来前，他们夙兴夜寐，只为能救治更多病患。毕竟每一条生命都如此珍贵，承载着一个家庭的希望啊！我们到来后，他们终于可以稍稍放缓匆忙的脚步了，但依然丝毫不敢懈怠。沪汉医护间的感情也在日复一日的相处中愈发深厚了。

起初，医院担心我们对工作流程和电脑系统不熟，每班都特意安排了一名武汉医生带我们了解系统。共同值班时，他们总想着能多做些工作，让我们可以轻松点儿。因为清楚医院的环境，他们总会主动推轮椅去送患者做检查……我们也力求尽快跟上节奏，以便配合好他们的工作和安排。

不仅在工作中，大家团结一致，互帮互助，在生活上亦是如此。就拿一件小事来说，科里的金炜老师好容易得了片刻闲暇，在家包顿饺子，还不忘特地送来酒店给我们尝尝鲜，改善下伙食，连酱料都贴心地准备好了。后续，还有李唯医生的红烧肉。饺子和肉虽说不多，我们却从中尝到了家的味道，也体味到武汉这座城的温度。是啊，武汉不仅是一座英勇的城市，更是一座温情的城市！

三赞患者

称赞患者不仅仅因为他们对医护工作的理解和配合，更因在病中看到了他们的坚强。虽然经受着病痛的折磨，但他们依然不忘善待身边人，病友之间相互鼓励。医患关系紧张，在这里是不存在的！

李先生是我病区的一位患者，也是一位诗词爱好者，更是一位热心人。由他牵线，印着"思凡应援特供"的防疫物资如期捐到了武汉市第三医院光谷院区。如此，既在一定程度上缓解了医院防护物资紧缺的问题，又帮捐赠人实现了"捐给最需要的地方，最需要的人"的心愿。他曾以一首"病中感怀"表达了自己患病以来的心路历程："病床瘫卧身心懒，网络漫游天地宽。疫困更知康健好，楚囚甚慕自由欢。"在即将出院之际，他特意向医护人员表达了衷心的感谢！

金女士是一位产妇，在经历了漫长的住院时光后，终于可以出院见到新生的宝宝了。我们都为她感到由衷的高兴！曾经，当得知她们一家五口有三人染病，仅剩奶奶照顾小婴儿时，我们都在为这家人揪心，只希望最后能以喜剧收场。还好，通过精心诊治，我们如愿了！他的爱人熊先生特意发表了"我们身后的上海支援队"，以表达对我们的感谢。

类似的事情，还有很多很多……医患一家亲就这样真实而生动地演绎着！

此次疫情可以说是一场灾难，但正是患难见真情！我们就这样，在彼此的温暖中慢慢等待、慢慢痊愈、慢慢成长。凛冬已过，春回大地。待到樱花烂漫时，我们一定能在微风暖阳中痛快呼吸新鲜的空气，享受久违的自由！

抗疫岁月稠

上海市光华中西医结合医院　李艳英

接到报名援鄂的通知时，我已踏上了过年的归途。想着为武汉人们做点什么，想到自己学医的初心，我立时报了名。除夕凌晨两点，在经历了十余个小时旅程的颠簸后，我回到了家乡。是夜，在举家团圆的日子里，我接到了医院告知报名成功，需尽快返程开会的通知。家人虽有担忧，但都支持，遂订了最早返程的高铁直达上海。

1月28日晨，休假的同事们纷纷来到医院。大家忙得热火朝天，为我们做着临行前的物资准备。为了便于工作，一位临时请来的党员理发师依次为每位队员理发。此刻，没有哀婉叹息、没有悲伤留恋，有的是士气满满、利落干脆！行前，肖院长、严书记都再三叮嘱我们代表光华医院，一定要顺利出征，平安回家！殷切嘱托让我们倍感温馨！

原定于15:20的登机时间迟延了。因医用物资超重，东航紧急协调了更大机型的飞机，保证我们在17:50顺利登机，19:20许便到达了武汉天河国际机场。

机上俯瞰，武汉流光溢彩，一片祥和的景象。落地后却发现机场空了、大街小巷空了，本该热闹非凡的商场也都闭门谢客了。武汉似乎变成了一座空城，唯有霓虹在寂寞地亮着。不远处的高楼大厦上赫然写着"武汉加油"的字样。九曲十八弯的高架桥上只有我们这一行车队在黑夜中独自穿行。希望我们的到来能为武汉医疗注入新鲜血液，为这座九省通衢疗伤愈疾。

1月29日上午，我们对此次疫情的感染防控、诊疗方案及即将驻扎的武汉市第三医院光谷院区的布置做了详细了解。当晚，医疗队举行了全体党员动员大会。陈尔真队长说："我们以最坏的打算、最大的努力，夺取最好的结果。我们一起回家，没有好结果我们不回家！"铿锵有力的发言激荡在每个人的心中，久久不能平静。希望我们早日打赢这场抗疫战！

1月30日下午两点，陈尔真队长率部分即将开始正式工作的医护人员一起熟悉病区设置及工作流程。层层穿戴好防护装备的我们变成了一只只"大白"，只能靠衣服上的名字相互识别。来到即将工作的病区，这里虽已收满患者，但总显得冷冷清清，各个病房的门都是紧闭的，只有医护人员忙碌的身影。

我所在病区目前的医护团队是临时搭建的班子，包括儿科主任、五官科及外科医生、助产士等。据病区医生介绍，他们也是刚抽调来不久，工作自然是忙碌的。

收治的患者中不乏重症者，但无法及时转入 ICU，只能先待在普通病房，而普通病房也已经一床难求了。

在了解过病区设置、工作流程等基本情况后，已经过去了 1 个多小时，我们便随病区护士长从医护专用通道离开。脱下层层繁复的防护装备后，同事们的脸上都勒出了一道道印痕，不知长时间工作下来会变成什么样子。

1 月 31 日正式接班。因为是普通病房，大部分患者的病情相对稳定，但也不乏高热反复，动则喘促、乏力纳差者。尤其是几位年轻女士，对自己的病情满怀隐忧，甚至恐惧于死亡的威胁。病患们太需要一个肯定的答案，需要有人告诉他们病能治好，需要一份战胜病魔的信心和勇气。然而，我们给不了他们肯定的答案，能给的是安慰与鼓励，是对症支持治疗。

我们查房时，正好有家属来探望患者，她就那样焦灼地等在门外，一见医生，便不停询问患者近况。当主任告诉她病情不容乐观，要尽快买到克立芝时，她立刻答应，转身便去寻药了。虽不知此药效果最终如何，但也算给家属的一种安慰吧，至少让她觉得能为患者做点什么，总比空空等待、束手无策的好。

张主任带我们每巡完一个房间，边主任都要为各位医生全身喷洒消毒液。当巡视完所有患者时，护目镜上已模糊一片，看哪儿都是朦胧美，不少人都汗涔涔的。

回房间时，见室友脸上贴了压疮贴，肯定也是"挂彩"了！"外公走了……"刚挂电话的她泪眼朦胧地告诉我。我蓦地怔住了，不知该如何抚慰她的悲伤，世间唯有别离苦！她还在参加这场危机四伏、风险不测的战斗，而在后方，那曾照拂她长大的外公却等不及见她最后一面了。怀着对她的不舍，对她无限的思念，怀着终不得见的遗憾，外公走了，永远离开了这个世界，离开了他的宝贝。任何安慰的话语在此刻都显得那么苍白无力，唯有默默陪她继续并肩作战，陪她疗伤自愈。

未及擦干眼泪，她又要去上夜班了。敛去所有悲伤，努力平复情绪后的她一如既往，依然利落干脆、无惧无畏！愿她心中隐痛可解，愿这场战"疫"早日得胜，愿世间所有别离，都会重逢有期！

2 月 2 日 7 时许，刚到医院，就看到 4 名医务人员抬着一具尸体装运上车。不知是凌晨 1:24 病逝的 1721 床患者，还是其他病患。21 床本是分给我管的，昨日才与她所住小区的居委会工作人员联系上买药的事，昨日还在担心她的病情，还听她跟居委会的人讲，要带一些生活用品来，今天这些就再也用不上了。不曾想昨日初相识，便是今生永诀。而她的家人还都处于隔离之中，送终一事更无从谈起。昨日，病患缠身的老太，今日就这样变成了一抔黄土，变成了新闻报道里一个冰冷的数字，心中甚觉不是滋味。

然而还来不及感伤，就要投入新的战斗了！4 床、8 床、37 床、38 床高热，已退热处理，需密切关注体温变化。其中，37 床在吸氧 10L/min 的情况下，氧饱和度也仅能维持在 80% 左右，病重无疑，不容乐观。这位截瘫患者的女儿昨日我们刚见过，特意来为母亲送想吃的小米粥的。谈起母亲的病情，她倒是理解的。在她看来，母亲若因感染去世了，也未尝不是一种解脱，可以不那么痛苦了。38 床和 37 床一样，是福利院转来的孤老。对她，我们也一样尽力救治，若因病去了，便是去了。

当然也有轻症患者。22、23、24 床患者已几天无发热了，有好转趋势，都急盼着复查结果正常，早日出院呢！希望他们得偿所愿吧！这也正是我们存在的意义啊！

12 点下班后，徒步返回。途中见到零星的一两家新开的店面。在疫情肆虐的状况下，他们也不容易啊！都是要养家糊口的人，房租交着，东西放着，卖不出去就赚不到钱，本来就是本小利薄的生意，可经不起这样耗着！只希望我们早日取得这场战"疫"的胜利，早日回归正常生活，早日看到大街上热闹的景象，那十足的烟火气！加油，武汉！加油，中国！

2 月 3 日是中午 12 点接班。早餐时，得空和酒店餐厅服务人员聊天。听他讲，目前厨房只有 10 个人，原来 19 人的工作量都要他们承担了，因为封城，其他人无法正常上班。现有人员除了要准备酒店 148 位医务工作者的早餐外，还要准备武汉市第三医院光谷院区的部分餐食供应。辛苦了，向他们致敬！

为了不耽误上班，我 11 点就赶班车去了医院，午饭也没来得及吃。可喜的是，我提出设立医患交流群的建议被张益辉主任采纳了，希望此举能帮助患者更好地与医生沟通，早日康复！张主任真的有医者仁心的风范，每天都会亲自查房，给大家带了个好头，对患者更是有问必答，解燃眉之急，是我学习的榜样啊！

医患交流群里，反映的不只是患者本身的问题，他们也同样牵挂着自己的亲友。1734 床的父母目前因无床位而被隔离在酒店，有呼吸困难、纳差、乏力等不适，也只能先靠口服药暂时缓解病情。她将这一情况告知医生，希望得到帮助，而我们能做的也只是给出用药建议和力所能及的安慰，希望她不要焦急，先养好自己的身体，才能更好地照顾二老啊！ 1735 床是剖腹产术后患者，陪护的丈夫很感谢我们建立的医患交流群，他目前急需寻求医生的帮助。他的父亲也患病了，目前在居家隔离，但隔壁屋住的便是奶奶和新生儿，怕传染他们。在群里详询了医生后，他才算是吃了一颗定心丸。

工作之余，写下随笔，书不尽意，余言后续。还是那句，疫情当前，医者当先，天职所在，不惧不辞。虽我之力，若萤火之光，但光多了，天也就亮了！

青春三部曲

杨浦区控江医院 来从秀

青春的选择

每个人都有自己的青春，每个人的青春都会打上时代的烙印。青春的不同选择，会让生命焕发出不一样的色彩。

2020年1月24日除夕夜，我正在医院的发热门诊预检。护士长哽咽地告诉我，武汉疫情紧急，急需医护力量驰援。护士长的话引起了我心绪的震动，我是一名在上海工作的湖北人，家乡陷入疫情灾难，我应该义不容辞地付出自己的力量。可是新型冠状病毒来势汹汹，未知的危险时刻威胁着与它接触的生命体，我会不会因此感染上病毒？医学院读书时，南丁格尔事迹及誓言深深地烙印在我的脑海里，学生时代立志为国家和人民做贡献，只要国家需要，我将毫不犹豫，义无反顾。新时代的医护人员，更是人民健康的守护者。年轻一代，任重而道远，不应当选择逃避、贪安、畏难，应当选择青春的责任、青春的担当、青春的忘我付出。于是，我毫不犹豫报名支援武汉，为国家、人民和家乡贡献自己的微薄力量。

"现在去武汉非常危险。"姐姐在第一时间得知我即将援鄂的消息，很是担心。我安慰她说："武汉告急，这个时候武汉人民需要我，我必须回去和家乡人民一起打赢这场没有硝烟的战斗。"非常感谢院领导批准我去支援武汉，感谢医院领导为我们武汉之行周密安排，更加感谢院领导对我的信任，把这么重要的工作交给我，我感到责任重大。

大年初四，我们便在医院集结，开启了"逆行者"之旅。我永远忘不掉科室小姐姐对我的嘱托，让我一定要做好自身的防护，早日回来跟她们一起搭班。我一辈子也忘不掉，她们欢送我时眼角湿润的样子。

如今，我来武汉已经有1个多月了。回想这段时间的经历，亲身感受抗疫斗争一线奋战的惊心动魄，我无悔自己当时的青春选择。

青春的历练

青春充满活力，短板是青春的稚嫩。无论知识、技术、经验、复杂的应对、坚韧的斗志，青春都不如秋天那般成熟。青春需要历练，青春的历练不可能在温室里完成，温室里的青春永远是苍白的。青春需要风雨的洗涮、坎坷的磨炼、艰难的锤打。

2020 年新春的这场抗疫斗争，我在武汉市第三医院抗疫一线工作的几十个日夜，让我的青春历练了许多。

新冠病毒的传播力极强，因此我们每天上班都要提前 1 个小时到医院，穿医用隔离衣、防护衣、戴口罩、帽子及鞋套，把全身上下包裹得严严实实，进入病房之前一个个的让院感老师检查一遍，合格之后才能进入病房！

第一天进入隔离病房时，心理上是一个巨大的挑战。病房里全是确诊的新冠肺炎患者，很多都是老年人，有各种基础疾病。戴着两层厚厚的手套，护理操作就比较困难。我们每天要给病人做各种治疗，测量生命体征，生活护理，打留置针，抽动脉血气，给老年患者喂水喂饭，书写护理记录单等等！一切的一切都是我在门诊护理工作里少见的！我们不仅仅是一名医务工作者，更是患者的临时家属！

28 床的小姐姐是名孤儿，有轻度郁郁症，经常复发。我们都特别关注她，空暇时间我们都会陪她聊天，鼓励她，战胜病魔。后来她的病灶慢慢吸收了，达到出院指标，我们一起合影，希望她勇敢地面对生活！病房里的患者需要我们的不仅仅是药物上的治疗，更需要我们爱心的呵护！这是对我青春的历练！

青春的升华

援鄂的这些日子，我见证了很多，太多的滋味在心头。有医务工作者默默付出的感动，有病人转危为安的满足，有最痛心的失去，有最美丽的逆行，有最英勇的付出……这些见证，让自己的青春年华得到了难能可贵的升华。

在封城的时光里，武汉一片空巷，病毒肆虐。习近平主席亲临武汉，极大地鼓舞了我们医护人员，使我们充满斗志。在习近平主席为核心的党中央正确领导下，疫情逐渐好转。这次支援武汉的经历使我深切感到，灾难是成长的磨刀石、试金石，可以锻炼斗争精神，培养斗争智慧。青春在抗争中不断壮大，在磨难日见成熟。

疫情是测试剂、试金石、温度计、体检表，可以测试人心、人性、人格，检测国家的力量、社会的温度、人心的距离。在这个没有硝烟的战场，各条战线的最美"逆行者"，不顾安危，冲锋在前，用自己的仁爱，坚守与奉献，构筑起一道道健康和生命防线，汇聚起人间大爱的磅礴力量。

我的同事、同行，无论在上海控江医院，还是在武汉市第三医院，都用行动诠释医护人员的使命与担当。他们以高度的责任心与使命感，恪尽职守，冲锋一线、全力以赴，与时间赛跑，和病毒抗争，与死神交锋。他们是我的表率。

每经历一次困难，青春就会成长一次，变得愈来愈闪亮。我会将驰援武汉的这段难忘的人生经历转为奋斗不止的精神动力，把爱国情、强国志、报国行，融入到自己的工作、生活中去，努力让青春无悔。

街上的人很少，我们心里的人很多

杨浦区中医医院 肖燕

这个春天注定不凡。我是一个出生在春天的女孩，来到武汉已经 3 个星期了，我也从最初的忐忑无措，到现在淡定面对一个又一个难题。我们在武汉市第三医院工作。

街上的人很少，心里的人却很多！每天和家人视频的那刻是一天中最温暖的时刻。女儿年前掉落的门牙还没有长出的迹象，我反复叮嘱她不要舔，当心长成"小扒牙"！女儿说："妈妈，从你离家后我没有出过门，每天上午做数学题，下午写字写拼音，晚上爸爸教我读英语，还帮奶奶扫地、包春卷，很忙的！"婆婆让我不要担心她们，单位领导已上门探视，每周家里也会收到蔬菜、肉、蛋等生活物资。

上海单位的工作群里每天能看到大家忙碌的身影：回沪医护人员的隔离统计、防护用品的统筹预算、疫情防控的应急预案演练……虽身在武汉，但我是护理部的负责人，每个科的护理人力调配、护士的安全防护、后勤配送的恢复等事宜，我都远程遥控，在线指挥。

我在武汉市第三医院负责一个病区的护理管理工作，带领着一批来自上海各区及武汉当地各科室抽调的近 30 名护士。大家经历不同、习惯不同，摆在我面前有诸多难题：在最短时间内让团队快速融合起来，提高护理质量，减少护士感染风险……30 几名护理兄弟姐妹都是我的"心上人"，我要带大家一起安全回家！

病区里的患者更需要我们无微不至地呵护：35 床今天刚入院没准备水杯，我们为她悄悄送去了一些一次性杯子；23 床病人的尿布快用完了，家人应该来不及送，我们先把值班室里备用的给他……每天这样的交班都在科室微信群里留转。

在疫情一线工作以来，好像已经习惯与 N95 口罩、防护服、护目镜、手套的相伴，我们认不出彼此，因此会在最外层的防护服写上名字或昵称。

"你们是从上海来的？""小高，你今天早班？""刚才那个是护士长？""玲玲，加油"……我发现，病人知道我们谁是谁，他们很关注我们衣服上写的名字和信息，我突然找到了这一特殊情境下护患交流的好渠道！于是，我在防护服上写下了诸如"滚蛋吧，病毒君！""吾辈白袍、誓护苍生！"等加油的话语。

还有武汉方言："屋里人都等到你带（家人都在等着你）""葛自家加油（给自己加油）""轴你呀康复（祝您康复）"……

最光荣的时刻

普陀区中心医院 仇超勤

　　惜别了 2 岁的儿子和体弱的爱人，大年初四我毅然踏上奔赴武汉的行程。临行前，我再次郑重地向党支部递交了入党申请书，"从我递交入党申请书的那一刻起，我就时刻做好了准备，以一个党员的标准要求自己，深知要成为一名真正的共产党员，还有很多路要走。此次代表上海支援武汉，就是组织对我的又一次考验。"

　　进入武汉市第三医院光谷院区检验科工作，我被分配在微生物组，主要负责检测病人的咽拭子标本，离新冠病毒仅相隔一块生物安全柜玻璃的距离。挑取分泌物、涂片、培养、检测……看起来每个有条不紊的操作程序背后，都是危险和希望并存。一定要充当好临床医生的"眼睛"，为新冠筛查提供准确的诊断信息依据，为更多病人带去生的希望。怀着坚定的信念，我在保证安全的前提下，做着一个又一个咽拭子标本的检测。后背湿了，靠着椅背蹭蹭；护目镜潮了，歪着脸用余光看；手背起疹子，忍一忍也就过去了。随着疫情的变化，标本量在增加，这对体力和精力都是极大的消耗。一班下来，脱去闷热的防护服，全身湿透，取下护目镜防护口罩，脸上额头都是深深的压痕。微生物室里有一部电话可以接听市话，每日都是铃声不断，前来咨询新冠核酸检测结果的人络绎不绝。即使在最繁忙的时候，我都会尽量抽身前去接听，因为我理解病人焦急的心情。

　　在武汉的这段时间，我感触良多，特别是全国各地党员医务工作者身先士卒的精神一次又一次震撼着我。"我是党员，我先上！""这里危险大，还是让我们党员上！"每次听到这些话语，都让我对党员、党性有了更深刻、更真实的理解和感悟。

　　3 月 3 日，我参加了中共上海援鄂医疗队第二临时总支部委员会总支部党员大会，经过大会投票表决，被党组织接纳成为光荣的中国共产党预备党员。"这是一个光荣的时刻，这代表着党组织认可了我，同时这也是一个新的起点，是组织对我新的考验。不积跬步，无以至千里；不积小流，无以成江海。我会一如既往，不忘初心，牢记使命，做一名合格的共产党员！"

我们用坚守换取每一位患者的康复

普陀区中心医院 范磊磊

大年初四，我跟随上海第三批援鄂医疗队来到了武汉第三医院，被分在重症护理组。在我负责的病区里，危重病人多、工作量大、感染风险也很大。在每天繁重的护理工作之余，我零星记录下这段特殊战"疫"之路的点点滴滴，记录了武汉疫情前线的一些最朴实、最真挚的温暖和感动。

2月7日18:00武汉战"疫"第11天。

今天特别忙碌，但也有一条振奋人心的好消息：我和张琴琳所负责的重症区10床童奶奶，经过检查符合出院标准，终于可以康复出院了！记得我们刚进入病房时，童奶奶还是一位需要高流量吸氧的患者。但她特别开朗，每天都和蔼地同我们互相问好，每当我们给她加油打气，跟她说"要加油，您的病情一天天地在好转，一定可以康复回家"的时候，她总是可爱地对我们比出加油和胜利的手势。我们和童奶奶一起度过了11天，今天我帮她整理出院物品时，老人家絮叨地说，"你们都是好孩子，感谢你们，你们是最棒的。"我微笑着回答她："特别舍不得您，但还是希望您健健康康的，少来医院。"疫情的阴霾总会过去，过后必是阳光灿烂，我们坚守着，期待着越来越多的"童奶奶"康复出院，与我们挥手道别。

2月10日19:00武汉 今天下班有点晚。

今天分管两位患者，其中一位血氧饱和度很不好，一直佩戴面罩接无创呼吸机，另外一位情绪十分烦躁。两位患者的病情都比较重，大小便都需要在床上解决。一天下来，治疗护理、清洁、喂饭、换尿垫、换被单被套、翻身拍背、密切关注病人的病情进展。空下来，我们还要与病人交流沟通，在病情允许的情况下尽量拉着他们说说话、聊聊天，帮他们疏解心情、增强治疗信心。虽说一名护士只需要负责两位患者，可是依然累得够呛。

我们属于重症护理4组，护理的都是危重症病人，第一次进入病房就明显感觉到氛围很紧张。每一次进病房，战友们都互相提醒：注意自我防护，做各种操作动作幅度不要太大，避免防护服破损；多多关注病人心理，他们的内心都很无助、很煎熬。我们不仅要进行治疗护理工作，更要成为病人的"战友"，让他们有能力、有信心战胜病毒，尽快康复。这是我们的责任，也是我们的荣耀！

我是爷爷辈的援鄂医疗队员

普陀区中心医院　王雄彪

在阖家团圆的新春佳节里，58 岁的我跟随着上海驰援武汉医疗队的大部队悄然出发了。队友们称呼我是爷爷辈的援鄂队员，但我的心依然年轻。

年轻时，我曾在瑞典皇家医学院做过博士后研究，被科内同事戏称"老牌"学霸双博士，论文最高影响因子达 7.219 分，曾获得过 2 项发明专利。作为普陀区中心医院呼吸与危重症科的主任，我对肺结节、肺癌和呼吸疑难疾病的诊治都比较擅长。疫情发生后，作为普陀区专家组成员，我第一时间取消了回家探亲的计划，一直守在临床第一线。在医院组织医疗队援驰武汉的通知出来后，我和科室里很多医生都在第一时间报了名。

医院首批援鄂医疗队名单确定后，我科里罗旭明医生找医院领导"告状"："王主任在没有和我商量的情况下，把我的名字换成了他的名字，恳求领导重新考虑！"其实这个决定并不是我意气用事，我认真衡量了工作安排、家庭情况等各方面因素后，才慎重决定换下其他医生，自己前往。我从医 30 多年，呼吸科临床经验更丰富。而且，他们的孩子还小，我都已经当爷爷了。无论怎么看，都是我去最适合。于是，我"利用职务之便"，自己去了最前线。

作为一名有着 30 余年党龄的老党员，我觉得应该对自己有更高的要求和思想觉悟。我毕业于原第二军医大学，曾长期在部队医院学习工作，是一名名副其实的"老牌军医"，军人勇于担当、乐于贡献、吃苦耐劳的优良传统一直是我特别引以为傲的精神风貌。抵达武汉后，我被安排在武汉市第三医院开展救治工作，作为上海第三批援鄂医疗队临时党总支委员、第二党支部书记，在到达当天我就立即展开工作。疫情当前，统一思想、提高认识是关键。共产党员不怕苦、不怕累，这个时候就要冲锋在前。在这种关键时刻，人民更需要我们党员，要在工作中体现共产党员的先进性，务必圆满完成任务，给党和人民一个满意的交代！

前线的工作异常忙碌，管辖着武汉市第三医院两个楼面大约 70 多个病人。我不仅要熟悉每名病人的病情，更需要对危重症患者进行治疗指导，制订诊疗方案、给出意见建议，与武汉同事进行沟通交流，以期更快、更好地治愈患者。希望我们的到来能帮助他们一起分担压力。医生需要我们，病人更需要我们！

一场特殊的"战场"生日会

普陀区中心医院 张琴琳

2月18日是我的25岁生日，往年这个时候爸爸妈妈都会烧一桌子好吃的给我过生日。不过今年有点特别，今年我在抗疫最前线，正在为守护人民生命健康安全而"战斗"着。对如今的我而言，患者能够康复就是最好的生日礼物了。不过，让我没有想到的是，这次的生日却成为我25年来过的最特别的、最幸福的生日。

记得那天，我和之前一样在病房里度过了紧张、忙碌的一天，下班时已是21时。当我做好消毒收尾工作，脱下防护服时，才发现手脚酸胀不已，想到看护的患者都渐渐有了起色，身上的疲惫仿佛一扫而空，心里止不住地高兴。

当我打开手机，一连串的信息噼里啪啦地"炸"晕了我，有来自家人的、有朋友的，还有来自远在上海的同事们的、医院领导的。祝福和思念一股脑地涌向了我，原来有这么多人记得我的生日呀！笑容止不住地爬上嘴角，笑着笑着眼角泛起了泪花。

原本我觉得这已经是今天最大的惊喜了，但是当我回到驻地酒店，看到队友们捧着蛋糕、唱响生日歌时，我很不争气地又哭了。虽然特殊时期，每个人都戴着口罩，但露出的双眼里都盛满了爱与祝福，在大家的欢呼和掌声中，我许下了生日愿望：希望所有人都可以早点平安回家，跟家人团聚，可以陪陪家人，补偿他们的思念担心。这个生日我过得很甜很圆满，感谢所有关心、牵挂我们的人，我们在前线很好，大家放心。因为戴着口罩，第一次尝试用手掌扇灭蜡烛。

事后我才知道，为了给我这个惊喜，其他几位队友放弃了好不容易轮到的休息，趁我上班后忙碌了起来。带队"家长"王雄彪主任说，25岁的年纪在他看来还是个孩子，在前线过生日，身边没有亲人、没有家宴，但不能没有蛋糕和祝福。王主任找了好多家蛋糕房，终于寻觅到了漂亮的生日蛋糕，队友们精心准备了寿星头饰和各种装饰品，就等我下班后送上惊喜。

有可爱卡通形象的蛋糕、有大家一起唱响的悦耳动听的生日歌，尽管没有聚餐、不能拥抱、没有鲜花，也没有家人的陪伴，但我想，待我白发苍苍时，仍会记得25岁那年，那场"战场"上的生日会，那场幸福的生日会，记得那蛋糕的甜香和衷心的祝福，还有那最真的情谊和无数人的牵挂。

19 楼病区"关门大吉"啦

普陀区中心医院 龚月蕊

今天是我来武汉市第三医院支援的第 38 天。这一天将成为我最难忘的日子，我所在的 武汉市第三医院光谷分院 19 病区关舱啦！

我所在的 19 楼病区虽说是普通病房，但属于次危重病房。很多患者的生命体征不平稳，需要使用无创呼吸机及高流量吸氧。我每天都非常忙碌，除了输液、喂药、心理护理、生命体征观察之外，随时都要做好抢救患者的准备。

病区里有很多老人生活不能自理，我护理的 11 床老奶奶在入院时尾骶部有Ⅱ期大面积破损的压疮，看着很是心疼。在有限的条件下，我每天为她护理、定时翻身，尽我所能做到最好。每天搬动 10 来个患者，换尿布、翻身，下班后脱去防护装备，一身酸痛。记得有一次我肩周炎发作，一觉醒来右手无法握拳并伴随疼痛，只能贴一张消痛贴来缓解。

还记得有位女患者戴着无创呼吸机从楼下转入本区，开始交接的时候情绪十分低落，对我也相当防备。我在呼吸科工作了 9 年，有着丰富的护理经验，见过无数使用无创呼吸机的病人，很能体会那种面罩下的恐惧。于是我凑近患者，让她在我耳边与我聊天，并用我的专业知识去开导她。经过几天的交流，她渐渐地接纳了我，激动地说："还没有人敢离我这么近地说话，你是第一个。"

和我一起奋战的有很多优秀党员，爷爷辈、奶奶辈的不在少数，他们不怕苦、不怕累，冲锋在前线的精神深深地感染着我。于是，我递交了入党申请书，我深知这是一份责任，要用实际行动积极向党组织靠拢。

在武汉的日子虽过得辛苦，但也充实。在我们共同的努力下，19 病区"关门大吉"！这是我们共同抗疫的成果。

亲爱的，春已至芳菲来

上海第五康复医院 柴丽莉

"您若安好，我便无恙……"整理好一天的行程及工作，刚刚躺下把自己放空一下，收到老公发来的微信。"在吗""有空了吗""好好休息，知道您忙，不用回复"……翻看着一条又一条有来无回的微信，瞬间，泪目……

亲爱的，不是我无情，真的，我想做的实在太多，也有太多的事更需要我去做。我已无暇顾及您和家人。

疫情当前，总需要有人冲锋在前，需要有人义无反顾。17年前的"非典"，您支持我坚守在防控隔离一线；今天，"新冠"肆虐，您又送我亲征抗疫一线。同是医务工作者的您，心中清楚这场疫情的严重和风险，然而，当得知我要带队参加援鄂前线的消息时，您只是遗憾"术业有专攻"，无法陪同我一起出征。默默地替忙于院务的我准备行装、打包防护用品。谢谢您，老公，总能站在我的背后默默支持我、鼓励我、呵护我，无怨无悔！

亲爱的，不是我无情，当我转身离去时，您炽热、担忧、挂念的神情我都看在眼里。然而，那一刻，理智告诉我，不能回头。

进驻武汉三院，我的日常工作是院感管理与防控。负责培训、指导、监督医务人员防护用品穿脱流程的规范性；协同武汉三院的院感科，梳理制定院感流程、标识的更新、细节的改进。疫情当前，院感与防控是重中之重。我的责任心告诉我，要严谨，丝毫不能懈怠，才能确保医务人员避免被感染。

亲爱的，不是我无情，真的，我想关心的人很多，也有太多的人更需要我去关心。我已无暇顾及您和家人。

我是松江区援鄂医疗队队长，我要关心爱护好和我一起出征的19名同伴，此时，他们不仅仅是我的战友，更是我的兄弟姐妹。我要确保他们的日常生活起居，做好19名医务人员的后勤保障，休息好才能更好地战斗。这时，我是后勤总务长。疫情面前，谁不恐慌，医务人员也是凡人，他们也需要解压、释放，我要忙中偷闲、心理疏导、鼓励引导，精神面貌决定战斗力。这时，我是心理咨询师。19名同伴从各医院各科室抽调集中，很多防控的流程知识在不断更新，需要不断培训演示，才能掌握技能，更好的工作。这时，我是岗前督导员。

亲爱的，"不破楼兰誓不归"——动员大会上的誓言犹在耳边、记在心间、落在行动。

直面生死，我不是一个人在战斗！身边，有我的战友们并肩作战；后方，有我的家人们"暖心援战"；我们全国人民团结一致，"全心痊疫"。我想做的，真的有好多好多。

直面疫情，今天，我只有一个身份——健康卫士。亲爱的老公，作为妻子、作为母亲、作为女儿、作为媳妇、作为晚辈，这些多重的角色就连同我的歉意一并拜托交付于您。我在武汉一切安好、勿念。

亲爱的，春已至芳菲来，待我凯旋，定与您一世长安！

生活如雨，有伞便好

上海第五康复医院 柴丽莉

1月28日晚，上海第三批援鄂医疗队在陈尔真领队的带领下抵达武汉。几乎没有休整时间，我们第二天就开始进入医用防护用品的学习培训状态，为确保医务人员零感染、安全进驻武汉市第三医院做好前期准备。

培训工作由院感科负责，根据排班采取轮训制，共四天八场。对于一些特殊队员，我们提供上门培训指导，每位队员至少20分钟。医疗队中，部分队员对防护用品的穿脱流程不熟悉，我们便在院感群内发放了流程图并转发至各条线。经过理论学习后，模拟操作训练在入住宾馆的二楼大会议室展开。院感科老师演示防护用品的现场穿脱操作，再让队友模拟操作，边操作边指导，后现场总结分析反馈。我们反复强调：首先，要确保口罩密闭，戴帽子时双手不能触及面部；其次，脱卸防护用品时不能触及污染面，动作轻、幅度小，避免污染物飞溅而导致被迫污染或感染；最后，穿脱时要互帮互助，相互检查防护着装有没有问题。

为了确保万无一失，院感组根据排班情况，分别安排院感组成员在武汉市第三医院7楼（清洁区）及9楼（污染区）监督队员防护用品穿脱流程的准确性，确保他们的自身安全。由于队员们在"里三层、外三层"的全副武装下工作4至6小时，另加不吃、不喝、不上洗手间的"三不"原则，体力、精力大量消耗，且护目镜上"一团雾气"，视野的局限性导致脱卸防护用品极为困难。因此，我们院感组在污染区除了指导防护用品的脱卸外，还协助队员们完成脱卸。

生活如雨，有伞便好！不管是自己撑起，还是别人给予。记得，没有伞不要怕，若别人给予，当然心怀感激，一路同行；若无人给予，不妨自己造一把，撑自己的伞，美好的一天从风雨无阻开始！

给家人的一封信

上海第五康复医院 姚晖

亲爱的爱人:

从离家到武汉也快1周了，思念你，也思念儿子，每次出发，都有你不放心的眼神。临行前，车辆驶出松江区卫健委的门口，以为你走了的我透过车窗看到你在挥手，那一瞬间我有点感动，向来坚强的我也有泪水在眼里打转。

这几天，出病房打开手机总能第一时间看到你的微信：上班了吗？感觉怎么样？要保护好自己……关切的话总让我有点"泪目"。我知道，你无时无刻牵挂着我，每次新闻上的动态你都会截给我看，我能感受到，关心时事的你有多么地担心我。

你关注着松江区的媒体，你也总问我"为什么没看到你的身影"。我知道，一直被你宠着的我，想看到我有没有"缺斤少两"。没入群众的视野，是因为我怕你们看到我会心疼。深深的口罩印我有、皲裂的双手我有、初来时的恐惧我有，穿着隔离衣时的窒息感我也有……但相信，此时的我不是弱女子，而是身负使命的医务工作者。

亲爱的爱人，不用担心。此刻，我们有坚强的后盾；此刻，谈不上英雄精神，因为武汉需要我们；此刻，我会好好保护自己的，好身体才是奉献的保障。

夜深了，休息了，放心，我在这里都安好！

您的爱人：姚晖

战疫面前 心态很重要

松江区泗泾医院 于文杰

"辛苦你们了，谢谢你们！"这是我来到武汉这 20 天工作下来听到的最多的一句话，这是患者对我们医护人员最真切的感谢。

病毒无情，让人与人之间多了些"距离"，家人不能探望，加之长时间待在病房，病人难免会有些想法。有的病人自暴自弃，不肯吃饭、不肯治疗，像是在赌气，像是对生活失去了希望，破罐子破摔的样子；有的认为自己是家庭的累赘，甚至会自责，觉得自己感染了家人或其他人，害了他们。这些负面情绪就像洪水猛兽，侵蚀着患者的内心。这对护理人员多了些要求，我们要积极疏解病人的情绪，要时刻关注病人的情绪变化，做到早发现、早沟通，要给病人多一些细致入微的关心，不让他们感到无助。现在病人的身边只有医护人员，我们就是他们的"家属"，我们就是患者最后的希望！我会特别留意那些年纪大的患者，他们有些没有智能手机，有些不怎么会使用，我会教他们怎么用社交软件，帮着联系上他们的家人。因为家人的关心、鼓励，最能让他们感受到温暖。乐观是良药，积极的心态也有助于病情的恢复！

气温有点低，风有点大，一觉醒来，武汉"白了头"。武汉下雪了，但这盖不住这座温暖的城市。武汉加油，中国加油！"熬过黎明前的黑夜，疫情寒冬终将过去，让我们一起并肩作战，守护我们心中的光！"

第一次走进重症监护室

同济大学附属同济医院 肖武强

在和朋友说武汉工作情况的时候，自己的眼泪竟然止不住地流了出来。昨日第一次进武汉三院光谷院区，医院已经完全改建，由原来的综合性医院改建为专收新型冠状病毒感染患者的传染性医院，严格的出入管控是防止疫情扩散的必要方式。我们每个人都领取了一张临时出入证明，门口保安查验后才能进入专门的清洁通道，以保证通道的绝对安全无污染。通过专用的通道，专用的电梯，来到了武汉三院光谷院区为上海的工作人员准备的更衣室。已经有很多医生护士在穿隔离衣，防护服。作为一名普通的 ICU 医生，这真的是有难度的，虽然来武汉之前在中山医院培训过，来武汉后也培训过，自己在宿舍也和同事反复模拟过好多次，但是当真正面对那厚厚铁门上鲜红的"重症监护室"几个大字时，我明显感觉心跳加速，自己目光好像有点呆滞。

"您好，您好"，急促而温柔的声音唤醒了我。"我有点不会穿这防护服"，我的声音竟然有点胆怯，面对的还是个女医生。"看这墙上，都有指示，我也可以帮你，先把第一层口罩戴起来……"战战兢兢中，在监护室董医生帮助下，终于完成了防护服的穿戴，并作了严格检查。后来才知道，这位来自河南的董医生虽然年轻，但已经是目前监护室的住院总医师了，雷厉风行的性格，完全就是为重症医学而生。ICU 虽然刚成立 4 天，但是呼吸机、气管插管、透析都有了，不断有电话打进监护室，通知有重病人要转过来。武汉的医务工作者真的很伟大。在隔离衣、防护服、双层口罩、护目镜等多重包裹后看不到他们疲惫的容颜，只有坚毅的眼神和斗士般的目光。发自内心的敬佩油然而生。在李庆云主任和王瑞兰主任带领下，我们上海医生和武汉三院医生一起开始查房。第一次进这样的隔离病房，真有点紧张，在董医生不断的鼓励下我才慢慢放松下来。调整呼吸机，调整患者卧姿，调整患者的氧气流量，这些在平常工作中司空见惯的工作，在这里突然变得那么的重要，因为这种病房的防护要求高，防护装备消耗巨大，医护人员在这样的环境中停留时间每增加一分钟都会增加被感染的风险，所以进来的每一分钟都要珍惜，都要谨慎。

不断地有患者说"医生救救我吧"。他们中很多是家庭的支柱、脊梁，一个人的去世都可能导致一个家庭的垮掉。想到这些，我的手越捏越紧，慢慢没有了慌乱，没有了恐惧。虽然走路时不时会踩到鞋套，防护服可能约束我的行动，但它们约束不了我救治病人的心，约束不了我急切地希望重症病人转危为安的希望。毕竟医生做了这么久，治病救人已经成了我的本能。

查完房，已经是 2 小时之后的事情了，下来是更加重要且不易的事情：脱防护服。有个非常严厉的督导员不停地指正我们这些新手。脱完全套装备才发现一个个脸上全是口罩勒的痕迹，因短时间多次洗手，双手皮肤都是苍白的，还充满了皱褶。而这些，武汉的医务人员都已经经历了很久。来到清洁区后，我们开始详细地查看每一个患者的各项指标和整体状况，讨论治疗方案，双方都提出目前的问题和解决方案。大家激烈地讨论着，好像忘记了刚才的劳累与疲惫。看来，只要说到病情，医生们就会忘记劳累，忘记生死，治病救人。这是对天职最直接的诠释，这是一个伟大的职业，这是一群伟大的人。

同舟共济战疫情

上海中医药大学附属岳阳中西医结合医院 唐欢

从大年初四出发算起，来武汉支援已有二十多天了，我们的工作也已走上正轨，繁忙而有条不紊。

作为第二批上海援鄂医疗队护理组长，我被分到武汉三院负责管理两个新冠肺炎普通病区和一个重症监护室。

新冠疫情来势汹汹，我不敢有一丝懈怠。走马上任的第一件事就是科室护士的人员分配。在三院院长的大力支持下，我们对医院危重症护理人员进行了梳理，拟定了进入重症监护室工作的护士人员名单。

记得我在三院的第一班，24 个病人的重症监护室，只有 4 个在班护士。没有护工，所有病人的生活护理都由护士们完成，工作量巨大到难以想象。心疼这些在一线坚持了这么久的姐妹们，我的眼眶当即湿润了，因为只有做过护士的人才知道这其中的艰辛。我心里暗暗发誓，既然来了，就一定要对得起大家的信任，既要护理好患者，也要保护好每一位白衣天使。

经过筛选，最终进入我们重症组工作的共有 50 名护士。我将大家分为 6 组，病区的排班也调整为 8 个人一档班，4 小时轮换。虽然所有人还是需要每天上班，但比起最初 12 小时的连续工作，护士的工作压力有了很大的缓解。

大家都在很努力地适应新的工作环境和工作流程，经过短暂磨合后，我们已经能够游刃有余地开展工作了。只要是有我在岗的班，我几乎承包了所有高难度的护理操作，尽量减轻同班护士们工作压力。我们和当地的护士们也相处得非常融洽，武汉小姐妹们常常会激动地拉着我们的手说："谢谢你们不畏生死地支援我们！"

在高强度工作状态下，护士们的心理容易出现问题，为此，我总是抓紧一切可利用的时间进行疏导。吃饭时、回驻地的路上，我主动和大家闲话家常，姑娘们笑得爽朗，仿佛一切从未发生，疫情暂时远离了我们……

来武汉的这段日子，当然还是会遇到一些现实问题和困境。真心感谢当地同仁、援鄂医疗队、上海大后方对我们的帮助和照顾，只要是我们提出的要求，无论是工作上还是生活上的，总是想尽一切办法帮我们去解决、去落实。这些关爱让我们感到十分温暖，必胜的信心也更加坚定了！

红烧肉的故事

长宁区妇幼保健医院 吴磊

　　来武汉后的某天，在武汉三院检验科，我们认识了一个"独特"的女孩，名字很特别，"李周彤昕"。虽然平时穿着防护服，只能看到她那双明亮和俏皮的大眼睛，但是那爽朗的性格和动听的声音，都让我们倍感亲切。有一天，她忽然问道："吴老师，你们医疗队吃得好吗？"我开玩笑地说："好，就是缺肉，缺红烧肉。"她若有所思地答了一句："哦！知道了。"

　　没想到昨天，她突然发了一张照片，哇，整整一大锅红烧肉！里面放了香菇、土豆，还特意根据我们的人数放了十个鸡蛋。透过照片飘来的家乡味道，顿时让我心情澎湃，惊讶、感激、敬佩之情油然而生。

　　一位90后女孩，把不经意的一句话，在艰苦的条件下，付诸了行动。今天中午，她自己驱车来到我们暂住的酒店，为了方便我们，特意在出门前热了一下肉。看到她那捧着大锅的单薄身姿，我无以言表。

　　一个90后武汉三院检验科同事，用她迄今为止烧过的最大的一锅肉，表达了武汉人民对我们上海医疗队的感谢之情。习总书记讲过"武汉是英雄的城市，湖北人民、武汉人民是英雄的人民"，我们又何尝不感激他们在这场疫情防控战斗中，在这个漫长的一个多月里为了武汉人民的健康与生命所付出的一切，他们在最严酷的战斗中，还牵挂我们的饮食，让我们倍感温暖。武汉三院的同仁们，我们深深地记住了这份情，我们是兄弟姐妹，也是一起抗击疫情的战友。"长风破浪会有时，直挂云帆济沧海"，在我们的共同努力下，这场疫情阻击战必定会取得最终胜利。

"每天能和您交流，真好"

长宁区精神卫生中心 杨慧青

记得 1 月 24 日，农历大年三十，傍晚的饭桌上，和往年一样，我们一家三口、许久未见的姐姐一家和爸妈围坐一桌，孩子的学业与成长，平时的工作，爸妈的身体……一个个老生常谈却又百谈不厌的话题伴随着饭菜冒起的热气，团圆饭总是温暖人心。聊起近日武汉的疫情，大家都有些担忧但又觉得不太严重，我也就提了一句报名支援武汉一线了。

夜幕渐渐降临，吃得差不多了，爸爸端上八宝饭，一家人依旧围坐聊天。口袋里几次连续的震动促使我拿出手机，还未解锁，屏幕上亮出的微信提示窗显示我已加入群聊"长宁区援鄂医疗队"。点进去一看，已有十三个成员，群聊界面是一条条有新成员加入的信息，别无其他通知，再点进"群成员"，有我们医院的医生护士，也有我不认识的。我还愣在那里，坐在我身边的外甥女问道："怎么了，小姨？工作上的事情吗？"我答道："可能要去了，领导把我拉入了援鄂的群。"饭桌上的人一下子安静下来，坐在对面的妈开口道："真的要去吗？什么时候出发？"面对家人的担心，我安慰道："没事，我会注意的。"

不知道前线究竟什么样，不知道什么时候会回来……在机场和老公、女儿告别的时候，还是鼻子一酸。当医疗队合影的时候，望着这么多同行的战友，心中还是涌起一股不怕困难的力量，耳边响起入党誓词："我志愿加入中国共产党……随时为党和人民牺牲一切，永不叛党。"

1 月 28 日抵达武汉，农历新年里的街道空旷无人，唯有霓虹闪烁着"武汉加油"，整个城市显得无精打采。抗疫工作即将开始，我和队友们将一道并肩前进！

然而，疫情进展之快让人猝不及防，有可能来不及招架病人就已死亡，给前线医护人员巨大的心理压力，加上暴露的几率很大，他们也会担心自己被感染，人在他乡的孤独感和无助感也接踵而来。病人与家人隔离，除了担心自己的病症，更牵挂着自己的亲友。因此，我和 3 名同事组建了"沪鄂心连心"心理咨询室并创立公众微信号，为一线医护人员及患者提供心理危机干预，让援鄂医疗队、武汉市第三医院的医护人员们在并肩作战的过程中舒缓压力，拉近医患之间的距离。

90 后妹子汪阳是我们这最小的队员，刚参加工作不到一年，在金银潭医院支援，所住酒店与我们不在一处。作为临时党支部书记，作为前辈，也作为战友，我与奋战在金银潭的三位战友召开视频连线会议之余，常会关心一下她。第三批上海援鄂医疗领队陈尔真院长给大家联系了车辆，方便我们把物资送到汪阳所在的金银潭医院。给汪阳的包裹每次都是满满当当的，队友们总想着给这个小妹妹多带些东西去，有生活日用，有零食，有期盼祝福的平安果，还有出征前单位为大家准备的增强体质的药物。我再次被感动了，感动这份可贵的情感，在这场没有硝烟的战争中深深的战友情。

人们都说，我们是白衣战士、逆行英雄。其实，我们只是践行着自己救死扶伤、捍卫生命的责任与使命。这一个月来，我们流淌着汗水、付出着艰辛、坚持着梦想、奉献着青春、播撒着大爱，一句轻声的谢谢、一个信任的眼神、一时真挚的聆听，这一切的一切，都是为了一个共同的目的：赢得抗疫的全面胜利！愿疫情早日结束，愿世间更多美好！

我在光谷院区的一天

上海交通大学医学院附属仁济医院南院 傅佳顺

1月26日早晨6:00醒来，我微信给父母报平安，妈妈说，家中独子赶赴前线，担心得睡不着，可还是理解并支持我的选择，让我不要有顾虑，勇往直前，早日战胜疫情，早日回家。

9:00我们随各医护小组长前往医院了解情况，并和科室进行对接。面对来势汹汹的疫情，无论是医务人员，还是医疗物资都存在短缺。看到当地医务人员克服种种困难，仍然坚守在一线，我们都下定决心，要与他们共同进退，打赢这场没有硝烟的战争。当地同事告诉我们，要做好艰苦工作与艰苦生活的双重准备，医院还有一家小卖部，这也是附近唯一的一家了。战友们陆续接到通知，下午前往临床一线支援，心中难免些许忐忑。

12:00所有人匆匆吃了统一的简餐，填饱肚子为主，氛围比昨天午餐时凝重。中午陆续接到同事、家人和朋友们的关心讯息，院领导再次明确提出，有困难找组织，叮嘱不同医院的队友也要多协作，多关心，多照顾。我们也感受到了医院和社会各界对我们的支持，这是我们强有力的护盾！加油！

12:30午餐后匆匆来到会议室，得到最新消息，原先计划有改变，按照最近的排班进行调整，暂时只排3天班，后期随时改变。我找了又找，名字不在首批名单上，说不上什么感受。我想，虽然大家赶赴最前线的次序有先后之分，但重要的是我已经做好准备，时刻服从调度和指挥。

13:00我们得知今天起将接手北楼二层和北楼三层，都是规范的传染病建制病房，二层是普通病房，收治确诊患者；三层是简易监护病房，收治重症患者，配备无创呼吸机，防护措施基本到位，但听说后期物资供应可能会有困难，现场氛围再一次凝重。

13:30中午会议结束，各家医院主动统计物资，做好下一步的使用规划。我们需要把目前带来的设施统一管理，首先供应下午前往临床一线的战友。战友们表示，先用自己带来的，不够再想办法，希望不用调剂。

15:00"还有5分钟，请今天上班的战友结束培训，穿好防护服马上出发！"我们来不及和今天下午赶赴病区的战友们告别，只能起身站立，目送他们离开，并向他们致敬，平安归来就是胜利！

15: 30取出手机，自己又重温下诊疗和防护工作培训的内容。我相信做好防护措施，我们一定会顺利完成任务！

16: 00继续防护服培训。明天，我们也将出发前往最前线！致敬身边每一位战友，也致敬自己！

18: 00匆匆吃完晚餐后，医疗和护理组长们召开微信会议对后续工作的展开进行紧急安排！

无论如何，我们一定全力以赴，我们能赢！

有患者拔管不配合治疗

上海中医药大学附属市中医医院 樊洁琼

　　武汉的天气阴晴不定，一时晴天一时阴冷。来这里已经好几天，从开始的开会培训到现在下临床，从穿脱隔离衣手忙脚乱到现在一气呵成，从开始的匆匆忙忙到现在的井然有序，一切慢慢地走上轨道。

　　医院重症监护室那扇沉重大门的背后正在打一场没有硝烟的仗……推开门，监护仪器和呼吸机的报警声此起彼伏，几个忙忙碌碌的背影。监护室有几个病人特别烦躁，不配合治疗，拔管、敲打床沿发出噪音，只能耐心地一次又一次劝说他们配合，一次又一次地把管子固定好，把面罩给他们扶好，一次又一次地整理床单，给予他们最舒适的体位。碰到脾气犟的病人两三个人都按压不住，操作中会被撞到、拉扯到，加上我们穿着防护服，戴着口罩和护目镜，特别闷热呼吸不畅，护目镜还起雾，双层手套没有手感，所以给我们临床操作带来很大的难度。

　　工作前不敢喝水，上班又闷又热大汗淋漓，严重脱水，最后完全是靠意志坚持完成工作。我们会碰到一天里面上两个班，特别特别地累，加上睡眠不好，要靠助眠药物来维持睡眠。工作基本就是采血，吸痰，测量记录生命体征，执行医嘱，做好患者的生活护理和基础护理，碰到鼻饲营养液的病人，会拉稀，就要时不时地为他们换尿垫，清理个人卫生。我们不到最后一刻绝不放弃，用药cpr，无数个循环之后，患者还是没有生命迹象，只能宣告临床死亡。看着心电图呈一直线，我们心里特别的难受，患者年前还在家说过年准备点什么，这年还没过完，谁曾想一进医院就再也没有回家过，家属还等着他们回家团聚。短短的三天时间，已经有五位患者相继离世，当然也有重症患者转轻症的，离开ICU病房的，这才使我们的工作有了动力，有了信心和意义。在这里我已经不知道今天是几号星期几，每天都不敢和家人朋友同事发消息，不敢一个人留在房间里，因为会太想家……希望这场疫情能快点结束，每一位医护人员能平安回家。

等疫情结束后，我想……

松江区方塔中医医院 徐慧婷

等到疫情结束的那一天
我想摘下口罩
给我的战友一个拥抱
说一句：您辛苦啦

等到疫情结束的那一天
我想走在阳光洒满的大道
感受迎面扑来的和风
呼吸空气中花草的芬芳

等到疫情结束的那一天
我想骑着单车
感受车水马龙的生气
聆听有轨电车的"当当当"

等到疫情结束的那一天
我想坐上久违的公交车
感受交头接耳的欢愉
感受摩肩接踵的温暖

等到疫情结束的那一天
我想坐上高铁
感受飞驰的速度
感受来来往往轨道摩擦的声响

等到疫情结束的那一天
我想走进不再顾客稀少的商场

吃上热气腾腾的火锅
感受人潮涌动的四方

等到疫情结束的那一天
我想带着孩子去公园
看他们笑他们闹
陪他们走过冬天，跨过年年

等到疫情结束的那一天
我想家人围坐一桌
感受彼此的一句
"好久不见，别来无恙"

而今
我们才发现
人潮涌动车水马龙
才是真正的国泰民安

等到疫情结束
让我们共赴春暖花开
笑迎英雄归来！

期待春暖花开归家日

松江区方塔中医医院 邢丽莎

现在是 2 月 13 日零点刚过，躺在床上的我久久不能入睡，又一个六天下来，终于可以喘一口气，不用着急上班，不用强迫自己入睡，这一日可以闲散一点。

来武汉已经 16 天了，现在是第 17 天的开始，已经记不清是周几了，但这天数却记得清楚。午夜，想家，想我的宝宝，想陪他玩游戏、读书，乐此不疲的玩躲猫猫的游戏，陪他开怀大笑。宝，这是我离开你最久的一次……

这场疫情，让太多的人有家不能回，援鄂的我们、武汉的医务人员，还有那些患者……昨天上班的时候，床位上的一位叔叔接到了家里人的视频，还未说话就已泣不成声。是怎样的无助，怎样的恐惧，怎样的想念，让一个本该顶天立地的男儿，旁若无人地嚎啕大哭……看着他增快的心率，怕他缺氧，我真想跟他讲不要哭了，可又不忍心，两周了，他需要宣泄。我就这样默默地站在一边，静静的看着监护仪，守护着他，看他慢慢平静。直到他手机没电了，示意我给他充电，我对他说："休息会吧，很快就可以和家人相见了。"接触得多了，我们之间也像朋友一样，上班时他会跟我打招呼"又上班了啊，饭吃了吗"；他会在我用 50 毫升针管艰难地给他打鼻饲喂粥时对我说"不要了，算了"；他会在我听懂他想法的时候对我竖一个大拇指来称赞我；他会在我帮他在杂乱的抽屉里找到他的身份证时，给我一个安心的眼神；他会在我帮他把杯子洗干净时，对我说谢谢……我知道他什么动作、什么声响是在叫我；知道他让我拿棉签是让我蘸水给他擦擦嘴唇；知道他除了每天的鼻饲营养液，还要喝点粥；知道他床底有他家人送的矿泉水；知道听不懂时要赶紧拿笔和纸，他会写给我看。我们每天大部分的时间，就是这样相处着。他本是无创呼吸机患者，经过治疗已经可以氧气面罩吸氧了，虽然没有完全稳定，但至少在慢慢地变好。相信他会扛过去的，我们一定会扛过去的！

武汉的白天、夜晚都是如此的安静，白天三三两两的行人，夜晚空无一人，下班走在路上时看着路两边的商店、建筑，想象着它本该是如何的热闹繁华。这次疫情给武汉，给全国带来的影响太沉重了。愿春暖花开时，便是归家日；愿武汉早日恢复它的生机勃勃；愿武大的樱花更美丽！

尽我所能，给患者更多温暖

松江区方塔中医医院 赵小燕

不知不觉，已在武汉一周了。凌晨1:05，我刚刚结束了在武汉的第三个夜班，脱去厚重的"铠甲"后，看到镜子里的脸是憔悴的，更是褶皱的，鼻梁处微红，但我们早已习惯这样的自己。匆匆洗过澡后，感受着轻松呼吸空气的美好。

闷，是我们做好防护措施后最直接的感受；行动不便，是我们的第二感受。进入病房，协助病人打水、热饭，尤其是给不能自理的病人整理床单、更换尿不湿时，就会不自觉地大口喘气，如同老慢支患者缺氧时想要努力呼吸的样子，所以，我们更能切身体会到患者严重缺氧时的难受与挣扎。每看到一个重症患者的状态，我们的心就更痛一次。

当我们每次离开护士台去给病人做治疗时，就像一只只努力奔跑的企鹅，非常笨重，完全找不到平日工作时的身轻如燕。尤其在安静的夜晚，会更清晰地听到防护脚套与地面摩擦时发出的"卡兹卡兹"声。

病房里不允许家属陪伴，我们就成了病人唯一的依靠。我们可以想象自己生病时身旁无人照顾的落寞与无奈。我们和病人说的话，都能带给他们温暖，都能消除他们内心的焦虑不安。

很多人会问，你不怕吗？我想说我一个人在宾馆透过窗户看这个本该车水马龙的街头如今却空无一人时，内心是焦虑的，更是痛心的。如今的武汉，如此空旷，让人不禁泪目。

从对病毒宣战那日起，我们的轨迹就彻底发生了改变。所以当真的处在抗疫一线，我早已忘却自己处在一个危险的大环境中，只剩下考虑如何更好地治疗，如何尽我所能缓解患者的痛苦，尽可能带给他们温暖。我相信，我们与武汉的医务人员一起共同努力，我们的前方一定阳光满路，温暖如初。

阳光总在风雨后

松江区方塔中医医院 宋海峰

抵汉已近三周，日子在每天穿脱防护服之间飞快流逝，我也渐渐熟悉武汉三院的防护流程以及工作操作系统。每天工作时间不定，但是每天的目标都是希望病人康复出院。

查房时，每每快走出病房，总有患者急切地叫住我，问道："医生啊，我这个病到底有没有救？能不能活着出院回家？"我耐心地回答她："当然能！只要你吃好睡好，营养充足，积极配合医护人员治疗，肯定会慢慢好起来的。中医讲正气存内，邪不可干！只要积极配合，相信你自己，也要相信我们这里的医生！"病人听完后似乎如释重负，神情也放松了许多，脸上露出了久违的笑容。"好的好的，我知道了！辛苦你们了，大老远从上海赶过来救我们……""你放心，我们最大的希望就是你们个个都可以康复回家！"我温柔地回答。

夜班的时候，不少患者因为心理压力大不能入睡，有些患者甚至会半夜喊救命。凌晨三点，我看见31床患者灯还亮着，问他："你怎么还不睡觉？是有什么不舒服吗？"31床患者焦躁不安地说："医生，我闷，呼吸不畅，我怕睡下去，醒不过来！"我肯定地对他说："睡吧，没事的，护士会定期来巡房的，休息得好身体恢复得才快，你的治疗交给我们就可以，现在你的任务就是多吃、睡好，过好每一天，耐心等通知出院。"他松了一口气，说："谢谢你，我马上睡觉，辛苦你了！""没事，应该的，好好睡觉吧，我们明天早上再来看你！"这样一圈巡视下来，发现病房有40%左右的患者是醒着的。患者不仅承受疾病的折磨，还有心理的煎熬。我们要做的不仅仅是治疗，还要常常去帮助，总是去安慰。

19床是我们接手武汉三院病区以来收治的第一个特别患者。他入院时是自己走进来的，动时才有胸闷乏力，基本可以不吸氧，但是第二天病情就加重了，胸闷气促，鼻导管吸氧10L氧饱和度只有78%左右，最好也就83%，复查胸部CT示炎症明显扩大，只能改用面罩10L吸氧，氧饱和度也就勉强维持在89%。患者愈加焦躁不安，面对着这样的状况，我们医疗组组织病例讨论，到底是调整治疗方案，还是转ICU治疗？权衡再三，我们决定再试一试，加用中药治疗。4天后奇迹出现了，他胸闷气喘症状不仅缓解，而且氧饱和度直接升到99%。更令人欣喜的是，他的各项指标复查均得到了明显改善，患者的情绪也从焦虑恐惧，变成了愉悦和兴奋。作为床位医生，这是最有成就感的时刻。

经过两次核酸检查，第一批住院的患者大部分都已转阴，将于近期出院，看到患者出院，是我们援鄂医疗队最大的欣慰。但是出院的同时他们也担忧，通常都会问："医生，我回去还要吃药吗？回家继续隔离吗？还需要复查胸部 CT 吗？药吃完了还要来配吗？可以出去溜达吗？我好了还会再得吗？"就像十万个为什么，问个不停，我都会一个一个耐心地回答："回家后需要再隔离 2 周；配的药吃完后，没有不舒服就可以不吃了；CT 可以 2 月后复查；近期还是要减少外出，在家里好好调养；病治好了，通常情况下体内会产生抗体，近半年不会再得的，这个放心。"听完我的解答，患者都如释重负地露出笑脸。

37 床患者是一位 60 岁不到的阿姨，每次查房医生说什么都非常配合，就是沉默话少。她也在这批出院的患者当中，别人知道这个消息都很兴奋，只有她悒悒不欢。她第一次主动找我："医生，我不想回家！"我有点惊讶，轻声地说："您可以打电话给居委会，让他们过来接你，或者让家里人来接。"她一听我这句话，立马眼睛红了，伤心地说："老头因为这个病走了，其他家人在另一家医院住院。"我一时语塞，不知如何宽慰她，沉默几秒后我跟她说："您战胜了病毒，就是给了家人希望，他们在等着您的鼓励，早日康复。您要坚强，要加油！"她哽咽地点点头。在灾难面前学会坚强地活下去真的需要更大的勇气。

在武汉的这些日子里，每天都要面对生与死，我们竭尽全力希望能够挽救更多人的生命。我相信武汉这座坚强的城市，阳光总在风雨后。

中医人的自豪

松江区方塔中医医院 宋海峰

在武汉三院工作快 1 月了，一直忙忙碌碌，心情沉重，直到近半个月来看着病房里转为重症的病人减少，出院病人增多，心情才慢慢开朗！

目前武汉三院 19 楼的新冠病人中药治疗覆盖率达到 95%，作为三院唯一一位援鄂呼吸科中医师，这里有了我的用武之地。这次新型冠状病毒属于中医学"疫疠"之邪的范畴。《瘟疫论》指出：瘟疫之为病，非风非寒非暑非湿，乃天地间别有一种异气。在中医看来，新型冠状病毒的治疗包括扶正与祛邪两个方面，《素问·刺法论》指出，"五疫之至，皆向染易，无问大小，病状相似……正气存内，邪不可干，避其毒气。"在临床上，我的体会是病人绝大部分都有纳差、腹泻等脾胃虚弱的表现，脾胃乃后天之本，脾胃功能受损随之而来就是抵抗力急速下降，疾病急转直下变成重症或危重症。考虑到各人基础疾病不同，舌苔脉象及体质的差异，治疗上我扶正和祛邪并进，以顾护脾胃为根本，针对病人个体情况一人一方辨证施治。患者用药后普遍反映纳差乏力症状明显缓解。实践证明了中药控制了病情进展，同时减少并发症，提升了临床救治效果。虽然每天我除了日常工作外，要多花 1 小时来开具中药处方，但是看到病人症状的好转，连日来的辛苦感觉都值得了！

传统中医疗法切切实实地治愈着患者，作为一个中医人，自豪感油然而生。

每天十小时的工作很累

松江区九亭医院 李春花

这些天，我一直在金银潭医院综一病区上班，每天早上 7:20 出发，晚上 7:00 回宾馆。

我负责整个病区的治疗准备和清洁消毒工作。每天一上班，就开始给当天所有病人加补液用药。双层口罩、防护面屏、防护镜同时佩戴，时常让我感觉有点透不过气。尤其是面屏上有水凝汽，视线模糊不清，只能弯着腰像个虾米一样近距离地去看清楚药物。戴着双层手套做事很不方便，平时看起来很顺手的事，做起来异常笨拙。用了一个多小时，才终于把所有的药物加好送到隔离病房。然后，我开始分批配制消毒液，擦拭所有的台面和地面。拎着重重的一桶水拖完整个病区还是需要点体力的。全部做完后，里面的衣服已经湿透。

接下来，就是不停地接呼叫铃了。呼叫器按钮在离吧台七八米远的地方，我要一边处理医嘱一边走过去按铃，然后用对讲机通知隔离区的护士。

下午，核对好医嘱后，我要把明天的药贴好瓶签，把药拆好包装摆放好。贴补液瓶签是个费力的工作，光是找到胶带的缺口就很难。好不容易找到了还总是粘手套，全部贴好也要花一个多小时。

由于我每天上班约 10 小时，所以需要先穿好纸尿裤，以防万一。一个班上下来，颈椎、腰椎隐隐作痛。唯一比之前好的就是口罩的压痕减轻了。我们领队李晓静老师的战友为我们捐赠了水体胶，每天上班前贴在脸上，效果好了很多。因为没有镜子，大家就两两互贴。

晚上回到驻地，才有时间拿出手机翻看一下，有好多亲朋好友发来的问候消息，实在无法一一回复。在此告知大家，我很好，勿念！来到武汉，有很多当地的志愿者自发地为我们医务人员服务，为我们购买生活用品。当地的医护人员已经连续奋战了一个多月没有休息，下班也不能回家，住在宾馆隔离，只能通过视频与家人互道平安，他们才是最值得敬重的！

医生，我会不会死啊

上海市光华中西医结合医院 汪荣盛

2020.1.31，年初七

张益辉主任（上海四院）带领我们四个医生重点查了3个危重患者。1712床患者中年男性（忘记姓名），发热喘息、气急较重，心率55次/分，呼吸困难，肺CT显示双肺间质性改变，伴大量实变渗出，情况危重。经过讨论后，在原有抗感染、抗病毒等治疗基础上，加用甲强龙，因普通病房没有辅助呼吸设备，故建议转入ICU。但ICU床位已满，直到上午下班前，仍未转入。另一个1736床，年轻女性，仍然发热喘息、气急较重，乏力明显，稍微活动就觉气急，因硬件条件有限，尚未心电监护，外院肺CT显示间质性改变，伴有两下肺渗出实变。她给我们印象最深的一句话是："医生，我会不会死啊？"瞬间感觉到了她的无奈与无望，心理承受着巨大的压力。张主任便安慰着她："从你的肺CT来看，尽管有渗出、实变，但感觉进展比较慢，你的精神状态有所好转，增加营养，会得到较好控制。"她似乎又充满希望。对于其他普通患者，主任按照任务分配，每人负责8个患者的查房。大多数患者因服用一些抗病毒、细菌、中成药后，出现不同程度的胃部不适，我安慰着他们说，现在天气逐渐晴朗，紫外线强度加强，建议他们在病房内做些简单的活动，窗户旁边晒晒太阳。我们的到来，似乎增加了他们的信心。

5个小时下来，不吃不喝不排，除了一开始的不适之外，感觉还好，不是很累。经过昨天的实战培训，今天脱防护服便显得格外轻松。洗完澡后，便独自骑着共享单车返回酒店，重新洗澡、补充水分、食物。上午，没有上班的同事，在何青青组长的带领下也没闲着，在酒店里练习穿脱防护服，必须每个人考核过关。为何组长的尽心尽责点赞。

2020.2.6，年十三

今天休息，下雨天，早上，岳主任代表医院和科室，给家属送去了慰问金2000元和汤圆。我也没闲着，跟着视频做了2套太极拳，虽然不是很熟悉动作规范，但也算是有些运动吧。还学习了1个多小时的"数据挖掘"丁香公开课程。即使在抗疫前线，学习和运动都是同样重要的。

2020.2.7，年十四

今天有一个不幸消息，1737床的危重患者，经过治疗病情依然急转直下，已经于凌晨去世了。有一个更不幸的消息，年轻的李文亮医生不幸逝世，他的逝世，引起了全国乃至全世界的关注，世卫组织发文悼念。国家决定派遣监察委调查此事。

同样也有好的消息，经过武汉三院医生和我们上海医生的全力救治，7 名患者康复出院。

此时，我们工作群里发来了一则消息：院长刚召开紧急会议，根据中央督办安排，我们将收治一批较危重患者。

零感染是我必须达到的目标

上海市第四人民医院 戴爱兰

作为一个参与过抗击非典、汶川地震援助的老护士来说，报名驰援武汉仿佛就像是一种本能，不用太多考虑什么，去，就是了。1月28日，我随队出征武汉。我打算以我的专业技能，在那里"大施拳脚"，在重症监护室里与病魔一较高下。到达武汉后，根据病区分工需要，最终我将作为一名感控人员，保障医务人员"出入平安"。虽说与我之前的打算有点出入，心里有一点点小失落，但我深知感控的重要性与必要性，没有好的感控，我们所做的一切都是徒劳无功的。"零"感染不是希望，是我必须达到的目标。

初到武汉担重任 感控方案得肯定

刚到武汉，当地医院拿出13间休息室分配给我们医疗队。我们由来自40个单位的148名医务人员组成。由于时间紧迫，大家都急于赶快进入角色，初始方案提出"各单位自行协议调配休息室"。"自己调配？这行吗……"我当时心里就"咯噔"一下，"大家的情况都不一样，有医生有护士，有在重症组的也有在普通组的，有检验科的，也有行政人员。每家医院来的人数不同，工作时间也不一样，如果不科学分配，人员不固定，将来找个人也找不到……"想到这些，哪里还有什么睡意，我半夜里爬起来把随身带去的笔记本撕下一张，对照着手机上的148人大名单，捣鼓起来。第二天开工前，我提出："咱们这些医护人员中，不少是会直接参与病患诊治与护理的密切接触者，这样分配休息室不符合感控要求。""那你有什么建议？"上海第三批援鄂医疗队领队瑞金医院副院长陈尔真问道，我立马从口袋里掏出前一天晚上熬夜赶出来的"方案"。一番解释交流后，陈尔真笑着对我说："呵，你真牛！"得到了大家的认可，我的干劲更足了。

火眼金睛"啄木鸟" 严抓细节护周全

一位男护士因为他有1米9的个子，即便穿上最大号的防护服，下巴的部位也露出一大块。若是一般缝隙，用封箱带还能临时解决问题，但现在暴露处太大，拿什么来补？这可把我急坏了。我一遍一遍尝试不同方法，最后发现有一个办法行得通：我找来外科口罩，先把护士的下巴兜住，再用胶带固定好。虽然看上去像是隔离服上打了一个"补丁"，但却达到了效果。等穿戴完毕，这位男护士看着自己滑稽的样子立刻笑了，我假装严肃地说道："有什么好笑的，这叫因地制宜！""是，戴老师最厉害了，有你在，我们绝对安全。我们一点点小偷懒都逃不过你的眼睛，你就是一只火眼金睛的啄木鸟。"小朋友贫嘴道。

是呀，在病人眼里他们是救命的天使，但在我看来，他们可不就是些小朋友么，都是父母手心里的宝贝。我一定要保护他们周全，这就是我在这场战疫中最大的责任。

岁月洗礼促成长 共产党员勇担当

12年前，当我们还在庆祝512国际护士节的时候，汶川的大地突然颤抖起来，噩耗传来，我第一时间报名奔赴前线。12年后，一场疫情让全国许许多多的医务人员集结武汉，奏出抗疫最强音。我仍旧毫不犹豫请战，因为我觉得那是一种不可名状的使命感、责任感。

有人问我，无论是非典还是抗震救灾抑或是这次的抗击新冠，你是什么样的心情感受？回忆过往，2003年的非典似乎已经很遥远，没有照片更没有微信。彼时的我还很年轻，只是感到，坚守岗位做好本职工作是一个护士应尽的本分。2008年汶川地震，我已经是一名共产党员，满腔热血践行一名党员的担当与使命。这一次，疫情突如其来，其势汹汹。我又一次参"战"，是因为对自己专业的自信，作为一名老资历的护理人员，我更有责任在队伍中起到"传、帮、带"的作用。

武汉的方舱医院已经全部关闭，我所在的武汉市第三医院17楼层也即将"关门大吉"，我们取得了抗击新冠肺炎的阶段性胜利。在武汉的日子里，我们也与当地的医务人员结下了深厚的友情，相约一起吃热干面，一起去城隍庙吃小笼包。在疫情面前，全国医务人员誓死不退，筑起一道守护人民健康的防线。上海，等着我们，我们就快回来啦！

幸福就是被你需要

2020 年的春节，本该在一片祥和中拉开序幕。然而，一场突如其来的新冠肺炎疫情打破了这原本应该万家团圆的温馨氛围。全国人民的心，都被武汉的疫情牵动着。当得知医院派人驰援武汉时，作为一名有着二十几年工龄的"老"护士，更作为一名共产党员，我第一时间报名，因为我经历过非典，也支援过云南，对于在外工作有一套经验跟心得，所以我要去，我必须去！1 月 28 日，我随队出发，驰援武汉。

病患的关心，家人的支持，给予我前行动力

紧了紧步伐，我走进医院。大家抓紧时间全副武装进入病区。我负责 3 个危重患者，遵医嘱静脉输液、抽血、测血糖、插胃管、留置导尿、上呼吸机，给患者按时喂食、喂药、协助翻身及大小便……四小时的班，时间说慢也慢，说快也快。等所有工作忙完，才发觉自己的鼻梁被口罩和护目镜压得生疼，内层的工作衣裤都已经湿透黏在身上了，两条腿也像灌了铅似的迈不开步子。但是，当我看到自己护理的患者都在安静地休息，监护仪上的各项指标都平稳的时候，我的那些难受和不适又算得了什么呢！监护室的门铃声响起，后一档的队友来接班了，听到她们上海话的问候声很是亲切。短暂的打招呼后，我和队友们认真仔细地进行床边交接班。

交完班，正当我准备走出病室时，15 床的伯伯对我招了招手，我以为他要喝水，就立即走了过去。没想到，他隔着氧气面罩对我说："护士，你辛苦了……你明天还上班的吧……那我们明天见！"我的心里顿时升起一股暖流，眼眶不由地湿润了，和他挥了挥手，"伯伯，我们明天见！"这个时候，我感觉自己的脚步突然轻巧了许多。回到酒店，我还有另一项常规工作：给家人、同事们报平安。因为在上海，他们一直在关注我们、牵挂我们、支持我们。我们的安好是他们最大的期盼，他们的鼓励也是我们最强大的后盾。

病患的信任，共同的努力，被你需要很幸福

今天，武汉迎来了 2020 年的第一场雪。寒风凛冽，大雪纷飞，转眼间整个城市银装素裹。这种恶劣天气，老实说，谁都想窝在暖和的被窝里。但是我们不能，因

为有很多病人在等着我们去护理去照顾，有上一班次的姐妹们等着我们接班。

今天的护理工作井然有序地开展着，有一个使用无创呼吸机的婆婆情绪有点烦躁，一直拉扯着氧气面罩，监护仪上的氧饱和度数值一直往下掉。我上前重新帮她戴好面罩，握住婆婆的手安抚她："婆婆，我知道这个戴着不舒服，但是现在这个机器是我们的'好帮手'，它没日没夜地工作，就是为了能够助我们一臂之力，战胜病魔。所以，我们也配合它，好不好？来，我们顺着它的节奏。吸气、呼气、再吸气、呼气，很好呀，婆婆，你好棒！"在我的安抚下，婆婆的情绪渐渐稳定下来，氧饱和度也很快恢复到100%，但她仍紧紧握住我的手，迟迟不肯松开……那一刻，突然想到一首歌，歌名就是"幸福就是被你需要"。确实，在病房里，不管防护服多闷热，不管自己有多不舒服，当我们感觉被患者需要甚至依赖时，我们是幸福的。所以说无论多么困难，多么辛苦，我们都不会畏惧，尽我所能，护理好每一位患者，因为我们是患者的希望和依托。

同行的携手，形势的好转，平安团聚诚可期

回顾这一个多月，最困难的时候已经过去，我们不但适应了新的工作环境和工作模式，也逐渐与武汉的护士姐妹们配合默契，工作可谓是越来越得心应手了。即便是隔着有雾气的护目镜，戴着3层手套，为患者抽血和静脉穿刺时，我依然能一针见血，忍不住为自己点个赞。随着重症患者的症状逐渐好转，出院人数的增多，感觉自己所有的付出都是值得的，每一天都充满了希望和感动。

人们都说来援鄂的医护人员是逆行者，但从到达武汉，深入当地医院，通过所见所闻，我才发现真正的逆行者是留在武汉坚守的医护人员。严峻的疫情没有打倒他们，他们反而是更加勇敢、坚毅地奋战在疫情第一线。我分在重症护理六组，同一档班有4位武汉的护士，其中印象最深的是两个90后的小姑娘，一个是热情似火的胡燕，另一个是沉稳淡定的张文。持续一个多月的高负荷工作，没有一天休息，她们已身心俱疲，我们的加入才让重症监护室巨大的工作量有所缓解。每当重症患者突发病情变化，她们都会在第一时间冲在前面配合医生抢救。每次只要听到患者有事呼叫，两个小姑娘就会立刻出现在患者身边，喂水喂饭、换尿布……这一点一滴，我都看在眼里，除了敬佩还有心疼。姑娘们，护理一家，惺惺相惜，我们一定会携手同行，共渡难关！

70后的坚持，80后的无畏，90后的无敌，强强联手，新冠是什么东西？给我滚远点！转眼间到了三月，希望如期而至的不只是春天，还有平安、团聚的日子。不为往事忧，只为余生笑，抬头可见日月，低头可见柔情。

我们快点好，你们就可以回家了

杨浦区中医医院 陈军

2020 年 2 月 8 日

今天一早，大队部在微信群里发了元宵节的祝福信，很多队友才想起今天是元宵节。大家互相道一声祝福，随即一如既往地登上开往医院的班车，和往常一样开始了一天的工作。

进入病区工作第十一天了，因为每天查房，所以对病人比较熟悉，也和患者多了一分亲近。在今天这个团聚的日子里，有的患者因为是全家染病，被安排在不同的医院或隔离点，所以言语中流露出几许伤感；也有的患者得知自己已治愈，很快就可以回家与亲人团圆，眼中满是幸福。

有个地道的湖北阿姨，平时总是紧锁眉头，今天得知自己有希望回家，高兴得像个孩子般地大笑，兴奋地用上海话对我们说了一句"谢谢侬"。有位男孩，入院才 5 天，今天查房时焦虑地问我们："还有多久可以出院？"我们告诉他："不要着急，疾病总归有个过程，只要配合治疗，病就会好得快，我们会尽力让你早点回家。"男孩急忙腼腆地对我说："医生，我不是着急自己，我只是想我们快点好，你们就可以回家了……"人间至味是团圆，"回家"这两个字，瞬间触碰到所有人内心的柔软。

今天理应"家人闲坐，灯火可亲"，然而有多少家庭被病毒施虐得支离破碎，有多少人为了责任与使命舍去了小家的团圆。家是最小国，国是千万家，山河无恙，家才能是幸福的港湾，"回家"才能有真正的团圆。

2020 年 2 月 24 日

今天早上，只要你踏进武汉三院光谷院区的 19 楼病区，一股草本的清香就迎面扑来。整个病区一改往日充斥的酒精、过氧乙酸散发出的刺鼻而又冰凉的气味，令人觉得温暖与愉悦。闻香寻去，你会发现，病区的每个病房里，都挂了个精美的中药香囊。每位出院病人的药袋里，也都放了一个香囊。

当微风拂过，这些香囊散发出幽幽的药香，令每一个人都觉得神清气爽。病区里，那位查房时除了抱怨就是哭泣的阿姨，把我们挂在房间里的香囊取下，露出了久违的笑容，她拿出手机不停地和我们的香囊自拍。我问她："阿姨，你照片拍了给谁？"阿姨羞涩地说："发给我老公，他在另外的地方隔离，让他隔着屏幕也闻闻香味。"

看着紫色的香袋伴着阿姨的笑容留在了手机屏幕上，我们不由地会心一笑。

晚上，我们医疗队要召开例行工作会议。队员们在武汉满负荷工作快一个月了，身心都非常疲惫。当我们捧着两大包香囊走进会议室，房间内瞬间药香氤氲。香囊中有扶正的药物，可以增强队员的体质，芳香药的理气之效，可调畅气机。纯正的药香加上五彩的颜色，让每个队员感受到春的气息，疲倦的身体、紧张的情绪得以舒展。我们的陈尔真领队笑着说："我要个大红色的，红色意味着胜利，我们要胜利凯旋。"尔真领队的话，让每个队员备受鼓舞，大家拿着香袋合影。五彩的香袋，伴着我们的笑容，在手机屏幕上留下了深深的战友情。

古人云"囊小情意怡人"。香囊传递的从来不只是药香，更多的是情怀。药香幽幽，不仅可以散瘴祛疫，更有医心暖暖赠爱送情。

训练有素的队伍才是有战斗力的

长宁区精神卫生中心 黄莺

1月24日 大年夜 上海 小雨

除夕是我在农历己亥年的最后一个工作日，受疫情影响，大街上异常冷清。走在熟悉的街道上，我此时无比清醒，深感责任重大，因为要去前线抗疫了。能够被选派去疫区，不外乎三个原因：

一、疫情所迫，国家紧急需要！

二、工作技能扎实，院领导相信我能在关键时刻完成好组织交予的艰巨任务！

三、政治素质过关，服从命令、听从指挥！

训练有素的队伍才是有战斗力的队伍，我要用螺丝钉精神为援鄂医疗队的组建贡献一份自己的力量。

2月1日 正月初八 武汉洪山区 阴

上海第二批援鄂医疗队对口驰援武汉三院，第三医院也是刚刚完成紧急改造，5天内已连续收治300余名患者。大量增加的病例数，以及感染病区工作的特殊性，令一线的医护人员承受极大的工作压力，也会出现心理不适。家属也深受疫情困扰，产生较大范围的社会心理问题。我们支援的三院医护人员及受感病员群体急需专业的健康指导和疏解。

于是，我们"精卫"专业的医护队员在援鄂医疗队及上海大后方的全力支持下，与专家合力策划，在短短一天内筹备成立了"沪鄂心连心"心理工作室，我们将利用我们的专业提供心理干预服务，帮助武汉齐心抗疫。

我们在工作室外设置爱心墙，所有抗疫一线的医护人员均可留言爱心墙，相互鼓励、展望明天。

2月5日 正月十二日 武汉洪山区 晴

中午，我院在第一会议室与我们援鄂医疗心理干预组进行了首次在线工作连接。医务科利用新搭建的远程心理援助平台，向远在武汉支援的四名"沪鄂心连心"心理咨询室成员进行了工作督导。科教科科长徐萍主任担任了首次心理小组督导专家。

本次远程督导活动重点是心理咨询室前期工作总结，围绕咨询室章程、设置及典型个案展开。远在武汉的心理干预小组成员们对各自工作部分遇到的困难和疑惑进行了依次汇报。徐萍科长针对本次疫情，给出专业指导。对于突发公共事件的群体心理干预，肯定了我们前方心理工作室的工作成绩，并对几处细节问题提出专业意见。例如：对面询时间等具体时长做出相应调整；建议使用表达性艺术治疗尽快与来访者建立互动。徐萍科长为督导所作详尽的准备让我们迅速有效地得到了专业提升。

2月13日 正月二十日 武汉洪山区 阴

月有阴晴圆缺，世间总有纷纷扰扰的烦恼。2020开年之际的疫情变化，更添诸多烦忧，如乌云压顶挥散不去。"我昨晚又烧了，迷迷糊糊……难受，心里更紧张""我感染住院，孩子只能靠老人照料，我担心他调皮""我转阴要出院了，我不是本地人，很不安出院后的自我隔离""我是护士长，无法放下工作……我整夜无法睡"……凡间众生，烦恼各不相同，疫情当前，惴惴不安的情绪尤甚。对于来自病患、家属及医护人员各方的各种负面情绪，心理工作室队员们细致甄别分辨，逐一回复沟通着，对每个个案追踪随访记录录入。我们的工作覆盖面广，言语间容不得半点疏漏，各队员们均专心致志于日常工作中。"谢谢哦！我尝试了深呼吸练习，紧张情绪好多啦！""我和家人、孩子沟通了，他们都挺好，我放心了！我要积极配合治疗，争取早日痊愈出院！""能了解出院后的安排，我没有后顾之忧了，谢谢！""我暂时休整了半天，把工作手机委托给同事，目前感觉好一点了。谢谢！"带着武汉口音的真心感谢纷至沓来，让心理工作室里的我倍感欣慰。各种良性的变化和反馈，说明我们队员的努力是有效的，更是沪鄂心理工作室坚守在抗疫一线的源源动力。

武汉，我们来了

——普陀区利群医院援鄂队员日记摘要

上海市普陀区利群医院护士 刘雯 林舟 吴要华

2月3日 星期一

前天开始，我进入病房做责任护士。病房里很安静，病人说话也不多。责任护士主要承担患者从入院开始起的整体护理工作，包括各种治疗、基础护理、生活护理、陪同检查等，每一项我都仔细校对。做责任护士需要在病区来来回回往返，每天走路不下一万步。其实大家工作都很辛苦，但都没有怨言。我们本来就是来打仗的，早就做好准备了。不过一线的形势仍然很严峻，作为一线护理人员，和病人近距离接触，心里的担心是肯定有的，希望疫情能尽快好转起来。

前两天可能有点水土不服，我有点拉肚子，吃了药已经好多了，但我还是尽量保持上班前不吃不喝，免得要上厕所。这边也在积极做好我们的后勤保障工作，每天下班后总会看到群里消息说，谁谁谁又送吃的喝的给我们了，都是当地百姓自己掏腰包的，真的蛮感动的。每天我都和家里报平安，我知道家人都很担心我。我是独生子女，从来没有离家这么长时间。昨天上海市委书记李强现场连线我们医疗队，视频正好拍到了我，新闻里也播了。妈妈，你看到我了吗？我很好，你们放心！

这里有很多党员，这些天我亲眼所见，他们义无反顾、无私奉献奋战在一线，他们的精神感染了我，我也写了入党申请书，希望党组织考验我。

2月27日 星期四

疫情阻隔了相聚，但阻隔不了爱。病区里有位病情危重的老先生，唯一的亲人是被疫情阻挡在外地的女儿。因为没有手机，老人一直没能联系上女儿，情绪非常焦躁；而千里之外的女儿也同样担心着父亲。我看出了老先生的"心结"，在征得护士长同意后，用工作手机添加了老先生女儿的微信，当起了信使，为他们"千里传音"，"接上话"的父女俩不禁潸然泪下，感动过后老人的情绪也平静下来。

这一个月感触太多，病魔无情人有情，能多为患者做一点就尽可能多做一点。

上海市普陀区利群医院护士 刘雯

2月6日 星期四

今天，是我在武汉第三医院光谷院区工作的第十天，工作生活总算有了些规律。回想这些天，我最大的感触还是那句老话："感控无小事，我们一定要把感控做细做实。"这不只是对患者也是对医护人员。感控做得好就是从细节出发,保证患者和队员们的安全。

防疫形势严峻,到武汉第一天我们就接受了培训。我把防控要点培训视频"划重点",尤其是和我们一线工作息息相关的内容做了笔记,发到我们利群援鄂医疗队群"武汉必胜群",帮助队友们学习掌握此次感控工作要点。这段时间,我们感控组每周发布 1-2 次质量简报,把工作、生活中疏忽的小细节指出,并提醒所有队员注意。我在普陀医疗队,每天也会发一个感控注意事项,提醒大家做好手卫生、个人防护。

今天,我在监督医务人员进出病房穿脱防护服时,明显感到大家穿脱防护服的要领掌握得好多了,也镇定了很多。我还记得,刚开始时,很多人从来都没碰到过这个情况,心里没底,特别是第一次穿全套防护服、护目镜进入病区,有点慌神。我在帮有些男医生穿防护服,做全密封检查时,明显感到他在发抖!

除了在医院做好感控工作,我们也要在酒店里保护好自己和大家。我们有酒店生活守则,酒店大堂门口摆放了衣物喷洒和手消毒台,电梯里也有手消毒剂,酒店门口、每层走廊出口都有废弃口罩存放处,每天统一处理。刚入住的时候,我们利群医疗队发挥集体智慧,在各自房间做了三区划分。我和大家说:"好记性不如烂笔头,房间各个地方贴好标识,防止自己忘记。"昨天晚上,感控组老师来检查房间,又表扬了我们,还把我们的做法写进《驻地酒店防护管理规定》,推广到我们大队。

出门在外,大家都不容易,我们队员之间互相帮助。我这次特意带了一个养生壶来,派了大用场,每天给利群队员煮一些保健茶,增强免疫力。前两天,在 6 小时高强度工作后,我的手上、眼睑全发了湿疹,兄弟医院的姐妹给我两支药膏,现在好多了;左眼充血自己都没发现,还是一个不知道名字的队友告诉我的,因为戴着口罩实在不知道是谁,如果再遇到他我想好好谢谢他;还有好心的队友知道我们医护人员脸上因为戴口罩都有压痕,立马送来了水胶体敷料,真的很暖心。

这两天,陆续收到了上海市和我们利群医院发来的物资,让我们更有了战斗的底气。前天,我们院领导跟我说,医院里特意联系了教育局领导,请学校多关心我们的孩子,我太意外了,你们真是想得太周到了,真的很感动,你们是我们利群 7 名援鄂队员最坚实的后盾。我知道医院现在也很忙,你们也要保重。我们一起努力,早日战胜疫情!

上海市普陀区利群医院感控科干事 林舟

2月10日 星期一

这几天,我所在的武汉第三医院光谷院区有了一些好消息,有几位患者康复出院了。这十多天来,我们医护人员奋战一线,很累也很值得。

在这里，我是和我们普陀区中心医院呼吸科的王雄彪主任一组的，在他的带领下开展查房、治疗等工作。虽说我们是普通医疗组，但是新冠肺炎患者病情复杂，随时可能出现变化，也需要我们密切观察，及时发现。每天进病房前要做好全面防护，穿防护服比较闷，我又比较胖，容易出汗，发了湿疹，还好我早有预料准备了药膏。上夜班，特别是 0:00-4:00、4:00-8:00 的班，我怕迟到，就提前一趟坐班车去医院，提前到医院值班室再窝一会儿。不过晚上大家换班要进进出出、洗澡、换衣服，大多睡得不好。护士挺辛苦的，有些体力活我能帮就帮一把。

我知道在上海的同事、领导很关心我在这里的情况，经常问我吃得怎么样、住得怎么样。我挺好的，我是男同志，也比较壮，又不挑食，好养活。出发的时候，我们呼吸科的女同胞们给我带的食物装满了一个旅行箱，还给我买了衣服，尺码正合适，谢谢你们。我们医疗队的队友都很照顾我，烧了保健茶还特意给我送来，还给我带了护手霜，不过我油多肉厚，护手霜还是留给女同志吧。

身在武汉，心里也牵挂着远方的父母：挺想你们的，你们好吗？

上海市普陀区利群医院医生 吴要华

与死神赛跑，惊心动魄

上海市第十人民医院 严松娟

回到重症室后，我们要抢救一位病人。今天的医生恰好是彭沪主任医师，他迅速查看了患者生命体征和全身体表状况，当机立断拿来简易呼吸器给患者辅助通气，一边挤压球囊，一边请护士准备无创呼吸机，同时下达医嘱抽取动脉血气分析。虽然是第一天入科，但凭着我们原本在急诊科的默契、抢救病人时争分夺秒的本能，我立刻转身拿来了动脉采血针，一连贯的消毒、穿刺、抽血、按压之后，把血标本交给了本院老师去化验。这时无创呼吸机已经到位，根据动脉血气结果调节参数后立即换上机械通气，一系列动作一气呵成，与死神赛跑。

一阵抢救忙碌之后，我早已忘记穿上防护服、戴上护目镜的各种不适。下班前，我再次查看了那位患者的生命体征，在大家协力抢救下，血氧饱和度已经显著上升，心中默默为她祈祷，希望能好起来。

卸下全副"武装"走出医院时已经晚上6时。望着镜子里的自己，鼻梁上的"压疮"，摸着生疼。一路上，我回想着第一天上班的惊心动魄，耳边也不断回响起出征前各位领导的嘱咐，"对，我一定要做好防护，只有保护好自己，才能帮助更多的人！"

回到住所，大厅里有"美团"送来的晚饭及水果，心里暖暖的，感谢那些悄无声息的善良。

第四章 ○ 雷神山勇士

    2 月 15 日，上海第七批援鄂医疗队（中医）驰援武汉，负责雷神山医院 2 个普通病区的医疗救治任务。医疗队员将上海的经验结合武汉实际情况，用中西医结合的"上海方案"托起了生命希望。2 月 19 日，上海第八批医疗队 521 名医务人员驰援武汉，负责雷神山医院 4 个普通病区和 1 个 ICU 病区，为打赢武汉保卫战贡献出强大的上海力量。

    9 月 23 日，中宣部授予上海支援雷神山医院医疗队等 10 个抗疫一线医务人员英雄群体"时代楷模"称号。

好像我是去武汉出个差

上海市第六人民医院 "开心果小橙子"

来了就是"超级英雄"（时间：2020.03.03）

今天的武汉天朗气清，惠风和畅。

乍暖还寒的天气如同湖北新增确诊病例数一般，起起伏伏。

日历也悄然无声地翻进三月，距离 2 月 19 日随我院的橙色军团抵达一线已经整整 14 天。

众人拾柴火焰高，"小橙子"们拧成一股绳，在"王"者风"范"（王鹏主任、范小红书记）和"神奇女侠"章左艳老师的指挥下，埋头苦干，任劳任怨，以迅雷不及掩耳的高效时速（雷神都不及掩耳，史称"雷神山时速"），将 C2 病区从一无所有的毛坯房，变成了设施齐全的豪华精装房。

从设备、药品、耗材到生活办公用品，从病区整体环境到清扫保洁工作，我们是坚毅果敢、无所不能的橙色护理天团。

开战（时间：2020.02.23）

这是值得载入《橙子小分队抗击疫情史册》的一天。（这个史册名字有点长）

决战病毒的号角声已然吹响，C2 病区在这一天正式进入作战模式。

截至 3 月 3 日，本病区共收治 44 名危重症患者包括：4 位心电监护，5 位以上的八九十岁以上老者，失智老人，未成年孩子，3 位转至 ICU 的患者。

需要竭尽全力的各项事宜（时间：2020.02.19-02.28）

这段时间，我虽没有化身"大白"进入舱内工作，但在舱外的生活也并不轻松，在章老师的带领下，我需要竭尽全力地配合、辅助、协调各项事宜。

各项事宜包括并不限于：搬运物资、整理库房、打扫清洁、宣传员、联络员……感谢领导的支持，让我看到了自己无限的能量和潜力。

化身"超级大白"（时间：2020.02.29）

庚子鼠年二月初七，四年才现身一次的"02.29"将永远烙印在我心底深处，铭记终生。

身为肩负使命的"交大"人，身为仁爱的六院护理人，我终于有幸化身"超级大白"。

只是厚重的防护服常常使我透不过气，步履蹒跚。

护目镜、面屏起雾的时候，眼前便是一片仙境。

视线所及范围不过眼前数十公分。脱下整套装备时，脸上通常是口罩、眼镜架所留下的深深印记，有时甚至会压破皮肤。病房的工作繁杂琐碎，常规操作之余，需要泡水、喂饭、倾倒排泄物……

那一眼望不到头的走廊常常让我们筋疲力尽。

"打怪兽"的两周，除去休息的那一日，我的平均工作时常在 12 小时以上。

累吗？累！

怕吗？怕！

想过放弃吗？

N-E-V-E-R！我不是一个人在战斗。

"神奇女侠"章老师自己其实是大病初愈，体能、脑力消耗巨大，因为她常规工作之余还要为"小橙子"们的安全保驾护航。

我们时常看到她偷偷嗑下几粒"仙丹"（速效救心丸）。

可每当看到我们，她疲惫的脸上总是露出灿烂的笑容。

真是让人心疼。但更多的是敬重！

有如此将领，我何累之有！

盔甲是你，软肋也是你（时间：2020.03.03）

回望这十四天，有种想要好好拥抱自己的冲动。

尽管每日踏月而归，累到坐上车就能和周公约会。

腿脚也通常是酸胀的，但在党组织及医院各级领导的关怀、支持，以及强大的后勤保障之下，我永远是能量满满、活力四射的"雷神山小橙子"。

其实，来武汉来雷神山"打怪兽"的决定，我是在第一时间通知家人的。

没有商量，没有纠结，这是作为白衣天使的我内心最真实的声音！

老公作为曾经的同行（仁济医院 ICU 男护士），当时坐在电脑桌前，打着游戏，喝着可乐，轻描淡写地说："去呀。注意安全。好好干呀，别给你们医院丢脸！"

然后，然后就没有然后了。

当时脑中设想了千百种相拥而泣的温情画面，唯独没有想到是这样平淡。

平淡得好像我是去武汉出个差，顺带吃个热干面就回来了！

临行出征前，父母也只是通过朋友圈知道了我即将奔赴一线抗疫的消息，没有电话，简单地传来讯息"注意安全，平安回家"。

以为坚强不会哭鼻子的自己，在大巴车上泣不成声，默默打下了"妈妈，我爱你"。

儿行千里母担忧，母亲勿念，女儿定将平安而归！

作为妻子，作为母亲，"打怪兽"的这段日子几乎不和老公、孩子视频、通电话。

是不想念他们吗？当然不是！

是害怕，害怕自己会因此更加思念至亲。

有国才有家，今日舍弃小家，他日才有国之大家的安康！

有时，女儿这个小机灵（我的"汤圆"小乖乖）会自己给我发来语音，用稚嫩的声音说"妈妈，加油，我爱你哟，等你回来按门铃，宝宝给你拿拖鞋。"

这一声"妈妈"已让我泪眼朦胧。

"汤圆"宝贝：盔甲是你，软肋也是你！

待妈妈凯旋而归，一定要紧紧拥抱你，好好亲吻你。

还要看看我的爱唱歌爱跳舞的小公主有没有长肉肉，变高高。

妈妈会骄傲地告诉你，那个叫"新冠"的小怪兽已经被妈妈打败啦！

身披白袍，怒斩阎罗（时间：2020.03.03）

抗疫的过程道阻且长。艰难的历程让我明白了：

什么是中国人！什么是交大人！什么是六院人！

他们是在抗疫过程中目标明确，永葆初心，一路坚持跑下去不停歇的人。

我们不是因为看到了希望才有所坚持，是因为有所坚持才看到了希望！

抗疫路上虽然没有惊心动魄的故事，但是能坚守初心，谁都了不起！

我坚信，如果我们每个人都能成为一束光，那么中国必将是一轮闪耀的太阳！

也许，我们无法掌握生命的长度，但是我们可以控制生命的宽度。

愿每一个平凡的白衣英雄都能在困难中学会坚强，在历练中懂得担当。

唯愿疫情结束后，会传染的，只有温柔！

再次感谢党组织及医院各位领导的爱与关怀。

也想特别感谢会"比心"的陈方书记，我的"大神"胡三莲主任，为我们操心的骨科科护士长周玲"妈妈"，我的暖心姐姐孙雅妮护士长，和很多很多给我爱和支持的你们！

因为你们，我才无坚不摧；因为你们，我才能身披白袍，怒斩阎罗。

捕捉"诚挚"

这场战役，我们需要每一个人，进入社会角色，带着诚挚，同舟共济。

"这一切与英雄主义无关，而是诚挚的问题。这种理念也许会惹人发笑，但是同鼠疫做斗争，唯一的方式就是诚挚。"

"诚挚是指什么呢？"

"我不知道诚挚通常指什么。但是就我的情况而言，我知道诚挚就是做好本职工作。"

——阿尔贝·加缪，《鼠疫》

从上海出发，到抵达雷神山医院，再到近几日进隔离病房临床工作，疫情消息渠道从网络媒介转变为更直观的感受，我一直在想加缪所说的"诚挚"到底是什么。

诚挚一定不是一个人的诚挚，不是一种社会角色的诚挚。

是所有人的。

张文宏医生说："这个病如果只有医生看，是不可能看好的。"

这次疫情，连接了整个国家和诸多个体的命运。苦难、生死、爱情、人情、道德、良心、情怀、责任、抗争，都在被一一重新打量着。

还未完成心理建设，就已经完成了角色转变。从健康人群到病人，从996上班族到宅男宅女，从人民教师到网络主播等。这场战役，我们需要每一个人，进入社会角色，带着诚挚，同舟共济。

且可说此处的诚挚是安分，是担当，是信仰，是团结，是希望，是达观，是灵药。也可以说是闭门不出，是逆流而上。一千个哈姆雷特有一千种诚挚，那么你心里的诚挚是什么呢？

我先分享两个"诚挚"。

我所在的病区有一位90多岁高龄的老大爷，头发花白，人也瘦小，反应很慢，牙齿落得所剩无几，一口方言我和同事听得愣是摸不着头脑。我们把饭喂到嘴边，能听懂他的一句"恰不动（吃不动）"。

不吃饭营养跟不上，抵抗力也会越来越差。我和同事小心地把鱼肉剔了骨头，再捣成鱼糜，拌入泡饭里，将它细细捣得更好下咽。一次只喂小半勺，以防呛咳。大爷配合地一口一口地抿着，来来回回估摸着半小时过去了，他摆了摆手，示意不再吃了。在我们整理垃圾的时候，他憨憨地对着我们嘿嘿笑了起来。

会心一笑，这可爱的诚挚啊。

也许他在用笑声跨越语言障碍表达对我们医护人员的感谢；也许是他每天盯着白花花的墙盯倦了，见着两个白花花的"大白"进来忙活，觉得有意思；也许只是不好意思自己牙落光了吃饭比较慢。

无论如何，他这一刻的诚挚，给了我力量去诚挚地工作。

另一个，是在我剪辑视频时在群里找到的素材。

视频里穿着紫红色花棉袄的大妈，一边激动地比画着一边大声说道："有你们我很安心，有你们我就有了希望，谢谢你们。"声音响且沙哑，说罢向面前和窗外的两位医护人员用力地比赞、敬礼。

臃肿的花棉袄下，大妈的敬礼动作用情、用力，且标准。

我惊叹大妈面对灾难时的乐观积极，感动她用最真实质朴的方式表达感谢。

依然，是这可爱的诚挚啊！

不做英雄

上海市第一人民医院 胡晓敏

来到武汉已经33天了，直到现在我还是有些懵，怀疑自己是不是在做梦。从对着院领导说出"我要去"之后就一直开始发懵。

如果这是一道选择题的话，在一定会选"A. 去"的情况下，其实我的铅笔也会在"B. 不去"这个选项上流连许久。

出发前连着两宿没睡好，我远远没有表现出来的那样洒脱。拿命搏命，不是我这种普通怂人的办事风格。上有老下有小的我把自己看得很重很重，因为一旦我倒下，将是几个家庭的倾倒坍塌。

为什么要来？家人问朋友问同事问，我也会问自己。直到脚踏荆楚大地，我找到了答案。

我不是英雄也不做英雄！疫情初始就奋战在第一线的医护人员，还有那心怀感恩的武汉人民、与病毒做斗争的患者们，他们才是真正的英雄！他们用他们卓绝的意志力感染我召唤我。借用同事"老王"的一句话，如果病毒会感染，那激情也会传染！我是凡尘中一枚微小颗粒，不由自主地被强大的吸引力引导前进。

激情退却后，我也会害怕。结束一天的工作后，把自己关进每人一间的宾馆房间里，细细体会身体有没有出现不适。我也会软弱，每次开开心心地和家人联系后，挂上电话我才敢轻轻地流泪，不能让隔壁的同事听到，怕丢人，更不能让爱自己的家人看到，他们会担心我。

我也会思念，进舱后裹着厚闷的防护服，家，是大家默契躲避的话题，不能因为想念的眼泪废掉一套珍贵的防护物资。我也会虚弱，生理周期不适、长时间缺氧模式下的护理操作、压力引发的失眠。告诉自己总有一天会过去的。

原来，每天正常的上班下班（号称累成狗），回家吼娃（各种声嘶力竭），抱怨张家短李家长，这些最最平凡不过的种种都是这么的难能可贵，都是求之不得的幸福！而现在竟好像成了两个世界似的那么遥远！

愿这场噩梦早日结束！

有这样一群人

上海市第一人民医院 胡晓敏

有这样一群人，他们莫名地染了病，很难受，喘气会费力。电视里手机上说这叫"新冠肺炎"，会传染给其他人。于是，为了保护好家人朋友和许多的其他人，他们被隔离了起来。小小的一间病房，虽然设施齐全，虽然有医生护士的照料，但与家人分开不能见面；浑身无力，每天可以外出散步的时间也不太长；咳嗽胸闷也不知道什么时候可以好转。如果你以为这样就可以见到他们垂头丧气的样子，那你就大错特错了。每当我想给他们拍照的时候，这群人得知我的来意后，都把自己收拾得干干净净，用力坐起来或是站在镜头前，一定要我给他们拍得美美的帅帅的。还要看看拍摄效果才安心。

照片里的他们笑容满面，有的竖着大拇指，有的霸气地抱着胸，有的比画出个胜利的手势。他们就是这样的一群人！出院，是所有人最期盼最开心的时刻。其实，医生护士能帮到他们的很少很少，更多的时候，我们的作用是陪伴和加油。这些英雄般的人们呀，又一次出现在我的镜头前露出胜利的微笑。拍着拍着，我要向他们鞠躬。谢谢你们，终于让我深深体会到逆行驰援赶来的意义！

有这样一群人，他们听说这次疫情，自发地从全国各地聚拢过来，为打赢"抗疫战"而出力、奔波。他们克服艰苦的条件，住在隔音效果极差的简易房内，因为夜深人静的时候，一旦有人经过门外的走廊，就会发出巨大的嘈杂声，他们几乎没有睡过一个安稳觉。就是这样的一群人啊！一边笑一边捧着盒饭香喷喷地吃着。"我就想看看能不能为武汉出分力。"

他是个电子信息专业的硕士，现在拿着拖把喷壶打扫了起来。他是位退伍军人，用驾驶过坦克的双手稳稳抓住救护车的方向盘。他是武汉当地人，一看到有医生护士拿着重物，立刻冲上前去帮忙装卸搬运。他是名高级电工，每天来来回回地检查各病区线路情况以确保安全。还有他，骄傲地告诉我已经报名参加了前往巴基斯坦的救援行动。他们都有一个共同的名字，叫作"志愿者"！

当我要求让我拍张照时，他们又腼腆地笑起来，不用了不用了，这几天晒得有点黑，也没啥好拍的。阳光下的这群人一点儿也不黑，他们都拥有一颗金子般的心。谢谢你们，让我读懂了无私无畏的奉献，见识到中国最美的笑容！

有这样一群人，他们吹响号角集结出发，背上行囊，脚步匆匆地赶来。他们穿上防护服、戴上护目镜进入隔离病房，拉着病人的手为他注射输液，抚着病人的背帮他咳嗽排痰，帮他们翻身，给他们喂饭，替他们端屎倒尿，擦洗身体。他们轻声询问、耐心解答，合理安排每天的治疗，尽一切力量增强患者的舒适感。打扫病区卫生、补充生活用品、发放餐食点心、完善生活护理……

侬吃不落？没关系，阿拉慢慢吃，今天的虾不错，多吃一点就可以早一点出院。热水瓶没水了？好呃，马上打开水来哦。想打女儿电话却看不清手机上的字？好呃好呃，勿急哦，我来帮侬拨通……防护服阻挡的是病毒，但隔不断我们的心！这样的一群人，爱笑爱闹爱美爱俏，即使是一件普普通通的医用防护服也要把它装扮得漂漂亮亮的。心灵手巧的他们画出了热干面——小笼包、黄鹤楼——东方明珠、向偶像喊话、对家人寄语……每天工作辛苦非常，脱下防护服后内衣湿透，他们走在下班路上晒着武汉的月光，拍下了一张张奇思妙想。他们帮助了一批又一批的患者得以重获健康，却摆着手说这真是我们应该做的。谢谢你们，用乐观、勇敢、真诚、善良和茹苦感动着我，也让更多的人重新拥有赏樱花的美丽。

还有很多很多人都在为同一个目标奋斗着，原谅我竟无法一一见证。武汉的樱花开了，武汉的夜亮了。这座英雄的城市正因为这一群群的人们而渐渐苏醒了。

加油武汉，加油中国！

合掌向春风

上海第一人民医院 江婷婷

细节中的真章

抽血化验，采集样本，基础护理，这些水到渠成的工作，在这次的援鄂工作中被重新定义，让我获益匪浅。一位患者血管较细，以往采血时都要被扎两三针才能成功。面对他的痛苦，我感同身受。一位患者，在疫情中失去了至亲，心灰意冷。我也暗下决心，因为我不仅是护理人员，也是爱的传播者。把普通的扎针做到极致，一次成功；把平凡的护理做到用心，温暖心灵。

然而，惭愧的是，仍然有好多病人没有康复而逝去，每一次失去一个生命，我们心里的负担就会加重。最初我们也曾担心过自己的安危，毕竟我们也是凡人，希望可以通过自己的努力，争分夺秒地挽救他们的生命，可是很多时候是功亏一篑，渐渐地我们也忘了自己的安危，就好像是与病人成了一个命运共同体，同生同死。我们现在最担心的是，世界各地有那么多地方，开始重演我们在武汉的这一幕，有那么多需要挽救的人还在等着更多的医护人员，面对即将到来的更多生命的牺牲，我深感自己的无能和无力，我们的目标只有一个，就是早日战胜病毒，让人民早日康复，让社会回归正常。

付出后的幸福

病区里我印象最深刻的一位病人是从 ICU 病情好转后转来雷神山的，ICU 都是接收危重病人的，一般都要上呼吸机。他来这边的时候，呼吸还是挺费劲的，时时处于悲观与抑郁的状态。这种抑郁状态是不利于康复的，所以我除了护理他的日常以外，还会和他聊聊天，帮他排解一下负面的情绪，教他学会自己做呼吸等锻炼。由于雷神山医院物资有限，条件和设备还在不断的配备中，我们只好就地取材，用吸管和橡胶手套制作了简易工具，教给他腹式呼吸的技巧。我们以前的工作经验和所受训练，最基本的一点，就是对患者耐心，所以我直到教他学会为止，当然患者自己的求生意识也很强，积极配合锻炼，就这样，也仍然是学了很久才学会。他刷手机的时候都采取俯卧位通气，几天的工夫患者就感觉胸闷明显减轻了。我把这个经验教给其他患者，他们也陆续学会了呼吸功能的锻炼。最可喜的是，今天我病区终于有 4 位患者治疗成功集体出院了。医者仁心。通过自己的行动，帮助别人的同时，我也获得了满满的幸福。

雷神山的"纯真"岁月

上海市第一人民医院 徐梦丹

来到雷神山已经一月有余了，记得刚来的时候寒风凛冽，一片萧条，短短一月间，已经是春暖花开，万物更新了。

依然记得刚听说要收病人时的忐忑与恐惧，病人是怎样来的呢？走来的，救护车送来的？面对新冠肺炎这样一种新出现的疾病，大家都是在摸索经验，病人们对治疗的手段和病情的反复会理解吗？他们住在封闭的隔离病房内，活动空间狭小，会是怎样的心情？他们同时遭受着自身疾病与亲人去世的双重痛苦，又会以怎样的心态来面对呢？

好在这些疑虑都在每日的查房、检查、沟通中渐渐消散了。虽然病人们经过治疗后大多数病情还算平稳，但我们每天的交班都一丝不苟，从核酸 CT 的结果到异常化验结果的解读复查，都事无巨细地记录下来，以至于每天的交班内容越来越翔实。这样做的好处是，虽然是三班倒，当班医生却可以非常迅速地了解病情变化，查房也更有针对性。每日的查房虽然是很普通的关于病情的询问和病情的讲解，但正是在这样日复一日的沟通中，我们和病人渐渐站到了一起，成为同一战壕的"战友"，对抗着我们共同的敌人"病毒"。

给我印象最深刻的，是 17 床和 18 床的一对母子。母亲 80 多岁，除了新冠肺炎，还患有高血压、冠心病，放过支架，儿子也有 50 多岁了。初次见面的时候，母子俩给人的印象都是彬彬有礼的。虽然母亲年纪大了，有胸闷胸痛、下肢浮肿等很多不适主诉，但依然很开朗地说不碍事。儿子也患有高血压，每次都会很有礼貌地说，我觉得自己好得差不多了，什么时候可以给我复查核酸和 CT？医疗组长徐主任是心内科专家，针对病人的主诉和心电图的表现，给病人调整了药物，很快的，病人的胸痛和下肢浮肿的症状消失了，儿子的血压也恢复了正常。就在我们充满信心地认为他们很快就能出院时，两人的痰拭子查出来却是阳性的，这无疑给了我们当头一棒。晚上组里继续讨论，大家各抒己见，查指南，复习化验结果，最后决定给病人加用中医汤药和血必净。在讨论中，意外得知，原来这家人的父亲刚刚在这场疫情中去世了。大家一片唏嘘，原来每一个病人背后都有一个悲惨的故事。你真的不知道他们经历了什么，而我们所能做的，却实在有限。

第二天去查房，也许是我走得太快，也许是鞋套太大了，进病房的时候居然一脚踩在自己的鞋套上，差点摔了一跤，好在没有摔倒，但鞋套却滑下来了。我正纠结于是否有污染的问题不敢去拉鞋套的时候，老太太很快地走上前来，边说着"哎呀，你鞋套掉下来了，会摔跤的，"一边动作麻利地帮我拉鞋套，我还没有反应过来的时候她已经帮我把鞋套拉好了。起初我的心中是忐忑的，如此的亲密接触是否意味着污染了，但更多的是心中涌起的对病人的感激之情。我向他们告知了病情的变化，出乎意料的，他们并没有沮丧，而是继续乐观地接受下面的治疗。现在的方案需要更加频繁地抽血、查核酸、做心电图，但每一次老太太都非常配合。尤其是做心电图的时候，躺得笔直，我们每次做完都会担心她是否着凉而帮她把被子拉上。她会很感激地说谢谢，而她的儿子会很及时地帮我们开门关门。

像这对母子这样的病人还有很多。记得9床初来的时候也是焦虑万分，对用的每一种药物，进行的每一次化验都要询问仔细，并常常提出疑问，但是在大家耐心细致的讲解下，在心理科程主任的耐心辅导下，疑虑渐渐消散，快出院的时候还写来了感谢信。还有15床的病人，肺炎渐渐好转，但却饱受坐骨神经痛之苦，在组里的骨科专家汪主任的仔细查体下，发现患者的疼痛其实是"梨状肌综合征"，经过手法和康复训练，很快就缓解了。病人十分感激。病人们刚来的时候心情都很焦虑，夜间睡眠不佳，心灵手巧的护士们送上了自己亲手制作的眼罩。有一位老爷爷年纪大了，食欲不佳，护士们一起给他喂饭，陪他散步，渐渐地，病人的胃口也好了起来。

就这样，我们在雷神山每日上班下班，干的工作琐碎而平凡，虽然进污染区的时候依然有些忐忑，接触病人的时候依然会担心，但是我们的心中是温暖的，有底气的，因为我们和患者彼此信任，相互扶持，面对着共同的敌人。这样的战役，岂有不胜之理呢？

青春热血的味道

上海市第一人民医院 周蕾

3月23日 晴

今天，偶然在微信群看到医生转发了一位即将出院病人的感谢信，看完后鼻头发酸，就想着分享给大家。信上内容大多是感谢医生、护士、国家的帮助，给了他第二次生命。但其中有一句深深触动了我，他写道："希望疫情结束，护士们都能成为拧不开盖的小姐姐！"

的确是，在这里，除了基本的治疗和护理工作外，我们每天、每班都承担了病区的所有生活以及医疗感染性垃圾的收拾。当我们提着重而庞大的垃圾袋来回穿梭于病房的外走廊，我们没有一句抱怨，只是尽情挥洒汗水，我觉得这大概就是青春热血的味道吧。除此之外，还要及时更换浸泡护目镜的消毒水，以利于达到最有效的杀菌消毒作用，由于一个人抬不动盛满消毒水的浸泡桶，我们只能利用脸盆把桶内的水一盆一盆地倒出，直至我们可以把整个桶拎起来倒扣在污水池，把里面的水全部倒出，然后再用脸盆接自来水倒入桶内，到达刻度线，然后再放入消毒片。这个过程中，除了体力消耗大，更难受的是高浓度的消毒水对眼睛的刺激。回想第一次双眼被熏得流泪不止，还发红发肿疼痛睁不开的时候，是在凌晨1点，为了不打扰医生们休息，我只能默默咬牙忍下，急得我一度以为眼睛会失明，在床上辗转难眠，急病乱投医的我，尝试过眼药水，冷开水冲洗，冷毛巾湿敷，甚至用牛奶滴眼等，只要是能想到的，我统统试过，但依旧没有好转。当时的我只想时间过得快点，天亮了，我就可以找医生们寻求帮助，当然自愈是最好了！大约经历了40个小时，我的眼睛终于能睁开，从此，我便更加小心对待，绝对不能掉以轻心！

在家，我们是爸妈的公主，有人疼爱关心，到了武汉，所有的生活起居都由自己扛下，瞬间觉得自己无所不能。看着镜子前自己的手臂出现了清晰的肌肉线条，以及脸上布满了口罩的压痕，但当听到最新报道，湖北零新增时，我想说一切都值得！

黑夜无论怎样悠长，白昼总会到来！互不相识的我们，心怀感恩，齐心协力，定能战胜疫情！

以我一片爱心，换您康复归期

上海市第一人民医院　陈蕊华

2020 年初的一场新冠病毒大流行，让全世界的目光都聚焦到中国，也让全中国的最顶尖的医疗资源都汇聚到了湖北。上海市第一人民医院最大的一批驰援武汉医疗队，由 156 名医护及后勤保障人员组成的医疗队，从 2 月 19 日出征江城至今，已有二十余天。

二十多个日日夜夜，从风雪冰雹走到了樱满东湖，从阴风霾雨步入春满江城。随着疫情的控制，我们每日关注的发病人数从四位数降到了两位数，治愈人数逐渐增多，现患病人也逐渐减少。这里有政府的科学统筹，有武汉居民的自觉隔离，有志愿者们的坚强助力，也有我们医护人员的风雨坚守。

我们得到了太多的赞美，但却发现自己做得太少，其实最应该感激的，还是我们奋斗在一线上，与病人接触最多，感染风险最大的"美小护"们。

我们的护士姐妹们在抗疫大军中发挥了举足轻重的作用，承担起病人大多数的治疗护理工作。早晨 6 点不到，护士们开始为患者进行抽血和鼻咽拭子。他们戴好头套、三层手套，弯下腰，凑近患者，用棉签轻轻擦拭他们的鼻咽。这时候病人一个恶心、咳嗽、打喷嚏，都可能带出大量含有病毒的气溶胶，如果没有做好防护，就最容易交叉感染。一个病人做两次，有时候一早上 20 多个病人就要重复 40 多次操作，整整两个小时左右暴露在高度危险的环境下，但她们却从来没有抱怨过，最多在脱下防护服的那一刻，出现一瞬间的虚脱和后怕，然后快快进行下一步的消毒和清洗。在那种环境下，也许无欲无我反而是一个很好的工作状态。

工作中遇到的最大困难是我们护士姐妹们需要被持续约束在防护服中 4-6 小时。N95 口罩压得鼻梁颧骨上满是勒痕；护目镜充满水汽让人看不清前方；脑后的橡皮筋把耳朵和脑门都勒得生疼；三层手套使触觉减退，让平时得心应手的打针、测血糖都难度骤增；病房外穿上防护服时一身汗，在病房内却冻得瑟瑟发抖；长夜漫漫即便病人无事，也要坐在寒冷孤寂的走廊内的板凳上守候以备有情况发生。更不用说那么长时间的不吃不喝不上厕所，低血糖晕倒、大小便以及让人难以启齿的来例假时的疼痛虚弱，都是这些 80-90 后姑娘们需要克服的困难。但是她们抱怨归抱怨，却从来没有退缩，总是百分之一百二十地完成我们医生交给的任务，还时不时地会有一些创新暖心小设计。

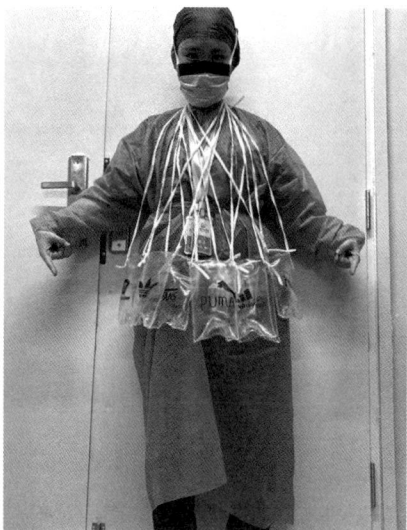

你以为她们只是发发药，打打吊针吗？不！因为怕志愿者阿姨进入污染区被感染，他们承担了病房里所有患者的日常杂事。每天给病人泡水、送饭、送水果，大到抢救治疗，小到收垃圾，事无巨细面面俱到。她们还会带给大家一些集思广益的小惊喜：穿着防护服没有口袋怎么办？自制一次性挂脖式收纳袋来帮忙！气温骤降了，舱内寒冷，快点送上热水袋来温暖患者的身心。病房中不见日月、昼夜难分，病人睡眠不佳怎么解？三病区的护士们巧手来绣自制睡眠眼罩。病人收到了细心缝制的眼罩特别激动，居然不靠衣服上的名字就认出了送眼罩的护士妹妹！

三八妇女节到了，我们的护士们非常贴心地写了"女神节"祝福语："女神节快乐！希望疫情早日过去，我们能走上街头，繁花与共，祝您早日康复！"送给住院的女患者。朴素的文字，暖心的举动，给患者们带来了安慰和动力，也进一步拉近了我们医患之间的距离！

我们的美小护们，他们中，有年轻爱美的女孩子，有青春帅气的男孩子，有上有老下有小的家庭支柱，也有刀子嘴豆腐心的大姐姐。他们的快乐很简单，一个成功的静脉针，一次完美的穿脱防护服，一个太平无事的夜班，一个病人淳朴的感谢！口罩和护目镜挡不住他们灿烂的笑容，因为他们的笑从双眼中传达并感染大家；手套和防护服封不住他们的真心，因为他们用双手实干来表达爱心。他们是这个时代最可爱的人！3月8日夜晚，浦江两岸为我们的战疫玫瑰亮起粉灯，姹紫嫣红，满江霓虹，祝福我们最平凡和最温暖的天使，战胜瘟疫，早日归来！

我的援鄂随记

上海市第一人民医院 刘雯燕

一、紧急号召——为保国家，舍下小家

2020年2月17日，上海市第一人民医院发出了紧急召集令，1小时内组建起了一支156人的英勇战队。

作为我们医院"上海红十字医疗救援队"的一员，我对于这次召集组队援医行动跃跃欲试，立即与丈夫通了电话："我想报名去湖北支援，你同意不？"丈夫说："你去吧，我和爸妈都在大后方支持你！""那孩子谁来管？""你不在家我会好好照顾家里的。"于是，在家人的理解和支持下，我毅然决然报名参加了这次的援鄂战队。

二、火速整顿雷神山——上海医护，上海速度

武汉疫情形势严峻，我们说干就干！飞机刚落地武汉，一踏上这片土地我们就知道战斗已经开始了，大家听从统一指挥，开始整理病房、搬运医疗物资、布局仓库、详细检查病区所有的硬件设施，一干就是一整天，没有人喊累，没有人缺席，齐心协力、热火朝天，就像是和时间赛跑一样，一切为了尽快把病房开起来，更为了尽早收治病人而努力。

我们刚来雷神山医院的时候，按小组逐一进行了院感防控培训及病房实地全流程个人防护考核，按规范化流程，由医疗队感控小组及雷神山医院感控科监督，逐一培训，逐一过关，现在每天都是按照洗手这个流程进出隔离病房的。一切从无序到有序，我们在雷神山医院的工作都已经按部就班地开展起来。

接到上级命令，48小时内必须开始接收病人！大家抓紧时间熟悉雷神山医院的HIS系统操作，并在院感科老师带领下熟悉病区布置、进舱出舱及穿脱防护服等操作流程。

与此同时，队员们分成不同小组，一起动手布置病区、医疗物资准备、摆放床位被褥、贴标识、做保洁等等。病房的布置是一个从无到有的过程，从物资装车、搬运、卸车、拆箱、安装、摆放，信息系统、接诊流程的设计，到对各种突发情况应对预案，到排班人员配置，事无巨细。在大家的共同努力下，C1病区、C3病区、ICU病房于当天开始收治病人。

三、与病患共战疫——面对病毒，无所畏惧

病区医疗工作逐步平稳开展后，我被上级领导安排为感染三科三病区护理小组长，每天不仅严格把关好自己组员所有穿脱防护服流程并且带领组员在舱内完成各项护理任务。做好本职工作的同时，也努力提高患者的护理和生活质量。

病区内有名 91 岁高龄的老病人，他因病情生活不能自理，且思念家人，由于方言的差异性，和我们的沟通存在一些障碍，因此每次进舱时我们就主动承担起了喂饭、照顾其生活起居的工作。我想，既然家人不能陪伴在他身边，那我们就是他的家人，于是，我带领组员一起陪老人聊天，帮助其翻身拍背，自由活动时带他出去散心……当阳光透着窗户照进来时，多么希望我们的关爱和阳光能一起带走老人的悲伤和孤独。

还依稀清楚地记得在下夜班前给八个病人采咽拭子的场景。由于其他护士低年资不熟悉做这项操作，我主动承担重任，穿着厚重的防护服，头戴保护性头套，告诉我自己一定可以的。当结束采样时，头套的视线区域及护目镜早已充满了雾气和汗水，模糊不清，致使我走出病房时，看不清脚下的路，头重重地撞在了门上，虽然额头隐隐作痛，但是这份痛楚换来的是成功，后面的路还会有更多的坎在等着我去一一跨过，只要不放弃，我相信我一定能跨过每一道坎。

你我皆凡人

上海市第一人民医院 魏云 吴卫

来武汉雷神山工作已近一个月，在这里也认识了很多人。每个人都是为人父、为人母、为人子女，与你我一般皆是凡人。然而危难时刻，没有从天而降的英雄，只有挺身而出的凡人。

医与护——凡人的英雄使命感

在雷声山前线奋力救护的医护们也许是最典型背负着英雄宿命的一群人。对他们而言，每一班、每一天不是单纯的打卡上班，他们手中是一个个鲜活的生命。面对虽然逐渐熟悉然而却还有太多不解的病毒，为了挽救每一个生命，必须拼上医护最后的坚持。

每天，医护经历上班来回近两个小时颠簸车程来到战场，进舱前不敢不吃以防出现低血糖，但吃得太饱又怕吐怕尿，搞得神经内分泌系统都些许错乱。虽然舱内的医护人员4—6小时换一次班，但是，穿上一层又一层厚厚的防护服，没多久护目镜上的雾气便模糊了视线，N95口罩里呼出的水气凝结成水滴在口唇上。时间似乎停滞了，平时那些简单的操作变得困难重重。舱内穿着防护服的"大白"们像企鹅一样缓缓而行，举手投足每一个动作都耗费着巨大的体力。

医护每天的重要工作是采集病人充满了病毒的口咽拭子和血液标本。直面病毒，相信每个人内心都会有惶恐害怕。但是，我们更明了自己身上的责任，也更相信我们的防护措施。我们是医者，这是我们的工作，我们的宿命和使命，这一切会让我们迎难而上，无所畏惧。"功成不必在我、功成必定有我。"

舱外的医护们各司其职，医生们紧盯着监视器和对讲机，将舱内传来的各种患者信息汇总归纳。根据病情变化展开专家讨论，制定治疗方案。通过病历系统和医嘱系统将一条条治疗措施落实到具体病人。感控人员则紧盯监视器，通过视频监控舱内医护人员、维修师傅、清洁阿姨的操作是否符合感控标准和规范，尤其出舱脱防护衣更是重中之重。因为任何一个步骤的失控、失败，都可能导致病毒沾染、播散，不仅仅影响个人健康，甚至会导致群体传播，危害整个团队。这些潜在的危险也许在当事人自己做的时候没注意，但是监视器下，有双眼睛一直盯着你，有一颗心一直在为你跳动。对讲机时时传出的各种警告是你我最后的屏障。

除了关注临床医疗，我们的医护还要负责物资（防护物资、医疗用品、病人的生活用品等）的申领和搬运，负责患者及医护人员的饮食、传递舱内所需物品、冲配补液和人员的调配（如果舱内小伙伴出现不适，舱外人员立即替补）等等。这些也许在旁人看来无足轻重，也不会出现在镜头的中央，然而这一切工作才是临床医疗最有力的保障。伟大与英雄无不以平凡工作为依托为根基。

基建志愿者——荆楚大地的凡人之诗

我们2月19日进驻到雷神山C1病区后，迅速进入工作状态。领导指挥若定、同事们默契配合、库房管理7s法以及上海医疗队nice的待人接物，让基建维修师傅们击节赞叹。他们钦佩上海市一医疗队的高效率、高自律，有感而发赋诗一首。那一刻，我们讶异于楚地维修师傅信手拈来的文采和修辞。

在雷神山的日子里，与中建三局的老师傅们相处多日后，我们融成了一个温暖的大集体，他们金戈筑城，我们银针渡人，共同合作抗疫。他们赠诗一首，我们的医疗队也是礼尚往来，回赠他们。王岩医生赋诗："武昌驱疫聚豪雄，不获全歼怎立功？同舟共济彰大德，木兰盔胄状元红。——上海市一医务工作者与全体武汉抗疫一线同志共勉。"陈桂明主任也来了一首："瘟疫肆虐起江汉，将士披挂出申城。楚地自古多才人，并肩神山立奇功。"

有医生开玩笑说，没有点文学常识，都不敢踏进雷神山的大门，回去要多看看咱们老祖宗的诗词歌赋了。我们将他们赠送的诗写到我们的门外边，每天上下班都会不由自主地看一眼，内心情怀满满。陶醉于祖先传承的优美诗词，身为炎黄子孙，歌以咏志，无上光荣。

搬运志愿者——默默付出体力的凡人

他们来自不同的职业，有的是搞家装的，有的是运送垃圾的，有的是跑运输的，有的……我问其中一个大哥怎么会来雷神山当搬运工，他说，"在朋友群里看到了志愿者招募信息，就自发报名过来了，我们平时就是干体力活的，有使不完的体力，正好可以派上用场。"他们都是互不认识的陌生人，然而他们的配合就像是一支受过专业训练的搬运队伍，货物经过他们码放后，会让小推车能容纳更多的物资，推起来也很平稳。从库房将物资运送到病区，一箱一箱又一箱，每天不停地重复搬运，谁的腰可以日复一日地承受如此的劳作。突然想到范仲淹的名句"天下兴亡，匹夫有责"，他们就是那么刚。

后勤志愿者——做了心才会踏实的凡人

支助中心的工作是从病区接患者去做检查，工作人员是一群疫情下关家里不能出门，但又特别想贡献自己力量的平凡的武汉人，他们当中有很多高学历人士。当大疫来临之时，他们就想为家乡、为国家做点什么而不是每天窝在家里提心吊胆。

做饭和运饭的师傅们每天要完成上千份的饮食制作，然后再将饭菜一份份送到病区的物资通道，以便让包括患者、医护在内的所有人都能吃上营养丰富的餐食。

雷神山驻扎着多家医疗队，医护人员每天下班都需要更换洗手衣。洗涤公司承担起较往日庞大的多得多的工作量。师傅们必须每天将洗好的洗手衣及时发放到病区并回收污洗手衣，他们也是为抗疫默默忙碌的凡人。做了心会踏实，所有这些平凡的工作都成为着雷神山不平凡的组成部分。

救护车志愿者——凡人的军魂

在雷神山，救护车有多种用途，转运病人做检查、患者转院、患者急救，还有一个就是物资转运，从仓库转到各个病区。救护车司机很多都是兼职的，有退伍军人、医院设备科的小伙子、工厂里上班的职工等。有一次，看到一个司机大哥穿着一身军装，我由衷地夸了一句，您这身军装真帅气！他自豪地说，"我60多岁了，是名退伍军人，以前在酒泉卫星发射中心，退伍好多年了。"我问他来志愿者多久了，他说，"一个多月快两个月了，军人嘛，国有难，召必回，我们这群老骨头还能扛扛。"我想，这就是中国的军魂吧，即使离开部队了，也会一直存在、传承。还有一个医院设备科的小伙子，不忙的时候就会来开救护车帮我们转运物资。他说他有个女儿，已两个月没见面了，每天只能视频上看一看。虽然好想女儿，但是疫情不除，誓不收兵。希望让女儿看到一个平凡的英雄爸爸。

这场战疫，有太多太多的志愿者们默默付出。有位来自青海的年轻咖啡师得知我们的需求后，花了整整五个小时手工冲泡出100多份咖啡送到我们手中。有家公司为我们赶制出雷神山工作服，每件工作服上还贴心地绣上了我们的名字。对我们而言，这是一件充满纪念意义的战袍……

恕我笔拙，无法一一列举你们的无私奉献。但是，你们的心意，我们get到了，借用钟老的那句，武汉是座英雄的城市，武汉的人民都是好样的。我们医护只是一群凡人，但你们，让我们拥有了对抗病毒的强大勇气，我们不是孤独地战斗。

什么是伟大，什么是英雄，什么是伟大的中国魂？

伟大源自平凡，英雄来自人民。伟大与英雄不是凭空而来的，无不以平凡工作为依托、以平凡劳动为根基。"垂大名于万世者，必先行之于纤微之事。"当平凡的大家拧作一股绳，万众一心，同舟共济；当每一个平凡生命的创造精神、奋斗韧劲前所未有迸发出来，涓滴之水汇聚成不可阻挡的时代洪流，中华民族的逐梦征程将所向披靡，新时代中国的前途将不可限量。致敬我们这群平凡的中国人！致敬我们伟大的中国魂！

武汉的樱花开了

上海市第一人民医院 邱移芹

　　脚踏荆楚大地，奔赴前线战场，我们来到了雷神山，我们开始去库房申领物资，搬运物资，布置病房、医护办公室、库房、抢救车、各类仪器设备等，千头万绪，错综复杂，从无到有；各种培训学习，从一无所知到井然有序，忙到昏天黑地，不知天地在何处，不知时光为几许，争分夺秒，我们用了三天时间把一座空房子布置成了一个五脏俱全的病区，并进一步完成了一百多名医护人员的院感，穿脱防护服，雷神山各种电脑系统等的培训工作。虽然身心俱疲，但我们没有调整休息，为尽快收治新冠患者争取时间。这段时间就对常键老师由衷地敬佩，各种排兵布阵，统筹兼顾，事情太多太杂，可以想象她要比我们累千倍万倍，每日睡眠是极少的，一直嘶吼讲话，嗓子哑到一度不能说话。有这样的好领导，我们这点累又算得了什么。

　　第一天要收治新病人时，我们内心是极度紧张的，但是有常老师坐镇，一切都显得井然有序。他们不是面目狰狞的怪兽，他们就是普普通通需要我们救治的患者啊。病人住在隔离负压病房，与平常我们在自家医院不同的是，在这里我们不仅要做好治疗护理工作，还要做好生活护理。进舱前不敢多喝水，穿着成人纸尿裤，进去后才发现身上汗如雨下，呼吸费力，眼罩布满水珠，戴着三层手套给病人打针，血管用手摸也摸不到，眼睛看也看不到，一度佩服自己凭经验盲穿也能一针见血。脱完防护服出舱后感觉从外星来到了地球，整个世界都是自己的了。一口气能喝下两瓶水，甚至更多也喝得下，直到把胃填满才满足。

　　每天舱内工作 6 小时，前后穿脱防护服 1 小时，来回上班路上 2 小时。早上 8 点到下午 2 点的班，我们一般早上 6:20 就已出发，等下班到宾馆，洗个澡，吃上一口饭时已是下午 4 点钟左右。有一阵子病人较多，排班紧凑，一个礼拜平均要熬 3 个大夜，一周只有一天夜晚休息，一度生物钟紊乱，睡眠质量变得极差，极度疲乏，好在后来病患陆续出院，休息变多才渐渐调整过来。真不敢想象武汉当地的医护工作者及前期支援的医护工作者是怎么熬过来的。

　　感而赋诗曰：

　　江汉空如许，瘟神袭人间。

　　戎装齐上阵，奔赴英雄城。

　　父母犹不知，娇儿安可怜？

病患满床哀，惶恐不可言。
医者严素裹，汗流浃两背。
喘息不能已，尤把病人安。
剃缕赴国难，不胜终不还。
不求身后名，但愿笑开颜。
是的，冬已去，春将来，武汉的樱花盛开了，胜利就在眼前。

与死神的一次较量

上海市第一人民医院 许严新

花开有时，谢亦有时，万物有时

"许严新，你女儿今年多大了。"刚和几个危重症患者家属电话沟通完的值班室显得异常沉默，悲伤的情绪挂在了心头，朱峰老师为了驱散这层阴霾，假装轻松地和我聊着。这里环境密封，看不到一丝太阳，甚至连日夜也分不清。"我离开家的时候正好3周岁啦，小家伙太活泼了，我拿她一点办法也没有。"我笑着回答道，思绪也飞向了远方的女儿，好像整个值班室的灯光都亮了起来。想起临走前她把最心爱的陪睡小袋鼠放进我的行李时的不舍，再三叮嘱我要好好照顾它，带它一起安全回家。然而想着ICU床位上的病人们，心中不免有些伤感，才下眉头，却上心头，生老病死始终是每个人都要面对的。

突如其来

"病房门外有一个准备转运到其他医院分管病区的危重症患者，血压、氧饱和都测不出来了。"戎柳老师急匆匆地冲了进来，我们对视了一眼，点了点头。"张敏护士长，立即叫护士准备抢救病人，腾出床位。"说完我们立即分工合作，我和戎老师第一时间往病房外面的患者冲过去，"你们要不要通知下上级领导及沟通下对方医院，"护士长一边熟练安排护士们分工，准备抢救设备，"来不及了，管不了那么多了，朱峰医生会马上紧急联系对方病区，并了解基本病史资料。"等我们到达时发现患者比我们预想中的还要严重，死神的拥抱已经来临了，"血压、氧饱和度测不出，心率38次/分，异搏心律，立即准备呼吸机、准备肾上腺素和去甲肾，我们准备心肺复苏。"我对着主管护师大声吼道，厚厚的防护装置让我们每天的对话都得"吼"来完成。抢救过程几经波折，穿着厚重而又脆弱防护服的我们，需要我们动作轻柔缓慢，但那么多年的职业习惯又哪能让我们"慢"得下来，时间一分一秒过去了，"患者BP: 132/78mmHg, HR: 92bpm, SPO$_2$:95%。"主管护士一边忙碌着一边给我们报着生命体征，我和戎老师停下了手中的动作，互相看着被起雾的护目镜遮挡着的双眼，开心地笑了。"小新，我们用超声评估患者心肺及循环情况，准备深静脉穿刺。"一瞬间我们又恢复到战斗状态。最后在长达3个小时的抢救过程后，患者生命体征稳定。

别来半岁音书绝，一寸离肠千万结。难相见，易相别

其实在这 3 小时的抢救过程中，朱老师联系到了患者的儿子，了解到老人是前两批受感染的患者，被隔离了已经快一个半月，他儿子已经很长很长时间没有见到母亲，虽然对本就有很多基础疾病的母亲没有抱太大的希望，但从他电话那头颤抖和哽咽地说出"医生你们尽力就好，真的好想能再看我妈一眼"。我们知道，本着对生命的敬畏，本着医生的职业精神，都不容我们对死神退让一步，我相信这也是每一个医务工作者心中所想。

黑云压城城欲摧，甲光向日金鳞开

想到从 1 月份了解疫情开始，焦虑、不安的心笼罩在每一个人的心中，在还没有来武汉前苏琦老师就问我："小新，如果武汉需要我们，你要去前线么？""当然去啊，你难道想丢下我一个人去么。"我们哈哈大笑，两手相握，撞了下肩膀。"你不怕么？""怕啊，穿上白大褂就不怕了，郑军华院长、王瑞兰、周新主任这把年纪了都第一时间冲向了前线，我们小伙子还怕什么啊。"后来得知，我们第八批援鄂队伍是刘军院长带队，156 名队员更是在 2 小时内召集完毕。我们中华儿女就是一个整体，谁也不能"独善"其身。全国召集了各行各业，源源不断地开赴战场，这还有什么可怕的呢。

凌晨回住处的路上想了很多，路上安静而整洁，天上乌云笼罩，稀薄之处还是有皎洁的月光散落下来。武汉的市民是让人敬畏的，他们齐心协力，他们勇敢而又坚毅，在这个特殊的时刻默默地奉献着自己的一份力量。想起爱人临行前对我说的一句话："静待一树花开，盼你燕子归来。"胜利还会远么？

我的那几个病人

上海市第一人民医院宝山分院 王鹏

很多人说，疫情期间在武汉做医生，担心又害怕，冒着风险，受着劳累。今天是我在武汉做医生的第四十七天，我想说一些在做医生的一些有趣的事情。

床位上有一个50多岁的阿姨，本来是住在普通病区。后来由于病情加重，转到我们的重症病房。刚刚来的时候，虽然很配合我们的治疗，但是情绪非常低落，不吃、不喝，眼神茫然，看上去就是绝望。值此非常时期，我理解她的心情，除了必要的问题，我尽量给她一个积极的印象。比如，早查房，别的病人总归先问病情如何，查到她的时候，我通常第一句话是"今天追了哪部连续剧？""跟你孙子视频了没有？"等等。

有一天，她看到我来，上来就问"王医生，你是不是跟我女儿告状了？"说完就捂着嘴偷笑，问得我瞠目结舌。的确，前一天我跟她女儿电话联系过，把她的心理状况汇报了一下，她女儿后来跟她视频提起了这件事，然后又小小地"批评"她一下。我知道，心结打开了。从此以后，随着病情好转，这位阿姨的身心都得到了极大康复，每次查房都拉着我们拍照片。在我们对他们进行康复性治疗的时候，她甚至能够带领同病房的病友共同进行呼吸操锻炼。

2月初有一个病人，59岁的老先生，住院的初始阶段情况还算平稳，除了CT提示肺部炎症之外没有太多的严重情况。但是住院第五天，突然失明。对于新冠肺炎，虽然不能说一无所知，但是对于损害视神经的病例，的确是没遇见过。眼药水、口服药、静脉、肌肉……想得到的治疗都上了。我们又请协和眼科的专科教授会诊，但是对于治疗预后也是没有把握。老先生眼前一片漆黑，看不见一丝亮光，自己又罹患新冠肺炎，无论眼中还是心中都看不到前途，无论跟家属、医生、护士还是病友，连话都不愿意说。因为我是老先生的接诊医生，看着他这个样子，心理也不是滋味。每次查房，我都刻意有的没的跟他多说几句话。还要认真对他的眼睛反复检查。有没有看到亮光？有没有感觉眼睛发痒？流泪有没？

半个月之后，有一天老先生突然说"王医生，你好烦呢！话真多！！""其实我前两天就能看到亮光了！！"我真有一种热泪盈眶的感觉。又过了1周，我为他做视力检查，伸手在他眼前让他区分是几个手指。老先生淡定地从身下拿出自己的手机，不屑一顾地跟我说"别打扰我，我在看微信。"

还有一个病人，是在2月底进入病房的一个确诊患者，特点是症状轻微、活动自如。刚进病房两天里非常焦虑，每天早晨查房的时候，都会站在医生入口的地方，不停地问"我的检查报告出来了没有？""我能不能出院？"由于心理介入科的医生还没有到位，我们只好客串。连续三四天，每天要花半小时左右跟他做思想工作。"沈先生，您的确是新冠肺炎这个疾病，治疗上要相信我们。""您的病情不能跟着个人意愿进行，而是您要先把病治好才是最重要的。""疾病的治疗需要一个过程，不可能一蹴而就。"最终，我祭出一个大杀器，"您如果回到家里，有没有想过会让您的妻子、儿女甚至孙子被传染？就算所有人都不跟你住在一起，您在家里会有人让你离开房间、接触外人么？而且你不会得到医务人员的治疗。"最终，老先生被我说服了，安心在病房里配合治疗。出院那天，居然还拉着我拍照片！

汗湿衣襟心无怨，更待樱开珞珈山

上海中医药大学附属市中医医院 赵凡尘

2020 年的春节，一场突如其来的疫情从武汉开始蔓延，席卷全国，那就是新冠肺炎。身为一名医生，我递交了请战书，并将行李准备好时刻等待召唤。

2 月 14 日下午下班回家的路上我接到了电话问我能不能去、走有没有问题。我回答："能！没有问题！"到家后马上补齐了够用 2 个月的生活用品。第二天上午通知我作为上海市中医医院第一批 30 名援鄂医疗队的副队长 3 个小时后就要出发。我随即拿出行李箱开始打包。简短的出发仪式后我们登机，晚上八点左右抵达武汉天河机场。一下飞机就感到寒潮来袭的刺骨寒冷，路边还有积雪，想到一起来的很多护士都是平时家里的宝贝女儿，马上要迎接一场硬仗，感到肩上的责任更重了。

第二天我们就驱车离开驻地来到 22km 外的雷神山医院，因为是边建边收治患者所以除了刚刚使用的病房，其他的病区都还是和建筑工地一样，雪后的路面更加泥泞。来到雷神山医院感染三科五病区，看到里面还在进行内部装修，作为队内年纪大的队员，深感自己责任重大，而且身为党员在这种时候更要做出自己的表率。

边建设边收治的病区，运行所需的所有物资都要从医院门口搬到病房分类放置，没有时间等。搬运物资对我来说小事一桩，病房的门小不能多人搬运，我就承担大件物品的搬运，并且提醒大家戴好手套严防队员在搬运时出现皮肤损伤。身为副队长，我还要兼顾全队物资的转运，做好全队的后勤工作。当时武汉很冷，中央空调因为感控需要不能开启，我以身作则在取暖器不够的情况下尽量满足女护士及女医生使用，保证全队不出现因为低温导致的发热感冒。因为医疗队走得急，全队的物资当时还紧缺，我通过联系各种渠道在得到后方母院物资保障小组的帮助后，第三天就将后期补充物资运送到武昌站，并联系武汉当地车辆当天就从武昌火车站将上海中医医疗队的生活及医疗物资搬运到驻地，没有搬运工人就自己扛，保证了全队的生活及病区工作需求。

短短三天我们的病区就完成了接收病人的准备，真的就三天，从漏水透风的板式房变成了外面模样不好看、但内部功能齐全的传染病房。这三天里，白天以医院病房工作为主，晚上学习防护服穿脱，细化病房结构图，明确工作通道的顺序及逃生通道，并在队员中反复强调负压病房的使用制度，明确三区两通道的重要性，杜绝麻痹心理，只有平时多练习才能保证战时少出事。

我作为队内老党员发动其他党员、共青团员在前期工作中要站在第一线、干在最前沿。我逐个针对每个队员的状况询问困难，联系后方医院保证每个队员没有后顾之忧全身心投入到雷神山医院的工作中。一个人积极是不够的，在党团员的带动下，全队一条心，主动找活干，完满完成了病房布置，我还反复检查各个病室的仪表和门窗保证病房负压，隔绝病毒传播。

除了完成日常繁重工作以外，我抽出时间学习新的 HIS 系统的使用，了解护士工作站的使用和护士领药程序，以保证收治病人时病区能够有效运转，减少差错。辅助病区主任建立 HIS 系统协定方，减轻日常工作强度。

此外我还兼任上海中医医疗队的秘书，协助刘华领队和李斌副领队搞好队内管理和队外交流。我利用工作的空余时间发挥自己摄影爱好，给队员们留下影像资料，既保证了中医治疗新冠肺炎的宣传需要，也为大家留下了难忘的记忆。

现在我们这里一个病区由两家医院管理，我作为一名高年资医生主动加班留在病房，协调各方面工作。而且在繁重的布置病房工作完成后，没有休息就一下子收了 41 个新冠肺炎患者，大家都很忙乱，我主动要求进入隔离病房帮助收治患者，鉴别轻症及危重症患者，为进一步中医治疗打下基础。雷神山医院目前收治的患者至少都是在其他隔离点或者方舱医院住了十余天的患者。这些患者很少有和人面对面交流的机会，多少总有点心理问题，很多都有抑郁焦躁情绪的情况。因为我做了多年的肿瘤科医生，相对处理有抑郁情绪患者的经验比较丰富，我在查房时就尽量多和患者聊天，减轻患者的紧张情绪，提高患者战胜新冠病毒的自信心。其实还有不少患者真的不错，劝慰他们的同时，他们发自内心的感谢也增强了我的自信心，扫除了连续工作带来的疲劳。

作为一名在武汉抗疫前线的医生，我仅仅是做了自己力所能及的事情，面对疫情我更应该加倍努力工作，使新冠肺炎早日消灭。

赋上拙作一首：汗湿衣襟心无怨，挥刀崭疫汉江边。晨岚渐浓霞光起，更待樱开珞珈山。

战无憾

上海中医药大学附属市中医医院 刘青

2月15日，我作为上海市中医医院护理组长随上海第四批国家中医医疗队来到武汉。2月16日，已经从刚来的忐忑迅速转入战斗模式，上午我组织护理核心小组成员与医生进行简短的小会，确定护理、感控、物资保管、宣传、生活等各方面的相关事宜，确定职责，落实到人。下午1:00经过1小时的车程正式进入病区熟悉环境，我们即将接收雷神山感染三科五病区（C5病区），设定床位48张。经过信息系统、感控培训、物资领取、病房区域划分、进病床等等工作，又对所有人员加强防护服穿脱训练，确保每个人防护到位，严格执行。

我把每个人的工作明确分工，跟随雷神山医院指导老师认识每一个领取物资、药品、资产等相关物品的地方，在每一个点进行领用物品的核对，然后再调度车子拉至离病区相对较近的入口。因为都在施工，所以路都比较难走，车子只能停在围栏外。几乎所有人齐上阵，所有耗材、防护用品、资产，大到冰箱，小到垃圾袋，都由医护人员运回至病区。还在施工的工人说：你们也是不容易，这些东西都是你们自己搬，你们太辛苦了。听到这话的时候，我心一痛，此刻，大家心里想的哪是辛苦不辛苦，大家只想着尽快把病区安置好，尽快收治病人，努力帮武汉迈过这道坎！

2月20日，C5病区已经完成开舱前的最后准备，责任护士穿好防护服进入隔离病区等待，有41个患者收入病区，我安排护士们两两搭配，一个负责记录患者信息，一个负责检测生命体征，最后两人再把患者引入病区，做好入院宣教，历经3个多小时，所有病人收治完毕。接下来我与医生沟通治疗及护理方案。俗话说：三分治疗，七分护理。医生对患者要进行中西医结合的治疗，而我当然要提倡我们的中医护理技术。经过中药方剂、穴位贴敷、中医保健操等治疗，2月25日，C5病区的首位新冠肺炎患者治愈出院。这对于病区里繁忙工作的医疗队队员和其他44位病人来说，都是莫大的鼓舞和希望。患者手里拿着我赠送的中药香囊，不断感谢！我告诉患者："中医主张佩戴香囊、焚烧药香以驱散疫气，古用'辟'、'防'、'祛'等字眼而不提'杀'、'灭'，体现中医治病原则和中国人的修身治世观。"患者一边说着"谢谢"，一边激动无比地合影。

2月29日，终于有一天休息了，不经意间看到排班表的累计工作小时数，这个礼拜已经累计工作66个小时了。自从来到武汉，就没有时间跟家里视频，这一次距离上一次视频已经又一个多礼拜了。儿子很开心地说："妈妈，我想你了，你有没有把病毒打跑？打跑了就赶紧回来吧！"屏幕里看着他稚嫩的小脸，我感受到儿子对妈妈的思念。儿子说："妈妈，我要给你读首爸爸给你作的诗《战无憾》。疾雪冰雹纵四方，冠状毒物暗嚣张，白衣逆行抚江汉，天晴月清乾坤朗。"听完这首诗，突然觉得平时不爱言语的先生原来是一位大才子，默默地为他在前方的老婆加油鼓劲！

医护人员是患者唯一的依靠

上海中医药大学附属市中医医院 高盼

武汉今天的天气不错，阳光十分刺眼。今天是我的第二个"责护班"，下午两点接班，晚上八点下班，我们十一点就从酒店出发，早早过去做好准备。仔细地穿脱防护服，互相检查穿戴以确保万无一失。口罩，帽子，防护服，护目镜，面屏一层一层包裹，紧压在头面部，难免有些憋闷，但是却让我觉得踏实。

相对于第一次进入病房，今天感觉会从容些。经过上一轮的搭伴，小伙伴之间也有了一定的默契。进入病区交班后，我们分组投入到紧张的工作中。18床偏瘫，生活不能自理，大小便失禁，腹泻，告病重，高流量吸氧，口唇、手指末端有明显的紫绀。因为没有护工阿姨，我们承担着所有的基础护理，打水喂饭，擦身，更换尿布……由于腹泻，会经常污染整个床单。一套更换下来，累得气喘吁吁，汗流浃背。老人家眼里含着泪，嘴巴不停地念叨着，虽然听不太懂，但是我们知道她是在向我们道谢。我的心里五味杂陈，我能想象在这样一个密闭的环境里，没有亲人可以依靠，我们医护人员就是她唯一的支持！我安慰着她，说这些都是我们应该做的，让她放心，多吃点，增加抵抗力，早日康复！

42床患者是一名中年女性，焦虑，不停打铃找医生。她说她自己居家隔离将近一个多月的时间，其中发热十天左右，在这段时间没有得到专业的治疗，自己在家通过多喝水，补充营养，口服连花清瘟胶囊缓解症状。这次来雷神山给了她很大的希望，她迫切地希望得到规范的救治。她焦躁不安，从家里到医院一个多月时间，每天睡眠都不超过两三个小时，身体的疲惫程度已达到了极限！我和她聊了很久，做了专业知识的解答和心理疏导，她释然了很多，不停感谢我能够理解她的感受。给她发安眠药的时候，我说阿姨，祝你晚上睡个好觉！她开心地笑了，并和我说了谢谢。加油！

临近下班，最后一次巡查病房，很多患者都询问我晚饭有没有吃，几点下班呀，说真的辛苦了！谢谢你们！我心底暖暖的，透过护目镜上厚厚的一层水珠，依稀看到他们真诚的面孔，突然觉得耳朵鼻子头顶上的分量也变得可以承受。在隔离病房，我们互相的关心和支持显得是那么的可贵。希望我们能一起加油！早日和家人团聚！

中医中药治疗新冠显成效

上海中医药大学附属市中医医院 邓剑青

春节前后，随着新冠肺炎的爆发，全国各地一批批医务人员驰援湖北，其中主要是以呼吸科、感染科、重症医学科为主。

虽然我是血液科医生，但是作为党员，我想去驰援湖北，并积极报了名。2月14日接到医院电话通知，15日随队出征武汉雷神山医院。下午踏上去武汉的征程，晚上七点多到达武汉天河机场。

雷神山很多病区还在紧张的建设中，因为人手紧缺，工人师傅们夜以继日地在工作，我和同事们不辞辛苦，把几卡车物资全部搬运至病房，并布置好每一件物品、每一件医疗仪器和设备，成了地地道道的医院建设者，三四天后，病区就可以进行正常医疗活动了。

来武汉后，很多同事、朋友都私下问我，为什么去援鄂？我的回答是"国家有难、匹夫有责"，我是医生，我们的誓言是"健康所系、性命相托……"此刻，为了人民的生命安全，作为医生、作为一名党员，我必须得上。

上海中医药大学附属市中医医院和附属龙华医院一起联手接管雷神山医院感染三科五病区（C5病区）。2月20日起，C5病区正式接收了第一批病人，一次性收治了41位患者，他们的病情有轻有重。其他医院前期的治疗经验说明，目前暂时还没有治疗新冠肺炎的特效药，中医中药在本病的治疗中有很大的作用。我和同事们依据新型冠状病毒肺炎诊疗方案（试行第六版），按照每个病人的病情，把所有患者分为轻型、普通型、重型、危重型。结合患者的症状体征、舌苔脉象，给每一位病人都开上了合适的中药，同时配以针灸、穴位敷贴、穴位保健操等中医特色治疗方法。经过精心治疗，五天后，第一位患者出院了。2月28日，又有四位患者经过检查，符合出院标准。短期内能使这么多患者痊愈出院，极大地说明了中医中药的有效性。

阳光总在风雨后，每一位医务工作者将拧成一股绳，争取使每一位患者治愈出院。疫后的江城将更加美丽，武大的樱花会更加烂漫，满大街的热干面、周黑鸭更加香味扑鼻。

那位闹情绪的阿姨，出院啦

上海中医药大学附属曙光医院 张兴

春日临近，雷神山医院近来好消息不断，出院病人越来越多。有位王阿姨也痊愈出院了，曙光医院医疗队全体医护人员都格外地高兴，因为她刚入院时可是没少"闹情绪"。

王阿姨年近八旬，武汉本地人，感染新冠病毒已经将近1个月了，最高体温达38.3℃，伴有畏寒、阵发性呛咳、咯痰、活动后气促、心慌，有高血压、冠心病、糖尿病等基础疾病，入院前复查的胸部CT显示双肺斑片状感染性病变，且较之前有所加重，有明显的气促和心慌。

王阿姨刚入院时情绪不好，不配合医生的问诊。尹成伟副主任医师评估了她的病情，然后亲自把饭送到王阿姨身边，耐心地询问病史并查看CT影像。

针对王阿姨的病情特点，队长宋秀明主任制定了中西医结合的治疗方案。考虑王阿姨咳痰喘、乏力、汗出、舌淡红苔白润、脉弦细等临床表现，宋主任以参苓白术散加减开具中药处方，治以健脾化湿、补益肺气之法；我们的护士还采用了耳穴、穴位贴敷等中医外治法；西医治疗包括吸氧、提高免疫力、降压降糖、控制心率。

曙光医疗队的医护十分重视与患者的沟通，患者心情愉悦才能更好地配合治疗，才能更快地康复。大家经常轮流找王阿姨谈心，还送上了独特的三八妇女节礼物。经过大家的共同努力，王阿姨的各个症状明显改善，入院后无发热，胸部CT显示的感染性病灶有所吸收，血常规、生化等各项指标也有好转，两次核酸检测为阴性。终于，大家期待的这一天到来了！那位曾经"闹情绪"的王阿姨可以出院了！

出院的时候，王阿姨脸上浮现出发自内心的微笑，我们医护人员也感到如释重负。风雨过后，终见天晴！

我们是高效有爱的"曙光医疗小分队"

上海中医药大学附属曙光医院 商斌仪

我们曙光医院这次共有 8 位医生来到雷神山医院开展工作，我与尹成伟、吕婵和王婧分在了一个医疗小组——我们分别来自中医传染科、重症医学科、消化内科和心胸外科，可谓"中西结合，内外互补"。针对床位上患者年龄大，合并症多的特点，我们密切配合，细化治疗方案，个体化给药，中西医择效选用，最大程度地提高疗效。

很高兴，今天下午，我们分管床位上的两位患者经过十余日精心治疗，通过了严格的出院评估，同时康复出院了。我和尹成伟作为责任医生，与宋秀明队长、卢根娣副队长、汪小冬护士长一起对后续观察期间的注意事项反复叮嘱，把两位患者送至医院大门口上车。患者由衷感谢上海医护人员精心治疗和细心照顾。

本次出院的 2 号床陈先生，入院时除了新型冠状病毒肺炎外，还合并有酒精性肝病（肝功能异常）、2 型糖尿病（入院空腹血糖 20mmol/L）、高脂血症等。此外，细心的吕婵医生通过数日查房体检数据还发现患者血压异常，存在高血压病。尹成伟主任给他制定了个体化的降糖、降压、降脂方案，我负责辨证论治开中药协助"三降"以及保肝治疗，患者各项指标很快得到控制。

另一位，3 号床老周，务农，家里有 2 个残疾孩子，此次又得了新冠肺炎，心理压力非常大。刚到病区时，他的情绪比较急躁，查房时一直说"我没病""我没不舒服""我要出院"等。对我们的治疗也很抵触，起初不肯吃中药，西药也不能按时按量服用。有一天，老周突然情绪激动，砸窗砸门，已经查好房出舱脱掉防护服的尹成伟只得再次穿好防护服进舱。原来，患者看到别人去做 CT 检查，他没排上就焦急万分，情绪失控。尹成伟一边安抚他，一边联系、安排他尽快做检查。

当晚查房时，我特别关注了他，耐心沟通后他才道出实情。原来虽然嘴上说没什么不舒服，其实已经三天没大便了（用了开塞露无效），小便也只能点滴而出，又焦虑又恐惧，一下子就崩溃了。我想这正是中医讲的"不得前后"之苦啊！于是我跟他讲："这是我们中医治疗的强项，你听话好好吃中药，会好的！"患者听后很受激励，增强了信心。按照"不得前后"先治标的原则，我赶紧给他开了中药，用麻仁丸合五苓散加减。一剂后患者大便量多通畅，小便亦行，身体霍然，情绪趋稳。此后，王婧医生又利用可视会诊系统，每天与其加强沟通，极大地稳定了老周的情绪。

就这样，我们在实际的临床工作中分工合作、取长补短，发挥中西医各自优势，形成一支高效、灵活、团结的医疗"小分队"，为患者提供了个体化、精准化的医疗服务。

雷神山上"活雷锋"

上海中医药大学附属曙光医院 张成亮

今天是第五十七个"学雷锋纪念日"。很多人说我们是雷锋，而我们只是换了个地方在履行我们的职责。

可是，雷神山上有这样一群志愿者，他们来自各行各业，聚到了这里。有的做搬运工，有的做保洁员……他们不接受采访，躲避镜头，怕照片泄露了他们的"行踪"，他们很多都瞒着家人；他们没有名字，他们都是真正的"活雷锋"！

从筹建病区到接收患者的第一个星期，我们除了做护理的本职工作外，还兼职清洁工、送餐员、后勤修理工……前几天的状态真的有点"混乱"。第二周，医院说给我们病区配了两名保洁员，也是从那天起，我们才有机会近距离接触这些可爱的志愿者们。

"你今年多大了，做什么工作？"

"我 1987 年的，来这之前是文员，坐办公室的。"

"你没有医学知识，就来到这里，你不怕吗？"

"也会怕，我是被你们的精神所感染，才报名来做志愿者的。现在全国都在支援武汉，为我的家乡贡献自己的一份力量，义不容辞。"

"你平时坐办公室，现在来当保洁员，习惯吗？"

"来之前就准备好了，这里不会有我们专业对口的工作，无论什么岗位，都是志愿者。志愿者，是最光荣而骄傲的岗位！"

……

那天，我们聊了很多。他们的日用物资及防护用品全靠自己筹集，是非常短缺的。即便条件这么艰苦，他们也没有一个人打退堂鼓。

回到驻地，我久久不能平静，与几个曙光的小伙伴一拍即合，在群里发起了"众筹"，你一包尿不湿、一包卫生巾，她一包袜子、一罐蛋白粉……大家互帮互助，共克时艰。

那天以后，我们给她们取了可爱的昵称，金姐、月月、周妹……我们是雷神山上并肩战斗的"好战友"。

原来，雷锋精神不高也不远，就在你我身边。

武汉，我把妈妈借给你

上海中医药大学附属曙光医院 吕婵

2020 年 2 月 15 日接到医院出征武汉通知的那天，本是我提交年休的第一天，同样是医生的先生刚出夜班回家，打算趁着双休把女儿接回家过周末。挂了医院的电话，我和他说："看来这次我要把家托付给你了。"——一如当年他医疗援藏时的嘱托。

路上，先生问我要不要顺路看看女儿，我拒绝了，一是出发在即，时间紧迫；二是我真不知道自己见到女儿后会不会舍得离开。

来到医院，集合厅已是一片热火朝天的景象。领导、同事都在帮忙打包、装运行李物资，大家忙碌的身影好似要把整个家都给我们搬去。满头大汗的医务处小伙伴还不忘告知办公室给我留了饭；平日里雷厉风行的龚彪主任也变得"婆婆妈妈"，千叮咛、万嘱咐，还亲自为我打了胸腺肽；树强老师反复叮嘱我："腰托带好没？不要忘了自己的腰突！"和同仁们依依惜别之后，我们 30 位"战士"便带着大家的挂念与希冀踏上了征程。

登机前，我给母亲打了电话。报名援鄂，我并未告知父母，缘由是父母年迈多病，我又是家中独女，怕他们担心。母亲接到电话，沉默许久，最终回了一句："你呀，就爱先斩后奏！家里你不用担心，你也是做母亲的人了，不为自己，不为父母，也要为了女儿，出门在外注意安全，我们等你回来。"电话那头传来了孩子抢电话的嬉闹声，我开始后悔临走没去抱抱她、亲亲她。我的眼泪再也止不住地流了下来。然而，疫情不容许我这般儿女情长。"健康所系，性命相托"，当年入医学院的誓言犹记于心，17 年前的"非典"我们还是刚入医学院的新生，看着前辈们的"浴血奋战"无不钦佩震撼，立志要将"救死扶伤"的精神传承。17 年后，我辈已成为医疗事业的中坚力量，到了我们披上前辈的战衣奔赴战场的时刻，"国有难、召必应、战必胜"是每个医务工作者的信念。

此次我院出征的 8 位医生涵盖了呼吸、重症、消化、传染病等不同学科，正好适应了雷神山收治患者高龄、伴随疾病众多的特点，给患者提供多学科联合、中西合璧的诊疗方案。得到治疗的患者均反馈症状明显好转，影像学及检验结果也获得了一定改善。

还记得第一次进病区查房，穿着严密包裹的防护衣打开病区大门时，我能清晰地听到自己的心跳声，犹如我的脚步一般坚定。确认压力表处于负压状态，我敲开隔离病房的门，就像平日数百次带组查房一样沉着冷静："您好！医生查房，请问今天感觉怎么样？"离开病房，不忘送上一句："好好休息，祝您早日恢复健康！"

床位上有个可爱的老太太有天还和我聊起了她的 2 岁小孙女，她非常想念她。我告诉她："放心，有我们，您会康复的，很快就会和家人团聚，我的女儿和你孙女一样大，也在等我回家呢！"那天晚上，和家里视频连线，孩子不会掩饰情绪，哭喊着叫妈妈，问妈妈去哪里啦？我只能安抚她："孩子，妈妈是医生呀，武汉生病了，妈妈要去给他打针。"孩子正值牙牙学语的时期，考虑了一会竟然懂事地回复："那就先把妈妈借给武汉吧。"

童言无忌，解了我的后顾之忧，让我能更加全心全意投入紧张危险的工作之中，相信待到春暖花开之际，大家定能完璧归赵，繁花与共。

青山一道同风雨，明月何曾是两乡

杨浦区中心医院 郭旋

来武汉半个月了，不是这场疫情，我可能永远不会与他们交集，有时候也会感慨，人生际遇就是如此有趣，两个完全不同的城市、社会圈子、人生轨迹看似毫不相干的人，会在这场人类与疾病的拼死搏杀中相遇、相守、相知。我会记住他们，记住我们共同度过的时光，也是因为有了他们，让我对武汉这座城市有了更特殊的回忆。

有家不可归的小罗

罗胤伟是我到达武汉后第一个接触的小伙子，大巴车开到酒店，远远就看到他在路边等待我们。和几小时前虹桥机场出发时热热闹闹悲伤离别的千人送行不同，到达武汉后，就他一个人孤零零地现在路边，没有了标语也没有了欢迎口号。他默默地给我们安排房间，留下我的联系方式，互加了微信，跟我说这段时间有任何事情都可以找他。最初，我以为他是酒店派来负责接待我们的，几天后才知道他是当地住建局的员工，因为疫情已经一个多月没有回家了。这次派驻酒店为我们医疗队提供餐饮、交通、酒店、日常事务的服务。小罗话不多，我们有任何事情找小罗，他总是一句"好的"，然后帮我们办到。由于饮食文化差异，医疗队连吃一个星期盒饭，实在吃不下吃不多了，我开始想办法给大家解决吃饭问题，在厨房开起了小灶。有一次我们得到了一批捐赠物资，有自热小火锅，放在我门口，大家可以任意取用，还挺可口的。两天后，小罗来我门口，说郭队，我能拿一个小火锅吃吗？我都吃了一个多月盒饭了，从家里出来的时候啥也没带……我连忙说你拿吧，拿多少都可以。我甚至有点爱怜地责怪小罗，我们每天开小灶你怎么也不吱声呀！真是实心眼！小罗也只会憨憨地笑一下。

与小罗慢慢熟悉了总会聊上几句，说你家就在武汉，晚上不想回家吗，他说我们有纪律的，再说武汉也不安全。怕四处走惹了病对不起大家，我还是在酒店为大家做好服务。我不禁有些说不出的悲怆，大禹治水三过家门而不入，小罗家在武汉，却因为这次疫情没有办法回家里。只希望我们的到来，能尽快治好这座城市，让小罗可以早日与家团聚。

铿锵玫瑰胡老师

用铿锵玫瑰来形容胡慧老师一点不错。胡慧，武汉大学附属中南医院感染科的护士长。疫情暴发，作为感染科的医护人员首当其冲成为这场战役的主力。翻看了她的朋友圈，清晰地见到了这几个月来她的工作轨迹。不断地辗转在不同的地方开设病区培训医护人员。虽然我们都是医生护士，但平日里我们是在各类医院，各大专业。标准不同，工作方式也不同。全部集结到武汉，对院感，感染性疾病的接触也都各有各理解，导致整体薄弱。

中南医院这次担任了雷神山的大部分管理工作，胡老师对每个新来的队伍进行相关知识培训，一天可能要讲十多场。我第一次听她培训就在室外，沙哑的嗓音，语速很快，但是该讲的都会点到，没有一点废话。后来才知道声音沙哑，是因为讲得太多场了。语速快，是想每天能多培训一些人。实际上，她本人原声是非常清脆且做事细致的人，并不是真的沙哑急躁。那时候我对她就印象深刻，她让我看到了湖北女人的精明能干，与上海娇憨小女人的气质不同，她们多了一份处事果断与大侠风范。第二次见她是她来我们病区验收，我们全力以赴干了三天，她一过来，好多地方需要调整整改。一一指出且不留情面。护理姐妹们急了，我们一直就是这么做的呀，我们没啥错呀。我只能去解围，这里上百家医院，都是三甲医疗机构，要是都按自己的想法做，错是没错，但我们雷神山管理的宗旨，就是让局部的调整来换取系统的高效，安全的运营。胡护士长，无论她的专业背景，还是她在雷神山的工作经历都足以成为我们的老师指导我们的工作。在我的沟通和疏通下，我们严格执行了胡老师的要求，并顺利通过了病区验收，第二天开启使用。几天后医院给我们做了个视频，我把视频转给胡老师。回复好尴尬，她说，郭主任，我从头到尾看了一遍，怎么没我呀。这时候，一改我对胡老师大女人印象，那个说话做事的干练女性，原来也有细腻柔和的一面，会计较有没有出镜率，在乎是什么形象。我赶快让医院同事加上了胡慧老师的镜头。病区的开设有胡老师的心血，我们不能忘记这些幕后的英雄。我还和胡慧护士长约定，待到摘下口罩的一天我们一定再合影一张，加到我们的视频里。她非常开心地笑了，笑得爽朗清脆。真是标准的湖北女性！坦率直白，既刚且柔。

一路平安老杨

杨文逸，宜昌人福药业的员工。我们在武汉遇到的最大的难题就是交通。公共交通停运，私家车没有通行证不能上路，通行证还控制得很严。医院瞿主任给前期来武汉的赵越护士长准备了补充的物资和药品，让我带给小赵，一到武汉一看交通情况，那可犯难了。赵越驻地在金银谭，离我们这里40多公里，上班时间和我们有冲突，药品还有温度保存要求。我只能发起爱心求助。很快老杨就积极响应了这份求助从家中赶来。时间只有三个小时，我们要从医院到我住的酒店取药，再赶往金银潭。由于我这边是新路，非常难找，老杨花了不少时间与我会合，我一上他的车，就跟他说，要快！老杨看出了我的焦急，车开得又稳又快，变道超速让我体验了一把速度与激情。终于赶在她们上班前，我和护理部王静主任见到了赵越、盛赛花两名队员。后来我打开高德地图才知道，武汉很大，还需穿过长江大桥。与我们素不相识的老杨驱车 200 多公里帮助我们。他说，你们不远千里来到武汉帮助武汉，我的公里数比起你们实在太不值一提了。老杨，我不知道您帮助了多少像我们这样的人，您说您总是在路上。如果说，爱心是鲜花，您走过的路，便是一路芬芳。

投我以桃，报之以李

来武汉没几天，小罗电话我说下面有志愿者找我，我下去一看几个人已经等在酒店门口。小伙子自我介绍，叫小江，中石化的员工，现在在自主创业，刚出来创业一年就碰上了这个事，事业也停滞了，于是和小伙伴投身到志愿服务中来。这次见我，是想给我捐点消毒药水，我当时并不在意，上海这边给我们的防护用品足够保障我们的安全了。第二天他就将捐赠品给我送来了，我挺感动，互加了微信，我们就聊上了。他问你们还缺啥吗，正好我们队员纷纷向我反馈，说冬天衣服洗好不容易干，我就和小江说了，我们需要烘干设备。没几天，18 套烘干设备就送到了酒店。他告诉我，他也在帮助武汉街头那些滞留人员和无家可归的人。我说我这里每天都有固定的盒饭送来，但由于上下班时间不统一，每天都会剩下一些。小江说，那给我吧，我送给他们吃。接下来每天他都会过来取我们剩下的盒饭转送给那些需要的人。我真的很佩服这样的年轻人，活得有意义，有价值。

任永富，武汉天图地信科技有限公司总经理，也是一名志愿者，他是和小江一起来我酒店拉物资去资助武汉街头滞留武汉的人员的。那天临走，他问我，你们需要什么尽管告诉我。我说我们缺新鲜蔬菜，大家吃腻了小火锅泡面，就想吃上一口素菜。一会儿他就拿来了各种蔬菜，有 10 多斤。要知道这是在物资极度匮乏的武汉，交通也不方便，去弄蔬菜，还是那么多品种，真的很不方便。我要给他钱，他死活不肯要，说你们过来帮助我们湖北人民，我做这些事应该的，这点钱我扛得住，说完就走了。晚上小任和我微信聊天，说郭哥你们要不要来点饺子，我说当然好啊，有饺子吃队员一定很开心。第二天上午 11 点，电话响了，郭哥，饺子来了。我下去一看满满两大包，韭菜鸡蛋，和三鲜水饺共有 50 斤，这可不是他昨晚所说的来一点儿！我说买这些水饺要不少钱，你一定得收我钱，不然以后可不敢提要求了。可是他还是没收我钱，正好上海锦江集团给我们送来了慰问品，我只好赶紧给他的助动车上塞了一份。

这里记录一下小任的留言"……[强] 上海人民倾囊相助，您这样的市宝都送来我们湖北了。不允许再对我说谢谢了。我能为你们提供点服务心里舒服很多 [憨笑]……对了哥，你也不能再赠送我东西了，受之有愧。我明白您的心情，如果我出钱您购买物资的时候就会有所顾虑，所以我会报账给你，想要什么就尽管开口，我尽量想办法。同样的，您赠送东西给我我也不能收，等以后咱们作为朋友的时候再互赠礼物，这个时候不行哈。"

在我记录这段文字的当下，小任又给我送来了大家爱吃的蔬菜。除了感动，感慨，还有感激。单丝不成线，独木不成林。我们冲锋在前，而我们的背后，有许许多多的人在保障我们，有单位有政府，有企业有机构，有民间的公益组织，有许许多多社会各界爱心人士，是他们，筑起强大基石，垒起雄伟山峰，让我们背靠他们，充满信心与坚定。

相知无远近，万里尚为邻

短短的半个月，在武汉我认识了很多新的朋友，他们都是平凡人，如果我不写下来，他们就如同一朵浪花，很快就消失在滚滚长河中。但正是有了千千万万个这样的凡人，武汉才在慢慢变好，是他们创造历史，改变湖北。我会记住在武汉认识的这些人，感谢他们所做的一切。我跟他们一样，都有一个共同的称呼，就是，中国人。我们都是祖国母亲的孩子，我们都对这土地爱得深沉。

青山一道同风雨，明月何曾是两乡。众志成城，相信在大家共同的努力下，武汉很快就能回到往日生机。车水马龙，人声喧腾，国泰民安。

平凡的人

上海中医药大学附属岳阳中西医结合医院 潘慧璘

　　一场突如其来的疫情使得今年的冬天特别的寒冷，我有幸成为上海第一批援鄂医疗队中的一员，来到了英雄的城市武汉，马不停蹄地投入到这场没有硝烟的"战疫"。作为抗疫的见证者与亲历者让我不由得想起"灿烂星空，谁是真的英雄？平凡的人给我最多感动！"这句歌词。点点滴滴的回忆，让我感到平凡中的不平凡。

　　Z 医生是武汉当地医院的一名医生，是在看门诊时被感染的。他一边喘着粗气一边说等他好了以后要重新回到一线岗位。就是凭着这股毅力与信念，Z 医生终于挺过来了，而且正如他所讲的那样，穿着那厚厚的防护服回到他那所爱的、以心灌之的工作岗位。

　　1 月 31 日是个特殊的日子，队里的两个小朋友递交了入党申请书，问其原因，小 S 说："P 姐，出征时你的一句'我是个党员，义不容辞'一直回响在我的耳边。"小 G 说："到了武汉上了战场，那些党员老师吃苦耐劳，不怕流血牺牲的精神实在让我感到敬佩。"脱去防护服，露出的是稚嫩的脸，他们都是 95 后。可一旦换上防护服，这些正值青春年华的孩子瞬间化身白衣战士，跟着前辈的脚印与死神赛跑、与病毒读秒！

　　年已 66 岁的 Z 教授坚持每天查房，及时了解病情情况，同时还不顾病人可能会产生可喷溅的分泌物、血液、飞沫或者气溶胶，亲自完成高风险的气管插管操作。让他在旁边进行指导即可，他说："我是一个大夫，不看病来这里干嘛？"这不由得让人泪湿眼眶。

　　D 先生是个性格开朗的人，刚进病房的时候，情况相当不好，每次给他做护理治疗时，即便难受他还是会一边表示着谢谢的口型，一边露出微笑。在精心的治疗后，D 先生终于康复了，出院的时候，他表示要以绵薄之力回报社会，去帮助那些需要帮助的人。

　　我们并不是大英雄，我们只是奔忙在一线的平凡者。正是由这许许多多平凡的人支撑起一张防护罩，隔离了病毒温暖了人心；鲁迅先生曾经在《中国人失掉自信力了吗》一文中写道："我们自古以来就有埋头苦干的人、有拼命硬干的人、有为民请命的人、有舍身求法的人……这就是中国的脊梁。"正是由这许许多多平凡的人撑起了中国的脊梁，体现了大国的担当。

作为一个中医人，我自豪

上海中医药大学附属岳阳中西医结合医院 吴祎

我们上海国家中医医疗队上海中医药大学附属岳阳医院分队所在的感染三科七病区也已正式运行了近一周。

没来武汉之前，我在新闻里看到前两批援鄂同事们穿着隔离衣工作不是太方便。当时还没有切身感受，这回真是亲身经历了，穿着层层防护，没过多久，我的眼镜和护目镜就已模糊不堪，本就近视的我，更是举步维艰。好久，才适应这样的工作状态。

2月20日，是我在雷神山值的第一个小夜班，下午2点开始，一直忙忙碌碌，直到夜幕时分，才得片刻歇息，隔着隔离窗看着病房里渐渐熟睡的病人们，莫名觉得安心，连日来的辛苦感觉都值得了!

几天的治疗下来，我们病区的几个病人病情都出现了好转，连续两次核酸检测都是阴性，肺部CT情况也在逐渐好转，很快就可以出院。我打心底里高兴! 一来为这些在这场疫情里饱经苦难的病人终于迎来曙光而高兴；二来治病救人本就是医生的职责，我们的病区从一开始就采用了中西医结合的治疗方式，吃中药、打针灸、练习功法……这些中医疗法正在切切实实地治愈着患者，作为一个中医人，自豪感油然而生。

当然也不是完全没有悲伤的故事，今天我就在新闻上看到武汉当地又一名女医生不幸感染新冠肺炎，治疗无效去世了，年仅29岁! 她和我同为战友，同享一片土地，却在最好的年纪永远离开了这个世界! 疫情面前，容不得半点懈怠，死神真的只在一线之间，扼腕叹息的同时，我不停地在内心警醒自己，一定要时刻做好防护，只有这样，我才能救治更多的患者!

古语云"上下同欲者胜，风雨同舟者兴"。擦干眼泪，白衣战士们仍需继续前行，胜利的路上总是布满荆棘，但我相信只要在领队刘华、副领队李斌的带领下，我们众志成城，就一定可以披荆斩棘，胜利终将属于我们!

我是疫中人 更是抗疫人

上海中医药大学附属岳阳中西医结合医院 赵舒逸

忙碌的生活总是让人忘却时间的存在，转眼在武汉工作已过半月。今天意外收到了小侄女写给我的加油信，其中写道：你是武汉的希望，是全国的希望！看着她尚且稚嫩但充满感情的文字时，内心五味杂陈。

回想当初医院党委发出倡议时，我毫不犹豫地报名了，内心满是激动与不安。激动的是，每天看着同仁们在前线践行着救死扶伤的使命，我终于有机会能与他们并肩作战了；不安的是，不知道家人是否理解和支持。但一切的担忧和不安都在与母亲的一番交谈后彻底放下了。我的母亲是一名中共党员，从小我眼中的她就是一个认真工作、热心温暖的人，她理解我。"现在正是祖国最需要你的时候，妈妈支持你！"她鼓励着我，并一遍遍叮嘱我做好防护。

如今我在武汉抗疫，母亲也在崇明参加防疫工作。妈妈，我想对你说："您永远是我的榜样，我一定会不负您的嘱托，圆满完成任务，和您一起并肩作战！"

也许是命运的巧合，我在岳阳医院心血管内科 C7 病区工作。在雷神山，我们岳阳医院分队所在的也是 C7 病区。在大家的努力下，病区已有多位患者康复出院。岳阳医院的医生们积极发挥了中西医结合的优势和特色，我们的中药汤剂、针灸、穴位敷贴、六字诀等治疗广受患者们欢迎。我的内心充满了成就感与欣慰感。

雷神山 C7 病区主任樊民也是我在岳阳医院 C7 病区主任。集结完队伍、整理完物资、清点好人数之后的樊主任，才意识到我是他的"兵"。我们默契地相视一笑，这位从小汤山到汶川，再到雷神山的老兵，无论何时何地，都是那么温文尔雅。但工作起来，他却一丝不苟。每个人都被樊民主任感染着、引领着，我也在这段时间迅速地成长起来！身为"岳阳人"，我骄傲！

风雨下的花蕊，必将绚烂绽放

上海中医药大学附属岳阳中西医结合医院 侍鑫杰

　　我接诊的患者中，有一位小朋友令我印象深刻，她是与母亲一同入住的雷神山医院，父亲则在方舱医院接受隔离治疗，是一个典型的家庭聚集性案例。

　　与许多患者不一样的是，小姑娘并没有因为患病而感到焦虑，也没有慌乱和恐惧。而是一进病房就问我，"在雷神山医院住院期间可不可以上网？"因为她需要参加网络在线课程学习，并上传作业。小姑娘在与我交流中透露出乐观开朗积极向上的气息。

　　之后每次查房，我都看见小姑娘，要么在床边低头打着草稿做数学，要么躺在病床上塞着耳机听英语。有一次，我想再看一看小朋友入院时的 CT 片子，恰逢她在上网课，我无意中拉开小姑娘被子一角，发现整床的学习书籍与辅导材料！顿时让我非常感动。突如其来的疫情使得武汉以及湖北都陷入慌乱之中。这个姑娘经历了这次疫情，在全家人都得病的情况下，仍能表现出那种奋发向上的精神，让我看到了希望，看到了武汉那种不屈不挠的精神，看到了我们中华民族奋勇直上的动力！少年强则国强，自律的孩子不被困境所打倒，必有出息！坚强的民族，不被艰难坎坷所打败，必能振兴！

　　经过大家的努力，小姑娘和母亲都已痊愈出院，父亲也于方舱医院出院，不久后，他们将重回平静而幸福的家庭生活，衷心地祝福他们！

开科三日，我们愈战愈勇

上海中医药大学附属岳阳中西医结合医院 樊民

2月19日上午，我们上海国家中医医疗队上海中医药大学附属岳阳医院分队带着大量从上海带来的医用物资和防护用品赶往雷神山医院，下午就要开始收治病人了。为了能够挤出时间再次检查病区各项准备工作，午餐只能匆匆解决。没有桌子，领来的盒饭堆在墙角，大家充分利用休息室的床铺，叠好被褥，就成了"餐桌"。大家或是坐在纸板箱上，或找个垫子席地而坐，还有人直接蹲着、站着，就这样简单对付了。

上海国家中医医疗队领队刘华下达了接收病人的指令！真正的"实战"开始了！队员们利落地换上洗手衣、隔离衣和防护服，戴好护目镜、口罩和手套，一个个都像宇航员。上海国家中医医疗队副领队、我院副院长李斌突发奇想，在我的胸前，赫然写上了"樊大侠"三个大字。大侠不敢当，但是我觉得这个名字也挺好，非常霸气，嘿嘿，病毒，你怕了吗！没料到的是，听到身后的姑娘们响起了雷鸣般的掌声。

队员们排列整齐，在门口迎接病人。救护车一辆一辆地开来，又一辆一辆地开走。病人们接踵而至，队员们主动迎上前去，把病人的行李、病例资料等顺手接过，随后忙而有序地对病人的情况进行筛查，测体温、测氧饱和度，判断病人的轻重程度，引领或者搀扶着病人，送到相应的区域入住。很快，七病区的48张床位全部收满。

病人们进入病房后，护士连接监护仪，询问一般情况和资料；医生询问病史、查体、进行心电图检查。其中有一位救护车担架直接送来的重症患者，她81岁，合并有高血压、糖尿病、肾功能不全等多种基础疾病。虽然持续鼻导管吸氧中，但氧饱和度仍在下降。我院呼吸内科王振伟副主任迅速查明病情后给予患者高流量吸氧。很快，病人的症状逐渐好转，氧饱和度也恢复至正常。

病人们得知我们是来自上海的国家中医医疗队，都说"你们来了，我们就放心了"，他们普遍对我们上海医疗队的工作给予了很大的支持和肯定。

邓玉海和姜恺两个医生主动报名值病区开科第一个大小夜班，所以白天就没有安排他们去参加收治病人的工作。但在大部队出发的时候，他们仍想"蒙混过关"，被我一眼发现，严词拒绝了他们。必须保证充足的休息才能保证充分的战斗力。

2月20日，李斌副院长身先士卒，带领早班医生查房。他向每一个患者介绍了常规的治疗方案，同时也向大家详细解释了结合海派中医特点的中医治疗方案。他的专业、严谨和亲切，迅速提升了病人对海派中医的认可度和支持度，也纷纷表示对战胜疾病有了更强大的信心。

除了药物治疗，医疗队"人尽其用"，龚亚斌和侍鑫杰医生会针对病人的病情和症状开展针灸治疗，王振伟向病情较轻的患者教授岳阳医院呼吸"六字诀"，帮助改善患者的肺功能，促进其尽快康复。吴祎和张熙两位医师一直在病房里忙前忙后，张艳护士长带领的护理团队也非常给力，年轻的姑娘们没有一个叫苦叫累，即便累到坐在凳子上起不来，也毫无怨言。看到这些，真的深深感动了我这个做队长的。

那位病情相对危重的 81 岁的阿姨，经过一晚上的治疗和护理，早上查房的时候，她在无吸氧的情况下，氧饱和度保持在 95% 以上，病情趋于稳定，大家心里悬着的大石头终于落了地。

我们给所有的病人都开出了中医治疗方案处方，第二天，所有的病人都喝上了具有海派中医特色的中药药剂。

回到酒店驻地，看到我们几个队员又在搬运物资。一问，原来是医院又给我们送来了温暖。后方源源不断的物资供应真的是让我们每个队员都觉得有保障，觉得很暖心。

辛苦的一天又过去了。希望这个疫情就像武汉现在天气一样，逐渐晴朗起来。希望武汉真正的春天能够早日到来！

战疫已经打响，我们会站好每一班岗

上海中医药大学附属岳阳中西医结合医院 邓玉海

2020 年 2 月 15 日晨，我终于等来了出征的通知，作为上海国家中医医疗队上海中医药大学附属岳阳医院分队队员，我即将赴鄂支援。多年未归家乡，难免感慨，我愿尽己所能共抗疫情！

出征 · 抗疫前行

负笈求学居沪上，忽闻疫至返家乡。

百二勇士同相助，中西医学共铿锵。

病毒不解情与义，申江何惧慷而慷。

宜将剩勇追穷寇，不可沽名学霸王。

2020.02.15 题于上海至武汉航班

初抵武汉的夜晚，淅淅沥沥的雨水和萧瑟清冷的夜风，阻挡不了来自上海的热血沸腾。我们在上海国家中医医疗队领队刘华、副领队李斌和上海中医药大学附属岳阳医院分队队长樊民的带领下整理着各类物资，待到回屋，已是凌晨三点。没有力气洗澡，没有心思说话，大家都是倒头就睡，只想睡个地老天荒，连做梦都不想。而我因临时受命管理物资，不知不觉忙到了四点，睡意仍不甚浓，我拿出出发前，女儿送我的画作，贴了床头，希望我能不负女儿所望，早日得胜归家！

第二天一早，医疗队便开始了忙碌，一场场培训让我们快速地进入了状态。雪后初霁，阳光是那么明媚，风景如画的武汉三镇在充当转运交通的公交车的飞驰中多少显得有些冷清，但雷神山医院的工地上却热火朝天。等我们简单熟悉病区结构及院感流程出来时，整个雷神山已是灯火通明。而进去时的泥泞土路已经变成干净平整的沥青路，踩上去还有种热乎乎的感觉。

2 月 17 日，大家马不停蹄地赶去雷神山去接收病区物资；我随队长去火车站接收了第一批从上海大本营紧急调运过来的物资及生活用品——因为驻地不能使用空调，被子又不够厚，不是每个人都有我这么多的脂肪可以抗冻，大本营的领导同事们时刻牵挂着我们，迅速地为大家寄来了急需的电热毯、暖宝宝、热水袋等物资。

当我们赶到雷神山的时候，正好赶上大批物资搬运，平常被父母捧着怕碎了含着怕化了的女孩子也瞬间化作了女汉子！我们也顾不得什么，赶紧跳上卡车，加入了"搬运工"的行列。

经过一天一夜奋战，原本空荡荡的病区已变得井然有序，我们即将迎来首批患者！

2月19日，我们接管的雷神山医院感染三科七病区即将正式开科！我与姜恺医生主动报名了第一个夜班的值守。但上午出发的时候，队长樊民并没有让我俩同行，任我们怎样表态，怎样软磨硬泡都无济于事。军人出身的他，以他自己当年小汤山的经历告诉我们，休息备战，便是军令！每个人都有自己的岗位和职责，我俩的任务就是站好第一班夜岗，正所谓磨刀不误砍柴工。

我俩帮着大部队搬运好医疗物资，目送着他们奔赴战场，转瞬之间忽然发现彼此的眼眶中不知怎的就盈出了泪花。

午后小憩但很快就醒了，索性起身翻阅起最新版的诊疗方案及各类中医治疗新冠肺炎的经验理论。

目前西医的诊疗方式简单来说就是有的放矢。而中医的优势在于辨证施治，面对当前疫情，西医尚无精准打击的弹药，此时正是中西医结合，大展身手的好时机！

傍晚，我和值小夜班的姜恺一起提前赶到了雷神山，和还在忙碌的袍泽并肩而战。不足五小时，整个病区48张床全部收满了。待交班结束，我们穿好了防护服，互相打气鼓励后，便打响了我们的第一战！一夜，还算平稳。我们，算是站好了这第一班岗！

清晨的阳光如约而至，有些晃眼。我们给48位患者取来了丰富的营养早餐。微睁蒙眬的双眼，在返回驻地的公交车上不知已经耷拉了多少次，也不想去吃同伴帮忙领来的午餐，只想躺在床上好好睡一觉。可脑子里还是那戴着面罩吸着氧、被劝服后接着心电监护略显烦躁地躺在病床上的老人，进来时动则气促、说话断续，不知现在如何了？那对夫妻是否依然焦虑？那对母女是否还在忐忑？

醒来已是傍晚，同事们还在关心前方战况，翻看群内记录，似是开局顺利。略食晚餐，附小诗一首，以振奋精神：

迎战·海派中医

雷神山里群英会，昨夜遥闻战鼓播。

擦剑磨枪迎新冠，劈波斩浪破旧垒。

中西合璧齐发力，内外兼修共显威。

不要人夸好颜色，只留清气伴君归。

2020.02.20 题于夜班归来醒后

2月21日，六点多便起来赶早班车，武汉又淅淅沥沥地下起了雨，空气中透着些凉意。兄弟单位的一位清瘦的男护士长在车后的行李台上小憩。我也和他打趣说，后置发动机上就是热炕头，我早就想躺上去了。

穿戴好防护服，护士们给我们写上名字标识，还添加了一些心形、国旗、花草之类的图案，说是终于能够满足一下创作的愿望了，队长樊民"樊大侠"的身上也画上了爱心。

来自湖北黄冈的我，母亲是武汉人，算是掌握了两地方言，还能够帮大家做些翻译。大部分患者的症情都有改善，不少人在查房后还向我们作揖以示感谢。

查房过程中，我发现不少病患开始出现了胃脘痛、腹胀、便秘、纳差、烧心等消化系统的症状，这正是消化内科出身的我所擅长的。于是决定采用西医促进胃肠动力药、保护胃粘膜，配合理气健脾、滋阴润肠的中药或针灸治疗等，被治者立竿见影。

开科以来，大家都仔细琢磨着中医药在疫情防治中的作用，愿我们能不负众望，充分发挥中西医结合的优势！愿疫情早日结束！

最盼望的就是你们来打针灸

上海中医药大学附属岳阳中西医结合医院 秦雯云

我是来自岳阳医院肿瘤一科的护士，能入选上海国家中医医疗队上海中医药大学附属岳阳医院分队驰援武汉雷神山，感到十分荣幸。在这里，我有幸见证了祖国医学之精妙，也感受到了医患之间最纯真的美好。

在岳阳医院工作的这几年，我每天都和很多肿瘤患者打交道，慢慢地我学会了倾听与鼓励。在雷神山，突如其来的新冠肺炎疫情让很多患者惊慌失措、情绪低落，我便尽力地多与他们沟通，正所谓"总是安慰，常常帮助，有时治愈"，只有让患者们感受到我们是同一战壕的战友，我们在并肩作战时，才能齐心协力，共克疫魔！

此次我有幸与肿瘤一科副主任龚亚斌一同征战雷神山。龚主任中医功底扎实，对待患者也十分耐心。他充分发挥专业优势，将运用于临床多年的经验方制成了穴位敷贴。我们为患者们贴上自制的穴位贴，并叮嘱他们定时按揉，可有效缓解咳嗽症状，受到了患者们的一致欢迎和好评，他们纷纷向我们竖起大拇指说道："我们真的太幸运了，能得到中医医疗队的救治，真的太感谢你们了！"

我们中医医疗队的医生们每天都会为患者辨证施治，运用针灸治疗。为了便于操作，我们选择了"套管针"。我每天都会协助医生做好操作前准备，虽然因穿着厚重的防护服，戴着双层手套，让我的行动都变得十分笨拙，但患者们非但没有因等待而不耐烦，反而充满期待地说："小秦姑娘，你别急，我们每天最盼望的事情就是等着你们来打针灸！"听到这些，护目镜后的我忍不住鼻子一酸，看到针灸后的患者疗效立竿见影时，我又会打心眼里替他们高兴，也无比自豪！

转眼间，我们出征武汉雷神山也有近一个月的时间了，昨天晚上和父母通了视频电话，作为退役军人的父亲平时话语很少，他看着屏幕前的我，满脸关切地问："你是不是瘦了？什么时候回来？我们想你了！"我努力地忍住眼中的泪水，笑着答道："要是能瘦点才好呢！平时怎么减都减不下来的。"挂断电话，我默默地打开了日历，虽然不知归期何时，但我相信，我们离取得这场战"疫"的胜利越来越近了！

我的雷神山的五个感受

上海中医药大学附属岳阳中西医结合医院 姜琳芸

2月15日下午1点到单位集合出发来武汉雷神山，至今不知不觉已经有26天了。昨天家里人问我还有多久回来？我回答道，早嘞，才刚刚来。充实又紧张忙碌的生活让我日子过得飞快，感觉过完一个星期是分分钟的事情。但是这里的点点滴滴我都铭记于心，这样的日子我大概会记得一辈子吧！

感动

一路上大家都安安静静的，我就负责看窗外风景，发现武汉是个很耐看的城市，不像上海车窗外清一色的高楼大厦。在武汉你会看到"美术馆旁边搭了个种菜的大棚"，随便一块空地就是售楼处。就因为如此专注，看见一个50多岁的叔叔手提白色塑料袋看到我们车辆驶过的时候，对我们做了一个加油的手势，当下一股暖流流入心。

——2020.2.16

强壮

我们看到自己即将接手的病房时都傻眼了，这就是个毛坯房啊！要什么没什么，除了个轮廓。顾不上感叹和傻眼，撩起袖子就是干，女的当男的用，男的当长工用。搬病床、铺床，试铃牌、紫外线、灯、抽水马桶、下水道、花洒、淋浴器、电视机、空调、门把手、锁、负压……帮病人准备好第一壶开水，每个人床头放个盆、洗漱用品……事无巨细，事必躬亲，一次次来回穿梭在病房内。要是我们现在不检查好修好，以后再进去就是非本专业的工作人员穿防护服进去维修，这无疑增加自身和他人的感染风险。这几天下来，我发现我都有肱二头肌了。

——2020.2.17

逆行

我们被称之为逆行者，但是有一批人是逆行者中的逆行者。有这样一批人未必接触病人，却是比医护人员更高危的存在。他们就是各科室中的院感消毒。你是否考虑过在医护人员脱下防护服隔离衣护目镜等防护用品后，这些垃圾如何存放如何收走？是不是难住了？这不可能交给保洁，因为首先保洁连防护服都穿脱不利索，自身防护都不行；其次万一没做好，会造成整个病区集体感染。防护服身上存在的气溶胶，传播距离长范围广存活时间久，因此收的时候必须慢稳。慢是怕扬起气溶胶增加感染的风险，稳是怕重复动作增加收垃圾者防护服破裂的可能性。而且他们的工作是从一脱（污染区最干净）到二脱（污染区相对干净）最后到三脱（污染区最脏的地方）逆向走的，名副其实的逆行者。

——2020.2.27

心慌

有一次穿戴完整严丝合缝，不露出自身一丁点皮肤地进入隔离病房工作，经过几小时的工作，在出来前要从头顶到脚指甲喷洒消毒灵。在喷到脸部的时候我的皮肤感受到了消毒水的滋润，我顿时就慌了，我知道我的护目镜移位了。何时开始移位的，移位的面积有多大，我都不得而知。我只能一脱去"太空服"就直钻淋浴房冲洗，还告诉我同事最近离我远点。其实病毒离开人体是存活不了多久的，而且流动水冲洗半小时足以解决。但是这一次的经历让我想想都后怕，现在做事和个老头老太一样，慢慢地。 面对危险，没有谁是不怕，本能地不逃的。哪有什么天使，只不过是一些孩子学着大人的模样，穿着白大褂奔赴"战场"而已。

——2020.2.29

习惯

再过几天我们就满月啦！这里的生活或工作开始习惯，吃的重油重辣重咸，工作渐渐上了轨道，各方面的制度和政策日渐完善。看着新闻里面方舱关闭，我就在想，要是我们关闭的话，我会不舍会哭，虽然时间不长但是付出的感情和努力全在这里了。从一个什么都没有的毛坯房到能够含泪送病人出院，这期间大家团结一致同仇敌忾。你说苦吗？那是真的苦。吃不惯，睡不好，语言又不通，生活没有自由……但是却很幸福，能和自己的同事并肩逆行为国家为兄弟姐妹出点微薄之力，这样的经历一生又有几次？我每天写日记就为了记住这段珍贵的时刻。现在我们最开心的事情就是把自己房门打开，戴着口罩坐在房门口线内，和斜对面的同事聊天，就像夏天老头老太在树荫下乘凉一样，这样既不违反规定也不无聊。

——2020.3.4

从提交申请书的那刻开始，就做好了充分的思想和体力准备，随时随地为国家奔赴一线，从来没有后悔过。在这里我只希望尽自己所能做点贡献，不给自己留下遗憾！

武汉，你一定会好好的

上海中医药大学附属岳阳中西医结合医院 张丽

转眼，来到雷神山已经整整一周了。我们上海国家中医医疗队所负责接管的病区都已经正式进入"战斗"状态，上海中医药大学附属岳阳医院分队所在的感染三科七病区呈"满员"状态。

接到收治病人指令的那一瞬间，我本想大家会不会因为恐惧而紧张，出乎意料的是没有一丝犹豫，所有人竟然抢着穿防护服，要求上第一线收治病患，这让我不由得也变得坚定起来，和姐妹们相互检查好防护服，比个加油的手势，我们就迅速地集结到病区门口，等待着病人的到来。

回想那天，当大门开启，等待许久的病患终于进来的时候，说真的，刚刚还澎湃不已的内心突然变得五味杂陈。虽然我们在这么短的时间里布置妥当病房着实不易，但看到病人的那一刹那，我突然就想到了之前援鄂的同事们、想到了那些为之付出生命的同仁们、想到了整个武汉人民所经历的不幸，眼泪就这么不争气地夺眶而出了。为了不污染我的护目镜，我只好仰起头，拼命忍住不哭，心中暗暗给自己加油鼓劲：疫情一定会过去的，一切都会好起来的！

武汉的冬季异常寒冷，没想到穿上防护服的我，竟然头一次感到了闷热，两三个小时后，护目镜里的雾气凝结成水珠，要努力地瞪大眼睛，才能勉强视物，害怕出错，我不敢有一丝懈怠。想着第一天收治进来的病人会不会害怕，我尽可能地常常出现在病房窗边，让大家看到我，由于穿着防护服，说话听不清楚，写字成了最好的沟通方式，我就在纸条上一笔一画地写下"放心！你们一定会好好地走出雷神山医院，我们来自上海国家中医医疗队，一定会尽我们最大的努力为你们的健康服务！"贴在窗户上，希望病人们能够得到一丝慰藉，毕竟"有时是治愈，常常是帮助，总是去安慰"，让他们知道我们永远不离不弃，应该是现在我能想到的最好的心理护理了。当我负责的床位病人个个对我竖起大拇指的时候，泪水再也不听我的使唤，流了下来，脑海里一直回响起"武汉加油"这首歌！

是的！为了这场战役，我们上海的医护们出征了一批又一批，我的同事们还在准备随时再出发。武汉！请你一定好好的，我们和你一起加油，相信我们的众志成城，定能争取早日恢复到那些自由自在呼吸的日子！

斩病毒于马下，待疫散于春来

上海中医药大学附属岳阳中西医结合医院　张熙

2020 年的春节，和往年有些不同。看着电视里不断增长的新冠肺炎感染人数，作为一名较高年资的肾内科医生和共产党员，我毫不犹豫地报名了上海国家中医医疗队。

离开家乡，奔赴前线，不舍难免。临走前孩子抱着我说："爸爸你真的要去武汉么？能不能不要去。"我只得安慰他："我们是大家里的小家，只有爸爸去帮助大家，大家才能保护我们小家。"孩子噙着泪似懂非懂地点点头。

待我看到队友们时，这种小家情绪很快就被冲淡了。从上海到武汉，各个群情激昂，意志坚定，集结号已经吹响，每个战士都准备好冲锋陷阵，决战沙场了。

在这个新的大家庭里，有指挥若定的领队刘华，凡事亲力亲为的副领队李斌，久经沙场的老将樊民队长，冲锋在前的大将王振伟医生，谋略见长的龚亚斌医生，兢兢业业的后勤保障大队长邓玉海医生，严谨负责的张艳护士长，忙忙碌碌的战地小记者施勤英护士……尤其是我们那些时刻冒着巨大风险给患者做检查治疗的护士们，每一个都角色鲜明。

雷神山十天建成，C7 病区却是我们岳阳曙光队员两日内携手共建而成的，凝聚了大家无数的汗水，我们也是这一批中最先收治病人的。我们岳阳医院分队的医生，都从医十年以上，有着丰富的中医诊治经验。在樊队长的带领下，大家将自己的中医优势发挥得淋漓尽致。利用中医四诊，尤其是舌脉来辨识体质，再通过中药煎剂以及非药物疗法比如针刺、六字诀等来治疗患者，对于这些检查不便、治疗办法欠缺的特殊患者群，可谓一大法宝。取得良好临床疗效的同时，也给患者带来极大的信心。

有一位患者，舌淡而齿痕多，这是典型的气虚病人，我们立即给他增加了补气健脾的中药，加上针刺足三里、内关等穴位，配合相应的功法，很快改善了患者的不适症状。中医常说"急则治其标，缓则治其本"，在这段时间里，我们不仅着眼于患者目前的治疗方案，更认真总结梳理了所有患者的诊疗思路，为他们后续的康复出院做准备。这其中的艰辛，不足为外人道也，如今看到陆续出院的患者，我深觉若不是我们医患之间同仇敌忾、通力合作，是绝对无法获得如此成效的。

"星星之火，可以燎原"，相信我们的众志成城，齐心协力，定会斩杀病毒于马下，让小小病毒不能越雷池一步。等到山花烂漫之日，也必将是我们凯旋之时，那时必当与诸君共话汉江夜雨，共饮杯中美酒。

出征武汉满月感怀

上海中医药大学附属岳阳中西医结合医院

在武汉奋战的一个月里，队员们有什么想说的？让我们通过八个关键词来走近他们。

关键词一：中医

我们在雷神山医院，实现了中医药治疗的百分百覆盖。实践证明，中医药具有显著疗效。"新冠肺炎患者，特别是老年人、有基础疾病的人，容易并发细菌感染。中药配合针灸治疗可以扶正气、增强人体抵抗力，降低感染的概率"。（李斌）

我们通过观察总结，患者总体病机特点：气虚、肝郁、湿瘀。制定了以中医为主，中西医结合治疗方案，在上海岳阳医院的抗疫协定方基础上拟定上海雷神1号方，配合针刺治疗。查房同时针对不同患者情绪表现实施情志干预，上海针灸、上海功法、上海音乐疗法、穴位敷贴疗法在雷神山感染三科七病区铺开。（龚亚斌）

"医生啥时候来给我们扎针啊？""护士现在能来给我贴敷贴了吗？昨天贴了我咳嗽真好了，太神奇了。""昨天我中药吃完了，今天会来的吧？"这是现在病房里患者们问我们最多的话。看着一位又一位患者通过运用我们的中医药治疗得以康复出院，作为"岳阳人"的我十分自豪。（黄丹凤）

关键词二：中西医结合

我们在雷神山医院，始终坚持中西医并重，积极发挥中西医结合优势。对疫情防治而言，西医强于病毒的鉴定、相关药物和疫苗的研制、危重患者生命支持等，而中医在调控机体、增强对疫病的抵抗力方面具有独特见解和防治经验。我们要坚持优势互补，让中西医结合的成果造福更多患者。（樊民）

中西医结合疗法是1+1＞2的，在缩短平均发热时间、改善全身中毒症状、促进肺部炎症吸收、降低重症患者病死率、改善免疫功能、减轻临床常见副作用等方面都显示出优势。作为消化内科出身的我，临床实践证明对出现胃脘痛、纳差、恶心等症状的患者施以中药、针刺治疗，往往立竿见影。（邓玉海）

关键词三：隔离病房

第一次穿上防护服走入雷神山病房的时候，所有人的面容、表情都突然消失不见，但是每个人都有他的灵魂印记，胖瘦高矮、肢体语言，都各有特色，灵活鲜明。大家虽然行动多有不便，但做起事来都配合娴熟，有条不紊。我们捻针操作，我们看舌搭脉，我们用湿、热、火等词汇来解释病情，很容易就拉近医患的距离。（张熙）

关键词四：病人

清楚地记得入院当天，一位老太太由四位救护大队工作人员担架抬入。入院时测氧饱 69%，一看这个指标，大家都知道这意味着什么——这铁定是一个重症患者。治疗团队立即展开临床综合救治工作，中医药以及针刺的辨证论治、高流量吸氧、抗生素治疗、营养支持、电解质平衡、抑制炎症风暴……在多管齐下的中西医结合治疗和护理下，在团队的努力下，阿婆的症状逐渐缓解，各项理化指标恢复正常，出院那天，老太已能步伐轻松地走出病房！（王振伟）

来雷神山工作已有一月，第一批收治的患者已全部出院，对此我们感到十分骄傲！患者们视我们为亲人，给予我们满满的信任。在给患者叔叔进行静脉输液时，他会毫不吝啬地夸奖："小赵，打的真棒！"看到原本病重的阿婆一天天好起来，直至出院；看到患者们有模有样地练习"六字诀"功法。我强烈地感受到武汉的春天已经来了，这场抗"疫"攻坚战的胜利就在前方！（赵舒逸）

关键词五：防护服

2月19日下午，病区收到准备收治病人的通知。虽然之前经过多次培训，但真正进入实战，说心里不慌，那是假的。我按部就班地穿戴防护服、口罩、护目镜等。穿戴完毕，还未进入正式工作，已经感受到了憋闷与窒息感，不由自主地大口透气。头上的汗已经开始顺着发根往外渗出。看着镜子中的自己，好像宇航员一般，做好最后的自我检查，向病房勇敢地迈出第一步。（张艳）

我在雷神山医院被安排在了一个不直接接触患者但却十分重要的岗位上——院感消毒班。我需要时刻督促医护人员做好个人防护，整个病区按时按点的消毒工作、各种防护物品补充、病房各类垃圾收纳打包、落实院感自查都是我的职责。从隔离病房出来，我时常会督查大家正确脱去隔离衣，大家便戏称我为"监工"，我一刻也不敢松懈，时刻提醒自己必须时刻保持高度的责任感，在这个特殊的病区环境下，一定要保证大家零感染！（姜琳芸）

关键词六：武汉

武汉病了，我们来给你疗伤，待你痊愈之时，多么想再识武汉，拥抱武汉！多么想拥抱你的美，希望明年再来看看武汉樱花，看看黄鹤楼，看看你那婀娜多姿的靓丽。多么想拥抱你的甜，希望明年再来武汉，看花儿开了，人们笑了，城市乐了。

（侍鑫杰）

病房里一位重症患者病情逐渐好转后，心情也变得开朗起来。有一天，她执意要给我们买吃的以表心意，在场的医护人员都笑了，对她说："等您痊愈出院了，等我们以后来武汉耍，再给我们买吧！"患者握着我们的手说："那好，以后一定要来，一定要来啊！我要请你们吃饭的！"她说着，脸上洋溢出满满的憧憬，正如武汉这座城市一般，憧憬着花开疫散，重新恢复生机的那一天。（周佳）

<h2 align="center">关键词七：日子</h2>

2月25日，我在武汉成为了一名光荣的预备党员，我觉得我肩上的责任更重了。我将一如既往地做好病区的护理工作，时刻牢记好我的党员身份，发挥好党员的先锋模范作用，做好带头作用。有危险较高的操作，我会冲在前面，保护好我小组的队员们。（施勤英）

作为90后的医务人员，我很荣幸能驰援武汉，更为能够火线入党而自豪！我们将在这个没有硝烟的战场上，与前辈们携手同行，坚守在救死扶伤、为人民服务的岗位上，做一个有理想、有本领、有担当的青年人，早日打赢这场抗疫阻击战，让武汉这座美丽的城市早日绽放绚丽之花。（王文盼）

<h2 align="center">关键词八：家人</h2>

因为新冠肺炎病毒的高传染性，很多武汉的患者都是全家一起感染，一起入院的，但有时并不能住在同一家医院或同一间病房。即使有了手机、微信等方便的联系方式，对家人的牵挂仍从他们的言谈中流露出来。我能深刻地体会到他们的感觉，因为我和我的队友们也牵挂着自己的家人。这种感觉也是我努力工作的动力，他们出院时的笑容，便是对我工作的最大肯定。这一个月来，我最挂念的就是我的妈妈，家乡那边也有新冠肺炎患者，最怕她被传染。好消息是家乡那边的疫情被控制住了，好久没有新发患者了。谢谢那边的同行，我在武汉也要继续努力。（吴祎）

本来打算2020年步入婚姻的殿堂，所有的前期准备均已就绪。疫情突然到来，我毅然决然地报了名。我是一名护士，一名ICU护士，我想为湖北尽自己的一份力。当得知入选医疗队时，我毫不犹豫地剪掉了年前刚做好的头发。得知消息的父母没有责怪，只道让我保重。未婚夫给了我紧紧的拥抱，说等我回来，为我骄傲。你们的支持，是我最大的动力。来到雷神山一个月了，平日里娇弱的我们都不知不觉变成了女汉子。我相信待春暖花开时，一切都会美好如初！（刘晓岚）

没有克服不了的困难

上海中医药大学附属龙华医院 秦朝辉

2月15日下午我们医院共30人组成的医疗队随第四批国家中医医疗队出征武汉雷神山医院。16日凌晨3点我们才把行李和医院带来的物资收拾好，休息了三四个小时后，马上就去雷神山医院了，一路上我们并没有感到很疲惫，更多的是激动。

刚刚到达雷神山医院时，我们接管的C5病区还在紧张的布置建设中，此后的数天里，我们在方邦江主任和陆巍护士长的领导和指挥下，都成了病区的"建设者"。我们带来的物资、雷神山医院的物资由卡车运过来，只能停靠在离C5病区挺远的地方。我们开启"蚂蚁搬家"的工作模式，在大家的共同努力下，终于把病区准备妥当。

我们身边有不少医院的建筑工人，可以说他们比我们更累！有的工人口罩上布满了灰尘，我们看到后，赠送了他们几个口罩，他们高兴地表示感谢。他们累了，就席地而卧休息，他们的样子，着实让人感动。

收治首日，方邦江主任和陆巍护士长带队一早出发，下午共收治了41名患者，工作量之大可想而知。队员们经受住了考验。第一个夜班是我和上海市中医医院的邓剑青医生一起值守的，从凌晨工作到早上八点。为了提前做好准备工作，我俩提前4小时到达病区，进入隔离病房后，立即观察处理重症患者。当时我们对眼镜处理缺乏经验，全是雾水，视野不清，后来方主任及时带来了除雾剂，方得缓解。

工作时我出现了胃疼症状，但我一直坚持着没有告诉队友们，我想患者需要我。夜班结束后回到酒店，胃疼还未好转，我开始担心如果一直不好，第二天能不能坚持值中班。医生本来就少，一个班不能值，会影响全局。于是我在微信工作群里求助，李交医生马上在群里积极回应，没过一会儿，曹敏医生来到我房间，他为我进行穴位治疗后疼痛就缓解了，我很是感动！再过了一会儿，上海市中医医院的赵凡尘医生带着奥美拉唑和达喜来到我房间。我服药加休息后，第二天早上症状完全缓解，我也特别高兴，及时告诉大家。

我们龙华医院和上海市中医医院在短时间内凝聚成了一支强大的、团结的、有战斗力的团队，我们有着严谨的作风和必胜的信念，一定能圆满完成此次艰巨的抗疫任务，一定不辜负武汉人民和全国人民的期望。没有克服不了的困难，相信胜利终将属于我们！

有时治愈，常常帮助，总是安慰

上海中医药大学附属龙华医院 曹慧娟

　　新的科室，新的工作，是有很多挑战的。很多工作，平常做都可以很轻松地完成，但因为防护服的原因，加上当地方言的差异，常常使我们遇到困难。

　　我们病区开科那天收治了一位偏瘫、生活不能自理的老奶奶，她还患有阿尔茨海默病，沟通上有点困难。每天除了要给她做生活护理翻身拍背、更换尿布等，还要哄她吃饭喝水，几天下来我们已经熟练掌握怎么更换尿布，也喜欢去看看她。她喜欢吃什么我们都已经摸清，比如她喜欢吃肉和甜食，特别不喜欢吃面条，不喜欢吃苦的，所以在给她喂药的时候我们把药物碾碎，放在她爱吃的饭菜里。后来老奶奶渐渐好转，跟我们也越来越亲近。

　　有一天老奶奶不舒服，我进去巡视的时候她用右手拉着我，想要说什么。我询问隔壁床位上的阿姨，问她是否知道老奶奶想说什么，阿姨说她也听不懂。但是，老奶奶握着我的手很有力，让我感觉她肯定有事。我反复问她是不是想家了，她摇头，再问她是不是哪里不舒服，她点头了。最后，弄清老奶奶是在说自己的肚子不舒服，随即我喊来了医生。

　　出了病房我跟小伙伴们开心地说到老奶奶竟然听懂了我说的话，我能跟她沟通了，我太高兴了。这位老奶奶现在已经出院了，虽然出院那天我中班，没能亲眼看着她出院，但是一想到她离见到家人又近了一步就特别开心。

大家放心，我们在前线挺好的

上海中医药大学附属龙华医院 虞亚琪

细数一下，我来到武汉三周有余了，三八妇女节当天，来自大后方的慰问品及节日礼物如流水一般源源不断，心中充满了感动，除了防护必需物资，还有各种美味食品，真正感受到"上海温度""家长味道"。

回想起2月15日那天，仿佛依然能感受到下飞机时那刺骨的寒冷，整理物资到凌晨两点，第二天一大早又去雷神山医院准备开科事宜，清楚记得当时上海国家中医医疗队龙华医院分队副队长，我院护理部副主任陆巍老师问了一句："你们有谁经历过开科工作吗？"周围战友一致摇摇头，陆老师笑着鼓励"大家加油"。那之后我才深刻感受到这是多么复杂的工作。开科的那几天每个人都是超过十二小时的高强度运转。一位伙伴开玩笑说："以前睡觉还要靠安眠药，现在这失眠症也治好了。"

我们是同事，亦是战友。我院医疗队共30人，是8名男医生和22名女护士的组合，在此不由得要感谢我们队里的男士们，他们承担了大部分的体力劳动，每次运送物资总是搬运最重，最大件的。

病区工作很快步入正轨，我们发挥中医药特色，穴位敷贴、艾灸疗法、八段锦功法、中药香包……中西结合优质护理，取得了惊喜的成效。每次送患者出院，看到那一张张"痊愈"的证书，总是止不住感动。有位患者开玩笑说："在这里每日被你们精心照顾，回到家真担心不适应呢！"

妇女节当天我们的工作时间减少为四小时，真是最好的妇女节礼物。模糊的护目镜，两至三层的手套，汗湿的手术衣，不知何时被压破的皮肤伤口……都在考验着我们的战力。所幸大后方送来充足的药膏，团队领导也在随时调整人员，为了保护受伤的队友，工作群里每日都在统计登记有无队友出现皮肤伤口并给出处理意见。"上海温度"一直在温暖我们。大家放心，我们在前线真的挺好的，等我们平安归来！

一场非同寻常的"寻觅春天之旅"

上海中医药大学附属龙华医院 吴琼丽

今天在病房里，又听到了"谢谢你们"的赞美声，当患者向我竖起大拇指的时候，我觉得自己是个"超人"，穿着"战斗"服装，守卫着他们，特别有成就感，从未像现在这样有过如此强烈的职业认同感，人生有这样一段深刻的记忆，是我一生宝贵的财富。

病房里收治了一位 80 多岁的老奶奶，她是我们病房里的"小公主""嗲妹妹"。她自理能力差，长期卧床，缺乏安全感，于是我们成了她的"生活总管"和"心理师"。每次我们进病房，她总是转过身看着我们，主动伸手和我们互动，握着我们的手，"我一个人害怕，你们要常来看看我"虽然当地的口音很重，但能感觉到，她很努力地讲普通话和我们交流，"我们一直都在，有什么需要就和我们说。"每次听完我们的话，她都会安心地点点头，眼眶湿润了。每次我都会和她聊一会儿天，为她加油，她看到我们出病房门，总会撒娇叫我们留下。在我们的安慰下，她的心情逐渐平复，安心配合治疗。是我们给了她，是她给了我们不断战斗的力量。

脱下一层层防护服隔离衣，手套鞋套，是一张张被口罩勒到变形甚至破皮的脸颊，一双双被汗水浸湿泛白的双手。穿梭在病房里忙忙碌碌的身影……把救治病患放在首位，这些都抛之脑后了。

下班路上，沿路的风景很美，正逢樱花盛开的季节。本来这个时候，如果我还在上海的原岗位上，应该是穿着美美的裙子，看花赏花，但我一点也不后悔来武汉支援，我觉得这是一个不平凡的春天，我是在经历一场非同寻常的"寻觅春天之旅"。在这场"旅行"中，有同行的逆行者们，有我从没看到过的最美风景！

顺应心的向往，走心中之路

上海中医药大学附属龙华医院 刘利梅

我是来自龙华医院十五病区的刘利梅，不知不觉间在武汉工作已经一整月了。在雷神山医院工作的日子里似乎从没有过时间的概念，只有想把工作做好。

我要去武汉战斗

春节期间新冠肺炎疫情持续蔓延，每天看着新增患者数量急剧上升，心中忐忑不安，作为医护人员的使命感油然而生。我曾同科室同事说起"如果可以，我想去武汉，去同大家一起完成一件我们本该去完成的使命"。随后，我院护理部发出志愿报名支援武汉的通知，那时也来不及想其他，立刻报了名。我记得 2 月 14 日那天我值班，刚上班不久，支援武汉的名单出来了，我也在这个队伍之中，与我院 29 名同事们一起作为上海国家中医医疗团队队员出征武汉！

感谢大家的支持与鼓励

出发前打电话给家人，电话打通后就哽咽了，本来因为疫情没能回家陪父母过年，已是心中愧疚，现在要去武汉支援，又要让父母加倍担心，更是不安。只能不断宽慰他们，一再保证一定保护好自己。特别感激父母的开明，一直默默支持我的任何决定，这次也是理解我、支持我、鼓励我，让我安心启程。回想起来，从出发到现在，唯一一次落泪就是坐在大巴车出发去机场时，看着车窗外送行的同事们，不舍、不安涌上心头，终于还是没忍住，扭过头，落了泪。说来也是莫名的缘分，这次赴武汉的航班是我第一次坐飞机的远行。

新建病区，既紧张又充满成就感

2 月 16 日清晨，真正开启了我们新建雷神山医院 C5 病区之行。领物资、搬运物资及设备、检查设备设施、打扫消毒、铺床、准备患者生活用品等等，尽管紧张忙碌却心中充满阳光。工作间隙，我们抓紧时间反复练习正确穿脱防护服，相互监督，不敢丝毫懈怠，直到 2 月 20 日我们病区准备完善，顺利迎接了第一批 41 名新冠肺炎患者入院，整个过程既疲惫紧张又充满了成就感与欣慰感。随着病区运作慢慢步入正轨，我们的工作也逐渐细化、规范化。

做好本职工作，确保环境安全

我负责的是消毒管控工作，负责外围及内围清洁消毒，确保大家工作环境以及病人治疗居住环境舒适安全。这就要求我们在整理感染性医废（如病人的生活垃圾、内围医废、污染防护服等）时要小心谨慎，动作轻缓，防止气溶胶产生，防止环境以及自身的感染。我一天的工作是从外围整理清洁消毒补充物资开始，戴好口罩及帽子、穿好防护服、戴好护目镜面屏后然后入舱，入舱后我们清洁消毒内外走廊、缓冲间以及病房，协助收治患者，带领患者做 CT 检查，为患者打水，发饭等。每天的工作按部就班，有条不紊。

医患相互鼓励加油

记得病区刚开科时，老师就告诉我们，为患者加油打气、增强他们抵抗疾病的信心也是治疗疾病的良方。患者也为我们带来点点滴滴感人瞬间。每天到病房进行消毒时，我都会热情地和大家打招呼，每次都能听到暖心的话语。"你们辛苦了，感谢你们这么远过来帮助我们。""你们中医治疗对我们帮助太大了，太谢谢你们了！""小姑娘辛苦了，想了家没？""确实想家了，不过我们也很高兴能有机会见证你们康复，目送你们回家。"每次进入病房进行消毒的过程，也是我巡视患者，观察他们病情、了解他们需求、协助解决问题的过程。

我很庆幸，来到武汉工作至今，我从未害怕过，也未退却过，一直任劳任怨，踏实抗疫。都说我们是逆行者，我们只是顺应自己心的向往，走心中之路。我们也不是英雄，只是普普通通的医务工作者，在做我们的本职工作。面对疫情，援助武汉是我们的责任与使命。在这一个月里，我们收到太多来自领导、同事、家人、朋友们的关心，谢谢大家的挂念，我们一切都好，待春暖花开，抗疫胜利时，我们一定凯旋而归！

第五章 ○ 方舱随笔

　　2月4日，上海两支国家紧急医学救援队共计99人（东方医院53人，华山医院46人）出发驰援武汉，分赴武汉客厅和洪山体育馆两家方舱医院，承担各一个区域的轻症患者救治任务。从接收第一批患者到休舱谢幕，生命的方舟时刻充满了爱与温暖。历时一个多月，方舱医疗队员始终英勇奋战在抗疫一线。据统计，东方医院国家紧急医学救援队累计救治确诊病例832名，华山医院国家紧急医学救援队累计收治患者1124人，为患者驾起了生命方舟。

要把方舱医院的感控做好

复旦大学附属华山医院 朱祺菁

一声"妈妈"瞬间把我从睡梦中惊醒,恍惚地看了下四周,才意识到我是在做梦。一时情绪失控,我就稀里哗啦哭了起来,没想到以往在影视剧中才有的桥段,居然有一天也会发生在我的身上。努力克制住自己情绪,收住了不断落下的泪水,我便起身穿衣洗漱,因为今天是我在武汉抗击新冠疫情的第八天。

来到武汉后,目前总共穿防护服进舱三次。然而除了进舱工作外,我分配到的任务是跟随张继明主任把洪山体育馆武昌方舱医院的感染控制做好。从进馆第一天就开始拿着 A4 纸画分区地形图,先后做出了区域划分图、穿脱防护服的流程及示意图、穿脱防护服的视频及配音,制定了感控护士工作岗位职责、转运物资流程,以及保洁工人的工作时间表、工作流程。在张主任的指导及战友们的互相帮助下,我不厌其烦地一遍又一遍修改这些流程,只为能在有限的资源下把感控做到最好,把医护的安全系数尽可能地提到最高。

一连好几天的连轴转,让我觉得时间过得飞快,时间不够用。原本担心因想家而失眠的情况几乎不存在了,每天都是倒头就睡,几乎都没时间去联系我所想念的家人。家人也非常体谅我的忙碌和辛苦,只是每天一句"家里安好,注意防护,等你归来",让我能够全身心地投入抗新冠战疫。

就在昨日,我和我的团队亲手护送 12 名经过反复确认康复的新冠肺炎患者出院。面对这些患者那真诚的、没有任何掩饰的、发自肺腑的声声感谢,我为我的团队感到自豪。

武昌方舱医院病人的故事

复旦大学附属华山医院 卫尹

1

王大姐，52岁。1月19号出现畏寒、手脚僵硬症状，后持续低热至31日。2月1日，经两次核酸检测及三次肺部 CT 检查后确诊，2月5日晚上，成为午场方舱医院首批入住患者之一。

入住方舱前，在劝说女儿自己向街道上报未果后，王大姐向街道"举报"了自己的女儿。当时女儿是很生气的，非常不理解。入住方舱后，她主要通过微信与家人联系，知道女儿已经在2月14日酒店隔离完成后回家了。王大姐告诉我们，现在女儿已经理解她，心结也打开了，她很开心。

当我们问她出院后有什么打算时，她说每天在这里看到医务人员非常辛苦，大家都有家庭有孩子，但都义无反顾地来到武汉帮助他们，这份恩情重于泰山，所以她愿意出舱后做方舱志愿者。志愿者的事情已经跟女儿谈过了，女儿也非常赞成。昨天她还联系了自己的朋友，捐献鸡蛋、鸡、牛奶等给这里的医务人员，应该明天就会到了。

很特别的是，今天是王大姐的生日，她收到了舱内护士为2月份过生日的患者赠送的蛋糕和生日祝福，每人一份。我们一起围着她唱了生日快乐歌，虽然王大姐没说出来许的是什么愿，但我想，我们都知道。

2

严姑娘是武汉儿童医院的一名妇产科护士，35岁。1月28日出现乏力和低热症状，2月11日入舱。回想感染途径，很可能是工作接触。她说自己本身抵抗力不太好，容易感冒，工作原因长期值夜班，在出现症状的前几天，接触了多位发烧的产后妇女，当时考虑是产褥感染，所以仅有简单的外科口罩和工作帽，并未做特别的防护。在她被感染的同时，母亲也被感染了，并且出现了重症肺炎，协和医院的 CT 显示双白肺。

目前小严在舱内接受对症治疗，母亲经过医护人员的努力，即将由重症病房转到普通病房，这是她感到特别欣慰的。她自己乐观地打趣道：终于可以难得好好休息了。

当问起有没有后悔过因为工作原因始终处于高风险环境中时，她的眼神很坚定，口气很坚决地说：没有，这是我的工作。她也表示，目前舱内患者每天都需要抽血，护士太忙了，如果可以的话，她申请帮助这里的护士，一起为患者抽血。

3

这是特别的一家人，分别是婆婆、媳妇儿和孙女。婆婆和媳妇儿是同时被诊断的，在 2 月 5 日开舱那天就来到了方舱医院，当时媳妇儿和婆婆床位相隔得比较远，护士了解到她们的关系时，马上为她们调整了床位，成为邻床也便于婆媳之间能有个照应。孙女是晚几天才住进来的，护士知道后，也将她安排在了同一个片区，这样一家人虽然都住进了方舱医院，但彼此能够守望相助，有家人在一块儿，焦虑和不安便缓解了很多。

4

小张姑娘是一位年轻的妈妈，1 月 29 日出现症状，2 月 2 日确诊，2 月 5 日首批入舱。她的宝宝 3 个月大，双肺感染，也被确诊为新冠肺炎，目前在儿童医院治疗。

年轻的妈妈还在哺乳期，每天通过人工吸奶排出乳汁。目前，这位妈妈属于康复阶段，核酸检测 1 次阴性，DR 比之前好转，她最担心的莫过于自己的宝宝。好消息是宝宝现在也比较平稳，她最大的心愿就是出院后，和先生、宝宝一起，翻开人生的新篇章。

5

胡先生是一位年轻的法官助理，在自己发生症状时，立即向单位和街道上报，并做好了自我隔离，等待住院，也是方舱开放第一天来的。从第一天到现在，方舱医院不断完善和优化，这些变化小伙子都看在眼里，"现在住在这里感觉很好的，就是医务人员实在太辛苦了。"

问到出院后的打算，他说，"我准备献血去，我的血中有抗体"，"我已经联系好了捐助，捐赠给这里的医务人员，你们辛苦了！"

冠毒不除不下战场

赴鄂战地日记摘抄

同济大学附属东方医院 李昕

2月4日 阴

赴武汉的高铁下午从上海虹桥火车站缓缓驶出，国家紧急医学救援队待命多日，今天终于成行。

一个声音在提醒我，抓紧时间写一份入党申请书。

2月6日 阴

明天就要进舱工作了，难免有些紧张，网上传来了李文亮医生的死讯，我不禁潸然泪下，无法控制自己的情绪。我甚至想到了死亡，突然坐起给女儿的班主任发了一条微信："李老师，马上要进去打仗了，夏楚豫你帮我照顾，万一我有什么，夏楚豫以后就做你的女儿，我放心……"

2月7日 阴

明天就是元宵节了。还有3小时就要进舱工作了。在武汉前线收到父亲的一封家书："用自家的分离换来天下人的阖家团圆，我们心甘情愿，无怨无悔！"父亲的理解和嘱托令人动容。

2月9日 阴转小雨

昨天第一次进方舱医院值班，难免有些紧张，毕竟这是生和死的赛跑，一场没有硝烟的战争呀！开舱4小时就有300名患者需要救助，哪里还顾得上紧张呢？我一上来就遇到一例高烧突然加重的病人，希望通过我的努力能使他转危为安。原定6小时一班，实际工作8小时，没有喝水，没有上厕所。

2月10日 雨夹雪

追记——第一个夜班惊险连连

凌晨2时35分，大多数患者都已熟睡，24床患者突然呼吸困难，喘不上气。

我立刻为他测量了血氧饱和度。看到他的血氧饱和度降到87%时，我一下子警觉起来，首先想到的是能不能帮他转诊到定点医院。

我立刻跑到医生办公室。办公室墙上贴着很多联系电话。我先打了转诊电话，但是电话处于忙音中。

打不通电话，急得我后背直冒冷汗，于是又一个接一个拨打了其他电话，最后终于打通了一个调度的电话，但却被告知夜间无法转诊病人。

我赶紧跑回病人床前，此时病人已无法躺平，情况愈加严重，片子显示其两肺都有磨玻璃影。我询问了他是否有高血压、糖尿病等其他疾病，病人表示都没有。

方舱医院只收治轻症病人，加之医院初创，也没有什么有效的药物，好在有位武汉的护士长帮我从舱外找来了一个氧气瓶，大概3点半给患者吸上了氧。吸氧后，情况有了好转，然后他开始恳求我，能不能帮他转出去。我向他保证，尽我最大努力早上帮他转院。

半小时后，我再次给患者测血氧饱和度，看到已上升到94%时，才稍微松了口气。

但此时，36床患者又出了问题，他的体温一度升到39.9℃，这位患者只有22岁，血氧饱和度98%，也没有呼吸困难。第一天收治病人，一些药物还无法及时拿到，只能进行物理降温。还好，患者的体温慢慢降了下来。

早8点，第一个夜班结束，排队两个小时才换好衣服。回到宾馆，已经将近12点半。

打开手机，家人和朋友关心的微信短信一条条跳了出来。我们手机不能带入方舱，怕消杀不彻底，就会把病毒带出来。家人朋友都想第一时间了解第一个夜班的情况，我没能及时回复，他们都有点担心。

回想起第一个夜班，还是觉得很惊险。从来没有穿着防护服全副武装，这样近距离地接触病人，更没有一次照看100多个病人，而且始终不吃不喝不上厕所。

2月11日 小雨

我10岁的女儿所就读的上海长宁区绿苑小学为我们家做了个专辑——《"优佳"致敬最美逆行者 特别篇》。片子里，描述了我的工作，表达对我的敬佩、思念与担忧。

2月12日 雨夹雪

2月8日晚间起到2月10日，武汉客厅方舱医院已经收治了1213名患者，他们都是轻症患者。相比身体上的问题，患者的心理疏导也很重要。

在这里患者最常见的心理问题就是焦虑情绪。每次查房时，他们都会问：医生，我什么时候可以出院？医生，我睡不着怎么办？还有少数患者闹着要出去，觉得自己本来没什么问题，住进来会被传染成重症。针对这些问题，我们专门配备了一名心理医生，为患者进行心理辅导，必要时辅以药物治疗。

近日，一位擅长广场舞的病人还在方舱医院里跳起了广场舞。这份面对疫情的乐观精神感染了很多人。后来越来越多的病人、医护也跟着跳了起来。考虑到运动过于激烈会导致耗氧增加，医护就带着病人做起了呼吸操。

昨天，为了缓解患者的恐慌焦虑，5000册由刘中民院长主编的《抗疫·安心——大疫心理自助救援全民读本》也送进了武汉客厅方舱医院。

"真担心，这次疫情到底会持续多久"，"为什么明明知道面对疫情要保持镇定，但总是做不到"……这本书通过问答形式，列出近50个问题，解读疫情防控期间的大众心理问题，阐释特殊情况下的心理防护，提供自助心理调适方法。

我们把书分发给患者，护士还带领大家一起开展读书会，一起朗读一些鼓舞人心的段落，缓解了他们的心理压力，得到了他们的认同。

2月13日

到武汉前线今天是第10天了。回想从上海出发时，我们队里的"小太阳"——一名护士不停地在说笑，但在火车上看了几条家人发来的微信，看着看着她就哭了。当听到"下一站武汉站"时，大家的神经都一下子紧绷了起来。

到达武汉的次日早上，我们立即前往武汉客厅广场搭建帐篷移动医院。3个多小时后，一座由25顶帐篷组成的，包括门诊、预检、观察室、监护室、药房、更衣室、休息室等部门的野战医院拔地而起，同时还接通了远程会诊中心。

当你有活干了，心里就不那么紧张了。搭建作业让大家暂时放下了紧张情绪。但到达武汉的第一个夜晚，不少医疗队员还是失眠了。为了保证精力，有些人还服用了安眠药。

进舱前大家互相鼓励加油打气，进舱后一直忙着照顾病人，这种紧张反而一下子缓和了。而且有过一次经验后，就知道了自己要做些什么，如何在保护好自己的同时照顾好病人，就能从容应对了。

队里的心理医生，除了进舱照顾病人，也会经常给队员进行心理疏导。医护们空下来时，也会看看《抗疫·安心》，自我缓解情绪问题。

现在想得最多的，就是不知道疫情什么时候会过去，真希望按下一个快捷键，快点到胜利的那一天。疫情结束后，我最想抱抱我的女儿。

2月14日

救援队领队、东方医院雷撼副院长拍了一张照片，引起我的共鸣，特赋诗一首：

> 战地早晨
> "方舱"扎"客厅"，
> 战旗扬"军营"。
> 暗夜终散去，
> 旭日别样红。

2月15日 中雪

昨天武汉突然降雪，领导都怕我们受凉，说降温寒潮来了，我加了一件保暖内衣，结果舱里居然开了暖气，一进去就浑身湿透了，包括袜子，不能动，眼镜上全是雾气，啥也看不见，就这么熬了6小时，身体差点的话就会没命了！

2月17日 小雨

入"舱"前，防护服上写几句豪言壮语成了医疗队的时尚。不过这次我把它改成了"湖北媳妇"。为什么这样写呢？听我一一道来。平日里在上海习惯了穿一条薄秋裤过冬，没想到武汉的天气这么阴冷。酒店疫期空调停掉了，第一夜冻得我一夜无眠。武汉的同学向瑄，也是我老公的湖北老乡闻讯送来了电热毯，真是雪中送炭呀，帮了我一个大忙！不过人家提了一个条件：一定要在防护服上写上"湖北媳妇"

四个字。电热毯救了我的命，我得满足他！

2月18日雨夹雪

庞文跃大哥率队来武汉了。我初入医门见习时曾借住在他家。前天趁着歇班我到武汉辽宁队驻地造访了他。

在那里我看到庞大哥赴鄂后写的《公开日记》，其中有一段引起了我的注意：

"轻松了，就想到一个拷问灵魂的问题，为什么要到武汉？真的没有找到答案。也许只为了这样，多年后，当儿子在你面前吹牛皮时，你可以轻声回击：

2020年的春天，你老爸我去过武汉！"

庞大哥的这个回答令人振聋发聩！

临别，庞大哥送我20个最顶级的N95口罩，痰喷上去都不要紧！够用到胜利那一天了。

庞大哥真好！自从他来了武汉，我都感觉不冷了！

2月19日晴

今发朋友圈：清华大学为医疗队捐赠酸辣粉，正对我这个无辣不欢的人的胃口。吃了这碗粉，一定不辱使命，完成抗疫任务。

老爸即兴赋诗一首：

> 赠人玫瑰手留余香，
> 一碗辣粉暖我心肠。
> 水木心系举国同殇，
> 冠毒不除不下战场。

为老爸点赞！

2月20日晴

我的爷爷奶奶和大伯都是从医50年以上的医生，我的外公外婆都是八路军新四军老战士、老共产党员，他们给我的家教是：待病人如亲人，不但看好病，还要做好思想工作。新潮点说就是不但要医病，还要心理疏导，人文关怀。还是CCTV感动中国节目给我奶奶的颁奖词说得好：医者，看的是病，救的是心，开的是药，给的是情！

918床—1033床，我负责124名病人。工作时不断有人来询问——"今天能不能查？""结果什么时候出？""昨天开了，为什么没有做？"这势必打断正常工作，影响效率。但我认为答疑也是工作。在治疗新冠肺炎的过程中，我深深体会到安抚是最大的工作。央视记者在采访时问过我这样一个问题："有没有遇到过蛮不讲理的患者，自己觉得十分委屈？"的确遇到过。每当这种场合，我都要求自己用一种同情包容理解的态度去应对。当时我还没有回答完记者的提问，两个患者在我身边就又吵了起来。我和同事唯一能做的就是劝解答疑解难。

有一天接班时发现988床神情沮丧，躺在床上啜泣。上前一打听，她身上果然有事。阿姨父母都是离休干部，86 岁高龄，均有心血管疾病。自己当过卫生兵，现在环保局工作。36 岁得子，儿子今年才 20 岁。疫情暴发后，她染病住进方舱医院，老公隔离在酒店，外地读大学的儿子返家被要求居家隔离，儿子又不会做饭。她心急如焚，一筹莫展。我一边安慰她安心治疗，一边设法向小区求救，帮她孩子解决了吃饭问题，使她渐渐稳定了情绪。随后几天病区里跳保健操、广场舞的队伍里也出现了她的身影。

又过了几天，988 床站在医生办公室门口，远远地叫"李医生"。原来她胰岛素快用完了，80 多岁的老母亲的胰岛素也快用完了，实在没办法才找我求助。怕传染我，隔着距离大声说话。我的母亲也患糖尿病，没有胰岛素会酮症酸中毒。她这是屋漏偏逢连夜雨呀！设身处地，我要竭尽全力帮她。我问遍了各个医疗队，打电话给药物调度员，费尽周折，帮她找到了配对的诺和灵 30R 胰岛素笔芯。拿到药的那一刹那，她愣了。当得知连同她老母亲的药都有了时，她瞪大眼睛看着我，感动得失声痛哭起来。以下是我和她的微信聊天记录：

——李医生真心谢谢你！

——应该的。

——你在医院肯定是受欢迎的医生，你性格好，不爱烦。

——您过奖了，能为您做点事，我也很欣慰。

记得我在方舱医院第一个夜班接班不久就发现这位阿姨浑身发抖，大汗淋漓，腿发软，查问得知她有糖尿病，凭临床经验判断低血糖了，护士一量果然如此。我连忙拿来牛奶点心让她吃，方才化险为夷。事后阿姨给我写了一封感谢信。我告诉她："新冠肺炎不可怕，重要的要有好的情绪，好的营养，才能战胜它。"阿姨听了连连点头。

988 床经过一段时间治疗，核酸转阴，但 CT 片子显示肺部炎症吸收不好。像她这种情况输液治疗比较有效，可方舱医院不输液。另外，方舱医院一天 24 小时灯都开着，亮如白昼，她很不适应。鉴于这种情况，我积极请示领导，帮助她转到了条件较好的中南医院，三人间病房，晚间可以熄灯，治疗上对症静脉点滴抗生素，病情有了起色，很快就要出院了。阿姨给我发来微信："谢谢，谢谢，谢谢，说三遍。你也注意防护，要安全啊！"我回复："我会保护好自己。等到口罩摘下那一天，我会去看您！"

天天去治愈，常常去帮助，总是去安慰。

这是我，一个医生的工作，也是责任、使命和担当！

2 月 21 日 阴

这个病毒与人体的 ACE2 受体结合造成发病。因此新冠肺炎合并高血压患者一般停用血管紧张素转换酶抑制剂（ACEI）、血管紧张素 II 受体拮抗剂（ARB）和利尿剂，而改用钙拮抗剂（CCB）。

但是患者如果长期服用 ACEI 联合 CCB，我建议患者不要因为疫情而停用 ACEI，因为血压波动造成的不良后果更不堪设想！

这个病毒跟 SARS 不一样的是，它也有可能直接攻击心脏，所以除了呼吸衰竭，爆发性心肌炎也是死亡原因。为什么有高血压、冠心病的人很容易出现重症，也许是这个原因。

新冠肺炎合并高血压急症推荐选用静脉药物乌拉地尔。

我准备在休息时找一找文献研究一下。

2月22日晴

同济大学艺术与传媒学院同东方医院灾难医学研究所共同启动抗击疫情科研攻关。我和柳珊合作中标一项课题，是文理交叉学科的——《新冠肺炎下的社会心理和医务人员心理影响比较研究》。

还有一个上海市科委的课题正在写，来不及写标书。

2月23日雨

赴鄂以来，上海市卫健委，浦东区委、区政府联手社会各界关怀帮助前线人员家属。光明集团和叮咚买菜定期往家送菜奶肉蛋水果，卜蜂莲花超市、上海农业发展公司、浦东良元农产品专业合作社都纷纷往家送慰问品。我女儿所就读的长宁区绿苑小学校长亲自打电话来家慰问。长宁美校、小荧星艺校免去女儿的学费……用我老爸的话来说就是"一人上前线，全家都光荣"。我们家就好像是战争年代的军属一样，令人十分感动。我一定要不负众望，和前线将士一起，众志成城，共克时艰，打好抗疫阻击战，以实际行动答谢父老乡亲。

2月25日

今天下午同济大学把团课开到了方舱医院。我应邀到会发言。

一场特别的主题团课在武汉客厅方舱医院开讲。"凝聚青春正能量，众志成城抗疫情"特别主题团课，主讲人是正奋战在方舱医院医疗救治一线的同济大学附属东方医院国家紧急医学救援队暨中国国际应急医疗队（上海）队员们。同济大学等沪上高校约 20 万青年学子通过 bilibili 视频网站在线听课，并与前方医疗队员们互动，送上由衷的敬意与温暖的祝福。这也是上海学校共青团"战疫"系列主题团课的第一期。

2月26日

一个男孩在方舱医院诊疗车上复习功课的照片在网上流传。他叫杨一帆（化名），是我年龄最小的病人。他是江岸区一所省级示范中学的高三学生。他随身携带的那本《高考冲刺》蓝色试卷集，每天都在有条不紊地做。他说："刷题，我很享受，也很快乐。我要利用好时间，不能掉队。"他爸爸一月发病，至今还在长航医院重症监护室救治。随后，他和妈妈也确诊染病，住进了我们方舱医院，同一个厅不一个区。只有早上洗漱和中午晚上吃饭时他才能和妈妈匆匆见一面。

大男孩很阳光，整天很安静很有主见的样子。他把六门功课安排得满满的。我上班见他几乎都在埋头学习，不禁想起当年自己高考的情景。虽然全家遭遇大难，可是每当问诊到小杨时从没听到他抱怨。他接受现实，处变不惊的样子确实让我很感动。他的肺部几乎没受到感染，我跟他说"你每天戴好口罩，睡觉时也不要摘"，他很听话，一一照做了。今天他专门来到医务室，送给我一张心形心愿卡，上面写着："希望这次疫情早点结束，希望在这里悉心照顾病人的医生和护士姐姐们都健健康康地回到自己家中。"他说我是他的保护神，希望和我合个影。当时我就忍不住泪水了，满足了他合影的要求。

2月27日

浦东区委、区政府决定，对在疫情防控工作中表现突出的第三批85名个人予以表彰。我榜上有名。老妈发来微信："战友们都很棒，你更要严格要求自己了。"我回复："是的，我会以一个党员的标准来严格要求自己。"

"虚心使人进步，骄傲使人落后。"

2月28日

突如其来的疫情，让很多武汉家庭遭受劫难。我有一位病人，一家六口，父亲新冠肺炎一月底不治去世，母亲和他住在方舱医院。爱人本来也在一起，是一位高龄孕妇，受惊吓怀孕29周早产，现转往妇幼医院，婴儿在保温箱。大儿子不到十二岁，独自一人在家，生活无着。他爱人生产后隔离14天期满，想回家。能否获准？回去后谁照顾？保温箱里的孩子怎么办？家里大孩子如何安置？这一系列问题接踵而来。他困在方舱医院，必须由我来联系社区帮助解决。几天来费尽口舌，几经周折，反复协商，关键时刻社区顶大梁，帮了大忙，终于妥善解决了这一家人的棘手问题。我也如释重负，轻松了许多。

2月29日

1032床的阿姨，本来快要绝经了，受到刺激突然来了月经。她找我要卫生纸和卫生巾。昨天晚上给她送去，她流泪了。她说我以为你随口一说就忘了，没想到还真的送来了。谢谢，谢谢，谢谢！

3月1日

黄色防护服再也不能穿了，就像一个塑料袋，活活要把人憋死。之前广东阳江队一名队员穿黄色防护服不适中途出舱，广东清远队一位护士穿黄色防护服出现胸闷、憋气、出大汗中间出舱。我要如实向领导反映这一问题，以免酿成事故。

3月2日晴

方舱医院，这一用于集中收治轻症新冠肺炎患者的战时医院，无疑是一个创举，成为举世瞩目的焦点之一。它利用大型场馆、院校以及空置厂房、物流仓库和客运大厅等搭建而成后在很大程度上缓解了疫情暴发，床位紧缺的局面。

以我所在的东西湖区武汉客厅方舱医院为例，它征用武汉文化博览中心三个厅，加上医护区，总面积达 22000 平方米，超过三个足球场大小。方舱包含了污染区、缓冲区、清洁区、逃生通道、物流通道等，并为医护和患者设计了不同出入口。原拟设床位 2000 张，受电路影响实际设床 1461 张，高峰时期患者基本在 1430 人左右，去除不可用床，舱内接近饱和状态。到目前为止，武汉客厅方舱医院是规模最大的。

方舱医院改变了武汉新冠肺炎的医疗模式，加速了对患者的收治，减缓了病情的蔓延。虽然我们不知道疫情何时能结束，但是储备床位的增加，为我们应对这场灾难提供了更大的空间。

3 月 1 日，这里创下了单日出院 132 人的纪录。上级决定，C 舱封舱，将病人合并到 A、B 两舱。

3 月 3 日晴

今天援鄂医疗队临时党支部召开支部大会，讨论了我的入党问题。到会 15 名党员一致通过接受我为中国共产党预备党员。听说是抗疫前线火线入党，政审外调一路绿灯。梅园路派出所的何警官听说援鄂英雄很重视，中午不休息，把外调材料亲自送到医院党支部。

我宣读了入党申请书，我应徐红福书记要求，谈了我当时的感想："我是外公外婆带大的，我的外公是七七卢沟桥事变后加入的八路军，外婆是皖南事变后加入的新四军，他们都是在国家、民族和党最危难的时候加入了中国共产党，几十年的革命生涯，他们将生死置之度外，不顾个人安危完成了党交给的种种任务，他们的革命精神潜移默化影响了我。我继承了他们的遗志，在国家和人民最需要我的关键时刻，坚决地完成党和国家交给我的任务，现在我积极要求加入中国共产党，为此我感到光荣和自豪，我也要像外公外婆那样，为共产主义事业奋斗终身！当疫情来临，没有哪一个政党能像中国共产党一样珍惜老百姓的生命和安危！"我潸然泪下。

我一定不辜负大家的期望，戒骄戒躁，在今后的抗疫战斗中继续前进！

3 月 4 日阴

谨以此文纪念赴鄂医疗队入武汉满月：

雷院，我们心中的定海神针

上海东方医院副院长、赴鄂国际医疗队领队雷撼同志，大家都亲切地称他"雷院"。雷院，军人出身，说话行事和他的名字一样，铿锵有力，沉稳干练。在方舱医院的日日夜夜，每一个关键时间节点，总能看到雷院指挥若定的身影。有雷院在，我们就会少几分忐忑，多几分上阵杀敌的勇气。

雷院身为医疗队的领队，本可不进舱，但是他不顾个人安危，以身作则，身先士卒，要求队员做到的，自己首先做到。方舱医院搭建完成后，队员们演练穿脱防护服，雷院主动加入了演练的行列。他身材高大，最大号防护服穿在身上还是紧绷绷的，很不舒服。可雷院全不当一回事，一丝不苟，不厌其烦，反复穿脱，直到熟练为止。

方舱医院搭建完毕，升旗仪式上，雷院即兴发表了热情洋溢的讲话："多年以后，当你回首往事，一定会觉得，我为这面旗帜拼搏过。"一席话，说得大家热泪盈眶，热血沸腾。

2月9日凌晨，我第一个夜班，原定0：30出发，可是因为找不到面罩，1：00才下楼。雷院衣着单薄，在瑟瑟寒风中足足等了我半小时。

每当交接班的时候，雷院一般总会出现在大家身旁，仔细检查防护是否到位，为进舱队员在防护服上写名字，写口号，给大家鼓劲加油。

2月18日21：30，当记者打来电话时，正在召开紧急会议的雷院略带疲惫而又兴奋地说："近日经过我们全力救治的17名患者已康复出院。患者全部出舱那一天，便是我们凯旋之时。"

方舱医院初建时，不少地方有待完善。有段时间舱内电脑看不到核酸和CT检查结果，医护着急，病人抱怨，一度有点混乱。关键时刻，雷院穿上防护服，亲自进舱调研排查解决问题，一锤定音，用内网把核酸和CT检查结果发给护士，及时传达到每一个病人。制定了"责任田"和"自留地"的管理办法。B厅400余名患者分别归入4个责任大区，就是"责任田"。这样每个值班小组当班时主要管理诊治100多名患者。此外值守"责任田"的医生每人认领约10名患者，和病人结对，全天候24小时随时服务。这就是"自留地"。分工明确，责任到位，管理渐渐有序了。

雷院每天工作繁忙，经常通宵达旦，十分劳累，常常顾不上吃早饭。他从思想到行动为全队作出了表率。可是雷院在荣誉面前从不伸手，把评先评奖的机会一次次让给普通队员。

和雷院在一起战斗，带劲！雷院，我们心中的定海神针！

3月5日晴

感谢同济大学志愿者服务队的老师为我的女儿个性化辅导功课。

看到女儿同学的爸爸妈妈把每天辅导孩子的时间表晒在了朋友圈，我本来很着急。但同济大学的志愿者服务团队，帮我解决了后顾之忧。只有家人好，我才能安心大胆地去战斗！

3月7日

今天是个激动人心的日子。经上海援鄂医疗队临时党委批准，我光荣加入了中国共产党。和16位其他医院的上海战友一道，我们在东西湖全季酒店面对鲜红的党旗庄严宣誓。

"苟利国家生死以，岂因祸福避趋之。"一名党员就是一面旗帜。能光荣地成为中国共产党大家庭的一员，是我人生中最为自豪的一刻。火线入党，更是使命的担当。我郑重向组织宣誓，向群众承诺：服从命令，听党指挥，牢记宗旨，不辱使命，越是艰险越向前，随时准备为党和人民牺牲一切，永不叛党！

3月8日

昨天上午，武汉客厅方舱医院25人治愈出院，下午59人转往雷神山医院。随着最后一名患者转出，武汉客厅方舱医院患者清零。今天上午武汉客厅方舱医院正式休舱。从此方舱无战事。这个三天建成的方舱医院，圆满完成使命，所有医护人员原地休息待命。

3月9日

昨天是三八妇女节，上海黄浦江两岸为战疫玫瑰亮起粉红灯光。目前援鄂医护人员1652人中有1088人是女性，巾帼英雄撑起了战疫的大半壁江山。这正是：

铿锵玫瑰，绽放浦江。粉红灯火，为我点亮。天使逆行，木兰主唱。勇毅担当，乐观善良。父老乡亲，给我力量。不获全胜，不下战场！

3月14日

今天下午，和我女儿所在班级——上海市长宁区绿苑小学四（6）班的学生代表视频连线。我给孩子们演练了穿脱防护服的全过程，并和他们互动。从视频中我也见到了我心爱的女儿。几句祝福，一个队礼，少先队员们的表达方式很简单，却很暖心。

3月15日

有一种职业是医生，有一种责任是救治，

有一种情怀是奉献，有一种态度是关爱，

有一种境界是忘我，有一种需要是割舍，

有一种情感是牵挂，有一种配合是默契，

有一种使命是担当，有一种姿态是战斗，

有一种选择是坚持，有一种幸福是凯旋。

报名援鄂医疗队那一刻，我忘记自己是女儿，是妻子，是母亲！

3月16日

沪上大屏幕为我的同乡英雄点亮。

第一次进方舱看到密密麻麻的床，

感受到国家的担当和力量！

3月17日

今天下午，我们上海的老市长，湖北省委新任书记应勇同志专程来到武汉客厅方舱医院跟大家话别：（2月）3号我在上海送你们，现在我在湖北送你们回。开慢点，注意安全！他和雷院热烈拥抱，互道保重。

3月18日

返回上海的命令正式下达了。在离开武汉的那一刻，满眼都是泪水，满街都是感动。武汉市民站在自家阳台上隔空喊话，挥手表示谢意。2月4日出发，3月18日胜利返回，44个惊心动魄的日日夜夜，我们不辱使命，奋战在抗疫最前线，负责武汉客厅方舱医院轻症患者的救治任务，达到了患者零召回，医护零感染，病人零死亡的三个"零"目标。

飞机到达上海虹桥机场时，上海市委书记李强亲自到机场迎接，并发表了热情洋溢的讲话。停机坪上，工作人员高举"欢迎回家""向英雄致敬""真国士，勇担当"等欢迎标识，我们齐声回应："我们回家了！"我们一定要不负重托，不辱使命，继续奋斗，为夺取疫情防控斗争最后胜利作出更大贡献！

守得云开见月明

复旦大学附属华山医院 曹晶磊

时间在充实而紧凑的工作中过得飞快，驰援武汉已经快一个月了。今天接到了B区休舱、将B区的患者转运到A区和C区的任务。回忆起刚进舱工作时的样子，颇有些感慨。

B区在武昌方舱医院B1层，说是地下室，但整个亮堂堂的，没有一丝阴暗处，空间被合理规划、划分，床位整齐地排列着。刚进来时，不管是医护还是病人，多少都有些不知所措，但好在有团队在，很快就进入了状态。现在一个月过去了，患者陆陆续续康复出院。今天，随着B区的休舱，B区的患者陆续被分配至A区和C区，他们早已整理好了行囊，正在用自己的方式和自己的床铺、B区的护士一一告别，患者们高喊着"B区再见了""再见了B区"，跟随我们有序地离开。"嚓！"灯光熄灭，B区完成了自己的使命，休舱了。

我的思绪转到2月24日，民间习俗二月初二龙抬头，据说在这天剪了头发会使人鸿运当头，福星高照。那天，在武昌方舱医院的C区，我们为患者提供了理发服务，那是我人生第一次拿起电动理发器，给患者有模有样地剃着头发，个个都剃成了标准的卤蛋头。在给老王剃头的时候，他哽咽地说道，爱人在这场疫情中去世了，他永远忘不了送她上救护车的那一天，自己还有一个32岁的儿子，还好没有感染。这是一个让人心碎的故事。有许多家庭在这场疫情中支离破碎，但老王后来的话感动了我，"虽然很伤心难过，但以后的路还是要走下去，等我出院了，要和儿子好好地努力活下去，带上老婆的那一份"。

想起那时同事调侃我："你怎么有勇气拿起理发器？""结棍额，新技能满满！"我想，可能是所有在这没有硝烟的战场上并肩战斗的战友们和武汉人给了我勇气。医生、护士，后勤、安保、患者、足不出户的武汉人民、方舱的工作人员、快递小哥以及来自各界的爱心捐赠者等，大家都在各自的岗位上各尽其职，守望相助，同心协力。大家拧成一股绳，心往一处想，劲往一处使，才有了今天的第一个休舱。

又想起2月28日，我在方舱医院第一批接待的病人小洁要出院了，她收拾好行李，坐在床边等待责任护士带领她走出病区。我还依稀记得她入院的那天，2月14日情人节，她询问我，能不能将她和妈妈的床位安排在一起？方舱医院中，有很多病人是一家几口感染了一起来住院的，所以我们会尽量把家庭患者按照性别安排在一个区。小洁和她的妈妈就被安排在 C 区的 11 区住下了。在交谈中，我得知小洁一家 11 口人都感染了新冠肺炎。那是在今年 1 月 18 日的小年，一次家庭过节聚餐后，11 人无一幸免均感染了新冠肺炎，用她的话来说"一家 11 口人全灭"。接着一家人陆陆续续都被收治入不同的方舱医院进行治疗，她和妈妈被分配到我们方舱。随着治疗的顺利进行，小洁还主动担任起 11 区的区长，热心地帮助 11 区的病人处理一些琐碎的事宜，她的乐观精神感染着 11 区的病人。在妈妈先一步康复出院后，她也迎来了第二次核酸检测阴性的好消息。准备出院时，她的眼睛里闪烁着希望的光芒，和她初到时的茫然、不知所措截然不同。她笑着说"爸爸妈妈都在一个隔离点，虽然现在还不能团聚"。我笑侃道"祝贺祝贺！11 人都顺利通关完毕，等以后疫情过去了，大家还可以聚一聚！"，她忙摇头"不敢了，不敢了"！最后的合影中，她双手摆出胜利的姿势，yeah！

下班路上，街道依然冷清，空无一人，但道路两旁好多花悄悄地绽放了，春意萌动。听说，武汉大学的樱花已开，三两花苞，似少女懵懂心事，绽放如朝霞出云的热烈。

没有什么能阻止生命的怒放！让我们守得云开见月明。

第六章 ◎ 东院事略

　　2月7日，由中山医院136名医护和管理人员组成的上海第五批援鄂医疗队，驰援武汉，进驻武汉大学人民医院东院区。2月9日，医疗队按时整建制接管武汉大学人民医院东院两个病房（额定床位80张）。

　　面对由普通病房改造的重症隔离病房这一"陌生战场"、全部属于重症甚至危重症患者的严峻形势，医疗队绝不气馁，将"安全、细致、规范"的救治原则贯穿于医护整体工作当中，克服重重困难，从诊疗制度、护理方案、精细化管理到具体的操作策略，不断优化升级，将专业、严格与精细的"中山标准"深度复刻到武汉前线，秉承"一切为了病人"的宗旨，全力救治每一位患者，使管理的两个病区的病亡率显著下降。

这里就是我的战场

复旦大学附属中山医院 顾国嵘

没有打开电脑之前，根本不记得今天是星期几，也不记得来武汉多少天了。队里通知打胸腺肽，现在是我的计时单位，3 针打过，应该来武汉已经一周多了。

我参与接管的病房是武汉大学人民医院东院区 22 病区。这是个普通神经内科病房临时改建的重症病区，经过当地医护人员的改造，简单地区分了污染区、缓冲区以及清洁区，条件比我想象的好一些。病区里一共有三十余位重症患者，当地 5 名神经内科医生和几名护士已经在简陋的环境下坚持了近十天。我们迅速和当地医生进行了交接班，初步了解新冠肺炎的传报流程和武大人民医院的医嘱系统后，我们医疗队的叶伶就带着呼吸治疗师进入了污染区巡视患者。

接收 22 病区后，呼吸科 ICU 的叶伶副主任医师担任病房的组长，我担任副组长和党小组长。其他 13 名同事分四班轮流值班。叶伶年初三就驰援上海市公卫中心，接到援鄂任务后又马不停蹄地和大部队一起奔赴武汉。虽然他比我年轻，但对于新冠的经验比我更丰富。更让我钦佩的是他的工作作风。接手 22 病区后他每天都进入污染区查看病人，为每个病人制定详细的诊疗计划。这么多天来，他也没有休息一次。可喜的是在他的带领下我们 22 病区已经五天没有患者死亡。

呼吸治疗师郁慎吉是个九零年的小帅哥，大家都亲切地叫他吉哥。他是我们病区医生中进污染区次数仅次于叶伶的。我们一接手病区就立刻明白患者的治疗方式必须改变，否则死亡率不可能下降。几天来，护士长申请到了四台呼吸机。每台呼吸机刚一到病房，吉哥就立刻组装好推进污染区。同时他还在污染区拍摄了使用视频，告诉大家高流量呼吸机的使用以及防护的要点，尽可能地减少医护被感染的风险。细心的吉哥还在污染区发现了 4 台闲置的呼吸机，我们手中的"武器"一下子多了很多。一台台呼吸机进入污染区，一个个病患出现了转机。

心外科的钱松屹医生是组里最年长的老师，也是唯一一位有着抗 SARS 经验的老兵。2003 年他就在中日友好医院感染科病房参与了那场抗击非典的战斗。那天我们接到通知，指挥部要求我们接收 3 个危重患者，老钱为了节约使用防护服，第一个夜班就在污染区待了 9 个小时。

护士长郑吉莉老师，我也是久闻大名。汶川地震、东南亚海啸都有她战斗的身影。第一次接触就感受到她清晰的思路、泼辣的作风，以及对待患者的热情。在她的指挥下，污染区和生活区变得有条不紊清洁整齐。她每次给病区申请物资时都据理力争，保护好所有的同事。

韩奕和马杰飞都是我曾经带过的 80 后，自然而然的，他们俩和呼吸科的刘洁一起搭班。每次他们值班，小马都说不愿意做 office boy，其实我明白他是想保护两个小妹妹，让她们少去污染区。

护士里大多都是 90 后的弟弟妹妹。她们的工作真的很累很累，在污染区内一刻不停地工作 4 个小时，打针护理、端屎倒尿，给患者做心理疏导。第一天就有个护士妹妹晕倒在清洁区。看着她苍白的脸，真是心痛。

接手 22 病区以来，每天早上 7 点出发去医院一直要工作到晚上 8 点多才能到宾馆休息，对于四十多岁的我来说，巨大的精神压力和繁重的临床工作真的很累，根本没有力气再去记录下每天的生活和工作。今天是到武汉的第一次休息，躺在床上，记录下过去十天里发生的事，也许十年或者二十年后再翻翻今天的日记，我也会为自己再次感到骄傲。记得记者采访时我刚从污染区出来没多久，眼罩和面屏上的消毒剂熏得我的眼睛很痛。有人看到我不停地眨眼睛说我紧张，是的，有一点点紧张，因为我怕父母知道我在武汉，为我担心。记者让我谈谈对疫情防控的一些看法，而我仅仅是一名基层医生，全局不需要我来考虑，我只记得我说："这就是一场战争，我就是个战士，这里就是我的战场。"

加油，顾国嵘！

攻艰克难的我们

复旦大学附属中山医院 潘文彦

窗外的阳光被雾霾遮挡了些许，不过暖意却让人盼着夏日快些到来。坐在窗边思绪回想着两周前出发时场景，回想着踏上武汉这片土地时寂静，回想着第一天走进病房时陌生。每每走进驻地宾馆电梯，都会留意那幅樱花背景的美图文案——攻坚克难的我们，因为我们"在一起"。

我们——一群默默无闻的白衣战士。当初进入病房时，我隐约能感受到你们的担心，能感受到你们的力不从心。就是那么坚定而温情的安慰话语，告诉同伴："别怕，你看我精神吗？你如果累了靠着我休息一下。"我听着眼泪忍不住落下来，防护服后的泪水没有人能看到，那是被感动的泪水，那是欣慰的泪水。你们那么年轻，却那么懂事！那一天下班赶班车的路上，有位护士告诉我，她爸爸说：我把自己最宝贝的送到武汉来了。他为自己女儿骄傲。这一次我没穿防护服不能轻易落泪，我笑着说：为你爸爸点赞！为人父母的我，懂得那个话语中更多的不舍。

我们——一群穿上战袍的护士。特殊的隔离病房，特殊的工作流程，我们很快进入工作状态。记得你们每一位，有在各个楼宇间奔波为改造成重症病房筹建所需各类设备的护士，有共同再造工作流程的护士，有敬业防控督导的护士，有每天做工作提醒事宜的护士，更多的是穿着防护服走进每一间病房的护士。穿上战袍后不见往日清秀脸庞的我们，穿上战袍更多见是我们的专业、更能感受到我们的温暖。当你们四小时后脱去战袍时，看到的是浸湿汗水的衣服，看到的是压痕极明显的脸庞。当被问到你们辛苦吗，你们都会甜甜地来一句：还好，病房里某某床氧合好多了，病房里某某床精神好多了。原来最让你们牵挂的还是患者，是他们的病情。

我们——一群精细化标准的践行者。在短短的两周里，我们有了标准化的交班模式，我们有了隔离区的信息系统，我们有了抢救物品柜，我们有了抢救应急预案。重症患者有了血气分析来指导治疗，危重症患者有了呼吸机支持治疗，重症患者有了进阶式的氧疗管理方案。我们更为患者做了一系列健康教育指导包括呼吸功能锻炼、床下活动锻炼、饮食营养等内容。我们谨记中山的院训，我们一定践行来武汉的初心。初心不改，使命担当，我们将中山精神、中山文化融入这片土地。

短短的记录远远不足以记录你们每一位的付出。不过，我相信我们是一群有信心，有能力，有专业价值的白衣战士，我们更是一群充满朝气活力的年轻人。

我们在武汉抗疫的一天

复旦大学附属中山医院赴武汉医疗队

2月7日开始，中山医院医疗队整建制接管武汉大学人民医院东院两个病区，80张重症床位，领队朱畴文副院长说：我们要用专业、严格与精细守护重症患者。

6：45 班车上的医护沟通会：不要被病情牵着鼻子走

6：45，是医疗队队长罗哲要求白班医疗队员上班车的时间。准时清点人数，开始医护沟通会。"不要被病情牵着鼻子走，要避免重症患者发展为危重症"，这是罗队长箴言。在行驶的车厢内，这样看似简单的沟通方式，对于临床工作却是非常重要。

8：00 病房里的流程"工程师"：高效是必须的！

8：00，是姚雨濛医生和其他医疗队员一起交接班的时间。队员们拿着她设计的病情交接单，里面患者的信息、检查结果、治疗方案全都一目了然。从1床到53床，每个患者的病情得以非常有效率地顺利交接。除了交接单，在医生办公室的墙上，也贴满了姚医生对各种流程的总结。她的努力，让医疗队员们在不熟悉的环境中，临床工作不打一丝折扣。

9：00 查房：50多个病人，一个一个过

9：00，是居旻杰医生在污染区查房开始的时间。推着查房车，带着氧饱和度仪、对讲机，一个病人接着一个病人的细致评估、修订治疗方案。对于轻症患者，他不厌其烦地回答各种问题，尽力解决提出的要求。对于重症患者，他会在病人旁边待很久，不错过一个细节。作为医疗队临时党支部支委，像气管插管这样高风险的操作，他总是抢先干。

10：00 呼吸治疗师：别的我不管，就管好病人的呼吸

10：00，是医疗队员刘凯最忙的时候。作为呼吸治疗师的他，从轻症患者的呼

吸锻炼到重症患者的呼吸支持，从血气分析到肺部超声，从 Acapella 的应用到机械通气参数的调节，他都信手拈来。从他进入病房开始，就一直绕着病人转，努力做好气道管理和呼吸支持每一个环节。被汗水湿透全身，是他每天都会发生的事。

12：00 最暖医生：隔离病房不能"寂寞寂寞就好"

12：00，是患者们午餐的时间。每个患者病床旁的橘子和苹果，是医疗队员叶茂松、李锋一箱箱抬进污染区的。在第一次查房中，他发现患者因为没有家属的照顾，加上病毒的侵袭，心理上无助、绝望和紧张。十分不忍和痛心的他们竭尽所能协助患者解决生活物品问题，不时给患者发水果、牛奶等。患者们重新洋溢的笑容，让他俩也禁不住热泪盈眶。

14：00 重症护理女超人：做好病房里的"大管家"

14：00，是潘文彦护士长在病房待的第 6 个小时。乍一看，你可能会把她误当成护工阿姨，因为她总是关心着每个患者、每个病房的卫生清洁，对于年龄大的、生活自理能力差的，她都主动冲上去帮忙。但只要你待得久一点，在她指导其他护士如何对危重症患者护理时，在她对设备、耗材、药品的分类管理中，在她和医生不断的沟通协商中，你就能感受到拥有二十余年重症护理经验的她，业务是多么精湛。

16：00 病房护"心"人：把病毒挡在心门外

16：00，黄浙勇医生还继续在床旁给重症患者评估心电，给危重症患者评估心超。作为心内科专家的他，在和新冠肺炎患者接触中，敏锐地发现重症患者中大多数年纪较大，很多人本身就合并心血管疾病，需要合理的治疗方案。此外，在病毒侵袭下，一部分人除了肺功能受损，心脏功能也受到影响。对于这些患者，他发挥自己专业的特长，努力实现心脏问题早期评估，早期发现，早期干预。

18：00 复盘时刻：最强的 MDT 给出治疗最优解

18：00，是医疗队每天工作中最重要的时间。在罗哲队长的指引下，医疗队员们一起对重症患者生命体征、检验指标、检查结果、治疗方案进行复盘，找出患者目前病情的最优解。从核酸检测到 CT，从抗病毒药物到激素，从呼吸支持到营养支持，不同的专业背景，是给患者最强的 MDT（多学科团队）。

20：00 病房"守夜人"：为患者保驾护航，辛苦一点值！

20：00，是夜班医疗队员马国光进入污染区的时间。漫漫长夜、点点星辰，他将一直坚守在患者身边，为的是尽早发现任何细微的病情变化，及时干预和处理。循序渐进的呼吸支持方式，不断优化的参数设置，为患者保驾护航，他说这样辛苦是值得的。

22：00 深夜微聊：危重症管理一刻不放松

22：00，是微信群里讨论患者病情的时间。实时的监护仪、呼吸机、血气等监测不时发在微信群里，实现对于危重症患者的管理，一刻不放松。遇到问题，医疗队员队员们一起出谋划策，待病情稳定，大家才安心休息。

战斗仍在继续，胜利的曙光正越来越亮。

牢记使命，勇敢前行

复旦大学附属中山医院 刘子龙

来武汉已经一周了，自从工作以后，从来没有离开上海超过 5 天，这个例外留给了大武汉。每天都会收到很多的慰问和鼓励，深表感激，在此一并回复，我很好，谢谢大家的关心。已经逐渐收拾了心情，所有的不安、焦虑以及激动都已经收好，每天想的都是上好每一个班，守护好每一个患者。

上班的第一天就见识了新型冠状病毒性肺炎的厉害，我们管的病区收的都是确诊的危重患者。和当地医生交班的时候，一个 73 岁女患者氧饱和度在吸氧 10L 的基础上只剩下 60%，而该患者的丈夫于前一天在这个病房因为同样的毛病去世。我们所有的医生护士都心急如焚，队长叶伶和顾国嵘教授立马进隔离区看望患者，而处于清洁区的我们紧急联系患者家属，患者已经意识模糊，而让我们意外的是患者儿子已经缴械投降，他的话闻之惊心，"因为这个病，我们已经家破人亡，我母亲实在已经太累了，医生我只求你们让她走得不要太痛苦"。虽然患者和家属已经放弃希望，但我们依然奋力抢救，我们既然来了，就要好好救治每一个患者，我们绝对不放弃每一个患者。然而，患者最终还是在第二天因病情进一步加重去世。我们面对的是来势汹汹的疾病，和深受疾病折磨的武汉市民。我们带着使命而来，出发时我们是所谓的逆行者，到了武汉以后，我们就是一个普通的医生，全国人民都在盯着每天变化的那些数字，我们决定不了发病总数，但我们所有人的目标都是尽我们所学，把我们管的每一个危重患者变成轻症，再让其治愈出院。所以我们来不及悲伤，来不及失落，又投入另一个危重患者的抢救工作中。

病区队长叶伶是我们的主心骨，上海出现确诊患者后他就到上海公共卫生中心救治患者，临床经验丰富。每天他都会看望所有的患者两次，给与鼓励及安慰。虽然我们来的时间不长，但在叶伶的带领下我们后来成功抢救了好几例患者，给我们所有的队员重新树立了信心。印象深刻的同样是一位老太太，病情极其危重，双肺弥漫性病变，吸氧 15L 的情况下氧饱和度 90% 左右，胸闷气促明显，而且老太太会经常出现症状的加重。我们的第二个班头，患者就再发胸闷气促加重，氧饱和度降低至 70% 以下，我们立即准备启动气管插管，我们自认为没错，这就是病毒性肺炎的加重，插管加机械通气是她的最优选择。叶伶认真分析患者病情，通过与家属电话中的反复沟通得到一条重要线索，该患者年轻时曾经得过哮喘。该患者病毒性肺炎疾病危重没错，但该患者为何会阵发性加重，是不是哮喘未得到控制？叶伶立马指导我们开具吸入支气管舒张剂、静脉激素等医嘱，并亲自安装高流量吸氧系统，患者症状立马得到缓解，氧饱和度明显改善，虽然患者疾病依旧很重，但当患者能清楚地说出"谢谢"的时候，我们都眼角含泪，大战当前，危重患者的"谢谢"这两个字贵比千金。同时，我们也纠正了思路，我们面对的绝不是一个单纯的疾病，还有藏在疾病后面的很多东西。

危重症患者多是老年人，而且多为家庭聚集性发病，很多患者在隔离病房深感孤独及无助，身体和心理都承受着巨大的负担。我们医疗队进驻病房后，我们都注意到这个问题，有些子女会给老人打电话，但大多看不到老人，为此，我们特意购买了两台智能手机，主要任务就是查房时协助危重症患者与患者家属进行视频通话。看着屏幕两边热泪盈眶的亲人，我们所有的队员也同样泪湿双眼。我们的护士长带领大家将全国各地捐赠来的水果、牛奶分发给患者，同时不忘告诉他们这是全国人民的心意，患者们托付我们感谢全国人民没有忘记他们。有患者不愿吃饭，我们就一遍一遍地安慰他们，并告诉他们所有的医生、护士还有患者每天的伙食都是一样的，只有吃好、睡好我们才能一起战胜病毒……一件一件的小事，我们重塑的是患者的信心，也进一步坚定了我们的信心。

大家每天都问我们累不累，不骗大家，不累，我们每天都会收获很多的感动，来自家人，来自朋友，来自全国人民，也来自武汉人民。我们用病区电话与患者家属交代病情后，总是会收到一条感谢的短信，虽然网上会有各种流言，但现实告诉我们疾病并未打倒英雄的武汉人民，也不会打倒我们医生和护士，带上所有的鼓励和支持，我们必定会取得最后的胜利。

第七章 ○ 心理战疫

　　2 月 21 日，来自上海市区两级精神卫生中心的 50 名专业人员出征，助力武汉抗疫一线。疫情"最吃紧"的关键阶段，抗疫进入常态化，此时也是医务人员和患者心理防线最脆弱的时刻。上海援鄂心理医疗队 5 人一组分为 10 个小组，分别进入武汉 10 家定点医院开展心理援助。在 39 天紧张而充实的工作中，心理医疗队用细致入微的人文关怀和专业技能抚慰患者的恐惧与伤痛，提供心理援助 852 人次；向 1444 名医护人员提供心理咨询，帮助他们构筑起乐观稳固的心理城墙。

2020 我和家乡在一起

上海精神卫生中心 *彭代辉*

我在上海援鄂医疗队前方工作协调组，负责所有上海医护的心理援助。工作慢慢摸索开展，有些医疗点有随队精神科医生，发现医患都渴望能有心理专业支持，哪怕仅仅陪伴也好。记得那天在写医护心理援助方案上海版提交给卫健委的时候，接到一位火线工作人员的电话，我们在江的两岸，没车，但我能感受到对方的压力，更多的时候我只能听，通话结束期望他能恢复一点动力。

早期病患及家属主要出现针对"新冠肺炎"的恐慌情绪，部分人会有愤怒情绪或者麻木、游离感；整体疫情相对平稳后，恐慌感减少，但对于整体疫情走向的焦虑情绪还有；也有对于防疫措施，例如在定点医院或者方舱医院必须接受一段时间的隔离治疗，出现的焦虑感等，这类情绪有可能会胶着一段时间。所有的情绪心理问题都需要我们各种方式的联络会诊来促进解决。

在上海援鄂医疗队前方工作协调组的统筹下，我们通过海报、微电台广播等形式，广泛提供简单易理解的"新冠肺炎"的疾病科普、提供自我心理放松的方法，引导患者情绪的疏泄。同时，上海援鄂医疗队前方工作协调组和上海市精神卫生中心协作，制作心理状态测评的二维码及 APP，投入使用。在匿名前提下，医护人员可以登录，通过后台评估自己的心理状态。如果有心理应激现象出来，后台会有三级建议，我们提供进一步的心理援助。

3 月 18 日再次无眠，因为援鄂医疗队开始分批撤退，这意味着举国抗疫取得了阶段性胜利。疫情后期心理支持关注点包括：帮助继续抗战的所有医护人员保持履行职责的动力。

此阶段在覆盖所有医护的个体化干预过程中，首先，我们继续进行人文关怀。其次，协助一线医护识别自己在早期受到医疗紧急场面、部分危重患者救治效果不佳等心理冲击，评估无力、无助等感受，识别自己的"替代性"创伤。同时，帮助他们看到自己参与抗疫的初心，促进平稳过渡。这部分心理救援工作，也需要延续到后疫情时期所有卷入其中的人群。在上海市卫健委前方工作协调组及上海市精神卫生中心的协作下，我们制订了针对性的干预方案。

世纪大疫，地球村的每一个人都不可能独善其身，武汉人在党和全国人民的帮助下，团结在一起打了一场漂亮的阻击战。相信，全球决胜的日子也不会太久远！

驻地感悟

闵行区精神卫生中心 张艳欣

虽然已经不是首次进舱了，心中仍旧难抑激动之情，即便是对舱内的情况已十分熟悉，也清楚地知道防护用品的穿脱流程，却还是在前一晚辗转反侧彻夜难眠。

离开酒店出发前，我总是觉得有什么东西没准备充分，又有什么东西可能被落下，我意识到自己有些紧张，显然这不是担心而是激动。我及时调整了自己的情绪状态，告诉自己：时不我待，即刻开拔战场。

到了方舱医院后，这次领到的防护服略小，像紧箍咒一样，要处处留心，不可大幅动弹，在穿鞋套时，出现了呼吸困难情况。由于我高度近视，穿戴护目镜时，不得不将有框的眼镜戴在护目镜里面，本来就感觉到略小的护目镜，这下变得更小了，心中不免暗自嘲讽自己：难道是因为我胖的关系吗！

穿脱防护服时，我提醒自己：首先是防护做好，其次避免压疮。可是我的镜片就像风挡玻璃一样贴在我的眼皮上，我的睫毛就像雨刷，两个是紧紧贴在一起的，眨啊眨。鼻梁和太阳穴这几个部位甚是疼痛，头痛是波动性的，像青蛙的气囊，有舒有缓。即便是如此不适，我仍然坚持调整自己，逐渐适应后，我走进了方舱。我的双手更是被汗水浸泡得蜕了一层皮，用"手消"搓啊搓，一层角质层便脱下来。

巡查过程中，有位阿姨主动前来咨询，这让我挺意外，在不熟悉的情况下，能主动来寻求帮助，我想可能跟我们之前的宣传有一定的关系，从某种程度上来说，也证明了我们存在的意义和患者对我们的信任。

邻床是一位不到 40 岁的女士，也主动聊起自己的情况，她怀疑自己可能患上了抑郁症。原来，春节时她的父亲就出现了咳嗽等症状，因为病情不重就没有及时就医。后来被诊断为新冠肺炎，并直接送进了 ICU。在最后一刻抢救室外面，她呼喊着"爸爸，你安心地去吧，我会照顾好妈妈的"，就这简短的一句话，却因父亲是聋哑人士，也变得难以传达，但我想她的父亲也一定能用心去感受。

这是个懂事的女儿，是个有责任能担当的人。除了在方舱配合治疗外，每天还要协助母亲与其所在的定点医院的医生进行沟通。她先与母亲视频用手语交流，然后再把情况反馈给定点医院的医生，让医生可以更好地了解母亲的情况。她非常自责，懊悔没有及时带父亲看病。目前父亲去世，母亲也因新冠肺炎住院。这位女士深知：父母对自己很好，非常疼爱自己，可自己却没能照顾好他们。

在简单的评估后，我找到舱内比较僻静的地方，应用情绪聚焦疗法的双椅技术让她与父亲对话，进行哀伤辅导。这位女士内心被压抑的情绪再也无法控制，她的眼泪一滴接一滴落下，来不及从脸庞滑落，就直接落在了裤子上，没多久裤子就湿透了。她不愿擦干，也不愿停止哭泣。此时此刻，她就想好好放肆地哭一场，把不舍、难过、自责、委屈通通都发泄出来。

一段时间后，她擦干了眼泪，如释重负，带着某种思念的气息对我微笑，也对未来有了更多的期许，在她看来自己好好地活着，就是对父母最好的回报。

我想：花开，是一种欣慰，花落，成一种感叹！愿逝者安息，生者坚强。

了解 倾听 释放

虹口区精神卫生中心 徐阿红

新冠疫情已经持续近一个月，全国各地医务人员不断驰援武汉，至今已经有四万多名医务人员在武汉一线抗疫。2月21日，作为上海市援鄂心理医疗队的一员，我随队出征武汉。机场工作人员在雨中打着横幅"众志成城，武汉加油，中国加油，致敬白衣战士，风雨同舟"向我们挥手，突然特别真切地有种"壮士赴战场"的感觉。是的，我离开上海了，去武汉了，去疫情最严重的地方，去千万医护人员逆行战斗的地方！

了解，是最好的拉近

2月25日，我们一行三人，正式进入湖北省中西医结合医院工作。我们将利用毕生所学，竭尽所能做好医务人员和患者的"心理卫士"。

我们将虹口区"心有彩虹"心理工作室从上海带到了武汉，希望让每个人都可以看见心中那道彩虹，每个人都能感受到风雨过后的和煦春风。湖北省中西医结合医院为新冠肺炎的定点医院，医院18个科室六百多名患者均为新冠肺炎患者，从年前就开始收治新冠肺炎患者，医护人员耗费了大量的体力和精力，非常辛苦。我们小组就按照计划，分头走访了医院的18个科室，并与医务人员交谈，了解他们的需求，并不断改善我们的工作方式和计划，提高工作效率和成效。听到他们的讲述，我们的内心一次次受到巨大震撼，正如钟南山院士所说"武汉是一座英雄的城市"，身处武汉抗疫战线最前沿的医务人员每个人都是当之无愧的英雄！我们能和他们并肩作战，内心感到无比光荣！

同时我们还对病区的患者进行了摸排，初步掌握医院患者整体的心理状况。患者最常见的问题就是焦虑和失眠，有许多患者家里有多名新冠肺炎确诊患者，分别住在不同的医院里，他们内心的焦虑和担心不言而喻。也有严重些的患者出现拒药和拒食的情况。通过病区走访，大家均表示心理医疗队来得很及时，心理的疏导在现阶段是他们所需要的，我们也为能够帮助武汉人民感到高兴。

医院旁边有一个美丽的湖，旁边柳树成排，已经冒出了嫩芽，湖面波光粼粼，走在湖边不时可以看到有几只小鸭子在湖中嬉戏。虽然这几天武汉的天气是阴雨绵绵，但那含苞待放的早樱却给我们带来一丝丝暖意。我希望我们心理医疗队的到来，似一缕阳光，扫除抗疫一线医务人员和患者及家属心中的阴霾。春天已经到来，阴霾终会散去！相信通过全国人民的努力，武汉定会再现"人面樱花相映红"的美景！

倾听，是最好的慰藉

通过几天在病房外围了解病区内病人的情况之后，我和组长介勇准备到病房里给他们会诊。一早，在护士长和科室医生细心的协助下，在做好防护之后，我们就随着查房医师进入了病房。

我们逐一查房，对患者进行问询，评估其情绪状态，做好相应记录。有一名患者本是在方舱医院住院，其间病情进展，中途转来湖北省中西医结合医院进行治疗，在查房的时候总是反复询问医生检查结果如何，晚上睡眠也不好。在我们进行干预的时候，发现患者是个非常健谈的人，絮絮叨叨和我们讲了很多，患者很焦虑，担心自己病会加重，担心自己的生意等等，同时伴有心慌的躯体症状。我们就在一旁静静地听他讲完，结合他的检查报告为他分析、解释病情，还教给他放松的技巧。这位患者知道我们来自上海，流露出感激之情："我从头讲到现在，你们一直陪着我、听我讲，真的很感谢，感谢你们从上海过来帮助我们，讲了这么多，我心里感觉好多了。"

即将出病房的时候，病房外的医师打电话进来，"23床最近情绪不好，想请心理医生去看一看。"我们先向护士了解了患者的基本情况，得知她父亲也感染了新冠肺炎，在另外一家医院住院，前几天老人家病情加重，转入了ICU。在与她的对话中，她讲述自己的情况并不多，更多的是担心父亲的病情，对于无法陪伴，她内心有着很深的愧疚。对于患者的情况，很多问题我们无法解决，我们无法让她立刻去陪伴父亲，可是我们能做到的就是和患者站在一起，听她倾诉，在心理上陪伴着她、支持着她，就像一把椅子，可以让她疲惫的心在这里暂时停靠歇息。我想这就是我们心理援助队来到这里的意义。

释放，是最好的回归

在对全院医务人员的心理状态进行了初步了解及评估后，我们准备开展下一步工作时，却遇到一个非常"难题"。在抗疫的特殊时期，我们现有心理咨询室在环境设置和数量配备上都无法达到常规标准。心理干预受限，但医务人员的心理需求却一刻不容耽搁。"怎么办？怎样做？有条件要上，没有条件，我们创造条件上。"在走访病区医护人员后，我们决定改变心理咨询的方式。我们迅速建立了"心有彩虹-新华医护群"（湖北省中西医结合医院曾名为湖北省新华医院），发出《给抗疫勇士们的一封信》，给医护人员提供心理科普知识、自助及求助方式，每天晚上定时推送不同主题心理干预。我们提供扫码线上心理测评评定，帮助他们了解自己的心理状态，以便我们进一步跟进。

为了提供更主动、更便利的心理服务，我们把固定的心理咨询室变成了"移动释压舱"，也就是在和医护人员沟通之后，确定一个医务方便咨询的时间和地点，可以在空闲的会议室，病房里的办公室，或者在医院空旷的地方，甚至在医院里的小湖边。总之，就是找到医务人员最放松的地方，找到他们最想去的咨询地点，就这样我们和他们相约在了"移动释压舱"。尽管多了两层口罩，但大家的心却贴得更近了。

"移动释压舱"一经运行就获得了医务人员的认可，大家都表示这种灵活的方式避免了去心理咨询室的窘境，在咨询时候也更放松、自在。正常的压力是推动力，过高的压力则会损害健康，影响我们的生活。突如其来的新冠肺炎疫情，让抗疫一线工作的医护人员短时间内承受了巨大的压力，这些压力如果不及时释放，很可能影响他们的健康。正如一位护士长所说："我说出来心里舒畅好多了，谢谢你们给了我们释放压力的途径……"可能仅仅就是陪伴，就是倾听，这种支持确也是不可或缺的。医护人员拼尽全力守护患者的健康，我们心理医疗队也同样要拼尽全力守护他们的健康！希望我们的到来能拂去他们心灵的尘埃，驱散心里的阴霾，让心中重现彩虹！

援鄂五个关键词

黄浦区精神卫生中心 张六平

2月20日，上海市卫生健康委招募精神卫生医生、组建心理医疗队援助湖北。

紧张

我们第九批医疗队组队仅20个小时，从队员招募与确认、物资准备、工作交接、集训出征，一直到2月21日18:30东航包机抵达武汉天河机场，进程特别紧凑。

时值夜幕降临，出了机场直接上专门接医疗队的中巴车开往临时驻地，一路上感受到武汉采取的严格管控措施。特殊时期的城市，给人以一种不真实的感觉，也带来隐隐的紧张情绪。

第二天清晨醒来，发现酒店旁的快捷酒店就是集中隔离点，看见有轻症病人被专车送往医院。病人近在咫尺，看见全套防护装备的工作人员转运病人，紧张感又加重了一分。我们的驻地就在汉口的江汉区，最初出现患者和感染最严重的地区之一；离华南海鲜市场不超过五公里的距离，难免有点小紧张。

培训

在没来武汉之前，基于职业的敏感和工作的关系，我每天都在关注疫情，关注国家卫生健康委不断更新的关于新冠肺炎的诊疗指南、防护指南，等等。因为来武汉之后，全体队员面对的第一个问题就是防护意识和知识不足。

2月23日上午，国家卫生健康委专门针对150人的心理医疗队（上海、湘雅、华西各50人）在武汉国际会展中心进行培训。上午培训由北京大学第一医院感控处处长李六亿主讲，他介绍了全国最新疫情情况、传播途径、防控要点（手卫生、咳嗽礼仪、口罩的选择及佩戴脱卸、防护服穿脱）、消毒工作及职业暴露处置等内容。专家说，我们既要在战略上藐视新冠肺炎病毒，不过分恐惧，防护过度，造成恐慌和缺氧；也要在战术上重视新冠肺炎病毒，严格执行规章制度、防护流程和应急处置措施，绝不麻痹大意。要对自己负责，对战友负责，对患者负责。通过培训，消除了我们的恐惧和一些错误的观念，同时又感到责任重大。

下午的院感培训着重实操训练，在武汉市第三医院，由上海市东医院院感科主任翁超、上海光华医院院感科主任何青青两位专家主讲。只是模拟了一次穿脱过程，我们几乎所有人就汗流浃背。而现场每班至少工作六个小时，可想而知隔离区医务人员的艰辛了。

规范

自从国家卫生健康委 1 月 22 日颁布《感染防控指南》、2 月 18 日又颁布进一步加强医务人员防护通知。为了确保"零"感染，关于规范防护、规范操作的培训和监督，不断被强化。防护意识和防护物资一样同等重要，规范和流程必须一丝不苟地对照执行。不能靠个人记忆，所有流程和规范都上墙，须一步一步遵照执行。同时，在旁有负责院感的同志监督提醒，因为这是所有人的安全线。

我们就专门制定了驻地管理办法，包括基本制度、交通和进出驻地酒店流程、生活及安全事项等很多详细的规定。因为我们现在都在密切接触患者，为了全体队员的安全，每个人都必须做好自身防护，保护自己，也是保护他人。只有严格执行规范和流程才能保证所有人的安全，坚持做到零感染。经过一段时间的反复练习，同事间的相互补位，自己的不断强化，我们的规范和流程意识上了一个大台阶。

任务

对于援鄂医疗队员而言，不仅仅考验业务，更考验自身体力。隔离病区穿着防护服单次工作就是六个小时，即使是寒冬腊月防护服内也全是蒸汽，刚刚开始第一个班干下来几乎力竭。当大量病人需要救治护理，医务人员普遍出现焦虑、失眠等状况。为了及时缓解医务人员的压力，上海第九批援鄂心理医疗队由 49 名医生（心理咨询师或心理治疗师）和 1 名护士组成。和同一天到达的湘雅医疗队、华西医疗队共 150 人国家队，共同保障武汉 30 家医院医务人员的心理健康。

上海 50 人心理医疗队分配进驻 10 家医院，保障这些奋战在六千余张床位边的医护人员心理安全。来到临床一线，我们发现隔离病区的医护人员上班和下班之后时间都非常紧张，能够空下的时间非常有限，同时各种焦虑失眠应激反应等比较多，大家都在努力坚持。进入方舱医院的小组第一天上岗就被要求穿好防护服工作六个小时，一天下来几近虚脱。而派往黄陂区的小组，每天来回 80 公里，加上量体温、核对身份信息等一系列规范动作，路途耗时较长，班车上就睡着了。任务繁重，完全出乎意料，我们也要向其他援鄂医疗队一样。坚持，并且做好长期作战的准备。

线上

既往都是公共卫生事件发生后再组建心理救援队，此次新冠肺炎疫情是同步进行心理危机干预。国家卫生健康委调集全国首批 150 名心理医生组成医疗队，在疫情最为紧张的时刻前往武汉。

我们除了参与现场查房、处置突发事件、开设心灵驿站等常规形式之外，考虑到大多医务人员希望能够保密和"一对一"，我们充分运用现代化手段，通过微信二维码、问卷星等开展线上工作，全队统一制作了针对医务人员的蓝色二维码，针对病人的黄绿色二维码，专用心理辅助任务和通用辅助任务。这样大家可以在网上开展不见面的沟通、交流、咨询、专业建议等。二维码一经推出，迅速在医务人员和病人中流传，我们全体队员互相比学赶帮，线上接单，一下子就收到了大量的心理求助任务，迅速扩大了我们上海第九援鄂心理医疗队的影响力。

谢谢我们的大后方关心关爱，让我们感受到我们不是一个人在战斗。有后方的大力支持，我们定会战胜疫情，凯旋而归！

你们就是我的肾上腺素

普陀区精神卫生中心 王峰

来到武汉已近半个月了，此次驰援得到了各界领导和同事的关心鼓励和大力支持。来到武汉我感受到党和政府战胜疫情的决心和为之付出的努力，作为入党积极分子，我要用实际行动践行我对党的誓言和决心，竭尽所能服务好武汉人民。

不辱使命、做好榜样

上海派第一批驰援武汉医疗队的时候我就很想参加，但由于专业的原因没有机会。看到在武汉坚守的同行们，我们一家都十分敬佩，觉得他们是英雄。没想到我也有机会去支援他们，所以招募队员的时候我想都没想就报名了。妻子是社区的一名工作人员，她主要负责社区残疾人和助残员的防疫工作和后勤保障，这次我去武汉她很支持，还嘱咐我要圆满完成任务，给咱们的儿子做个好榜样。

送行的时候，她悄悄地在行李上系了一根红丝带，她就是这样，话不多但心却很细。她说这是保平安的，希望我和团队都能早日完成任务、平安归来！

前方的关怀、后方的温暖

武汉的生活比我预计的要好，武汉人民很热情，接待工作细致，生活保障到位。三餐饮食营养很好，还有牛奶水果，医院往返都有专车接送，队里规定，除工作外一律禁止私自外出。武汉的各界领导很关心我们，今天是三八妇女节，武汉中心医院的领导还特别送来了慰问品，感觉就像在自己医院一样温暖。

从2月21日到武汉开始，工作一直都很繁忙。刚开始我们需要完成大量的前期准备和对接工作。每天除了在岗位上固定工作以外，晚上还有很多文案工作需要处理，最长一天要连续工作15个小时。远在上海的队友们得知前方的需求后，纷纷担起了后援团的重任，裘建萍主任还特别分享了她的《心理应激处置方案》，为我们的工作提供有力的支援。

到了武汉以后，上海的医院领导安排专人与我们进行对接，了解工作、生活情况，掌握需解决的困难。担心我们在前方的防护物资不够，在防护物资紧张的情况下，又再次筹措一批物资寄给我们，确保我们在前线使用无缺口。与此同时，区委区政府的领导们还亲自慰问了我们的家属。后方的支援让我感到无比的温暖，我并不是一个人在战斗，有了战友的支持，我充满了前行的动力。

战士的信念、战地的誓言

我和周轶卿被分配在援鄂心理医疗队第五小组，与上海青浦区精神卫生中心同行一起，驻守武汉中心医院的南京路院区。武汉中心医院承担大量新冠确诊患者和危重症患者的收治工作。随着疫情的发展，大量的病患和医务人员承受了巨大的精神压力，继而出现焦虑、紧张等情绪问题，更有甚者还会伴有严重的睡眠障碍，有时半夜求助者的电话也会如约而至。一次夜里 11 点多，我接到一个心理热线电话，求助者是一名医务人员，长时间的工作压力和对亲人的思念、愧疚，让他出现了严重的睡眠障碍。他说，"我知道热线已经下班，但我实在睡不着，憋得慌，就想找个人聊聊。"一聊几个小时，夜色褪去，已近黎明，电话那头说："有你们在太好了，你们就是我的肾上腺素。"那天的通话让我触动很深，他在病毒和生死面前，没有什么豪言壮语，有的只是保持一种简单的信念——"不能当逃兵"。相比他的困难和付出，自己实在太渺小了，那些坚守在一线岗位的医务人员给了我榜样的力量，给予了我信心和勇气。

危情中的一抹宁静

武汉的工作经历，让我对"白衣战士"这个称呼有了更深层次的认识，我们还撰写了《致最可敬的人一封信》，鼓励医护人员们谈谈心中的郁闷，通过信件，我们想向医务人员传递更多的理解和包容，为他们的思想压力"松绑"。

这次我还跨界做了平面设计，为我们第五小组设计了徽章上的标识。Logo 的主色调以绿色为主，表达一种心情畅快的祝愿；红色的水波中，两只如水草般的绿色手掌向上托起一个人形，寓意着把医护人员和患者从"心湖"之上托起救援。这里要感谢我爱人，因为我这里没有制图软件，最后成品是她帮我做的，这应该算是我们夫妻俩智慧结晶了吧！现在，这个 Logo 贴在医疗小组的诊室玻璃上，远远看见一抹绿色，顿时感到难得的一抹宁静。

眼泪后的微笑和坚守

普陀区精神卫生中心 周丹

来到武汉已近半个月了，随着前期的准备环节有序推进，目前心理援助的各项工作已步入正轨。刚来时身体上的不适应也一一克服了，现在就是想着尽自己最大的努力帮助到这里的病患和医务工作者。

武汉的天气变化较大，中央空调暂停使用后我们还要适应早晚温差变化，忙的时候热起来恨不得穿短袖，一停下来又得穿上羽绒服，对于身体来说也是一个极大的考验。防疫措施的严密使得这里的空气都弥漫着浓重的消毒液气味，长时间接触使得我暴露在口罩之外的皮肤都干裂起皮，现在才明白医院为什么给我备了面膜和眼膜，还以为要让我敷成"小鲜肉"呢！

传递来自上海的温度

我和来自松江、浦东精神卫生中心的同行组成援鄂心理医疗队第七小组，进驻江汉方舱医院。这里有 1600 张床位，是武汉市开放床位最多的方舱医院之一，来自全国各地的医疗援助队伍在这里工作。我们很快进行责任分工，开启了心理援助热线，并安排专人值守；制作了线上心理测试的小程序，用最快速和简捷的方法聚焦问题；撰写心理危机应对的方法，用于制作宣传海报，并进入方舱医院的广播台，通过现场直播的形式进行宣传。我们了解到有的患者家中尚有老小无人照料，有的患者全家感染还有亲人在重症室，还有患者亲人已经因感染而离世……这些都是引发心理问题和心理危机的根源，继而出现焦虑、恐惧甚至内疚自责的情绪，影响睡眠。为此，我们给患者们写了一封信，信中称他们为"勇士"，他们是可敬的。我们想传递一种力量，注入一股强大的生命力，帮他们对抗恐惧、对抗死亡。

眼泪后的微笑和坚守

疫情至今，医护人员一直处于超负荷运转和高度的紧绷状态中，较多医护人员出现紧张、焦虑的情绪，需要得到我们专业的帮助。在隔离病房工作的医护人员，为了防止交叉感染，基本都是自行独居。这种分离问题不可避免，在繁重的工作压力下，很容易感到孤独，对家里人想见而不能见的状态是挺痛苦的。记得上周接待的一位负责隔离病房的护士，她家里有两个孩子，已经一个多月没见过他们了。连续加班的她最终因体力不支病倒，还伴有发烧，虽然后来查明就是普通发热，但她自己心里却一直不踏实，不敢回家。记得这位护士说："牺牲我一个人，保了全家也就好。就算我是感染了新冠肺炎，最后死掉了，若家里人没有病，我也就满足了。"这句话让我至今回想起来都觉得悲壮与辛酸。

不过疫情之下，平凡的人在平凡的岗位上作出贡献真是容易！就像负责清洁的阿姨，因为缺乏人手，现在一个人要负责一到七楼所有的打扫，但她还是一直坚持了下来。用她的话说："大家都为了一个目标，战胜疫情，早日回家！"昨天布置工作室时，有位感染科的护士来帮忙，刚好组里有个护士跟她相熟，就跟她说"你这瘦了不少呀"，那位感染科的护士笑了笑，就是这放松的微笑却一直印在我的心里，深深地感染着我。那一刻的微笑所带来的力量很难用词语来形容，不是我不哭，而是我哭过、笑过以后，还是在这个岗位上继续前行，继续工作。

传递"助人自助"的力量

工作中还有很多感人画面也给我们医务人员传递着正能量。记得方舱热线开通的第一天就收到了一个同在"舱"内的志愿者病患的求助：张阿姨和她丈夫双双确诊，分别安置在不同的方舱内，无法见面。张阿姨一方面担心家中儿子的生活无人照料，一方面又担心丈夫的病情，因此连日来吃不下睡不着，一直处于焦虑状态中。"我很想帮助她，但是怎么劝都没有用！"来电中，因为久做无功，这位志愿者患者也焦虑起来。我首先表达了深深的敬佩，并给这位志愿者指导了一些基础的心理咨询知识，还教了她一些放松的方法和技巧，让她帮助自己的时候，也可以帮助更多有需要的人。能够传递"助人自助"的力量，这也是心理学的魅力所在吧！

来到武汉已经 13 天了

普陀区精神卫生中心 周轶卿

来到武汉已经 13 天了，一直以来都没觉得自己驰援武汉是件多了不起的事情，只是当作一项工作任务去完成而已。可是，近半个月的经历让我有了不一样的体验，让我真正感受到肩上的重任和使命。

来自医务家庭的使命与默契

接到招募消息的时候，没有跟爱人商量，我就直接报名了。说来也巧，上海派出第一批驰援武汉医疗队的时候，同为医务人员的妻子和我开玩笑说："我们医院也报名驰援了，那里现在肯定最缺内科和重症监护室的医务人员，估计你们心理医生是不会去的，要是我有机会去，你就要做好我的'贤内助'咯。"直到接到出发的命令时，她都有点懵懵的，但是我想她是最懂我的，因为我们都怀揣着一个医务工作者的使命，这种默契我们还是有的。

其实，对于新冠病毒的肆虐，说不担心没顾虑那是假的，但是我作为一名老党员，现在不就是我冲锋陷阵的时候吗？出发前一晚，爱人一边为我准备行李一边叮嘱我这叮嘱我那，连读高一的女儿也张罗着给我手提电脑装软件、检查电量是否充足，我知道她们还是很担心我的，只是没说出来。临行前，女儿紧紧地抱着我，说会好好学习还会照顾好妈妈，那一刻我觉得女儿真的长大了。

暖暖的情谊给予前行的力量

出发前，院领导为我们做了大量的准备工作，在防护物资那么紧缺的情况下，医院调动所有力量来保障我们防护物资的供应。临行前，还特别请了理发师傅为我们修剪头发，"小平头"的式样还是蛮适合我的。接到出发的命令已是晚上，在各大营业场所和电商都未复工的情况下，医院的同事兵分几路，只用了短短 2 个小时就为我们准备好所有的生活物资，大到衣裤鞋袜，小到衣架榨菜……甚至还细心地在我们的背包和行李上写上加油鼓励的话语，点点细节都渗透着深深的同事情谊，让我心头暖暖的，更加坚定我前行的脚步和必胜的决心。

尽我所能，不负所托

我和王峰被分配在援鄂心理医疗队第五小组，与上海青浦区精神卫生中心同行一起，驻扎武汉中心医院的南京路院区，负责这家医院三个院区的医护人员和患者的心理疏导。从 2 月 21 日晚上到武汉开始，我们的工作一直繁忙，到今天我们已经连续工作 13 天没有休息了。到目前，我们已经开启了心理援助热线进行热线咨询，通过微信进行网上咨询，开设心理评估的自测平台筛查特定人群，对有需要的人主动电话联系、帮助，开展了一次医务人员"巴林特小组"专场，还在医院建立"心理咨询工作室"帮助有需求的人。除了每天在岗位上以外，晚上还要汇总记录一天的工作，热线接听的时间也不固定，电话都是随身携带的，只要电话响，不管多晚我们都会及时回应。

用专业让他（她）们的心有所依靠

武汉医务人员面对的工作压力、身体疲劳，是常人难以想象的，称医务工作者是"人民英雄"毫不为过。医务人员为避免传染家人，普遍单独在酒店居住。自己被感染的风险、家人的安危、巨大的工作量、前期物资的匮乏、重症病患的去世所带来的心理冲击……他们不仅在与病毒做殊死搏斗，同时也承担着巨大的心理压力。很多女性医务工作者描述，每当电话那头孩子用稚嫩的哭声呼唤妈妈回家，心里就会到了崩溃的临界点，难以自控。有一个女医生，亲自为自己的闺蜜诊疗，尽了最大努力、做了所有可以做的事情，但病情仍没有好转。记得她说，看到闺蜜躺在重症监护室，只能靠呼吸机存活，那一刻觉得自己要崩溃了，除了感到生命脆弱，她有种深深的无助，有被抛弃、被抽空的感觉。通过我的帮助，她的痛苦得到缓解，解开了压抑在心头的愧疚之心，用她的话说："充了电之后，又有动力到岗位上去了。"其实我觉得我们能做的还很有限，我没有办法让一切重来，唯一能做的就是在他（她）们最需要的时候给予倾听支持、理解和陪伴，让他（她）们的心有所依靠。

期待战后重逢的举杯欢庆

从来没有离开家这么久，还是会挂念家里，妻子不会做饭，很担心她会不会把厨房给拆了；不知道女儿的网课上得怎么样，成天对着电脑眼睛会不会吃不消；父母还不知道我驰援武汉，多方媒体报道后，二老看没看到，哥哥能不能瞒得住……真希望疫情赶快结束。我期待着疫情结束后，能带着家人一起来武汉，到我工作过的武汉中心医院走一走，与这里的战友们一起再聚首。同时也带家人到武汉有名的旅游景点看一看，看一看不一样的武汉，看一看我曾经战斗过的地方，看一看我已结下深厚情感的热土。

当医生照料患者时，谁来照料医生

——守护心理健康，心理救援者在行动

松江区精神卫生中心 李瑾

江汉方舱医院位于武汉市中心城区，是第一批方舱医院中床位规模最大、收治患者最多的医院，由武汉协和医院作为队长单位负责管理运行，省外 20 余支医疗、护理队伍及市内 5 家医院协同作战。医护人员连续多日奋战在抗击疫情的最前沿，正经历着超高的情绪负荷，濒临体力和心理的极限。做好一线医护人员以及广大患者的心理援助，是我们此次出征武汉的重点工作。

来到武汉，我们上海援鄂心理医疗队第七组对接的是武汉江汉方舱医院。我带领小组的五位成员通过实地考察，和各部门领导的见面，与各医疗队领队进行线上和线下的对接。完成对接后，随即进入战斗状态，加紧制定工作方案与流程，并迅速开展各项工作。

"他们是这次疫情中最可敬的人"

"尊敬的各位医护人员，大家好，这里是江汉方舱医院广播台……您是否觉得委屈？明明已经拼尽全力，但还是不被理解。您是否觉得无助？尽管来了很多战友，但自己的工作依然很繁重……"

这是精神科主治医师、心理咨询师熊强致医护人员的一封信。进入江汉方舱医院的第一天，心理医疗队通过了解，得知在医院附近有一个广播电台，专门为医护人员及患者播放健康相关知识。熊强便为医护人员及患者写了《致最可敬的人的一封信》和《致各位勇士的一封信》在电台播放，有效地缓解了广大医务人员和患者的心理压力。此后五位成员陆续推出"心理问题答疑""隔离期间如何睡好觉"，以及一些放松技术等心理健康系列节目，向广大医务人员及患者普及心理自助知识。

一对一面询：我愿与你同行，为心灵保驾护航

除了心理援助热线的接听外，也有一些医护人员希望能通过面询的方式获得专业的心理帮助。于是，我与相关领导协商，并在院长、门诊办主任的支持和小组成员的共同配合下，开设了"心理服务区"工作室。小组成员根据工作安排轮流坐诊，针对有面访需求的来访者开展心理咨询和心理干预。

昨天负责接心理咨询热线的潘婷医生，今日就来到"心理服务区"工作室接待复诊的医护人员。在前期的心理辅导过程中就已建立了彼此信任的询访关系，所以访谈刚开始，咨询者就哭出声来，诉说了压抑已久的心结……

团体辅导活动：当医生照料患者时，谁来照料医生？

无论是当地的还是后期陆续进鄂援助的各地医疗队队员，他们以血肉之躯筑起抗击疫情的钢铁长城。在长时间、高风险的工作当中，常常会积累一些负面的情绪和记忆，如果没有合理的表达和处理，会对身心健康造成一些负面的影响。所以，我根据前期掌握的资料以及各医疗队的实际需求，向有需求的医护人员开展了巴林特小组和不同主题的团体心理辅导，并个性化地安排工作时间、工作地点以及工作方式，对医护人员开展多形式的心理援助。

"随时出现的医疗紧急救援使心理压力很大""没有规律的值班让我们很难保证生活节律，无法正常睡眠""家人的担心让我不敢面对"……焦虑、压力、职业倦怠以及在工作中出现的各种关系冲突是几场巴林特活动后显现的医务人员常见的困扰。于是在活动中，我鼓励医务人员在小组中充分表达并得到支持，并通过积极资源的利用来提升临床情绪管理和自我调节的能力，同时减轻医务人员的情感耗竭。

健康促进：别样"三八"的温暖守护

3月5日，我们分别接到了云南、河南护理医疗队开展心理健康培训的请求，至此，心理健康促进工作也正式拉开了序幕。我有计划地要求每位成员分别列出"如何睡个好觉""我想家了""无处安放的压力""我是不是染上了新冠病毒？""抗疫：在动荡中为自己找到一座安全岛"等课程，菜单式课程交给各医疗队进行选择，并根据战地要求和实际工作条件，通过线上视频会议或现场讲座的形式开展心理健康教育。

3月8日当天，在这个别样的"三八"节，我和小组成员熊强、周丹分别开展了三场线上和线下心理健康讲座。从事精神心理卫生工作二十余年的周丹医生，无论在临床诊疗还是在健康促进方面都有着大量的实战经验，在第二场线上视频课程"我想家了"的讲座中，他由两个小故事引出话题，从大家想家的情绪中感受到群体性焦虑，鼓励大家学习表达真实的情感，充分接纳负性情绪，有效利用积极资源，才能让自己在动荡中找到自己的安全岛。

无论是线上还是线下，队员们针对医护人员在疫情一线工作中常见的一些心理困惑和问题进行健康知识普及，学员们也和老师频频互动、认真反馈，使心理辅导取得了实质性的效果。

心理热线：我是心理热线和心理评估的老兵

心理热线的开通是在协和医院心理组成员的统筹协调下完成的。小组成员、心理咨询师樊希望在热线开通的第一天便接到患者接二连三的求询电话，"你好，最近我因为担心自己感染上了新冠肺炎，曾到医院做过一些检查，检查结果正常，可我还是不放心，每天很恐慌……"

樊希望是应用心理学硕士，在热线电话和心理评估工作方面是个老兵，每通电话他都以耐心的倾听、共情的态度以及专业的知识回应求询者。

心理热线开通后，小组成员轮流值班，用自己的专业知识为需求者提供心理援助，赢得了市民、患者、医务人员的肯定。心理热线一方面提供给求助者更便捷的求助方式，省去了交通、隐私等方面的顾虑，另一方面需求者在安全的氛围内有了倾诉和宣泄的出口，有效缓解了自新冠肺炎疫情发生以来出现的各种焦虑、担心、疑病等心理困扰。

健康所系，生命相托。为了共同抗击疫情，为了守护心理健康，心理救援者们在行动……

支援家乡武汉是我义不容辞的责任

松江区精神卫生中心 熊强

从 2 月 20 日晚 8 点接到松江区卫健委支援武汉的通知，到队伍的选拔、集结，到目前已下榻武汉大智路的快捷酒店，不过就短短 24 个小时。我作为上海市第一批援鄂心理医生，从接到通知到现在，心情就犹如乘坐过山车般跌宕起伏。

1. 悲壮

从我报名参加到现在，妻子已经偷偷哭过三次了，尽管她不愿意让我知道，但从她略微红肿的眼睛还是能看出端倪。在壮行会上，6 岁儿子懵懵懂懂地问："爸爸，你是不是不回来了？"妻子听闻，眼泪就犹如断了线的珠子止不住地流，虽说童言无忌，但这句话戳中了妻子的痛点。作为非医疗专业人员的她只知道前方异常危险，但危险程度无法度量。

2. 感动

行李箱里塞得满满当当，除了医疗物资外还有很多生活物资——方便面、饼干、八宝粥、巧克力、牛肉干、榨菜、萝卜干……满箱的物资背后传达的是医院领导对我们深深的牵挂。这个场景就仿佛回到当年我读大学时，每年要开学了，父母总是要狠狠地往我行李箱塞东西一样。有一种冷叫父母觉得你冷，有一种饿是领导觉得你饿！

3. 回报

如今武汉这座城市生病了，就犹如我的母亲生病了一般。作为久居异地他乡的游子，岂能在母亲危难之时置之不理？我的母校湖北医药学院在这场战役中损失惨重。"吹哨人"李文亮的妻子付雪洁是我 2006 级的师妹；逝去的湖北省中西医结合医院梁武东主任是我 77 级师兄；三天前倒下的武昌医院院长刘智明是我 91 级师兄。我必将沿着师兄们的足迹，砥砺前行，最后我借用一句名言"苟利国家生死以，岂因祸福避趋之"，鼓励同我一起战斗在最前线的同学、同事还有同行们。

精神科医生札记

徐汇区精神卫生中心 倪花

　　有一天，来了一位奇怪的病人，"你是精神科医生吧，能不能给我开一种能缩短睡眠时间的药？"他一上来就这样问我。我不禁打量了一下面前的这位患者，他的要求有些特别——我倒是经常遇到向我求助如何解决失眠问题的患者，对于要求减少睡眠时间的人，这还是头一遭。后来我了解到，他是一名在武汉抗疫的医疗队医生，每天的工作实在是来不及完成，所以恨不得少睡几个小时，尤其是初来武汉，人手又不够……在接下来的谈话中，他的心情渐渐地平静和稳定下来，他谈到了自己的家人，孩子今年高考，他原本打算今年多在家辅导辅导孩子功课，没想到疫情突然来袭，武汉一时间需要大批的医生，他就第一时间报名参与到援助武汉的医疗队。同样是为人父母的援鄂医务人员，我理解这需要多大的决心和勇气——刚刚进入病房，不知道这个病毒毒力如何，天天有危重的病人，医护人员又是冲在最前线。我问他怕吗，他说："当然怕啊，咋会不怕呢，说不怕，那是骗人的。但是，总要有人跟病毒作斗争，咱是医生啊，还是共产党员，当然要冲锋在前。"临别时，我与这位战士隔着层层的手套握手握了很久。

"精中小哥哥"随笔

徐汇区精神卫生中心 李君

医患"一起回家"群的讨论

今天黄陂方舱医院有 5 个患者出舱回家，他们把消息发在医患"一起回家"群，群里是一顿欢呼，有放鞭炮的、有送上祝福的、有拍手叫好的……有患者出舱就意味着其他人也有希望。出舱的患者对病友纷纷表示感谢，也不忘对医护表达自己的心声。

E16 床患者：最大的遗憾就是那么多照顾过我们的医生护士都没有看到长什么样子。

C2 床患者：方舱真好，医生专家全天候着，护士妹妹一直守着，服务周全到位。

F09 床患者：谢谢你们，可爱的逆行者！战必胜，来必归！

D16 床患者：你们都要照顾好自己啊，背井离乡来支援武汉，令人敬佩！

D03 床患者：你们要保护好自己，你们是健康的，我们是病人，能从上海来支援我们武汉真的非常感谢和敬佩，加油！

有的病人给在国外的儿女打电话，他们说这在国外是不可能的事！我们的社会主义制度真好啊！

看见这些信息让人非常感动，我相信这是患者们内心最想说的。

打八段锦的"兵哥哥"

建立这个"一起回家"医患群的其实不是我们的医护人员，而是一位大哥，目前群里有超过 130 多人，基本覆盖了整个舱里面的患者。

这位大哥当过兵，会打八段锦，关键略懂心理学。大家都叫他"兵哥哥"。

他自己是患者，自然知道患者需要什么，所以他最先在舱里带患者打八段锦，建立病友群，后来也邀请医护人员加入。

当我们问及为什么要做这些时，他告诉我们："我们 A 舱将近有 130 人，但是每天你们医生护士人员一共不到 6 人，你们任务很重，工作压力大，很辛苦。现在有些病人有些急躁，你们这时候来支援武汉我们已经非常感激了，我想替你们分担一些。同时，把你们工作人员拉进来，你们也能及时了解患者的情况和需要。"

他还提到把患者出舱的信息放到群里，大家对治疗就更有信心，不恐慌，也能减少患者将负面情绪转向医护人员，出现不必要的矛盾。

专业以外，你们依然有智慧

C03床小爱睡眠不好，听说心理医生来，护士们赶紧邀请我们去帮帮她。

我们来到病床前，小爱首先得意地介绍了一下她病床上的温馨提示，自豪地告诉我，这是浙江的护士给我贴的，并称赞说："逆行来到武汉，向你们致敬，你们用专业的技术来帮我们治病，还会用智慧解决专业以外的事情。给你们点赞。"其实在方舱想要有一个好的睡眠，对于这里的患者是一项巨大挑战。

这里是集体生活，尽管晚上关灯了，还是有人看手机、聊天、来回走动，彻底安静基本上要到十二点以后。一旦不幸遇上打呼噜的病友，巨大的鼾声传至方圆4米内不在话下。

早上舱内6:30统一开灯，舱内又开始了热闹的一天。不少患者只能白天补觉，但白天要配合治疗，比如测体温、吃药、做检查等。

小爱对睡眠环境要求非常高，又不幸遇上个打呼噜的病友，睡眠怎么能好？

为了让她白天补觉不被打扰，护士们想出个好办法，在她床头贴一个"睡眠不好，若睡着了，勿打扰"的温馨提示。

看到这个提醒，只要不是特别紧急的事情，白天护士看见小爱睡觉时就尽量不惊动她，而是把需要做的事写好，放在床头柜上提醒她。

方舱里党旗飘扬

为了方便方舱医院内的党员找到党组织，医疗队成立了医患临时党支部。

患者小明是一名大四学生，也是一名党员。在成立临时党支部之初，她自荐担任支委会委员，积极组织患者参加活动，主动帮助不愿配合治疗的患者，协助医护人员管理。

当我们问及为什么这么做，她回答说："你们很多医护人员不是党员，都不远千里来到武汉，真的很敬佩，你们帮我们做了太多，总是想着患者，我也要替你们分担点。"在方舱内工作让我感受到了前所未有的、良好的医患关系，听到了患者对我们真实赞美的声音，看到患者纷纷点赞，医患连心，众志成城，相信战胜疫情的曙光就在前方。

白衣战士也有心理问题

奉贤区精神卫生中心 卞慧莲

　　作为上海援鄂心理咨询团队成员，出发之前我深知此次任务艰巨，心里也有思想准备，会碰到诸多问题，到了武汉后，经过与医务人员的初步接触，才知道实际情况要比我想象中的还要严重。

　　那些奋战在抗疫一线的医护人员，他们在高强度的巨大工作压力之下，有的焦虑不安、有的睡眠不足、有的进食不好，这些已经严重影响到他们的身心健康和正常工作的开展。

　　武汉市儿童医院一线医护人员实行 14 天工作—14 天隔离观察—再 14 天工作的轮岗作息模式。昨天下午，我接待了当地一位医务人员的心理咨询。她每天穿着厚重的防护服在病房连续工作四五个小时，不能喝水、不能吃东西，出病房后感觉头晕，恶心想吐，常常感到自己体力不支。隔离观察期间又因为孤身一人，家人都不在身边，非常想念家人、孩子。在这种状态下连续工作一个多月后，逐渐出现了紧张、担心等不安情绪，担心自己可能会因为防护不到位被传染，又不敢和家人倾诉，怕家人担心，慢慢出现了失眠症状，也很焦虑。

　　我耐心地听她倾诉，与她共情，帮助她纠正一些错误的认知："担心被感染这本身很正常，但是我们只要做好自身的防护，一般就不会被感染到，要相信自己、相信同事。"在逐步打消她疑虑的同时，再配合一些呼吸放松、冥想、正念练习等放松训练，慢慢缓解她的疲劳和压力感，让紧绷的神经得到暂时的舒缓。并叮嘱她平常可以通过这些放松训练使自己平静下来，会使睡眠更轻松，也更容易从不舒服的情绪中解脱出来，内心变得舒适和安宁。

　　像这样有着焦虑、紧张甚至抑郁的情绪，在战疫一线的医务人员中或多或少普遍存在。同为医务人员，看到他们在这样一种心理状态下，还要参加高强度的医疗工作，既为他们骄傲，又为他们心痛。所以教会他们自我解压、自我放松非常重要。如果确实症状严重的，就需要及时进行专业的干预治疗。

　　作为这次战疫一线的心理"卫生员"，我们有责任、有义务、有信心帮助奋战在最前线的"白衣战士"满血恢复，保持健康的体魄去和病魔战斗！

我们是患者的无形后盾

崇明区精神卫生中心 施庆健

生命是一个循环往复的过程，是开始也是结束。我们在敬畏生命时也要接受逝去。

方舱医院是全封闭的管理状态。为了给需要帮助的患者及医务人员做好在线的心理辅导，我们医疗队组建了实名制群聊，取名为"一起回家"，寓意患者能早日康复，医务人员也能早日回家。简单直白的名字是我们对患者和忙碌的医务工作者最诚挚的祝福。

今天轮休，虽然在宾馆内休息，其实也没闲着，一直在好友群"一起回家"中为大家答疑解惑。可能由于我发言积极，有个昵称为"燕子"的要求好友验证。通过验证后，她发来对在舱治疗母亲的担忧，需要我的一些帮助。通过她的叙述，我得知她是 E18 床余阿姨的女儿。在与余阿姨的日常通话的过程中，阿姨的心情一直很低落，常常没说几句就低声啜泣。我听闻后眉头微微皱起，连忙追问发生了什么事。原来阿姨的母亲在两周前因冠状病毒抢救无效不幸离世。悲伤的家人起初不忍心告诉她，后来在余阿姨的不断追问下，她的家人才不得已道出实情。

此外余阿姨自身的白细胞值也一直处于危急值状态，再加上今天又做了许多检查，阿姨的状态并不好。来自多方面的压力，使原本就独自一人隔离在医院的余阿姨终日郁郁寡欢，身心俱疲。在了解具体情况后，我非常感谢这位家属能及时告知我们患者心情低落的真正原因，这是对我们开展后续心理治疗工作最大的支持。在入舱日常工作结束后我特别去找了余阿姨谈心。我告诉她，结合住院前的白细胞值也一直是处于偏低的状态，目前她最主要的问题是家人离世后所产生的应激反应。积极调整心态，主动配合各种治疗，不久定能病情好转出院。

疫情暴发至今，通过医务人员的全力救治，不计其数的患者痊愈出院，然而还是有少数患者抱着无尽的孤独，遗憾离世。不论是生龙活虎的年轻人，还是迟暮之年的老者都逃不过生命的法则。我们能做的是把对亲人的思念之情埋藏在心底。生活必须向前，悲伤不能逆流，当现实无法改变，我们能做的就是平静接受。余阿姨听完我的开导后，眼睛有些通红地点了点头，并表示会按照我们教她的减压方法去做，会努力收拾好自己心情的。我相信阿姨的心态会随着时间慢慢自我调整过来。我们都是世间的普通人，都拥有七情六欲。我们不能要求患者能像说书中说的大道理那般，将痛苦轻易翻篇，作为医生我们能做的就是给予他们心理支持。我们是患者的朋友，是他们无形的后盾，我们的任务就是排解他们的忧愁、困惑。

事后我将与余阿姨谈心时的照片发给她的女儿，家属表示很高兴有人能和她的母亲谈心，有我们在，她很安心。

为了谁

长宁区精神卫生中心 季海峰

是什么让我们自愿踏上援鄂之途?
是责任么?
是,是我们坚定的从医信念,
是我们肩负救死扶伤的责任。

是什么让我们自愿踏上援鄂之途?
是使命吗?
是,是我们坚定的南丁格尔信念,
是我们肩负守护生命的使命。

是什么让我们舍小家为大家?
又是什么让我们命悬一线?
是新型冠状病毒。
可怕吗?
非常可怕!
害怕吗?
我们不怕,4万多名逆行勇士无所畏惧!

是什么让我们逆行而上?为了谁?
为了我们爱的她(他),因为有她(他)才是家。
是什么让我们逆行而上?为了谁?
为了我们爱的国,因为有国才有家。

为了谁?
为了我们共同的家!

新冠三句半

长宁区精神卫生中心 季海峰、陈亮亮、杨慧青、黄莺

甲：2020 你别乱，
乙：全国人民齐奋战，
丙：我们敌人只一个，
丁：新冠。

甲：新冠知识要掌握，
乙：不吃野味不会错，
丙：野生动物受保护，
丁：没错。

甲：传播途径要记牢，
乙：飞沫接触气溶胶，
丙：官方消息最准确，
丁：可靠。

甲：防护措施不能少，
乙：通风洗手戴口罩，
丙：做好防护不生病，
丁：绝妙。

甲：隔离在家不出户，
乙：减少传染是正途，
丙：走亲访友不可取，
丁：对路。

甲：武汉武汉你别怕，
乙：祖国妈妈最伟大，

丙：民众一心来抗疫，

丁：治它。

甲：听党指挥打胜仗，

乙：保卫家园不受创，

丙：一方有难八方助，

丁：真棒。

谈心室迎来首位访客

长宁区精神卫生中心 *顾俊杰*

中午出舱后，队员们还顾不得吃上午餐，就在昨天刚建成的谈心室迎来了第一位来访者。

来谈心的是一位资深的护士长，由于带了一群刚从县级医院调过来的没有什么经验的年轻护士，她需要不停地解决年轻护士遇到的各种问题，还要安抚她们的情绪，而自己又无法在同事面前完全表达自己的劳累、辛苦，因为在她看来，她是前辈又是榜样，如果连她也无法胜任，那这群年轻的护士更是六神无主。所以，已经连续20多天没有休息的护士长，在谈心室内再也无法忍住这些故作坚强被压抑的情绪，直接表达了自己的焦虑和紧张。

在队员们看来，但凡这位护士长还能坚持，也不会匆忙地在自己进舱前，赶来谈心室等队员们出舱。这位护士长所承受的压力之大可以想象。通过一段时间的谈心，护士长倾诉了这段时间以来自己所遭遇到的所有心酸和苦楚，有同事对其严格要求的冲突和不理解，也有家人对她屡次爽约不回家的埋怨。

"我感觉跟你们聊聊天，说出来好多了，心里憋了好久，现在感觉气儿终于顺了！你们还没吃饭吧，赶紧吃饭，我先进舱了，下次再跟你们聊！谢谢你们啊！有你们真好！"护士长抹了抹眼角的泪花，边笑边往外走。

我们非超人，也非魔术师。但我们相信：聆听、理解、尊重、呵护所产生的力量，足以常绕心头，相伴你我。

疫情下的天使情怀

闵行区精神卫生中心 牛卫青

我作为第九批上海援鄂心理医疗队的一名成员，在湖北中西医医院开展心理援助工作已经一周了，近几日寒风阵阵，细雨霏霏，脑海里不时浮现出同伴们疲倦的神态、憔悴的面庞，耳边响起安长青院长的话：你们来得正是时候，我们医务人员和住院患者太需要心理帮助了……

我们第四心理小组一共5名成员，每日来回于酒店与医院之间，穿梭于各病区，走访各位医护人员，了解住院患者情况，梳理需要心理干预重点对象。进入病区看到的总是医生、护士们忙碌的身影。我与他们的访谈可以用见缝插针来形容，经常是还没说几句话，护士长们就说：不好意思，我要发个信息，我要立即打个电话，一会又奔出去协调事务。

记得其中一位护士长说，从春节到现在，他们护理队伍已经一个多月没回家了，大家都很劳累、辛苦，中夜班护士穿着防护服在病区内值班长达7小时，期间为了节约防护服，不吃不喝、不如厕。我问：你们害怕被传染吗？有没有护士闹情绪，不肯上岗的情况？这位护士长告诉我：也害怕的，特别是疫情刚开始很紧张恐惧，大家对这个传染病不了解，家里都是有老有小，担心自己感染，更担心传染家人，现在习惯了，再说，我们的职业是救死扶伤，我们必须站在最前线，再苦再累，我们都要坚持下去。我们的护士都很好，都很优秀，有一位叫张亚芳的护士，孩子刚六个月，我们要调她到安全岗位，她哭着不肯，坚持要来上班，说这时候我怎么忍心让姐妹们深处危险地方，而我轻松呢，我要与你们一起战斗。她每次在病区工作两三小时后，汗水、奶水就会浸湿胸前的防护服。我们的护士们每天下班，内衣都像浸泡在水里一样，她说着说着就流出了泪水……

还有一位护士长谈到，我们有几位护士长都已从业三十多年，疫前因身体、年龄等原因已经从事临床辅助工作，现都在临床一线，身体心理极度疲惫，我们不仅要做好患者的治疗和日常生活护理，还要关注着科内姐妹们的健康，压力极大。

我还遇到一位刚下夜班的护士，面孔被防护眼镜和口罩压得红肿，她说已经一个多月没见到一岁的儿子了，刚开始孩子在视频里还会叫妈妈，现在好像不认识了，也不叫她妈妈了。她强忍住泪水微笑着说，我是一名护士，就要在岗位上履行自己的职责。还有的护士面孔上贴了好几块创可贴，也有的护士因为穿防护服时间过长而导致皮肤湿疹。

一幕幕一景景……太多的感人故事，因考虑到疫情下护士岗位异常辛苦，下班后需要休息，我们建立了医院医护工作者"心有彩虹"心理咨询微信群、线下心理工作室，受到了医护人员的极大欢迎和参与，纷纷表示感谢。

作为心理治疗师，我被深深地感动着、温暖着，她们都是普通女性，为人儿女、为人父母，疫情当下不退缩、互相鼓励，用微笑在视频里安抚着家人，用坚强、忍耐陪伴着疫情下的患者，我为你们喝彩。"大美护士、武汉天使"！我们上海心理医疗队第四组所有成员，在援鄂期间，肩负上海人民的嘱托，将对湖北中西医医院的医护和住院患者们履行心理工作者的职责，尽心尽力、长情相伴、一路前行。

医护中的"超我"心态

闵行区精神卫生中心 邓延峰

"武汉是一座英雄的城市"，因为武汉有着英雄的人民。原本这座英雄的城市正按照自己的步伐快步走向国际化大都市的道路，朝气蓬勃。但猝不及防的新冠疫情打乱了一切，封城后，她英雄的人民和来自各地的勇士们一起抗击着可怕的病毒。自觉隔离在家的居民、穿梭在大街小巷的志愿者、不分昼夜运送各类物资的工人、挨家挨户敲响居民家门的调查巡视人员……都在尽自己最大的努力拯救着自己生活的这座城市，因为他们知道，自己的未来与这座城市的命运休戚与共。当然，他们当中最勇敢的就是"白袍为甲"的医护人员们——冲锋在前，直面疾病甚至死亡。疫情来得突然而猛烈，有些让人猝不及防，除了对抗病毒，他们更有长期奋战带来的身心俱疲、家国两难的困惑、患者死亡的无力感与自责、担心感染的不安与恐惧、"英雄"称号带来的内心纠缠与欲言又止……

很幸运，国家看到了这些，心理援助及时到了；很幸运，我们上海市闵行区精神卫生中心加入了这个队伍，在一线，和他们一起战斗，呵护他们勇敢又柔软的内心。"我们一直工作在一线，很累，没地方倾诉，给你们说出来我心里舒服多了。""抗疫最困难的时候老父亲病重了，我都没有时间去照顾她，我不孝啊！""我很担心自己被感染了，很担心，老是想，挥之不去，也睡不好，我是不是出现问题了，你是心理医生，你帮帮我吧！""我很想帮他们，想不停地做事，可我也太累了，很对不起那些需要帮助的人！""眼看着他就这么死了，我们都尽力了，但我还是感觉很不好"……我们倾听他们被压抑的苦闷，接受如潮水般的泪水，感受扑面而来的惴惴不安，疏导着失去亲人的哀伤，体会着道德与现实之间的撕扯、无力感与耗竭感，更一次次闯入因疫情的突然性、危险性造成的创伤所带来的强烈情绪中去。很欣慰，他们中很多人能在倾诉中清空自己，学习到自我情绪如何管理，体验了改变认知带来的情绪平稳，找到心理平衡点的顿悟与释怀。失眠、焦虑、担心、抑郁，这些困扰着他们许久的梦魇在我们一次次的访谈中渐渐离他们而去。

"我很担心我的队友感染，我希望领导多让我去一线""我年轻，有精力，没什么负担""我对我们领导的安排是不满意的，我不需要太多休息，我要替＊＊＊上夜班，她孩子还小，怕她被传染了，怕领导不同意，很苦恼。"一个年轻女护士的特殊咨询让我似乎在很多相对沉重的咨询中暂时抽身出来，感觉轻松了一些。救灾中或危机当中很容易触发救灾人员的一个反应，就是不顾个人安危或舍弃救灾外的一些事务，觉得自己在，最该往前冲，多做点什么，多为他人着想，怕自己做得不够。一个非常注重把"超我"（道德和责任）内化成人格特质的人，经常会带来一些困惑，甚至自我过度"牺牲"，因为这也是我们整个社会文化所鼓励的，被认为是一种美德。我想这个姑娘也遇到这个困惑，不会鼓励她，更不会评论这件事的好与坏，只希望她能找到那个在此时此刻环境中的"自我"。"有没有把你的想法和周边的人交流过，尤其你想代班的＊＊＊，听听她怎么想""你已经抗疫战斗很长时间了，在任何人眼里你都是真正的勇士，任何赞誉都不为过""有没有想过轮休是一种非常科学的安排，防止疲劳疏忽造成防护漏洞引起感染""如果你感染了，你觉着需要周围多少人抽身出来救治你，多少资源用在你身上"……在多次交流中她逐渐找到自己的那个"平衡点"，把握住"度"，找到了一种更加平衡和游刃有余的方式，既能在能力范围内最大限度去帮助别人，又能体验到自己的付出带来的满足和荣耀感。一线医护中除内心压抑、创伤型心理需要帮助外，也有太多这样"利他型""非常超我（道德和责任）"甚至为此苦恼、焦虑的心理存在。

听说武汉的樱花开了，也听说很漂亮，阳光也很灿烂。武汉和她英雄的人民一定会舔好伤口在樱花绚烂中走向美好的明天一样，也一定会抚平内心的创伤，用健康的心理迎接未来。

第八章

公卫急救病理散记

　　这次新冠肺炎疫情是新中国成立以来传播速度最快、感染范围最广、防控难度最大的一次重大突发公共卫生事件。1月25日起，上海市区两级疾病预防控制中心6名专家分3批驰援武汉，参与疫情阻击战，为公众筑起一道道守护生命的坚固防线。2月10日，上海市急救医疗中心8名经验丰富的专业人员出征武汉，投入当地防控新冠肺炎院前急救和转运的重要战场。

　　2月17日，上海派出的病理团队到达武汉，他们克服种种困难，因陋就简，在武汉开展了广泛深入的新冠肺炎病亡者尸体的病理解剖工作，建立了当时数量最多、病理数据最齐全的新冠肺炎病理样本库。

一到武汉就开工

普陀区疾病预防控制中心 张亮

武汉前线，无数白衣天使勇敢奋战，而我很幸运，成为前线的一员。2月23日，我作为消毒专业人员受命驰援武汉，与同行青浦疾控中心的刘天、先行出发的上海疾控中心江宁两位一起，参与当地的消毒指导工作。离开妻子和两个女儿，转眼来到武汉近三周，我的脚步遍及了东湖社区，我每天感受着武汉人的不易，也真切地希望能为这里做更多事！

一到武汉就开工

我和刘天驻扎的地点是武汉东湖区，这里社区多，城乡接合部也不少，我们来到武汉的第一件事是领任务，希望能快速熟悉工作环境和流程，尽快加入到战疫中。

负责消毒的是来自武钢疾控的吴学胜，虽已退休但工作经验丰富，是一名业内"老法师"，作为本次特招人员，他已经在岗位上坚持了一个多月。吴老师还有一项特殊技能令人佩服，由于物资供应紧缺，筹集到的品种五花八门，但他仅靠药品的颜色和气味就能分辨成分。喷雾器型号繁多、流量未知，他就自己记录各种型号喷雾器消耗药物所需时间，计算流量。

我们所在的"消毒突击队"共有十来人，大多数可以说曾与"消毒"不搭界。他们是为了疫情需要临时组建的党员团队，怀着为家国奉献的决心和热情。队员们说，疫情刚开始的时候，请第三方的公司来操作，但这些人一听说要去消毒疫源地，都吓跑了。"没人干这个肯定不行，硬着头皮也要上！"一个多月下来，在实践中逐步学习，很多人已经成为颇具经验的消毒工作者。他们经历过恐慌、彷徨、无助，但他们说，如果大家都不做这份工作，疫情就不可能顺利结束。应突击队要求，我给队员们做了个人防护及检定消毒剂浓度的相关培训。大家边听边录，积极互动，这让初来乍到的我对日后的工作更有信心了。

消毒工作"学问大"

消毒是我来武汉后的重点工作，不久前，我与几个队友到集中隔离点做终末消毒。35间房前期安置的都是疑似病例，现在需要进行彻底消杀。房间很多，都是密闭空间，按照消毒标准，每个房间至少需要作业 15 分钟，再算上公共区域和配药的时间，时间就更久了。彻底的消杀工作，药水的浓度比较高，我佩戴的是自己单位给准备的全面罩，但即使这样，每次进去作业，也都存在人员暴露时间过久的风险。不过就算如此，大家依然坚持以最严格的标准来完成消毒工作，因为隔离点的管理人员，只有等我们工作完了才能松一口气，认为现在可以彻底放心了。

在这里，我还有了一次全新的体验：第一次到农村的病家家里消毒。农村消毒与城区消毒不尽相同，一般城区的房子将单元楼内楼道视为半污染区，而农村的房子大多都是独门独院，缺少半污染区。半污染区对消毒人员来说能起到缓冲的作用，脱防护服、预防性消毒的范围都与半污染区有关。于是在工作中，我们采取折中划分的办法，即根据病人的活动范围特别划出一个半污染区。还有一个较普遍的问题就是农村住户清洁程度较差，会直接影响消毒效果。在给农村住户终末消毒时，我们会将消毒剂的浓度加倍，在喷洒污染环境及垃圾堆放处、厕所、排水沟等重点环节时，延长喷洒时间，加大喷药量，保证消毒效果。

仔细筛查补"短板"

每天晚上的工作例会，我们都要对当天的情况进行交流，探讨最新应对举措。我帮忙拟定了关于社区、酒店等重点场所消毒工作的督导表。这是从上海带来的经验，因为这样在现场不怕遗漏，也可以给双方留下书面记录以便查阅。很高兴这个做法很快被当地队员们效仿，受到了大家的好评。

最近，包括武汉在内的全国疫情得到了有力控制，整个疫源地消毒工作量相应减少，但通过各层面细致筛查，仍可发现潜在的风险点。我们都会及时指出发现的问题，并予以纠正，比如"过度消毒"问题，室外开阔空间不必喷药消毒；室内预防性消毒也没必要，只需开窗通风等。此外，有些单位消毒时"下手太狠"，把药水调配得浓度过高，还有些人不太习惯看原液浓度，对于百分比和配比不是很敏感，这时我们都会告诉他们一个简单的办法，在 20 升的打药桶里，大约倒"二两"5%的原液，约等于 100 毫升就行了。

这几天工作，所到之处便是互道"您辛苦了"，而我们从对方的眼神能辨认出这也是一句发自内心的感叹。前天去磨山小区附近督导消毒工作，由突击队队长王守军陪同，他是磨山管理处的办公室主任，在磨山度过了大半个人生。王主任"回家"显得颇为兴奋，逢人便介绍，"这是国家疾控队派来的，可是我们的恩人呐！"

恩人愧不敢当，但与队员们一同在高危场所拼杀的场景历历在目。我想危难时刻，这些党员挺身而出，不仅是勇气，更是担当，他们才是武汉人民的恩人！

2020 年的"春天"来得比往年更晚一些

中国疾病预防控制中心寄生虫病预防控制所 周何军

　　武汉这个"冬天"特别冷、特别长。经过全国人民的努力,"冬天"终于要被赶走,"春天"即将来到。

　　2 月 7 日来到武汉江汉区正好是冬天最冷的时候。街道上冷冷清清、空空荡荡,路口偶尔有一两位身着白色防护服、戴着 N95 和防护眼罩的工作人员在值守。偶尔走过一两个行人,行色匆匆,略带恐慌之色。路上的车很少,显得道路特别宽广。来到社区,只见社区门口被一张桌子拦住,桌子后面的社区工作人员身着隔离服,脸上的口罩完全掩盖不住疲惫的面容。她警惕地望着我们这些不速之客。当我们说明来意后,他们好像看到了救星,顿时滔滔不绝,对我们诉说社区防控的各种艰辛……

　　一个月后的今天,天气慢慢暖和起来,春天的信息慢慢渗入了武汉的每个角落。路上的车开始多起来,为战疫的最后胜利提供坚实的后勤保障。街道上的行人渐渐多起来,他们脸上洋溢着春天的微笑,手上提着大大小小的袋子,为社区群众四处奔忙。路口的值守人员也多起来,他们脱下了严实的隔离服,但对出入人员进行更加严格的检测和登记。而变化最为明显的是社区工作人员。他们不再喋喋不休。面对我们的询问,他们应答自如,各项工作井井有条。当我们问:"还有什么困难需要我们向中央指导组反映吗?"他们会笑着说:"领导,啥时候解禁?"

　　武汉的这个"春天"着实来之不易。它离不开街道干部忙碌的身影,离不开社区卫生工作者舍生忘死的工作,离不开下沉干部和志愿者的无私奉献,离不开民警的昼夜值守……当然这里面也有我们社区防控小分队的些许努力。

这个冬天不寒冷

中国疾病预防控制中心寄生虫病预防控制所 韩帅

根据国家卫健委、中国疾控中心的部署和安排，2月17日来自中国疾控中心及西藏自治区疾控中心的5名队员分别从北京、上海、拉萨出发，于武汉市东西湖区集结完毕，支援当地开展流调排查和巡回督导工作。根据前方指挥部的部署和安排，我们小组主要协助流行病学调查、实验室采样及聚集性疫情调查工作。

刚进入工作状态，就遇到一起企业聚集性疫情，我们负责现场调查、排查密切接触人员、撰写调查报告。该企业由于是湖北目前最大的应急物资生产转运点，经特批已复工复产。踏进厂区的那刻，紧张的气氛伴随着浓浓的消毒水味扑面而来，我们的脚步也不自觉沉重起来。经过三次现场调查和讨论，我们提出要尽快排查密接人群、增加症状监测、园区分类消毒、加强健康宣传等整治措施，克服一切困难，保证复工生产的同时，疫情不再增长。

东西湖区有几十个隔离点，大量的疑似病例需要进行核酸确诊。当地疾控人员负责标本采集工作，3人为一组，根据任务量的不同，每组单日最多能采集样本350余份。我们主要配合采样人员做好样本信息登记工作，隔着防护面罩，使尽力气地劝导着现场等待采样的人员保持秩序。穿着厚重的隔离服，隔着护目镜和防护口罩，伴随着迎面而来、此起彼伏的由于采样不适引起的咳嗽、干呕，一干就是七八个小时。

因流调人员较少，而确诊病例较多，目前现场流调工作大部分实行电话流调的方式，完成流调报告，协调隔离点医护人员上报传染病报卡。在东西湖区疾控中心临时辟出的会议室里，拨出的第一通电话就持续了一个多小时，听着对方述说着自己"悲惨的经历"，从那些不满、委屈甚至是愤怒中挖掘、收集他们的活动轨迹信息。一天时间我们完成了48人的电话流调，经常有被挂断的情况，调查对象中，有疑似的、确诊的、也有聚集性患病的。面对电话那头的担忧和不理解，我们感同身受，只能用温和却又坚定的语气把信心传递给他们；面对正在忍受病痛折磨的患者，我们无能为力，只能尽己所能，和所有疾控人一起，保护不再有更多的人受到伤害。看着长长的流调名单，从幼儿到耄耋老人，从普通工人到企业老总，病毒面前才是真正的生而平等。

运送病人就是同时间赛跑

上海市医疗急诊中心 陆志刚

好久没有写日记了，但这次，想把在武汉的点点滴滴用文字、用心记录……

2月10日 阴

在接到中国红十字会组成新冠肺炎重症病人转运队伍的号令后，中心便迅速组建队伍、准备物资。今天，带着市卫健委，市红十字会和中心的殷切嘱托与期盼，我们一行8人踏上了抗击新肺疫情的主战场——武汉。在奔赴武汉路上，我们成立了上海市医疗急救中心红十字援鄂应急救援队临时支部委员会，并在南下的列车上召开了第一次支部会议，大家集思广益，纷纷就如何能在武汉当地迅速有效地开展工作献计献策。

2月11日 晴

清晨4:30，站在武昌火车站月台上的队员们，隔着口罩依然能感到空气中透着的寒意。武汉，我们来了！

一行人到达驻地时，天色已经亮了起来。我们到达驻地后第一时间将物资进行再次清点，集中放置。驻地与武汉急救中心、疾控中心仅一墙之隔。来不及休息，队员们吃完早餐，便抓紧时间熟悉工作场地以及洗消设备。毕竟，尽快熟悉每辆车的性能，保证工作的顺利完成才是我们的任务。

2月13日 阴

几天下来，转运工作已经让我们这个临时团队磨合得非常默契了。今天上午，趁着工作间隙，沈骏带着几名队员会同内蒙古医疗队检查了车况和负压装置，孙俊和我则分工做好各个房间每日两次的消毒工作。

12:30，午餐还没吃上两口，队长刘轶的手机就接到武汉急救中心的电话：需要我们与武汉急救中心共同完成协和西院转泰康同济医院的病人转运工作。

按照原定的排班，我拿好早已准备好的隔离衣套装、车钥匙、手持对讲机等直奔停车场与内蒙古队医护人员会合。由于患者转运前的工作非常繁琐，加之路程较远，每次任务都需五六个小时。为了不影响工作，我们白天几乎不喝水，直到结束一天工作完成车辆洗消和隔离服脱卸，这才能如释重负地舒口气。身处疫情中心，我们需要安全完成转运任务，一步操作都不能马虎出错。

明天就是西方情人节了，晚上，我同妻儿通了电话，听着他们对我的嘱托和寄望，很感动。我们是勇士，因为在我的身后是家人的期盼和组织的关怀。

2月15日 雪

经过一夜的大雨，今天武汉气温骤降，天空中雪花被寒风吹得漫天飞扬，地面上、车顶上很快就积满了白雪。我不禁按下快门，记录这在上海很难看到的风景。我想，疫情过后的烟火气，会让人们对这个城市流连忘返。

雪越下越大，气温也已跌至冰点以下。我们利用待命的空隙同内蒙古医疗队同仁们讨论了关于医院交接、病人上下车以及工作中可能出现的问题及应对方法。毕竟团队协作经验共享，才能更好地完成新冠肺炎病人的运送任务，不辱使命，平安归来。

大雪纷飞寒风刺骨，微信里同事、家人、朋友纷纷发来短信，提醒我们注意保暖、安全驾驶，即便周遭冰雪，但大家的心里充满着温暖。

2月19日 晴

今天是武汉全市拉网清底大排查的最后一天。下午接到转运任务，会同医护人员开车至空降兵医院运送 10 名病人转往火神山医院。其中，刘轶车上 4 人中有 3 人需吸氧，病情较重。由于防护服是一次性的，每出一次车，防护服通常要在身上穿5 到 6 个小时，直至当天任务结束。在这个过程中，人的精神状态高度紧绷。今天任务艰巨，两位队员回来时已是晚上 10 点钟，疲惫不堪。

队长刘轶不忘再次提醒我们：在火神山、雷神山医院等候交接时，如果病人发生内急或不适呕吐，一定不能让病人下车随意走动。因为院区内有大量参与建设的工人，他们是没有很完善的防护措施的。放任病人下车会造成对这些建设者的感染，同时也是不负责任的行为。为此，队员们在医疗舱准备了医废袋，方便盛装病人的呕吐物、排泄物。

在陌生的环境，和陌生的人沟通、共事，队长往往想得更多，完成转运任务需要我们付出更大的耐心，更多的智慧。

2月22日 晴

今天上午，上海援鄂医疗队前方工作协调组组长、市卫健委副主任赵丹丹同志来到驻地看望慰问我们。赵主任询问了我们工作、生活情况，叮嘱队友们一定要注意安全，并且要尽心尽力为病人提供优质的服务，树立上海形象。这让队员更加坚定信心更加努力工作，不辜负上海人民的期望。

2月24日 晴

昨天，队伍接到新任务：支援正在同济医院光谷院区执行任务的云南应急救援队，协助他们共同做好病人的转运工作。下午，薛凯华、孙俊车组率先打头阵，如约开始同济医院光谷院区的新冠肺炎病人的院内转运工作。身穿密不透风的隔离衣，在24°C 的气温下高强度地完成各项任务，这对我们绝对是体力、耐力和意志力的考验。今天，两位队员共计开展任务 26 车次，转运病人 135 人次！

上海救援队的加入犹如雪中送炭，大大减轻了转运的压力。在抗"疫"第一线，每支队伍都不是孤军奋战，面对疫情未来发展的未知性，谁都不知道何时才能结束这场战役。相信大家通力协作上下齐心，一定会取得疫情防控阻击战的最后胜利，为这场大考交出满意的答卷。

2 月 25 日雨

下午，我们接到武汉急救中心任务，要求我们提供车辆进行转运工作。到了汉阳医院，我们得知，今天有六十多名病人需转往火神山医院。包括武汉、上海、北京救援队在内，共计 6 辆负压急救车，每辆车需转运 5—6 名病人，往返 2 次，才能完成任务。我和刘轶花了近 4 个小时，转运了 10 名患者。回站路上，天色已晚，车窗外飘起了零星小雨。沈骏和阮盛接替我们进行下一轮的转运任务，待他们返回驻地已是午夜时分。雨依然没有停歇，淅淅沥沥地下着。

运送病人是个与时间赛跑的工作。比赛还在进行，我们不会放弃！

病理团队第一例新冠肺炎尸检纪实

上海交通大学医学院病理学系，新冠病因诊断小组 蔡军

2020.2.18，武汉，晴

今天是到达武汉的第二天，白天我们与合作团队陆军医科大学卞修武院士商讨病理尸检的进一步工作细节，如场地、方法、人员、防护等重要内容。晚饭吃得不多，刚到武汉还没适应这里的饭菜口味。饭后我们又去货物储藏房间整理从上海带来的各类防护物资，以备不时之需。

晚上 10 点左右，刚准备洗漱睡觉，电话来了，说：武汉市金银潭医院有一例尸检，家属已经签字同意。此时我心里不由得产生一种浅浅的、莫名的紧张和激动，没想到这么快就可以投入实际工作，"早点工作、早出结果、早点给临床诊疗帮助"，这是此刻我们每个病理人的最迫切的想法。此时工作的兴奋感早已战胜身体的疲倦，我们团队很快相互配合，拿好必需的防护物质，出发了。"这是我们团队做的第一例新冠肺炎的尸检，从工作能力来讲没有一点问题，但从传染和防护角度考虑，我还是有一丝丝担忧，毕竟我们面对的是传染性极强的病毒，将要面对的是布满病毒的器官、组织和细胞，我们将近距离打开它们、翻动它们、观察它们，我们面临的危险有多大？"这是我在从宾馆赶往金银潭医院近 1 小时车程途中想得最多的事情。

11 点多到武汉金银潭医院，晚上的温度很低，穿着厚重的外套仍能感觉到一丝丝凉意。医院院区静悄悄的，暗幽幽的，只有医院的招牌闪闪发亮。我们了解了这个新冠病毒阳性死者的病史后，进入手术室，此刻已过 12 点。穿防护服，这是第一件重要的事，也是最为担忧的事，尽管我们已培训过几次，但这一次是真正的实战。在感控专家的指导下，我们小心翼翼地按步骤一层一层穿起来。帽子、口罩、帽子、口罩、防护眼镜、隔离衣、手套、脚套，防护服、手套、脚套，隔离衣、手套、面屏，三级防护的全套装备完成，每一步还要仔细检查密闭性，包括 N95 的气密性、防护眼镜是否紧扣帽子和口罩等，总之将整个人包裹在里面，一点皮肤都不外露，一点空隙都不让出现。没过 10 分钟，人就感觉有点闷热，而自己里面衣服穿得太多更是加重这种感觉。步入手术间，穿过一条长长的走廊，在走廊尽头是一间负压手术间，待解剖的遗体就静静地躺在病床上，摆放在手术间的中央。我们向遗体默哀致敬 1 分钟后，便迅速开展尸检。多年的工作，在技术上已很娴熟，但三层手套还是给我们的操作造成不小的麻烦。由于中央空调不能开，手术间负压密闭，没多久

汗就出来。最明显的是防护眼镜里有了水珠，在眼睛周围晃动，三层防护服更是让身体闷热难耐。病床高度低于正常尸检台，我们只能弯着腰操作，每一个动作都要花费比平时更多的力气，而密闭的口罩又让我在每一次动作后感觉供氧不足，再加上大量出汗，人几近虚脱。好几次，都需要停下来歇口气，回过神来继续干。在整个尸检中，我们着重关注了肺，而这个死者的肺确实呈现了典型肺炎、肺损伤的表现，其他一些脏器也表现出相关病变，期待几天后的切片观察。完成脏器观察及取样后，我们对切口进行缝合，两个多小时的解剖花费了大部分精力，原本简单的缝合变得异乎寻常地困难，弯着腰，我们手上力气已经不足以让针穿过皮肤，每一针都是那么困难。总算缝合完毕，我们再仔细将遗体包裹起来，每包裹一层都仔细喷洒消毒剂。遗体运走后，我们还要脱防护服，这个需要更大的耐心，比穿衣服的时间更长，因为此时衣服上可能沾染病毒，每脱一层都要慢、要轻、要由内向外卷，以免病毒弥散，每完成一步都要七步洗手，每个人都做得特别认真，尽管此时体力已近耗竭。全部脱完后，再看自己，衣服已完全湿透，羊毛衫可以挤出一大堆水来，连脱下的袜子都可以挤出水。这时的我是又累、又饿、又渴，腰又酸，步履蹒跚。走出手术间，冷风吹过湿透的衣服，我不禁直打哆嗦。

抬头望去，天边已有微亮，已是早上 5：30 了。回到宾馆驻地，还不能马上睡觉，先要对外套衣裤进行一番消毒，脱在门外，进入房间后，立刻洗 30 分钟热水澡，这才躺上床，头刚碰到枕头，便睡过去了。

这个深夜及凌晨是我难以忘怀的一段时刻，我们医学院及瑞金团队的第一例新型冠状病毒感染者的尸检顺利完成。

我终于活成了我希望的样子

上海交通大学医学院附属瑞金医院 刘振华

我这次在武汉的工作主要是通过超声引导下穿刺的方法获取病理组织，协助瑞金病理团队对新冠病毒致全身脏器的影响做研究分析，面对的都是重症死亡的患者。妻子担心我，问我害怕么？后悔么？我只是说，害怕的，但不后悔。

这不但是对自身信念的追求，也是对学科专业的追求。病理科和超声科一直以来作为临床科室的辅助科室，并没有得到普遍的重视，但这一次国家卫健委直接点名要求参战，虽然在意料之外，但也在情理之中。七年学医，十年从医，我所在的超声医学科也已经从单纯的诊断科室发展为可以进行微创穿刺病理检查、甚至激光射频消融肿瘤的介入科室了。就拿这次援鄂工作来说，我们仅仅通过一个圆珠笔芯大小的针眼，可以穿刺得到一侧肺叶各个角落的组织来进一步做病理分析，这种微创的方法一方面可以更容易获得家属的知情同意，更重要的是可以避免污染环境，防止病毒扩散，污染病区。能够学有所用是所有医务工作者最大的职业自豪感和成就感。当初一直被诟病的 80 后，终于也到了有能力担起肩上重任的时候。甚至，很多院领导都说，从新冠疫情看 90 后，他们和我们想象的不一样。我们青年一代终于到了为祖国富强，人民健康做贡献的时候了。

穿刺任务都是随时待命，多数在晚上，24 小时处于待命状态，工作时间不定，工作地点也不一定，经常工作到深夜。以至于一时很难回答援助的是哪家医院，有五六家医院，多数在火神山医院。

得空的时候，我也积极参加病理科的遗体解剖工作，帮助取电镜标本，哪怕只是负责写标签，拍大体标本照片，做消毒保障工作，也能感受到团队协作的力量，战友的力量。让我最难忘的是，赵雷老师有一次在解剖时正压防护服的出气口堵上了，防护服越来越鼓，眼看着担心要在满是病毒的解剖室内胀破。急得我在 2 分钟内脱下外层防护，启动位于缓冲区的喷淋系统，帮助消毒脱衣服撤离。那是我唯一一次违规操作，没有按照正常流程脱防护服，后怕了很久。不过比起战友的安全，这是值得的。同样和我们合作的第三军医大学西南医院的病理合作团队也与我们结下了深厚的战友情。

烂漫的樱花不经意间已经盛开了，空荡荡的街道逐渐热闹起来，每天匆匆路过的黄鹤楼亮灯后原来可以这么美。

我们建起了新冠肺炎病理样本库

上海交通大学医学院附属瑞金医院 费晓春

2020 年 2 月 17 日—2020 年 3 月 22 日，35 天的援鄂经历，现在回想起来，感觉还是恍若梦中，有点不真实感。

2 月 16 日下午接到国家卫健委的紧急通知，要求我们医院迅速组建一支病理团队去武汉开展新冠肺炎研究工作。接到通知时，我既感到意外，又在情理之中，之前已经有很多病理人在呼吁尽快开展新冠肺炎死者的尸体解剖工作，以揭示新冠肺炎病毒对人体各器官的损伤机制，从而更好地指导临床选择针对性的治疗方案；意外的是这个任务落在了我们科。接到通知后的半个小时内，我们科内的所有诊断医生基本都在第一时间报了名，在综合了各方面的要求考虑后，我们组建了由王朝夫主任任领队的六人病理诊断小分队，成员还包括：病理科费晓春、张衡医师，交大医学院病理系蔡军、赵雷老师，瑞金医院超声科刘振华医师。当天晚上在医院紧急进行了三级防护培训，简单收拾了行装，第二天一早就踏上了奔赴武汉的征程。

我有幸成为团队成员之一驰援武汉。跟大部分的援鄂医疗队员一样，因为时间紧迫，报名都是下意识的反应，来不及考虑其他的事，等真正出发前和到武汉初期，心里还是比较紧张的，因为当时武汉已经有很多死亡病例，包括不少当地的医务人员，所以每位援鄂医疗队员都要有回不来的心理准备。我曾有过一年的援藏经历，在海拔近 4000 米的西藏日喀则这样恶劣的自然环境中锻炼过，自认我的神经要比一般人坚韧得多，可以更好地帮队员们开展心理建设工作，缓解队员们紧张的情绪，这也是我积极要求援鄂的原因之一。

我们原本以为，到了武汉就可以迅速开展工作，但当地的实际情况要比我们想象的复杂得多、艰苦得多。新冠肺炎病毒有很强的传染性，要开展尸体解剖工作，就需要长时间、近距离地接触新冠肺炎死者的遗体，这样就会有更高的感染可能性；对尸检场地也有特殊要求，当时在全国都没有一个符合规范的尸检场所。为了能尽快开展工作，我们加班加点对尸检场地进行临时改建，使其尽量能满足最基本的防护要求，因为都是临时设施，所以各个环节都是有安全隐患的，但是为了抢时间尽早完成任务，我们也顾不上那么多了，防护不到位的地方我们必须自己想办法克服，克服不了的也必须迎难而上，否则我们就什么都做不了，就失去了去武汉的意义。

到达武汉的第二天半夜，我们就接到任务，在金银潭医院有两例新冠肺炎遗体接受我们团队尸检。王朝夫主任迅速作出部署，团队分成两个小组，分批赶赴金银潭医院负压手术室进行尸体解剖。对于团队每位成员来说，都是生平第一次穿着闷热的三级防护服进行操作，不管是场地设备还是操作器械都不到位，整个过程可以用惊心动魄来形容，完成操作时每个人都累瘫了。我参与的是第二例尸体解剖，因为精神高度紧张，体力上、精神上的消耗都十分巨大，尤其是手术室里没有规范的脱防护服分区场地，我们转运好遗体后，在污染区的走廊里脱的防护服，当时连消毒液都没有，根本做不到每步操作都要手消毒的要求。脱完防护服后，我躲在车里，久久没敢说话，这是我在武汉唯一一次感到害怕的时刻。在金银潭医院完成前两例尸体解剖后，我们在火神山医院的移动负压尸检方舱基本完成了改造工程，后续我们就转战火神山医院，开始之后的所有尸检工作，因为给我们配备了高等级的正压防护服，尽管防护服比较笨重，同时方舱位于红区内有一定的污染风险，但至少让我们感觉要比金银潭医院安全得多。

在武汉，我们瑞金病理团队是唯一一支开展病理尸检研究工作的国家队，我们的研究结果又是需要尽快反馈给临床医疗队应用于患者的救治工作，同时我们又不能有任何的疏忽或差错，一旦我们犯了错，没人能帮我们补救，就会误导救治，所以我们团队经常工作到深夜甚至凌晨。经过一个多月的努力，我们团队共进行了很多例大体及穿刺尸检，协助建立了全世界首个，同时也是当时数量最多、病理数据最齐全的新冠肺炎病理样本库；团队的部分研究成果也及时写入了新版的新冠肺炎诊疗指南，部分临床诊疗方案也进行了相应的修改，体现出了我们团队的贡献。

团队尽管只有六名成员，但大家精诚合作、互相协助，每个人都发挥了巨大的作用。王朝夫主任作为领队，深知自己的责任重大，不仅要完成国家交给我们的尸检任务，还要把整个团队平安带回上海，他每天忍受着腰椎间盘突出带来的疼痛，包揽了所有病理阅片、尸检报告撰写、科研结果总结等工作，还时刻提醒着队员们注意防护，关心着队员们的生活起居。蔡军老师完成了前四例尸体解剖后，右眼角膜出血，后方眼科主任会诊后，要求他必须静养两周，才能让出血慢慢吸收，但当时我们的尸检任务越来越繁重，蔡老师仅休息了四天，就重出江湖与我们一起奋战。赵雷老师为了避免家里人担心，出发前只说是在武汉的医学院里看看病理切片，不会接触病人，结果他的手机定位暴露了他在金银潭、火神山医院工作的行踪，不得不坦白交代。张衡医生，是我们团队的"全能王子"，除了穿刺工作，其他病理尸检的所有工作他都参与了，另外还包括跟车转运尸体、尸检方舱保障等等；最让我感动的是，他在完成前两例尸检病理标本取材工作后，由于当地病理科缺乏规范的穿脱防护服的场所，一门之隔就是清洁区，张衡医生为了避免把病毒带入清洁区，在紫外灯下照射了半小时才走出取材室，以至于回上海后，科室同事都以为他"晒黑"了。刘振华医生，不仅需要协助我们完成大体尸体解剖，还提前用超声帮我们定位病变脏器，以便我们更精准地取样，节省操作时间；他还去其他医院蹲守进行穿刺尸检操作，由于无法预计患者的死亡时间，常常等到半夜才回驻地休息。刘振华是团队里年纪最小的成员，他在武汉完成了从"男孩"到"男人"的蜕变。我作为团队的联络人，随时跟前方和后方汇报团队状态，负责团队防护物资和交通保障，时刻注意着队员们的心理变化，同时也没落下自己的本职工作，即使在鼻梁被护目镜磨破了皮的情况下也没休息，贴了敷贴继续奋战在一线。

　　准确的病理诊断是疾病诊断的"金标准"，是临床医生决定患者后续治疗方案的最可靠依据。病理人由于工作的特殊性，不太有机会冲上第一线，这次祖国在危难之际向我们发出了召唤，我们作为全国病理人的代表，义无反顾地响应国家的号召，践行了学医的初心，也诠释了我们瑞金病理人的责任和担当，援鄂经历也将永远铭刻在我们心中，成为我们人生道路上的一笔宝贵精神财富。

第九章 ◎ 队员述略

横看成岭侧成峰，远近高低各不同。在每一位援鄂队员的眼里、心里，他们所经历的、感受的、领悟的援助武汉的医疗行动都各个不同。但是，这些不同和差异之中有着很多共同的令人怦然心动，令人慈悲温情，令人刚强柔软，令人胸襟开张，又令人纯洁崇高的东西。

"健康所系，性命相托"算得天地间一大任，也是天地间一大善。医者之仁德智勇就系之于这样的责任和使命。也许，灾难才是人性的净化器。经历过这次灾难救援陶冶的每一位援鄂队员自然都有一种属于自己的朴实领悟。正是这些令人珍惜的经历、感受和感悟，让我们驰援武汉的每一位队员都更有一份动人的真实、善良和美丽。

限于篇幅，我们只能对一些稿件做必要的删节，而以"队员述略"的形式，尽可能为这些队员保留一份最初的记忆。

队员述略

　　我接手的病房有一个 ECMO 的病人，还有一个上呼吸机的重症患者，观察时需要不停地记录监护仪上的数字。由于防护服不透风，护目镜上都是蒸汽，记录时模糊不清，只得让旁边的小伙伴用喷壶喷点水，让我降温，这才能看到，才能写下数字。

　　最困难的事是早上的患者抽血和咽拭子采集。患者长期输液、末梢循环差，加上我们带了护目镜面屏及手套，在护理操作方面增加了难度，后来在小伙伴的帮助下，成功抽了股动脉血，顺利完成了血气分析。我在完成自己的工作之余也尽最大努力去帮助其他的小伙伴，这就是我们的团队，一群有爱的小伙伴。

奉贤区奉城医院　秦萍

　　每当有患者从我们危重病区好转出院，我觉得一切付出都是值得的，患者的感恩和认可，是我坚持下去的理由。今天是我在金银潭医院重症监护室工作的第二十几天了，我负责的四位患者病情都有所好转。

　　20 多天里，我不断收获患者慢慢康复的喜悦。寒风飞雪后，春暖花开时。我仿佛看到了不远的前方，春天已经欢天喜地地朝我们走来。

奉贤区古华医院　王婷

　　"别了，金银潭；别了，朋友。再见！疫情终将过去，春天从未缺席，在这突如其来的战疫中，你们选择了无畏逆行，战胜疫情的胜利一定属于我们白衣天使。向你们致敬！望平平安安回家！"

　　老杜出院前发了我这条短信。他说他出院后还要接受 14 天的隔离。我祝福他。

　　范老师能自理了，还能下床活动。今早他对我说："我不能一一叫出你们的名字，但是我认得你们的眼睛。你们的名字都叫'上海队'！"我听了觉得特别自豪。

　　听说武大的早樱开了，肯定很美，希望疫情早点结束，这样就有机会能看一看武大的樱花了。

奉贤区古华医院　蔡海英

　　这几天，我们北二病区加了 11 个床。傍晚接到医务处通知将会有 10 个病人入院，得知情况后，3 位小伙伴马上来支援。新来的病人合并糖尿病、酮症酸中毒、肾功能衰竭、高血压危象，伴有严重感染，大家分工合作，插导尿管、查血、上补液一气呵成，病人在 3 小时内血糖、血压、氧饱和度就都稳定下来了，转危为安！

　　虽然大家都来自上海，但之前从未谋面。在武汉的这些天里，我们已经成了一支有情怀、有担当、有技术的团队，热血、团结……一句话：小伙伴们超级给力！

奉贤区古华医院　徐杰

　　为了彻底消灭这个新冠病毒，举国上下都是一级戒备状态，许许多多一线的战友们每天都在连轴转，我们每天都被不同的故事感动着……我们中华民族真的是个伟大的民族，我们一定能赢，胜利终将属于我们！

奉贤区中心医院　王海红

　　国际三八妇女节，在这样一场特殊的战役下，节日也变得特别有意义。

　　我们是妻子、女儿、妈妈、更是女战士，我们不畏惧困难险阻，任何时候都能迎难而上，危难之时都能看到我们娇柔身影下强大的力量。

奉贤区中心医院　蒋惠佳

　　感控是一项非常重要的工作，不光是医护人员，包括勤杂工和垃圾清运工都必须要有严格的感控意识。感控的关键在于个人意识的养成和操作技能的掌握，需要不断地组织医务人员、工勤人员加强培训，否则就很可能成为受害者。

　　我很敬佩在金银潭工作的勤杂工，他们拿着这么少的工资，冒着那么大的风险，做着最脏最累的活，爱他们关心他们，就是教会他们如何保护自己、保护他人。

奉贤区中心医院　鲁立文

　　躺在病床上的是我的同行，金银潭医院发热门诊的医生。她在工作中被感染，确诊为新型冠状病毒感染性肺炎。今天我在她病房测血糖正要离开时，她突然轻声说："小宝贝，出门时帮忙关一下灯。"我顿时泪眼婆娑，印象中只有妈妈才这样叫过我！被感染的她没有过度担忧自己的病情，而是无比关切和心疼地叫我一声"小宝贝"。我想她叫的不止是我，而是每一个像我一样奋战在疫情一线的医护人员！谢谢您，您也是我们的宝贝，让我们一起加油渡过难关吧！

奉贤区中医医院 丁绍荣

一周下来，脸上都是被口罩和护目镜勒出深深压痕，感觉很痛。但是让我们最不适应的是护目镜，随着出汗和呼吸，护目镜里面全是雾气，眼前很模糊，只能通过缝隙去观察。每次给患者抽血的时候，我都会非常小心，穿着防护服带着两层手套，再加上有雾气的护目镜，真的很不方便，怕给他们抽血抽两针。我想尽可能地减轻他们的负担，哪怕只是在测体温、抽血这样的小事上。

让我每天觉得最轻松的一刻，就是脱下防护服的瞬间，虽然衣服脱下来的时候，水一直往下滴，但是整个人就会异常轻松，走路也不用像企鹅一样缓步前进。

金山区中西医结合医院 沈妍

刚刚接触这个疾病时，我们都懵懵懂懂，花费大量的时间去了解和分析病情，参照更新的治疗指南，借鉴当地已有的治疗方案。经过一周的不断实践和摸索，我们终于梳理了一套针对普通型和重型患者的治疗方案和流程，相信对后面新进患者的治疗有一定的帮助。

看到患者得知自己即将出院时兴奋的样子，医疗队员们都感到无比欣慰，也让我们对打赢这场战"疫"充满了信心。

金山区中西医结合医院 梁珀铭

隔壁房间的一名患者在得知有人去世后，焦虑地问道："护士，我会不会死啊"。面对患者，我们只能努力地去开导他们，帮助他们走向积极向上的一面，在新冠肺炎面前精神支柱也是一剂良药。这一根根输液管道只能维持生命，但我希望我们能帮助他们勇敢地面对疫情，我希望我们可以在他们血液中注入生命的希望。

松江区泗泾医院 刘双园

每个人都有家，为了更多的家庭能获得幸福安康，我们义无反顾地舍弃了小家。但是我们也并不觉得孤单，因为在我的身边有你们，我们背后有祖国，这个大家庭一定能战胜所有困难，在春暖花开的日子绽放出勃勃生机。

松江区泗泾医院 唐彩芳

古有花木兰剃发从军，今有小护士剪发抗疫。头发剪了可以再长，人死了可不会复活。

上海中医药大学附属市中医医院 奚洁

我们进驻的是雷神山医院，去医院上班被我们亲切地称呼"进山"去，在医院里发生的一切，我们都会说"山里的事"。我在急诊病房里见惯了生离死别，在这座"山"里却让我不禁产生了一些敬畏之心。水土不服和不自觉的紧张情绪，让我患上了应激性胃溃疡，还有各种时段的中夜班，让本就睡不好的我只能与思诺思和奥克为伴，就算有充足的物资保障，也让我无福消受。

我见过凌晨两点寂静的雷神山，这是我此生难忘的画面，此时正有多少人在凌晨的黑暗中期盼着清晨的曙光啊。一个个被治愈出院的患者就是那一缕缕微弱的亮光，整个武汉的亮光越来越多，曙光即将露头，而这座神一般的山，也终将完成它的使命，同当年的"小汤山"和亲兄弟"火神山"一起，永远昂首留在这座英雄城市的英雄人民心中。此役必胜！

写于 2020 年 3 月 23 日晚，到武汉的第 34 天
上海市第一人民医院 白雨

从接到赴武汉雷神山的通知，只有短短半天时间准备。来不及见一下父母，甚至没有能吃上老公在家准备的丰盛午餐，匆匆吃了几口饭，就忙着和老公一起打包。来到医院，又听说长发在那里会非常地不方便，于是在单位的安排下，剪去了留了好多年都不舍得剪的长发，发丝寸寸飘下，我流出了不舍的泪水……由于时间非常紧迫，护士长黄铮老师和科室其他姐妹们，不辞辛苦地帮我采购生活用品、御寒衣物和零食，看着她们忙碌的身影，一句"谢谢"，一个拥抱，包含了我太多的情绪……我们肯定会战胜疫情，平安归来！

上海中医药大学附属市中医医院 孙燕

虽然条件简陋艰苦，但我们已经做好了准备，克服一切困难，全力以赴，为打赢这场用生命护卫生命的援鄂抗疫战，为中医药这民族瑰宝，在战胜冠状病毒肺炎疫情中再放异彩作出应有贡献！雷神山霸气如雷，我们也要霸气地打一胜仗，加油，我的战友们！

上海中医药大学附属市中医医院 袁颖颖

我早上 9:38 分接到上级通知，当日出发出征武汉。慌乱中打包着行李，给在崇明的父亲打了一个电话，父亲在意外之余还是全力支持我，电话里语重心长地和我说了十个字："仔细、坚强、耐心、勇敢面对。"凌乱的行李箱旁边肖哥给我默默地打着包，婆婆抱着孩子在一旁偷偷地抹眼泪。孩子不懂我们在做些什么，笑呵呵地看着我，以为终于可以出门，要和他出去旅行了，把他衣服玩具一股脑搬进了行李箱，高兴地比画着，小嘴里不停地说："妈妈，白相相！@¥$&*"我看了一眼孩子，犹豫了一会儿，还是留了件他的小衣服，差不多该出发了……

上海中医药大学附属市中医医院 袁海凌

今天下午，我们医院的李斌副院长、我们科室主任樊民和消化内科的邓玉海医生代表上海国家中医医疗队上海中医药大学附属岳阳医院分队来金银潭医院上海医疗队驻地看我们了。好可惜，我和史文丽正在当班，没有碰到，回来后就听小顾弟弟绘声绘色地给我们描述和"娘家人"碰面的情况，除了嘘寒问暖，"娘家人"给我们带来了许多生活物资，看着那一箱箱的衣服、食物，觉得心里暖暖的。

晚上，又在电视上看到他们的新闻报道，说在雷神山医院，他们用中药、针灸、功法等中医疗法治疗患者，收效甚佳，已经有患者好转快要出院了。作为一名岳阳医院的护士，我也跟着高兴了半天！中医药真是个大宝藏！一直以来，我也都坚持给病人提出一些中医康复护理方面的建议，发扬"娘家"的光荣传统。这回战胜疫情我更有信心了！

上海中医药大学附属岳阳中西医结合医院 潘慧璘

队里的老师，除了本职工作，还为大家庭的生活忙前忙后。邓玉海老师帮着管理物资，龚亚斌老师每天帮大家消毒，我总觉得我也要发挥一下我的"特长"，拿出装备，来当一下大家的 Tony 老师。

正逢二月二，我给大家修剪下，全队龙抬头！

我这个女 Tony，手艺不精，全凭天赋，好在大家都不嫌弃。连樊民队长都说：剃得挺好的！这鼓励对我甚是有效，全队剪发的活儿，我包了！

上海中医药大学附属岳阳中西医结合医院 王文盼

记得有一位阿姨亲切地对我说："小姑娘，你是我见过最亲切的护士，声音响亮，听着特别有活力！"说完还不忘给我竖起一个大拇指。那时我全身有一股暖流淌过，有种感动弥漫心头，让我变得更勇敢。之后我每次进去，她都记得我的名字，她用这种细微、简单又不突兀的方式来传达自己的真心感谢。这是一种莫大的鼓励和真情，也表达了患者共同参与战胜疫情的信心。当患者们微笑面对疾病时，身为专业的医护人员，我们更有信心和决心去打败"敌军"。

上海中医药大学附属龙华医院 汪小娜

武汉之行虽说是为了做心理干预工作，但是我们又何尝不是被武汉疗愈。周围的事，身边的人，无不透露着武汉的坚强。夜幕降临，窗外的大厦霓虹闪烁，照耀着温暖的心。武汉必胜！中国必胜！

奉贤区精神卫生中心 李超

都称一线的医护工作者是英雄，其实他们都只是普通人啊，会因家庭、孩子的牵绊，积聚不少负面情绪，他们很想回到以往的日子，只做爸妈的儿女、儿女的爸妈。希望通过我们的努力，陪伴大家顺利战胜疫情，平安回家拥抱家人、拥抱生活。

奉贤区精神卫生中心 彭红玲

从 2 月 7 日至今，与工作组的拍档一起，走访了区内 9 个街道的社区卫生服务中心、13 个社区、4 个村和 4 个隔离点，与区指挥部时刻保持信息互通。一周以来，最深的感受是自己和区委区政府、街道以及社区（村）各级工作者相比，所有做的事情都是那么的微不足道。他们精诚团结抗击新冠疫情的决心让我感动与钦佩。

中国疾病预防控制中心寄生虫病预防控制所 尹建海

我们在一个充满了爱的环境里尽自己最大努力工作、学习，不敢有丝毫懈怠，对时间和生命真的有太多的感悟。每每看到病危患者，内心无法平静，竭尽全力让你转危为安；看到患者出院，亦激动得全身沸腾。我们是患者的家人、病区的消毒员、焦虑患者的心理医生，老年患者的护工，贴心的送餐员等各种角色，一切都只为了你早日康复！病毒无情，人间有爱，我们一同好好地爱，用心地生活，积极治疗，待阴霾过去，我们所有人都将涅槃重生，脱胎换骨地成长！加油！

松江区方塔中医医院 赵小燕

穿着防护服在病房里，动一动就满身是汗，闷热，透不过气，每次进一个病房出来后都要喷大量的消毒药水，接下来就是眼睛不停地流眼泪，喷嚏一个接一个，眼睛痒，鼻涕流，各种不适接踵而来，病房的铃声就一直没有停下来过。

从开始进入病区，真的没有一刻能停下来，也没有时间思考自己累不累，只想着能多做点，就多做点。换班了，轻轻脱下满是病毒的防护服，生怕哪个环节没做到位会被感染上；每次摘口罩的时候都是背人的，生怕谁会看到满口罩都是鼻涕的我那狼狈不堪的样子！

上海市光华中西医结合医院 白杨

现依稀能够清楚地感受到，临走前的夜晚，睡在一旁的老公，为了不影响我睡觉而小声地哭泣，淌着泪水，原谅我只能假装熟睡中，不忍心打破……

上海交通大学附属第一人民医院 周蕾

看到我们医疗队的医生为患者进行中医药治疗取得良好疗效时，我都会深深的自豪，我知道，我们拯救的不仅仅是患者，更是一个个充满希望的家。

上海中医药大学附属岳阳中西医结合医院 俞梦泽

来武汉的那天晚上，大巴开过空无一人的大街，远处的霓虹灯闪烁着"武汉加油"，寂寥、萧条。我心里想，我第一次来的武汉，你是这样的沉重，等樱花盛开，我一定要再来武汉，去武大看樱花，去户部巷吃热干面。

健康真的弥足珍贵。

长宁区妇幼保健医院 郭纪芸

作为一名护士，作为一名重症监护室的护士，我觉得我应该去前线战斗。没有什么很特殊的原因，就一点，我有我的职业使命感。我们从来都是和平年代里的守护者，战争年代里的逆行者。纵使知道前方路途坎坷，也阻止不了自己的步伐。我一直都觉得这里需要我，所以我必须来武汉。

复旦大学附属中山医院 程敏慧

护理好、照顾好病人，我们的工作才有价值。

上海复旦大学附属中山医院 郑吉莉

我仅仅发挥了自己的一点点小长处，克服物资相对缺乏创造了小小暖心伴手礼，有幸能帮助患者改善睡眠，被他们喜爱，被大家感到有温度，这就是最大的温暖了吧。

上海市第一人民医院 刘佳楠

首批病员中有方舱的，也有隔离点确诊后转来的，还有其他医院转入的重病患，我接收的五个病患中就有三位病情比较重。

忙完一天工作脱下沉重的防护服，洗消后匆匆吃了两口热饭就赶去公交车站，在车上就沉沉地睡去了，此时老爸电话铃声把我从梦中惊醒。其实，行前我并没有向远在扬州乡下的老父亲告辞，怕他担心，不过一向明事理的他没有责备我，只是反复叮嘱我注意安全。我镇定地告诉他，这个病毒"不可怕"，我们一定会平安归来。

上海中医药大学附属市中医医院 李万义

到武汉第三天了，今天是我儿子的农历生日，情人节那天，还在和小情人商量生日想吃什么口味蛋糕，晚上就接到通知第二天出发了。那天我老公日班，晚上回家才知道我要走的事情，他说这是我给他的情人节惊喜。出发那天，婆婆烧了鸡蛋汤圆，我边吃边哭，心理有太多的不舍，但是我决意逆行的心是坚定的。出门那一刻，我儿子抱着我不让我走，我眼泪止不住了。儿子，作为"学雷锋纪念日"出生的你，妈妈先给你做榜样了，为了更好的明天，我们分开一段日子，我们两个都要坚强。

上海中医药大学附属市中医医院 茅丽琴

我们接手的是雷神山即将开放接收病患的新病区，这几天基本是在做前期的准备工作。工作比我们想象中的要艰苦很多，姑娘们都变成了"女汉子"，男孩子变成了"大力神"，整整三卡车的物资，大家都抢着重活做，忙得满头大汗，气喘吁吁。

上海中医药大学附属市中医医院 王佳瑜

穿脱防护衣，每一步都要认真仔细，一定要做到万无一失！最主要是脱的步骤，一个不注意就会被污染。洗手！洗手！洗手！千万不能少！刚培训好就接到通知，下午接收医院。领导将我们分成两批，一批去医院，一批留在住处练习穿脱防护服。时间紧迫，每个人都不敢松懈。有点紧张，有点激动，有点害怕……

上海中医药大学附属市中医医院 胡红梅

深夜的雷神山灯火通明，此刻我正走向我的"战场"——感染三科五病区！从接到警令出发到现在，我仍处恍惚中。忙忙碌碌的工作，渐渐让我忘却了身在武汉，只知道我面对的依旧是患者，只是病种不一样而已。我坚信明天会比今天更好，所以我不害怕，亦不孤单，我身边还有这么一批一起奋战的兄弟姐妹，相互鼓励，相互打气！

我们彼此约定，待到春暖花开，定会再回武汉，走一走，看一看不一样的风景！

上海中医药大学附属市中医医院 于倩

这几天不断有新病人调转到我所在科室，科室的工作负荷一下子重了起来。今天上班的时候，可能是我没调整好呼吸，加上一系列的工作操作后，感觉到有点缺氧，我倚靠在走廊的柱子上，打算稍作缓冲。因为医用 N95 防护口罩的密闭性很好，大口喘气的话只会更糟，所以我只能慢慢调整呼吸节奏。病房外，有一条长长的走廊，康复期的患者会在走廊上锻炼，有位病人看到我靠在柱子上，便走了过来，关心地询问："护士，你怎么了？很累吗？"我笑了笑回答："没有累，就是突然喘不上气，休息一会。"

松江区泗泾医院 于文杰

病区里的患者们也十分有爱，他们并没有因为疾病而相互嫌弃，反而互相安慰、互相鼓励。当我看到一位年轻的女孩扶着病友奶奶去洗手间的背影时，护目镜后的我眼前又变成了一片模糊。

上海中医药大学附属岳阳中西医结合医院 王丽虹

随着疫情迅速蔓延，医务人员的紧缺超乎想象。这一次，龙华医院第三批援鄂医疗队需要更多的人手，我义不容辞再次自荐，在短短几小时内被确定名单并通知次日出发。在匆匆打包行李的 2 月 14 日晚上，我失眠了。我给爸妈打了电话，"喂，爸"，然后我没有敢说话，我爸立刻觉得有点异常，停了几秒，问："是不是要去武汉支援了？"我的眼泪一下止不住了，"嗯。"电话两头安静数秒，此时仿佛都能听到眼泪滴落的声音。"记得做好防护，既然选择了，就要勇敢一点，你是我们的骄傲。"爸爸的声音有点哽咽，是不舍的，但他高大威武的形象一直是我的英雄，他教会我承担对家庭和社会的责任，所以他的加油打气让我也更勇敢。

上海中医药大学附属龙华医院 尹晓静

近期收治了一些来自武汉其他定点医院转来的病情较重的患者，有些患者生活不能自理。其中有一对年迈的夫妻，老爷爷有脑卒中史，走路颤颤巍巍，记忆力也有轻度遗忘。起初，由于病床紧张将他们安排在相邻的房间，阿婆知道后很紧张，"我老头子记性不好，还发作过卒中，我不放心他，你们让我去看看他，我和他说一声，不然他会很紧张的"。于是我带着阿婆来到爷爷的房间，看到他们紧紧相握的双手，那一刻我看到了疫情中相偎相依不离不弃爱情最纯真最美好的样子。为了缓解爷爷和阿婆的担忧情绪，我一边协助爷爷躺在床上，一边安慰他们："你们放心吧，我们 24 小时都在，爷爷的生活起居还有他的药品我们都会照料的，若是床位安排可以的话，会尽量让你们住在一起的。"后来如愿，老夫妻俩被安排在了同一间病房。

上海中医药大学附属龙华医院 李艳梅

第一次穿上防护服，戴上 N95 口罩和护目镜，穿上纸尿裤，自豪的同时也感觉到了不适。但是看到病人们渴望健康的眼睛，我觉得一切都变得非常值得。我每天的工作从采血、测体温、进行各项护理操作，到协助给患者发放午餐、协助患者的生活起居、清理病房环境等一系列工作，繁忙加上厚重的防护服，一个班下来贴身衣物就没干过，有时处理完手上的任务后稍稍喘口气，下一个任务又来了。

当然在工作中与患者的相处也让我感到非常欣慰与感动。随着病情慢慢好转，患者们的心理状态也变得稳定，看书、打游戏、轻声交流相互鼓励。看着经过我护理后的患者健康出院是我最开心的时刻，那一刻我为自己是一名白衣天使而自豪。

上海中医药大学附属龙华医院 丁佳丽

我接到正式出发通知的时候，内心早已做足了准备，所以并没有很大波澜。后来得知我是队里最年轻的医生时，说实话还有点小小的"骄傲"。感谢院领导对我的信任！当我告诉怀孕两个多月的爱人即将出发时，她没有说什么，我还是能感受到她的担心与不安。这个时候，我深刻地体会到其实真正的英雄是我们背后的家人们。

上海中医药大学附属龙华医院 张帅

讲一讲我在这里的第一次采血经历。为了防止护目镜起雾，我在进舱前喷了很多防雾喷雾。没想到进舱后便开始流眼泪，眼睛也被刺激得睁不开。我知道不能用手去擦，只能任涕泗横流，好不容易适应后，也只有右眼能看清。在为患者采集空腹血时，因看不清血管，又戴着两层手套，操作上只能慢慢摸索。我很开心能够得到那名患者的理解与配合，最终顺利采集完毕。我对他说了声谢谢，他说应该是我们谢谢你们，你们是来帮助我们的！那一刻，我心里涌出的满满幸福感，我和他约定，愿我们都能早日回家。

上海中医药大学附属龙华医院 包佳宁

年仅5岁的女儿得知我即将离开上海一段时间时，和我闹起了情绪，就怕稍不留神，我马上会溜走似的。我安慰她，骗她说妈妈最近要出差一段时间。听完，她一直放心上，只要我一整理行李，她就往箱子里钻，让我带她一起去。

上海中医药大学附属龙华医院 周睿

从报名到出发，一切都如做梦一般，我骄傲地成了第四批国家中医医疗队的一分子，随医院同事一起驰援武汉。就在一周前，我在接到通知后给在江苏启东的父母打了电话，却在电话里哽咽得说不出话。次日，他们在我离开前的一小时带着我七岁的女儿赶来见了我一面，我面对父母流泪了，当女儿对我说"妈妈加油"的时候，我的心情更是无法用言语表达。

上海中医药大学附属龙华医院 朱晶莹

从徒手搬运病区物资到自己组装完成，从整理病床到接收病人，我从没想过自己居然可以这么厉害！真的踏入病房时，反而没那么害怕了，感觉防护服就好似"金钟罩"一样可以保护我。

最后一小时是考验体力和意志力的时刻，穿着防护服的我已经全身出汗，连续5小时没喝水了，口渴得厉害，好在一起上班的队友们互相打气加油，感觉时间过得很快。

下班洗漱干净冲到巴士接送点的时候，发现已远远超过了原定集合时间，但令我们感动的是巴士司机在凌晨3点多依旧在原地等着我们，还和我们说："不着急，慢慢来。"我们很不好意思地感谢师傅，司机师傅又说："应该要谢谢你们，不顾一切地来帮助我们，真的非常感谢！"这一刻，泪目了。凌晨的武汉虽寂静但充满了希望。多么美好的城市，虽然"感冒"了，但终会好起来的！

上海中医药大学附属龙华医院 陈培培

今天是全年一遇的对称日，是"爱你爱你爱你爱你"的日子，我也想我的爸爸妈妈了。但战胜新型冠状病毒疫情是一场没有硝烟的战争，我们必须取得这场战争的胜利！虽然不能与家人团聚，但是亲人、同事的消息将我们亲密地连接在一起，更让我觉得生活如此美好，生命如此美丽。

上海中医药大学附属市中医医院 吴怡颖

1月24日晚上，护士长在群里转发了接到支援湖北抗击新冠医疗队消息，在和家人商量后得到了他们的支持，我立即报名，主动请缨，因为我是ICU护士，更是一名党员。在这非常时期，危险时刻，必须不忘初心，勇担使命，无惧生死，有责任有义务冲到前线去，贡献自己的一份力量！1月27日在李老师的带领下，我们50人护理团队踏上了去往武汉的列车……

上海市第十人民医院崇明分院 何绍华

下午一点半，穿上隔离服正式进入病房，所有的一切，让我感到前所未有地震撼。北六病区虽说是普通病房，但也收治了各种病情轻重不一的病人，因为缺少勤工，我们不但要做好病人的医疗护理工作，还要承担洗漱、喂饭、更换尿布等所有的生活护理。因为穿着笨重的隔离服，平时得心应手的护理操作变得异常困难；因为物资的紧缺，我们穿上隔离服就不能喝水、不能上厕所，避免物资的浪费，此前在新闻中看到的，现在都成为现实，摆在我的面前。但是，我坚信我一定能够克服所有的困难，一定能够顺利地完成工作任务。

上海市第十人民医院崇明分院 黄爱萍

我开始上班了，分到北5病区，发放盒饭酸奶，帮患者泡开水，测量生命特征，更换一次性湿化瓶，帮病人吸氧，观察病重病人的病情变化等等。病房护士办公室及医生办公室都用对讲机联系，第一次使用对讲机，穿着防护服在病区里走路都像"太空人"只能一步一步慢慢前行。口罩二层带着时间久了感觉透不过气，多说话感觉胸闷，面屏上都是雾气，脱下隔离服口罩的那一刻脸上的压印很深，很久才能褪去。院领导专门为我们准备了只有岳阳总院才有的增加抵抗力的中药。眼下身体健康最重要，身体好才能打胜仗。

崇明区第三人民医院 高玲娣

昨天因为一些原因，管道氧气没有了，所以我们必须要用瓶装氧气，穿了防护服一般的工作都会很不方便，更何况要搬氧气瓶。我和另外一名当班护士就把氧气瓶用滚的方式搬运，一开始方向也掌握不好，真的有点手足无措。今天高玲娣去上班了，湖南省的副省长来慰问我们，我们三名崇明籍的医护人员来了张合影。这几天已经慢慢适应这里的工作节奏，我们都相信一定能战胜疫情。加油！

崇明区第三人民医院 沈俭

一进入病房，我的感觉立马就不一样了，心情瞬间变得轻松起来，之前的那些不安和担心顷刻间烟消云散。所有的医护人员都在忙着做自己的事情，补液、测生命值，一切看起来都是那么有条不紊。所有人都众志成城，都在与病毒抗争。

我们在病房即是护士，也是亲人。当病人感到沮丧时，我们的一杯开水，一句安慰鼓励的话便是病人最好的灵丹妙药。

奉贤区奉城医院 方士华

按照第四版新型冠状病毒肺炎防治原则，要求体温正常三天，呼吸道症状好转，2次核酸检测阴性，就可以出院，但由于你当时病情危重，两肺病灶多，为了你的安全和你家人的安全，复查胸部CT后再定吧。根据最新的报道，公卫中心有病例第一、第二次核酸检测阴性，到第三次检测时出现阳性的（当然，这是一个初发患者）。也有报道，两次核酸均阴性但肺泡灌洗液核酸检测出现了阳性。因此建议你胸部的CT复查病灶基本吸收后再出院。

奉贤区古华医院 张正华

在重症病房，喜悦与悲伤仅有一线之隔，但愿我们的用心护理，能够让喜悦多一点再多一点，让悲伤少一点再少一点……

奉贤区中心医院 姜绿燕

昨天，我给她喂好粥，帮她把咳嗽药水喝下后，王阿姨双手合十并作揖地向我道了声"谢谢你！"

看着她这样虚弱而郑重的道谢，我一时手足无措，急急忙忙摆着手"不用谢，不用谢，这是我应该做的。"

其实我们并不伟大，只是换了一个地方工作，履行一名护理人员应尽的义务。当我们的每一份付出得到一份尊重时，我们觉得工作的真正意义不光是治愈疾病还有温暖心灵。

奉贤区中心医院 吴玲玲

这是一场没有硝烟的战争，前方危险重重，自己心情也很复杂。哪有什么白衣天使，不过是一群孩子换了一身衣服，学着像前辈一样，救治病人，和死神抢人罢了！也是父母的心头肉，掌中宝，在呵护中长大，但在危难来临时，依然选择逆行，冲在最前。

上海市光华中西医结合医院 成亚慧

初春武汉生死中，江城不与往日同，白衣驰援八方来，樱花三月送英雄。我们有幸来到了武汉，在特殊的时刻完成了特殊的任务，我们为自己感到高兴，为武汉感到高兴。瑞金人即将离开武汉，但在 136 个人的心中，会永远记得在这场无烟的战役中，彼此并肩战斗、守望相助、共克时艰的武汉瑞金人！

上海交通大学医学院附属瑞金医院 忻笑

忙忙碌碌，原本 4 小时的班，不知不觉中早已过了点。当我脱下这身衣服，行动自如带来的轻松感，使我好想做个深呼吸，可我不敢……腿部阵阵凉意袭来，这才发现，原来秋裤早已湿透。抚摸一下脸上的压痕，整理一下身上的衣服，告诫镜子里的自己——这才开始！赶紧回寝室，补充补充，回头再战……

上海交通大学医学院附属新华医院崇明分院 沈花

抢 6 床的老大爷状态很不错，在床上戴着呼吸机打起了太极拳。看着患者们面对疾病的积极态度，我感到很开心。乐观积极的心态也是战胜病魔的重要助力，真心希望他们都能早点好起来，全家团圆。

上海市胸科医院 周勇

元宵节本是个阖家团圆的日子，吃着元宵、聊些家常、幸福安康。但我去往武汉市第三医院上夜班的路上，确实冷冷清清。空无一人的街道，只有风陪伴着我，真心希望能通过大家的努力，能早日控制疫情，回归正常生活，也让千万家庭早日团聚。冬天终将过去，春天已经不远……

普陀区人民医院 冯琪

从晚上9点到达酒店，我们用了4个多小时，把14个拉杆箱和6个纸箱从1楼搬到3楼，由于人员太多、物资太多，电梯只有一部，我们只能两两一个箱子往上搬，对于这次疫情，最紧缺的是医疗物资，再苦再累，我们也要确保物资齐全，物资是我们开展工作的保障。

普陀区人民医院 张玲

每天，我们都在厚重的防护服下克服一切不便，不折不扣地完成自己的临床任务。没有宣言，没有口号，隔着护目镜，我们看到的是每一位医护人员坚毅的眼神。

松江区九亭医院 吴俊楠

来武汉第三天，第52小时。今天上午全体检验人员进入武汉三院检验科，进行工作交接，日常检查工作开始。让我感触很深的是，他们的自我防护意识很强，虽然目前防护条件有限，但是他们个人防护很规范，特别是在操作中。现在检验科存在的最大风险是气溶胶问题。这些问题我都一一记下了，也在科室的群里发了一下，让他们注意，如何规范操作。

崇明区第三人民医院 袁佐杰

打开隔离病房大门的那一刻，眼前的景象远比想象中艰苦，上一班的老师还在积极抢救病人，患者最终还是没有赢过死神。这里一个ICU护士基本接管4-5名病人，跟着武汉老师们交接班，做好生活护理已经是凌晨五点多了。我被分配到的这组有4个病人，有一个还是"气切"病人，相对其他三位来说比较重，意识也有点模糊，需要翻身吸痰，保持呼吸道的通畅。

上海中医药大学附属市中医医院 奚洁

今天是我到武汉的第 12 天，现在在武昌方舱医院，这是我第三次到武汉了。

我非常喜欢这座温和的城市，今天它下雪了，我却认不出来它以前的样子了。

昨天路过一桥，基本没有人，除了桥头执勤的武警，剩下的就是设卡的警察。半年前，在桥上吹着习习晚风，看着桥下人头攒动，想着夜宵吃点啥的情景就在眼前。

前天，终于有空去了驻地旁边的楚河汉街，你能相信吗，这条本应繁华的步行街竟然空无一人！丝毫找不到半年前我见过的样子。

复旦大学附属华山医院 张昂

在我心中你们是王者，最强王者！无论遇到多大的困难，多么复杂的局势，你们都将所向披靡，拯救更多的生命。要让病毒与死神知道，华山人会武术，谁也挡不住。你们终将在华山的历史、中国的历史乃至人类的历史上写下辉煌浓重的一笔。我以你们为荣，以华山为荣。我相信通过大家的不懈努力，疫情很快就会结束。到那时我将在华山等你们齐装满员、高唱胜利之歌凯旋！

复旦大学附属华山医院 张飞龙

在我们接管的同济医院光谷院区 ICU，收住的都是危重症患者，很多都是意识不清或是需要通过药物镇静的患者。由于家属不能陪在患者身边或者到医院探视，华山的医护人员就通过微信进行联系，架起了特殊时期医患沟通的特殊桥梁。医护人员会定期告知家属病人的病情，在需要完成有创操作时及时与家属沟通并取得知情同意，家属也会通过微信方式向华山的医护人员表达意愿，以及慰问与祝福。

随着越来越多的病人呼吸机脱机、拔管，恢复了清醒意识，手机微信也收到了越来越多病人家属的祝福、慰问和特殊的感谢短信。虽然不曾谋面，但医患双方都通过这种特殊的方式传递人间大爱，演绎特殊时期的和谐医患关系。

复旦大学附属华山医院 邱智渊

我的心异常沉重，空无一人的汉街，没有了往日的繁华，只有行走的我，武汉的夜晚有点冷，我手是冰凉的，心也是冷冷的，置身其中，仿佛时光停滞。此时的汉街给我的感觉是凄凉。我泪目了。可是我知道：中国不相信眼泪，武汉不需要眼泪！疫情犹如暗夜，但在武汉的夜里，"希望之光"依然每天点亮。阴霾散尽天放亮，明天又是一个艳阳春！我和我的战友们坚定信念，无惧被病毒感染的风险，奋战在抗疫战场上，携手向前我们必胜！

复旦大学附属华山医院 王兵

2月3日晚，正在医院值班的我接到总务科赵毅峰科长的电话，让我陪他一起去医务处干活。到那一看，原来是筹备组建国家紧急医学救援队驰援武汉，我便立即报名，被我抢占了一个名额。当时，就是一种潜意识行为，不需要去思考什么，作为一名转业军人、一名共产党员，这是应有的担当。

复旦大学附属华山医院 殷巍巍

在方舱医院工作的这些天，因为都是确诊的患者，有过紧张，有过不安，但现在更多的是感动。有一次，其他医疗队的一个护士发烧了，想来拍个胸片。24 岁，和很多病人的孩子差不多大的年纪，她一个人也害怕得哭了。这时候，本来来做检查的病人们都围了过来，热心问她家是哪里的，有没有哪里不舒服，安慰她不要害怕，感觉彼此照顾角色互换了一下。病人们还主动走过来和我商量："医生，我们等一等没关系的，您帮小姑娘先检查吧。那么小的年纪，哪个父母不心疼呢？"质朴的语句，微小的举动，在这场艰巨的"战疫"面前，却让我和同事们觉得格外温暖。

复旦大学附属华山医院 高鹏

一名老年患者叮嘱大家天气好的时候别做核酸检测，我们表示好奇。老者煞有其事说道，晴天检测结果容易"阳"，阴天做检测比较好，容易"阴"，我们笑说老同志你有点迷信啊，病友们也莞尔，但看得出他们那份对回归正常生活的渴望和希冀。

复旦大学附属华山医院 蒋浩琴

2 月 8 日是我们来到武汉的第一个节日——元宵节，也是整个新年里最后一个节日。"何解冻之嘉月，值萱荚之盛开。草含春而色动，云飞采以偕来。"过了元宵节，寒冷开始减退，万物复苏，春光萌动，一个冬季结束后，人们会更好地迎接新的一年。

医疗队的总指挥马昕副院长和后勤保障部的王兵老师给大家安排了热气腾腾的元宵节汤圆！汤圆是盛在一次性杯子里的，每个人也只有几个，但这一杯汤圆的味道，终生难忘！

复旦大学附属华山医院 徐瑾

张继明教授入舱查房，发现有部分病人合并有不同程度的皮疹，随即联系在上海的我院皮肤科吴文育教授，吴教授随即放下手中的工作，通过远程视频会诊了方舱内 5 位患者。

复旦大学附属华山医院 杨敏婕

以 ECMO/CRRT 为核心的多器官支持治疗（multiple organ support therapy, MOST）是治疗危重症患者的首要措施，ECMO 作为一种有效的心肺支持治疗手段，在各种严重的心肺功能衰竭患者救治中起到重要作用。在 ECMO 的运行中，对并发症的监测与处理是提高救治成功率的关键。而 ECMO 支持的过程，也始终是监测和处理并发症的过程。对此，我参与以及提出了 ECMO/CRRT MDT 团队的概念，并参与完成 ECMO/CRRT 置管、建立运行、日常管理和撤机，参与 3 例危重症患者 ECMO/CRRT 治疗，均成功脱机。在团队的努力下，华山医院收治的危重症患者死亡率远低于平均水平。

复旦大学附属华山医院 邹海

经过前几日的建设和规划，我们所在的方舱医院已渐渐进入正轨。今天，是我第一次进舱，说真的，即使做了很多心理建设，即使我是一名专业护士，当穿上密不透风的防护服、戴上口罩和护目镜，站在"病人区"大门前的时候，还是止不住有些颤抖。

复旦大学附属华山医院 葛圣婷

继昨天的物资保障车先行返回上海后，我们团队的后勤等 12 位战友踏上了归家之路。都说男儿有泪不轻弹，但在机场，每一位即将返回上海的男同胞都抑制不住眼中的泪水，哽咽着嘱咐我们"你们一定要早点回来"！在方舱医院的 35 个日日夜夜，来到武汉的 40 多天里，我们依靠着彼此取暖，慰藉，鼓励，打气。面对这一次新中国历史上传播速度最快，传播范围最广的疫情，我们在武汉团结一心，众志成城，没有什么坎是我们 46 个人过不去的。今天，当归家的号角吹响，一部分队员由于工作原因需要提前回家，在机场，我们挥别战友，相约"上海见"。在武汉，我们三纵所有的医护人员选择坚守，投入到另一场硬仗——重症 ICU 中去，待到这场新冠肺炎阻击战取得全面胜利之日，就是我们全队在上海会师之时。

复旦大学附属华山医院 卫尹

2 月 5 日，我们抵达了此次支援之行的目的地：武汉洪山体育馆武昌方舱医院。之后，我们开始了相关设备的搭建工作，帐篷、病床等在我们有序的工作下陆续完成。很快，我们接到了当晚就要收治病患的通知，我如愿成为第一批值班人员，这是一位医护工作者的责任，也是一名共产党员的担当，更是作为华山医院国家紧急医学救援队队员对"若有战，召必回"最好的回应。

复旦大学附属华山医院 韩杨

这是我第一次入舱。舱内已经收治很多患者，偶有人走动，大部分人或躺或坐在自己的床上，无所事事地耍手机，看书……除了必要的交流，这里可以说是很"安静"了。

两百多人的方舱医院，环境还有点乱。入口处堆放着备用的床褥、收纳盒等，临时办公室内堆放着药品、待发放的生活物品。陆陆续续有患者收入方舱，这些物资，将是他们在这里隔离期间的必需品。

我们第一天入舱的主要任务是药品管理，就是将药品入库，清点并完善药品的使用与交接班。清点药品数量，按照药品的适应症分车放置于库房，再根据每天药品的消耗，将部分放置于收纳盒中发给青海医疗队和江西医疗队。九点半入舱，十一点半出来，出来的时候整个人是混混沌沌的，这就是二氧化碳潴留的症状吗？曾听进舱的小伙伴分享第一次进舱体会，穿上防护服入舱后"1小时怀疑人生"，第一次进舱的我，半小时就有这种感觉了。

复旦大学附属华山医院 陈红

今天早上进舱的时候看到空落落的病房，心里还有些说不清、道不明的失落。方舱又变得同第一天新开似的整齐划一了。这个地方，这身防护服，也许是最后一次来，最后一次穿了。第一次进舱的场景仍历历在目，而今一个多月仿佛转眼即逝，又好像刻骨铭心。

休舱的前夜，祝所有仍在岗位上坚守的同仁和病人一世安好，美满祥和。

复旦大学附属华山医院 黄静

人都是性格迥异的，有些人很外向，善于表达，在医生查房时会将自己的病情一一阐述详尽，但是有些内向的患者就不善于表达，往往主诉不多，需要我们护士去发现。这也是我们这些"老"护士比新护士更有优势的地方，职业敏感度更高一些。

在方舱，护士做得最多的治疗是观察病情和心理护理，通过了解患者的教育情况、家庭背景、性格特点等，给予相应的心理支持，这对于病情缓解是很关键的。如果碰到不善于表达的患者，护士要把病人的特殊情况告诉医生，医护一起为患者建立起抵抗疾病的防线。心情好了，配合度高了，自然遵嘱性就强了。

复旦大学附属华山医院 刘若茜

抵达武汉后，我能感觉到这座城市的压抑和冷清。本应车水马龙的大街只剩下消毒洒水车，原本人头攒动的高铁站现在已是空无一人。这是一座孤城吗？不！只要我们在，武汉绝不孤独！

复旦大学附属华山医院 王倩露

一位老年女性患者，神志不清，有些腹泻，我的班头上她一个人就因大便换了四次尿不湿。

由于大家都比较忙，也不好意思去请其他老师来帮忙，只能自己替她换。患者很胖，每换完一次，衣服就湿透一次，湿了再焐干，就这样一次又一次……

快要下班时，一位老太太突发病情变化进行抢救，用了各种抢救物品、药品、CPR，最后她还是很遗憾地走了。我和另一位护士为老太太做了最后的尸体护理，每一层都要喷洒消毒水。

当时特别想哭，老太太走后，一位亲人都没能陪在身边，愿她老人家在天堂再无病痛。

复旦大学附属华山医院 吴问香

上午临时护士长卫老师说我们有可能是在外围帐篷里开展病人收治，但是下午告知情况有变，我们要直接进体育馆。卫老师话音刚落，我们所有护士兄弟姐妹们都表示：不要紧，让我们进去吧！

复旦大学附属华山医院 鲍紫龙

今天我管的床上有位病人家属托我给她老公转达一封信。打开一看，是手写的，整整有二页纸。病人病情比较重，没办法自己拿着信看，就由我来读给他听。

字迹之上，还有斑斑泪渍，字里行间都是满满的爱意，不断地鼓励着老公，让老公一定要坚强，配合医生好好治疗，家里有她，不用担心。读信的我也忍不住想落泪，但是想到泪水没有办法擦，努力地忍了回去……是啊，当患者心里有了精神支柱，有了寄托，才能更顽强地抵抗病魔，最终战胜它！

复旦大学附属华山医院 徐惠

在方舱医院工作的难度虽然不及华山医院老年医学科，但是病人数量比一般的病房真的多了许多。病人们大多比较配合，也有些年迈的老人对于未知的病情深感恐惧。

看到有治愈的病人顺利出院，看着他们真诚的微笑，道谢连连，就觉得所有的辛苦都是值得的。

复旦大学附属华山医院 姚志萍

在去酒店的路上，除了我们的车，路上没有一辆车，武汉仿佛被按下了暂停键，没有一点生活的气息。1个小时的车程，仿佛经历了一个世纪！

虽然我是一名院感护士，和病人接触相对比较少，但当我进病房看到一具具尸体躺在病床上时，我内心有了一丝丝的恐惧，没想到这个病的致死率这么高！对于我这个手术室护士，其实再血腥和悲惨的场面都见过，可是当场我真的有点闷了！

经过团队的持续努力和各种先进仪器设备的到位使用，我们的死亡率开始下降，第三例上 ECMO 的患者情况也平稳，有希望过两天可以脱机了！

约翰·肖尔斯说："没有不可治愈的伤痛，没有不能结束的沉沦，所有失去的会以另一种方式归来。"愿我们所有的努力都不被辜负！虽然这个冬天有点冷，这个春节有点淡，但我们始终要相信，没有一个冬天不可逾越，期待春暖花开，疫情消散，山河无恙，人间皆安！

复旦大学附属华山医院 张伟燕

重症医学科是一个医院的最后一道防线，收治的是全院最重的病人，在这样的关键时刻，我们科的每一个人都奋不顾身站在了第一线。有放弃休假的主任们，有强忍丧失亲人痛苦，来支援科室的医生，还有任劳任怨加班的护士和呼吸治疗师……透过他们在上海忙忙碌碌的消息，我看到了一群风平浪静时默默无闻，惊涛骇浪时手挽手，不惧凶险，舍身向前的勇士。这些勇士的足迹遍布汶川、温州、天津、武汉、新疆、云南……每一次祖国需要他们的时刻，他们都义无反顾地出现在最需要他们的地方。我因自己来自这样一个集体而骄傲。

上海市第十人民医院 刘勇超

附录 1:

上海援鄂抗疫一线医护人员名单

复旦大学附属中山医院 (141 人)

干依婷 马杰飞 马国光 王汉超 王青青
王宜矕 王春灵 王 喆 毛佳健 方贤丰
左梦颖 叶 伶 叶 君 叶茂松 印 敏
冯国栋 冯佳楠 冯智凌 朱文超 朱 妍
朱玥婷 朱奕豪 朱畴文 刘子龙 刘 凯
刘 洁 刘晓蓉 齐碧蓉 江 莹 孙苏婷
孙丽骏 苏 迎 李 申 李佳旻 李欣怡
李春雷 李倬哲 李菁菁 李晨喆 李 敏
李 锋 李静怡 杨兴艳 杨秋晨 杨倩倩
杨焱焱 吴丁韵 吴 平 吴 婕 吴博杰
吴雯晴 吴溢涛 余 情 邹建洲 沈亚星
沈悦霖 沈勤军 张日云 张月莉 张 杰
张贤玲 张怡然 张 勇 张 莉 张晓云
张晓夏 张琳佳 张 璐 陆红艳 陆 敏
陆晶晶 陆嘉楠 陈宇菁 陈轶洪 陈晓洁
陈斐颖 陈 翔 武瑞秋 郁慎吉 欧玉凤
罗 哲 周佩歆 周欣欣 周采丰 周哲玲
郑吉莉 郑燕丽 郑 霞 居旻杰 赵 伟
赵欣颖 柯璐璐 钟 鸣 俞 倩 费 敏
姚雨濛 秦 琦 袁佳雯 顾国嵘 顾璘翌
钱宁宁 钱松屹 倪佳雪 倪晓云 徐中慧
徐佳凤 徐 璟 奚 欢 凌晓敏 高 倩
高 婷 高锦霞 高 磊 郭瑞雪 唐佳佳
唐晓燕 陶淑君 黄圣晶 黄佳琪 黄浙勇
黄 慧 梅静骅 曹 婧 曹嘉添 龚漪娜
盛瑜恬 梁 超 屠国伟 葛 峰 董晓赟
蒋进军 蒋 菁 韩 奕 程敏慧 裘 洁
缪炯睿 潘文彦 潘春凤 潘婧莹 薛 渊
戴依蕾

复旦大学附属华山医院 (247 人)

丁百兴 万 亿 卫 尹 卫 慧 马 昕
马珏萍 王冬艳 王欢欢 王 兵 王雨佳
王 佳 王昳丽 王倩露 王 烨 王银辉
王 琳 王瑞瀛 韦咏梅 毛亚妮 卞恒志
卞凌俊 方 勇 孔涵恩 邓仕淏 邓 蕊
卢文文 丛支磊 印 正 包 悦 冯圣捷
冯璐璐 吉 莉 成 强 毕 鑫 朱子薇
朱文华 朱孝思 朱欣宜 朱祎凡 朱娴杰
朱榴燕 朱祺菁 朱 磊 乔 云 乔 乔
伍卫权 任 杜 刘伟娟 刘若茜 刘治平
刘 屏 刘莉莉 刘 萌 刘静霞 江晓慧
许雅芳 孙 远 孙 迪 孙佳佳 孙 莉
孙 峰 孙 悦 苏仕衡 杜铃琴 李圣青
李先涛 李仲扬 李 丽 李金哲 李育明
李思杰 李 洁 李海云 李梦琪 李雪琴
李晨琪 李 婧 李 琼 李 婷 李瑞燕
李慧洋 杨一鸣 杨玉蛟 杨世跃 杨庆香
杨 欢 杨 杨 杨孜雯 杨 艳 杨敏婕
杨媛佳 杨 磊 杨懿冰 吴思怡 吴 钢
邱智渊 何楚怡 余琦玮 谷 佳 邹 海
邹慧祯 闵铜新 汪佳玲 汪嘉妮 汪慧娟
沙 海 沈云东 沈全斌 沈怡琼 宋甜甜
宋 敏 张小东 张飞龙 张文翠 张叶麒
张伟燕 张 昂 张祥贵 张继明 张梦影
张 雯 张登贤 张滢悦 张 静 张 瑾
张黎艳 张 霞 陆文丽 陆言庭 陈 龙
陈进宏 陈 丽 陈怡静 陈建础 陈轶坚
陈科良 陈 洁 陈望升 陈 琦 陈蓓妮
陈 澍 邵岳英 邵莲菁 邵 琼 林 琳

欧阳佳　罗忠光　罗猛强　季雯婷　金俊捷
金莺　金琦　金慧莉　金蕾　周与瑾
周叶佳　周兆强　周丽慧　周佳怡　周健
周敏　周颖　周嘉杨　周瑾　周赟
庞启英　赵伟　赵虹　赵雯婷　赵锋
郝彭丽　胡玉蓉　胡鸣颖　俞文蕾　俞英
俞雯霞　施培红　姜野宁　洪姝　姚方园
姚志萍　姚静丽　秦伟成　袁立　袁如玉
袁燕　贾波　贾燕静　夏从容　夏敬文
顾倩　顾颖婷　钱士法　钱姿斐　钱倩文
倪丽　倪洁　倪娇　徐山山　徐兵
徐思远　徐思敏　徐晨　徐惠　徐斌
徐瑾　徐鑫怡　殷巍巍　奚才华　郭祎佶
郭梦月　郭慧琦　唐明兰　唐凯　陶悦
黄莹　黄琦　黄惠娴　黄雯　黄静
曹书梅　曹莉　曹晶磊　盛玉涛　盛红兰
崇家懿　鹿斌　葛圣婷　葛周勤　葛倩文
蒋浩琴　蒋超　程阳　程煜　傅佳
傅晶晶　谢莉　楼佳　鲍紫龙　蔡文静
谭佳颖　翟耶俊　潘美霞　薛愉　戴龙梅
魏礼群　瞿春蕾

上海交通大学医学院 （2 人）

赵雷　　蔡军

上海交通大学医学院附属瑞金医院(115人)

王正廷　王晓宁　王爱琴　王朝夫　王蕾
韦欣　计文韬　尹豆　甘露　石大可
乐雨倩　毕宇芳　朱佳欣　朱晟　朱琳
任培培　刘振华　刘琼　刘嘉琳　闫小响
孙孟瑾　孙琦　杜威　巫雅萍　李立汇
李庆云　李赵龙　李菲卡　李燕娟　杨之涛
吴文娟　吴佳萍　吴艳　吴禅雯　吴璟奕
辛海光　沈春悦　沈虹　忻笑　张天宇
张俊　张剑　张晓帆　张森　张衡
张凝　陈文萍　陈尔真　陈沄　陈家晖

陈雪丹　陈琳　陈瑶　陈嘉仪　陈德昌
陈巍　林荣桂　林靖生　欧阳芸　罗宁迪
金泓　金巍　周与华　周瑛　周雯
周楠楠　周增丁　郑仕元　房盈　项晓刚
赵小婕　胡伟国　钟旭　俞海瑾　施伟雄
施莺莺　施敏　姜炜　费晓春　姚岚
姚梦怡　秦昵　袁宸桢　夏琼华　顾雯凤
钱文静　钱琳娜　钱靖　钱新悦　倪晓燕
徐梦妮　卿恺　高杉珊　高琛妮　郭颖
唐莲　陶晴岚　陶然君　黄文婕　曹伟伟
戚倩　龚瑶　龚赛玲　崔卓洲　崔佳嵩
崔洁　梁晓虹　谢亚婷　谢静远　谭永昶
翟容城　熊少洁　缪晟昊　薛恺　衡妍妮

上海交通大学医学院附属仁济医院(168人)

丁立　于景海　马良玉　马玲玲　马越
王宇　王芳　王芳缘　王利彬　王玮
王旺　王涛　王淑琳　王维俊　王琴
王晶晶　王强　毛青　尹婷　厉燕
厉燕芬　占梦点　叶佳琪　申达甫　田磊
乐叶　吉敏娇　曲孝龙　吕明明　吕退
朱丽　朱辉　朱慧婷　任宁　华驾略
华燕妮　庄佳影　庄捷　刘文　刘明
刘诗莺　刘桐　刘钰　刘雪青　闫翩
江永权　许莉　孙甜甜　孙嘉腾　杜晶
李云　李文慧　李帅　李佳　李佳琳
李依　李娜　李振元　李莉　杨帆
肖潇　吴文三　吴恒趋　吴德标　余跃天
邹天慧　应小盈　沈珑　沈煜枫　宋洋
张天瑶　张占国　张林　张松　张佳冉
张科蓓　张继东　张彬　张敏　张骞
陆君涛　陆清雨　陆詹婷　陈小艳　陈飞
陈国立　陈城　陈思思　陈桂林　陈娟
陈盛　陈媚　陈蔡旸　范长青　范晔绮
范晴云　杭瑛　季佳敏　季梦婷　岳江

周玲亿　周　勇　周　敏　赵小宁　赵佳茹
赵晓莉　胡雨茜　胡佳红　胡　洁　查琼芳
施　阳　施佳丽　宣　伟　姚智雯　秦玫瑰
袁秀群　聂　鹏　桂晓波　夏　凌　顾燕芬
钱　琳　倪开济　倪敏慧　徐小妹　徐　华
徐如慧　徐佳波　徐欣晖　徐锡涛　殷　青
奚慧琴　唐　伟　唐佳菲　唐佳漪　唐　恩
陶凤云　黄一乐　黄　欢　黄　敏　黄　睿
黄聪华　黄黎莹　曹　敏　辅智薇　葛　恒
董天娇　董元伟　董佩斌　董啸男　蒋捍东
韩晓凤　惠纪元　程　菲　傅小芳　傅琳娜
焦　锋　谢元鸿　緱卫红　路莎莎　窦　苗
蔡华杰　廖　宇　翟佳丽　潘雪红　潘晨卿
薛　珊　戴　倩　鞠　莹

上海交通大学医学院附属新华医院 (4 人)
朱升琦　刘立骏　阮正上　崔志磊

上海交通大学医学院附属第九人民医院 (4 人)
江　雪　应佑国　黄波黎　熊维宁

上海中医药大学 (1 人)
刘　华

上海中医药大学附属龙华医院 (36 人)
丁佳丽　马子霖　巨红梅　方邦江　尹晓静
包佳宁　朱晶莹　刘利梅　刘晟宏　刘蕙宁
李　交　李艳梅　李　群　李黎梅　吴琼丽
汪小娜　张　帅　张怡青　陆蓓蓓　陆　巍
陈一愫　陈培培　金　乐　周　睿　俞月红
秦朝辉　郭　全　郭晓燕　席丽君　曹　敏
曹慧娟　常　敏　甄莹莹　甄　暐　虞亚琪
戴楠楠

上海中医药大学附属曙光医院 (36 人)
马文彬　王文红　王金梅　王　婧　尹成伟
卢根娣　吉建梅　吕　婵　朱吉成　朱佩敏

孙亚岚　李晶晶　肖文秀　汪小冬　沙春霞
沈卓婴　宋秀明　张成亮　张　兴　张秋芸
陈　佳　陈　曦　武文文　金　艺　赵丹丽
倪志群　倪　琦　徐　幸　郭　君　诸玫琳
黄　凤　商斌仪　董春玲　蒋雪瑾　程　鑫
蔡蔚然

上海中医药大学附属岳阳中西医结合医院 (37 人)
王文盼　王丽虹　王振伟　邓玉海　史文丽
冯诗婕　刘晓岚　祁伊莉　李广莹　李　斌
李燕敏　杨爱华　吴　祎　狄慧娟　张　丽
张　艳　张　熙　侍鑫杰　周　佳　赵圣洁
赵舒逸　俞梦泽　施勤英　姜　恺　姜琳芸
秦雯云　顾羚耀　顾　樊　倪　溦　徐伟娥
唐　欢　黄小娜　黄丹凤　龚亚斌　樊　民
潘慧璘　濮稚燕

上海市第一人民医院 (160 人)
丁凤鸣　于吉霞　干佳琪　马宇航　马志沛
马旖雯　毛建强　王　卫　王文婕　王　宁
王　岩　王建东　王　俊　王　倩　王　婷
王　辉　王瑞兰　邓会标　冯晓云　冯　赟
卢战军　叶稚茵　叶　磊　田名珠　白　雨
石英姿　石晓彤　刘　传　刘　军　刘佳楠
刘雯燕　刘德志　刘毅珍　华莹奇　吕　青
孙文兰　孙海燕　孙　焱　戎柳成城
朱立颖　朱玲玲　朱　峰　朱　莉　朱莞婷
朱瑜君　朱　蕾　江婷婷　汤燕萍　许严新
许　悦　阮　征　严小培　吴卫东　吴卫青
吴明慧　吴钰婷　张小瑾　张　欢　张园园
张　芳　张明明　张　欣　张若敏　张洒洒
张　盈　张　敏　张淋源　张雪艳　张鹏宇
李　宁　李　凯　李怡韵　李　炜　杨美蓉
汪　方　汪　婕　沈宇伟　沈　坚　沈　燕
沙莉莉　肖　强　苏　琦　邱移芹　邹芳草

陆辰铭 陈达凡 陈松文 陈俏依 陈桂明
陈 艳 陈 晨 陈颖萍 陈蕊华 陈 燕
周小建 周 妍 周 盈 周智燕 周 新
周 翡 周 蕾 孟祥栋 季玉蓓 季 勇
林 毅 武永霞 罗 仪 范仁静 范佳凤
郑军华 郑晶晶 鱼晓波 姚玉婷 姜 婷
查怡鑫 胡江峰 胡晓敏 贺银燕 贺懿婷
赵 伦 赵利群 赵园园 赵艳玲 唐润伟
夏新新 徐 浩 徐梦丹 殷 敏 袁玮媚
贾洁爽 钱钟馨 钱 倍 顾春红 顾家荣
顾晓琳 高 霏 常 健 戚思佳 曹中伟
曹思萍 梁秋婧 章志建 章晓淼 符 燕
黄 佳 黄崇媚 龚丽燕 傅晟静 程瑞杰
董向燕 韩光炜 满雯琼 鲍 伟 臧婷婷
蔡梦如 裴传凤 潘宇慧 潘佩培 魏 云

上海市第六人民医院（55人）

于树婷 马 健 王国志 王 鹏 冯镇宗
宁 敏 边 巍 刘秋月 朱江英 纪晓康
何 俐 吴 姗 宋昌菊 张立萍 张 斌
张 磊 李 丹 汪 伟 沈佳佳 沈 虹
沈 赟 苏 慧 陆雅萍 陆 燕 陈小华
周文杰 周 伟 季姝鑫 林 杰 范小红
郑 婷 胡佳颖 郝子娴 唐少华 徐庆宝
徐邱婷 徐周伟 徐 卿 耿 倩 郭 忠
郭耀萍 钱海泳 顾佳辉 商文静 屠丽雯
崔 然 曹帅军 章左艳 黄 琳 黄仁政
黄冠东 黄翠琴 蒋佳清 谢亚莉 廖祥伟

上海市第十人民医院（4人）

刘勇超 许 虹 严松娟 彭 沪

华东医院（4人）

吴志雄 陈 贞 唐 军 蒋伟平

上海市同济医院（4人）

刘瑞麟 肖武强 顾海燕 惠 蔚

上海市第六人民医院东院（4人）

文 佳 刘素贞 钱 晓 滕彦娟

上海交通大学医学院附属仁济医院南院（4人）

张 煜 李盼盼 赵晓玲 傅佳顺

复旦大学附属华山医院北院（26人）

毛日成 包丽雯 伍 宁 刘丰韬 刘 蓉
孙红萍 朱天翼 汤 晶 严书玲 吴问香
张伟燕 张有志 张红阳 张欣云 李 莲
陈 红 姜 华 徐东亚 徐 斌 郭 倩
高 鹏 章 鹏 黄嘉琳 韩 杨 鲁 琳
潘洁琼

上海交通大学医学院附属瑞金医院北院（34人）

王施妍 邓梦楠 叶倩茹 叶夏莉 刘黎丽
巩 倩 朱酉琦 朱晓宁 汤一鸣 何雯妍
余 洁 吴叶佳 吴 旻 李碧波 杨笑笑
沈潇云 苏晓芬 陈思瑶 姚智毅 胡琼莹
胡潇煜 赵 程 唐文健 唐铭骏 徐昕宙
徐雯莉 秦 岩 秦 怡 贾 颖 顾怡雯
黄 燕 韩晓羚 蔡 明 鞠 旺

上海市胸科医院（4人）

冯 亮 张俊杰 周 勇 陶 夏

上海市肺科医院（4人）

王 箐 刘一典 徐静静 程克斌

上海市中医医院（36人）

于 倩 王佳瑜 王 硕 邓剑青 冯其茂
卢文琪 刘 青 刘 燕 孙 燕 朱 颖
吴云霞 吴怡颖 折 哲 李万义 李晓奇
李海涛 陈 洁 季紫娇 范江雁 茅丽琴
胡红梅 赵凡尘 唐建红 奚 洁 袁海凌
袁颖颖 贾忠宝 钱文娟 钱婷婷 高 盼
梁 婷 龚燕燕 鲍君志 蔡 俊 樊洁琼
潘旭冰

上海市精神卫生中心（5人）

王　振　张　晨　卓恺明　彭代辉　程文红

上海市东方医院（58人）

于思远　仇晶军　尤俪雯　尹媛媛　毛懿良
王春军　王家麟　王　韬　冯　强　叶晓佟
任慧娟　刘　博　刘鹏艳　华　晶　孙贵新
朱嘉鹏　汤伟清　许诗琨　何丽华　吴文娟
吴哲锋　张明鸣　张锋镝　李　辰　李　昕
李　慧　杜　勇　陆华君　陈荣璋　陈　雄
周　敏　周程辉　罗永彬　姚碧成　姜　波
查　韵　洪昶德　赵清雅　赵黎明　徐月良
徐红福　徐　筠　晏晓坤　秦佳文　袁刘远
陶军华　陶　华　顾钦赟　高彩萍　屠一鸣
黄国鑫　傅志强　谢文婷　雷　撼　靳海洋
蔡小红　蔡斌杰　戴炎杉

上海市第七人民医院（54人）

丁　键　刁海彦　马力凤　付佑辉　冯嘉依
刘春亮　江夏萍　孙海峰　孙能强　孙　雯
李冬梅　李志勇　李家英　杨金驹　杨怡雯
杨　雪　吴　凡　吴雯娟　余　佳　邸英莲
汪　维　沈伟鸿　张晓丹　张　舒　张瑞杰
陈小雨　陈思瑶　陈倩文　林　研　庞家栋
赵文强　胡双双　胡　雨　胡　盛　哈明昊
姚玉龙　袁计红　袁维方　徐文彦　奚希相
凌　怡　凌雪辉　高馨然　黄　芳　黄　玮
黄锦阳　黄黎静　龚菁菁　彭　丹　程文领
鲁　成　路建饶　阙　雯　管玉珍

浦东新区浦东人民医院（2人）

尹育红　　　　范叶君

浦东新区公利医院（3人）

许　磊　纪艳艳　殷敏燕

浦东新区周浦医院（3人）

李晓宁　郭　鹏　戴　华

浦东新区浦南医院（3人）

王亚华　李晓静　赵云峰

浦东新区浦东医院（3人）

冯建军　黄　琳　瞿如意

浦东新区肺科医院（3人）

陶　燕　曹一峰　龚惠莉

浦东新区精神卫生中心（3人）

刘　亮　张　雷　樊希望

黄浦区香山中医医院（1人）

万　莉

黄浦区中西医结合医院（1人）

周莳伶

黄浦区精神卫生中心（3人）

张六平　陈　健　温科奇

上海市瑞金康复医院（1人）

陈俊彦

静安区闸北中心医院（1人）

吴瑞坤

静安区精神卫生中心（3人）

刘亚良　吴荣琴　施冬青

静安区彭浦新村街道社区卫生服务中心（2人）

吴婷婷　　　　陈雅娟

徐汇区中心医院（1人）

徐家宜

上海市第八人民医院（1人）

周春燕

徐汇区大华医院（1人）

马骏驰

徐汇区精神卫生中心（3 人）

占归来 李 君 倪 花

上海市光华中西医结合医院（11 人）

白 杨 成亚慧 刘 恋 麦静愔 李艳英
何青青 汪荣盛 周 萍 秦 明 程 霞
端光丽

长宁区妇幼保健院（3 人）

吕 铃 吴 磊 郭纪芸

长宁区精神卫生中心（8 人）

杨道良 杨慧青 汪 阳 陈龙云 陈亮亮
季海峰 顾俊杰 黄 莺

普陀区人民医院（8 人）

付佳英 冯 琪 张 玲 杜丽平 俞 烽
倪 力 蔡文珺 薛莉菲

普陀区中心医院（8 人）

仇超勤 王冬麟 王雄彪 刘金金 严 萍
张琴琳 范磊磊 龚月蕊

普陀区利群医院（7 人）

刘 雯 吴要华 周晓芝 林 舟 高 莉
董秋华 缪淑敏

普陀区精神卫生中心（3 人）

王 峰 周 丹 周轶卿

普陀区疾病预防控制中心（1 人）

张 亮

上海市第四人民医院（15 人）

王 妍 王玲玲 王洋洋 吕晓慧 任建峰
庄明燕 李 磊 张玉萍 张益辉 邵 静
洪 艳 姚婷婷 柴凤平 蒋金花 戴爱兰

上海市中西医结合医院（4 人）

冯昱桦 严晓晴 张明洁 张 骞

虹口区江湾医院（4 人）

王传海 尹 瑛 李昱旻 李 洁

虹口区精神卫生中心（3 人）

介 勇 徐阿红 董玲萍

杨浦区中心医院（54 人）

马 乐 马继明 王剑琼 王 勍 王 敏
王梁丽 王缓缓 王 静 王 豪 王燕燕
叶秀萍 冯丽美 冯雪芳 朱 莉 朱晓琼
伍净净 刘 红 刘蔚菁 安崇元 孙 艳
李 青 杨 森 吴晓燕 邱淑佳 何紫娟
何慧赟 汪志方 沈海晨 张祁筠 张 静
张燕红 陈 迪 陈菊花 范志敏 范 俊
郑鹏翔 油文静 赵 越 施 丹 祝毛玲
姚慧俐 秦 梦 顾 蕾 倪成彦 高 优
郭 旋 黄羽飞 盛赛花 梁守赞 梁 翠
焦闪云 薛 杰 戴文琼 戴晓勇

杨浦区市东医院（4 人）

汪 娟 张洁莹 胡芸芸 翁 超

杨浦区控江医院（3 人）

刘明利 来从秀 张琳艺

杨浦区中医医院（5 人）

王勇军 方 芳 朱承倩 肖 燕 陈 军

上海市第一康复医院（5 人）

王小青 刘 萍 沈艳梅 袁肖肖 高天霖

杨浦区精神卫生中心（4 人）

伍 毅 杜宇锋 顾陈韵 柴宇静

杨浦区牙病防治所（1 人）

蔡莹颖

宝山区中西医结合医院（4 人）

邱李夏 赵 波 施 巍 熊德新

上海市第一人民医院宝山分院（3 人）

王 鹏 沐美玲 徐 越

宝山区精神卫生中心（3 人）

朱宏伟 施 庆 彭四新

宝山区罗店医院（2 人）

刘 青 程 新

宝山区大场医院（3 人）

冯 波 汤丽君 李金花

宝山区仁和医院（3 人）

朱 莺 严 俊 张 怡

上海中冶医院（2 人）

王燕娇 钱 莉

上海市第五人民医院（54 人）

丁怿虹 王卫芳 王建辉 石欣怡 史媛虹
付明生 伍婵娟 华晓婷 刘文静 刘 亚
刘秀平 孙陆玉 严翠丽 苏宇婷 李卫英
李青青 李 玲 李 鹏 李新宇 杨艳君
吴跃跃 何燕超 辛 舟 汪冬圆 沈秀竹
沈艳婷 张学敏 张高峰 张 静 陆翠微
陈 园 金 枝 周慧敏 郑 娟 胡军言
胡春花 胡德雪 查兵兵 柳 玮 施劲东
洪 洋 秦永芬 都 勇 徐 丹 翁玲琍
高梦娇 黄建芳 黄春兰 黄春萍 黄莉莉
梅周芳 韩凯月 靳 静 楚苗苗

闵行区中心医院（3 人）

王 宏 刘文进 胡兰兰

闵行区精神卫生中心（3 人）

牛卫青 邓延峰 张艳欣

嘉定区中心医院（1 人）

杜文永

嘉定区安亭医院（1 人）

陆庆红

嘉定区南翔医院（1 人）

刘 芬

嘉定区中医医院（1 人）

肖 娟

嘉定区精神卫生中心（2 人）

徐健能 高存友

复旦大学附属金山医院（5 人）

张文英 陆美华 罗 春 周海英 郭孙升

上海市第六人民医院金山分院（5 人）

丁士英 王洪花 李 红 张少峰 徐 浩

金山区亭林医院（3 人）

陆 贤 郑永华 胡娜娜

金山区中西医结合医院（5 人）

沈 妍 张莉莲 顾美萍 顾培珩 梁珀铭

金山区精神卫生中心（3 人）

朱 闻 孟召海 高丹青

松江区中心医院（4 人）

王叶琴 顾瑞莲 高得勇 盛春风

松江区方塔中医医院（4 人）

邢丽莎 朱嗣伟 宋海峰 赵小燕

松江区精神卫生中心（3 人）

李 瑾 熊 强 潘 婷

上海市第五康复医院（3 人）

吴海燕 姚 晖 柴丽莉

松江区九亭医院（4 人）

叶海燕 李春花 吴俊楠 黄晓莉

松江区泗泾医院（4人）

于文杰　刘双园　杜　明　唐彩芳

复旦大学附属中山医院青浦分院（10人）

王菊莉　王融融　严明英　严玲玉　李婷婷
吴超民　吴毓新　周　锋　胡　婷　钱雪梅

青浦区中医医院（4人）

沈勤兰　张　培　施国华　钱　莉

青浦区朱家角人民医院（4人）

许　妁　李巍立　张　言　范陈戈

青浦区精神卫生中心（3人）

李雪芳　汪晓晖　沈全荣

青浦区疾病预防控制中心（1人）

刘　天

奉贤区中心医院（5人）

王海红　吴玲玲　姜绿燕　蒋惠佳　鲁立文

奉贤区中医医院（4人）

丁绍荣　孙旦萍　周东花　徐永兴

奉贤区古华医院（5人）

王　婷　张正华　林小芹　徐　杰　蔡海英

奉贤区奉城医院（4人）

方士华　周　承　秦　萍　翟晓惠

奉贤区精神卫生中心（3人）

卞慧莲　李　超　彭红玲

上海交通大学医学院附属新华医院崇明分院（6人）

朱　敏　吴春娟　沈　花　郁　淼　秦　云
徐鸣丽

上海市第十人民医院崇明分院（4人）

蒋邦栋　何绍华　茅汉欣　黄爱萍

崇明区第三人民医院（3人）

沈　俭　袁佐杰　高玲娣

崇明区传染病医院（1人）

陆春燕

崇明区精神卫生中心（2人）

方永修　　　施庆健

上海市卫生健康委员会（4人）

吴　平　张志锋　周　密　赵丹丹

上海市疾病预防控制中心（4人）

朱奕奕　任　宏　江　宁　郭雁飞

上海市血液中心（1人）

邹峥嵘

上海市医疗急救中心（8人）

刘　轶　阮　盛　孙　俊　沈　骏　陆志刚
侯敏杰　曾　杰　薛凯华

中国疾病预防控制中心寄生虫病预防控制所（8人）

尹建海　田　添　余　晴　陈木新　陈军虎
周何军　贾铁武　韩　帅

武汉天河

相对

绘制 叶田媛

黄陂体育馆方舱
黄陂区中医院

武汉天河机场

武汉客厅方舱医院

金银潭医院

武汉市红十字医院

黄鹤楼

武汉市第三医院

武汉站

洪山体育馆方舱医院

江岸方舱
武汉市儿童医院
武汉市中心医院后湖院区
江汉开发区方舱
湖北省中西医结合医院
江汉方舱

武汉大学人民医院

武昌站

同济医院光谷院区

雷神山

武汉市第三医院光谷院区

相对位置仅供参考

第一批 混编（市区两级52家医院）
第二批 混编（40家区级医院）
第三批 混编（市区两级49家医院）
第四批 华山医院（国家救援队）
东方医院（国家救援队）
第五批 中山医院
第六批 华山医院（重症）
第七批 瑞金医院（重症）
中医系统（龙华、曙光、岳阳、市中医）
第八批 混编（仁济、市一、市六、市五、杨中心、市七）
第九批 混编（上海市、16个区精神卫生中心）

雷神山医院
同济医院光谷院区
金银潭医院
市三医院（光谷院区）
武大人民医院东院
武汉客厅方舱医院
10家定点医院
洪山体育馆方舱医院

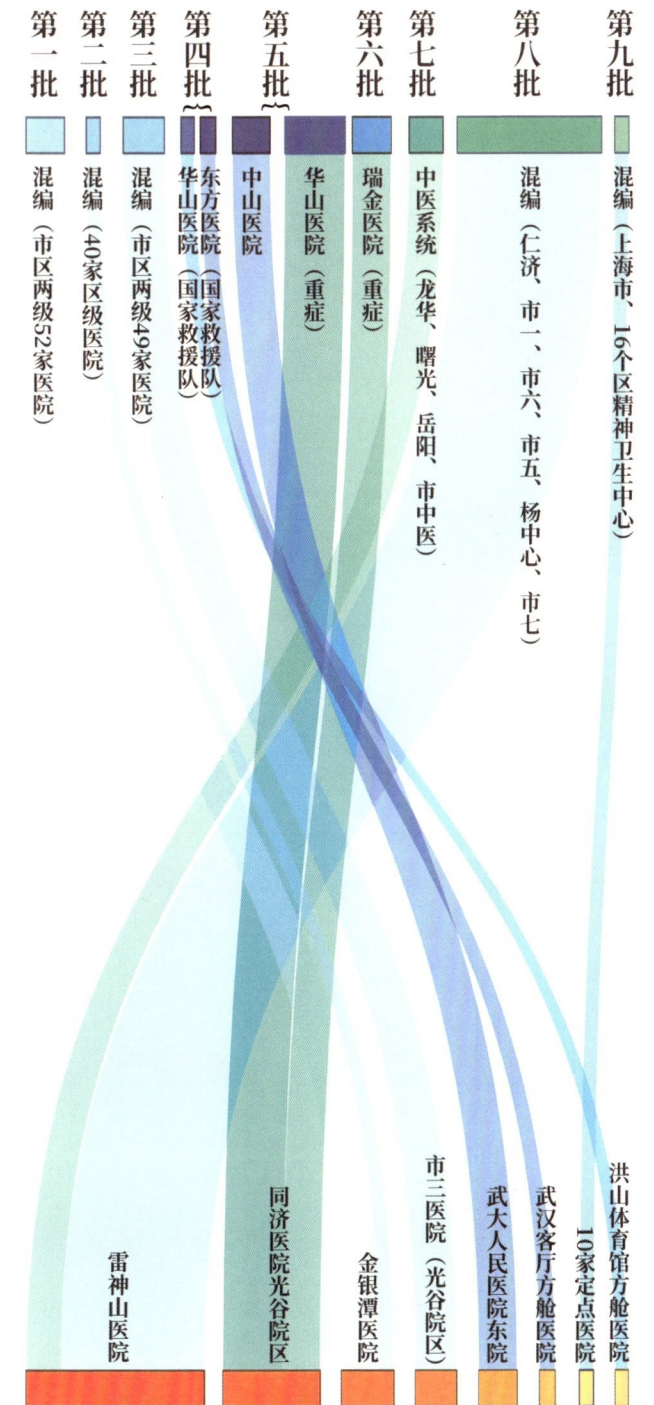

绘制 叶田媛 王美杰

信息来源：上海市卫健委

图书在版编目（CIP）数据

战疫纪事.下 / 上海市卫生健康委员会编. -- 上海:
文汇出版社, 2020.7
（"战疫纪事"丛书）
ISBN 978-7-5496-3266-4

Ⅰ.①战… Ⅱ.①上… Ⅲ.①随笔－作品集－中国－
当代 Ⅳ.①I267.1

中国版本图书馆CIP数据核字(2020)第160655号

战疫纪事（下）
——上海援鄂医疗队抗击新冠肺炎随笔集

编　　者 / 上海市卫生健康委员会
责任编辑 / 甘　棠
封面设计 / 薛　冰 陈瑞桢
照排设计 / 上海温龙图文设计制作有限公司

出版发行 / **文匯** 出版社
　　　　　上海市威海路755号（邮编：200041）
经　　销 / 全国新华书店
印刷装订 / 上海颛辉印刷厂有限公司
版　　次 / 2020年9月第1版
印　　次 / 2020年9月第1版第1次印刷
开　　本 / 720mm×1000mm 1/16
字　　数 / 500千
印　　张 / 24

ISBN 978-7-5496-3266-4
定价：65.00元